유리알 유희 2

Das Glasperlenspiel

세계문학전집 274

유리알 유희 2

Das Glasperlenspiel

헤르만 헤세
이영임 옮김

민음사

차례

1권 차례

10
준비

크네히트는 얼음을 깨뜨리는 데 성공했다. 그와 데시뇨리 사이에는 활기 있고도 두 사람 모두에게 생기를 불어넣는 교제와 의견이 오가기 시작했다. 오랫동안 체념에 싸여 우울하게 살아온 데시뇨리는 친구의 말이 옳다는 것을 인정하지 않을 수 없었다. 그를 교육주로 돌아오게 한 것은 사실 회복되고 싶은 마음, 밝음과 카스탈리엔적 명랑함에 대한 동경 외에 다른 것이 아니었다. 이제 그는 위원회나 관청에 볼일이 없을 때도 자주 찾아왔다. 테굴라리우스는 질투심에 찬 불신의 눈초리로 그를 감시했다. 오래지 않아 명인 크네히트는 데시뇨리와 그의 생활에 대해 자신이 필요로 하는 모든 것을 알게 되었다. 데시뇨리의 생활은 크네히트가 처음 그의 고백을 듣고 짐작했던 것만큼 이상하거나 복잡하지는 않았다. 플리니오가 청년 시절에 열정적이고도 행동욕에 불타는 기질로 인해 환멸과 굴욕을 겪었다는 것은 우리도 이미 알고 있는 사실이다. 그

는 속세와 카스탈리엔 사이에서 중개자나 조정자가 아닌 고립
되고 비탄에 잠긴 아웃사이더가 되었고, 자신의 혈통과 성격
에 들어 있는 세속적인 요소와 카스탈리엔적 요소를 종합시키
지도 못했다. 하지만 그냥 실패자에 그치지 않고 패배와 체념
가운데서도 어쨌든 독특한 표정과 운명을 손에 넣고 있었다.
카스탈리엔에서의 교육은 그의 경우 전혀 성공적이라고 할 수
없었다. 적어도 처음에는 충돌과 환멸을 가져왔고, 그의 성격
상 견디기 어려운 심한 고립과 고독을 안겨 주었을 뿐이었다.
일단 고립되고 적응하지 못한 자의 가시밭길에 들어서자 그는
자신을 고립시키고 고난을 더 크게 하기 위해 스스로 온갖 일
을 벌이지 않을 수 없었던 것 같다. 특히 대학 시절에 이미 가
족들, 그중에서도 특히 아버지와 도저히 화해할 수 없을 정도
로 대립했다. 그의 아버지는 손꼽히는 정계의 지도자는 아니었
지만, 데시뇨리 가문의 다른 모든 사람이 그랬던 것처럼 일생
동안 정부에 충실한 보수 정책과 정당의 기둥이었다. 그는 모
든 개혁의 적이었고, 핍박받는 자의 권리나 분배 요구에 반대
하는 사람이었으며, 이름도 지위도 없는 사람들은 믿지 않았
다. 그러면서 옛 질서라든가 자신에게 적법하고 신성해 보이는
것에는 충성을 다했고 희생을 아끼지 않았다. 그래서 종교적
욕구가 없었음에도 교회의 지지자가 되었고, 정의감이나 호의,
자선이나 도움을 베풀 마음이 없는 것도 아니었음에도 소작
인들의 처우 개선을 위한 노력에 대해서는 근본적으로 완강하
게 거기하곤 했다. 그는 이런 강경한 태도를 자기가 속한 정당
의 강령이나 표어를 내세워 이론상 정당화하곤 했지만, 실제로
는 어떤 확신이나 통찰에서 그랬던 것이 아니라, 같은 계급의

무리나 자기 가문의 전통에 대한 맹목적인 충성심에서 그랬을 뿐이었다. 기사도라든가 기사의 명예를 존중하면서 현대적이니 진보적이니 시대적이니 하는 것을 업신여기는 것도 그런 그의 성격을 드러내 주는 것 중의 하나였다.

아들 플리니오가 대학생 신분으로 분명히 반대파인 어느 현대주의적 정당에 가까워지고 거기 가입한 일은 그를 실망시키고 당황시키고 격분하게 했다. 당시 오랜 전통을 가진 시민 자유당의 청년층에서 좌파가 결성되었는데, 그 지도자는 저널리스트요 국회의원으로 막강하고 눈부신 영향력을 행사하는 대중 웅변가 베라구트였다. 정열적인 기질을 가진 그는 이따금 자기도취에 빠져 감격하는 면도 있었지만, 민중의 벗이요 자유주의의 영웅이었다. 그는 여러 대학 도시에서 공개 강연을 열어 대학의 젊은이들을 자기편으로 끌어 보려고 노력했는데 이는 꽤 성공을 거두었고, 그 열광적인 청중과 추종자들 사이에 데시뇨리도 끼게 되었다. 대학에 실망하고 붙잡을 어떤 것, 이제 자신에겐 공허해져 버린 카스탈리엔의 도덕을 대신할 어떤 것, 요컨대 새로운 이상주의나 강령을 찾고 있던 이 청년은 베라구트의 강연에 마음을 빼앗겼고, 그의 정열, 호전성, 재치, 규탄하는 태도, 멋진 외모와 말솜씨에 경탄했다. 그리하여 베라구트의 청중 가운데서 구성되어 그의 당과 그 당의 목적을 위해 운동하는 대학생 그룹에 가입했다. 플리니오의 아버지는 이 사실을 알게 되자 즉시 아들에게 달려가 난생처음 격렬한 분노를 터뜨리며 호통쳤고, 아버지와 가족과 가문의 전통을 배신했다고 비난을 퍼부으면서 당장 잘못을 뉘우치고 베라구트 및 그 당과의 관계를 끊으라고 단호하게 명령했다. 그러나 그것은 이제 순교라도 감수하겠다는 태도를 보이는 젊은 이를 다루는 제대로 된 방법은 아니었다. 플리니오는 아버지의 호통에 맞서, 자신이 영재 학교를 십 년이나 다니고 몇 년이나 대학을 다닌 건 스스로의 견해와 판단을 포기하기 위한 게 아니었으며, 국가나 경제나 정의에 대한 소견을 이기적인 지주의 도당(道黨)으로부터 지시받기 위한 것도 아니었다고 말했다. 이때는 위대한 로마 호민관*의 모범을 따라서 자기 자신이나 계급의 이익을 문제 삼지 않고 오로지 순수하고 절대적인 정의와 인도를 추구하는 베라구트파의 사고방식이 도움이 되었다. 아버지는 쓰디쓴 웃음을 터뜨리고는, 어른들의 일에 끼어들거나 고귀한 혈통의 존경하는 조상보다 인간사와 정의에 대해 더 잘 알고 있다고 뽐내는 짓은 공부나 마친 뒤에 할 것이며, 고귀한 혈통에서 나온 타락한 자손이 그런 배신 행위를 하는 것은 조상의 뒤통수를 치는 일이라고 말했다. 두 사람은 말을 할수록 싸우고, 격분하여 서로에게 모욕을 주었다. 그러다가 갑자기 자신의 노여움으로 일그러진 얼굴을 거울에 비추어 보기라도 한 듯 노인은 싸늘한 치욕감에 입을 다물더니 아무 말 없이 나가 버렸다. 그 이후로 아버지의 집에 대한 순진하고 친밀했던 이전의 관계는 플리니오에게 되돌릴 수 없는 것이 되었다. 그는 자기 그룹과 신자유주의에 충실했을 뿐 아니라, 심지어 공부를 마치기도 전에 베라구트의 수제자요 조력자가 되었으며, 몇 년 후에는 그 남자의 사위가 되어 버렸기 때문이다. 영재 학교에서 받았던 교육으로 인해 나는 세상과 고향으로

---

* 고대 로마에서 군사적인 문제를 처리하거나 시민들을 위하여 일하던 관리.

돌아와 적응하면서 겪었던 어려움으로 인해 데시뇨리의 영혼이 이미 평정을 잃고 그의 생활이 온통 사람을 잠식해 버리는 문제로 뒤헝클어졌다면, 이 새로운 관계들은 그를 아주 위태롭고 힘들고 미묘한 처지에 빠뜨리고 말았다. 그는 의심할 여지 없이 가치 있는 어떤 것, 즉 일종의 믿음과 정치적 확신과 당원 자격을 얻었다. 그것은 정의와 진보를 추구하는 그의 젊은 욕구에 부합되는 것이었다. 그리고 베라구트라는 인물에게서 그는 처음엔 무비판적으로 감탄하고 사랑하는 스승이자 지도자, 연상의 친구를 찾았고, 상대방도 그를 필요로 하고 높이 평가해 주는 것 같았다. 방향과 목표와 일과 생의 과제를 찾은 것이었다. 그것은 나름대로 대단한 일이었지만, 값비싼 대가를 치러야만 했다. 그 청년은 아버지의 집과 같은 신분의 사람들이 가지고 있던 세습적인 지위를 잃고 특권 계급에서 추방되고 그들의 적이 되었으나, 그런 것은 일종의 광신적인 순교자의 기쁨으로 견뎌 낼 수 있었다. 그러나 그가 결코 극복할 수 없는 일도 많았다. 무엇보다 사랑하는 어머니에게 고통을 주었고, 아버지와 자기 사이에 끼여 몹시 불편하고 곤란한 처지에 몰리게 했으며, 어쩌면 그 일 때문에 어머니의 수명이 단축됐는지도 모른다는 생각을 하면 가슴이 찢어지는 것 같았다. 그가 결혼하자 어머니는 곧 세상을 떠났고, 어머니가 죽고 나자 플리니오는 다시는 아버지의 집에 나타나지 않았다. 그리고 아버지가 세상을 뜨자 조상 대대로 내려온 그 집을 팔아 버렸다.

희생을 치르고 얻은 지위나 관직, 결혼이나 직업을 바로 그 희생 때문에 사랑하고 자기 것으로 만드는, 그리하여 그것이 행복이 되고 만족이 되는 사람들이 있다. 그러나 데시뇨리의 경우는 달랐다. 물론 그는 자신의 당이나 지도자, 정치적 노선이나 활동, 결혼 생활, 이상에 충실했지만, 시간이 지나면서 지난날 그의 삶 전체가 의심스러워졌던 것처럼 그 모든 것이 의심스러워지기 시작했다. 젊은 날의 정치적 열광과 세상에 대한 열정은 가라앉고, 자기주장을 관철하기 위한 싸움도 시간이 흐르자 그저 버티기 위해 치러야 하는 고통이나 희생이 그렇듯 별로 기쁨을 주지 못했다. 게다가 직업의 세계에서도 경험이 쌓이면서 냉정한 각성이 왔다. 나중에는 자기가 베라구트의 신봉자가 된 것이 과연 진리와 정의를 위한 마음에서만 그렇게 된 것인지, 베라구트의 웅변과 호민관다운 모습, 대중 앞에 나설 때의 매력과 능란함, 우렁차게 울리는 목소리, 남자다운 멋진 웃음, 그의 딸의 영리함과 아름다움이 적어도 반은 작용하지 않았는지 의심이 갔던 것이다. 아버지가 자기 계급에 충실하고 소작인들에게 가차 없이 굴었던 것이 정말로 비열한 처사였던가 하는 점도 갈수록 의심스러워졌다. 선과 악, 정의와 불의가 과연 존재하는지, 혹 스스로의 양심의 소리가 결국은 유일하게 믿을 만한 심판관은 아닐지 하는 점도 의심스러웠다. 만약 그렇다면 플리니오 자신은 옳지 않은 것이었다. 왜냐하면 그는 행복과 평온, 긍정, 신뢰와 확신 속에서 사는 것이 아니라, 불안과 의혹, 양심의 가책 속에서 살고 있었기 때문이다. 결혼 생활도 크게 보자면 불행한 것도 실패한 것도 아니었지만, 그래도 긴장과 미묘한 갈등, 반발로 가득 차 있었다. 그것은 아마 그가 가진 최상의 것이었을 테데도, 그가 그토록 바라던 안정과 행복, 순진함이나 양심의 평온함 같은 것을 주지는 못했다. 결혼 생활은 수없이 사려 깊은 태도를 요구했고,

많은 노력을 대가로 치러야 했다. 훌륭한 천분을 타고난 귀여운 어린 아들 티토 또한 일찌감치 이 부부의 아이를 두고 벌이는 싸움과 마음을 얻으려는 노력, 구애와 질투의 계기가 되었지만, 부모에게 너무 사랑을 받아 응석받이가 된 이 아이는 차츰 어머니 쪽으로 기울어 결국 그 편이 되고 말았다. 이 일은 데시뇨리의 삶에서 가장 쓰라린 마지막 고통이자 상실이었던 것 같다. 그러나 그는 거기에 꺾이지 않고 극복해 냈으며 자기 나름의 태도를 찾아 그것을 고수했다. 그것은 훌륭한 태도이긴 했지만 심각하고 괴롭고 우울한 것이었다.

　여러 차례 그의 방문을 받고 만나는 동안 크네히트는 친구로부터 차츰 이 모든 이야기를 듣고 알게 되었으며, 자신의 경험이나 문제에 대해서도 친구에게 많은 것을 털어놓았다. 친구가 고백은 했지만 시간이 지나고 기분이 바뀜에 따라 그것을 후회해 철회하고 싶은 마음이 들지 않도록 자신도 마음을 열고 상대방에게 몰두함으로써 플리니오의 신뢰를 유지하고 강화했다. 그의 삶이 서서히 친구 앞에 드러나게 되었다. 그것은 얼핏 보기에 명확하게 구성된 성직 제도 안에서 이루어지는 단순하고 직선적이고 모범적이고 규칙적인 생활이었지만, 성공과 찬사로 가득 찬 이 삶의 궤도는 그럼에도 불구하고 엄격하고 많은 희생을 치러야 하는 정말 고독한 생활이었다. 외부에서 온 플리니오로서는 잘 이해되지 않는 부분이 많았지만, 그래도 주된 흐름이나 기본적인 분위기는 알 수 있었다. 그가 무엇보다 공감하고 잘 이해할 수 있었던 것은 크네히트의 젊은 사람들을 향한, 아직 그릇된 교육으로 훼손되지 않은 어린 학생들을 향한 갈망이었고, 어떤 직책을 대표해야 하는 끊임없는 속박도 그 어떤 휘황찬란함도 없는 소박한 활동, 하급 학교의 라틴어 선생이나 음악 선생 같은 일을 바라는 마음이었다. 마음을 활짝 열어 이 환자의 마음을 얻었을 뿐만 아니라 그가 자기를 도울 수 있을 거라는 암시를 주고, 실제로 그럴 수 있는 계기를 만든 것은 크네히트의 치료자이자 교육가다운 면모를 전적으로 보여 주는 것이었다. 그리고 실제로 데시뇨리는 명인에게 여러 면에서 도움을 줄 수 있었다. 중요한 문제들에 도움이 되었다기보다는 세속의 숱한 사소한 일들에 대한 크네히트의 호기심과 지식욕을 만족시키는 데 상당한 도움을 주었다.

크네히트는 왜 그의 우울한 젊은 날의 친구에게 다시 미소 짓고 웃는 것을 가르친다는 쉽지 않은 과제를 떠맡고 나선 것일까? 혹 상대방도 거기에 대한 보답으로 자기에게 도움이 될 수 있으리라는 생각이 작용했던 것일까? 우리로서는 그것을 알 수 없다. 그런데 이에 대해 누구보다 잘 알고 있을 데시뇨리는 막상 그 일을 그렇게 생각하지 않고 있었다. 나중에 그는 이렇게 말했다. "친구 크네히트가 어째서 나같이 자포자기한 폐쇄적인 인간에게 접근해 오기 시작했는지 밝혀 보려 할수록, 거기엔 상당 부분 마술 같은 것, 유희적인 장난질이라고나 해야 할 어떤 것이 작용하고 있었음을 점점 더 확실히 알게 된다. 그는 주변 사람들이 생각하는 것보다 훨씬 더 장난꾼이었고, 장난과 재치와 술수로 가득 차 있었으며, 마법을 걸어 매혹시키거나 변장을 하거나 갑자기 모습을 감추거나 나타나는 일을 재미있어했다. 내가 카스탈리엔의 관청에 처음 나타났을 때 벌써 그는 나를 붙잡아 자기 방식대로 감화시키기로, 즉 내 눈을 뜨게 해 주고 모습을 바로잡아 주려고 결심했던 것 같다.

적어도 처음 보는 순간부터 그는 나를 자기 손에 넣으려고 애썼다. 그가 왜 그랬는지, 어쩌다 나를 짊어지게 되었는지는 나도 말할 수 없다. 그런 유의 사람들은 대부분의 일을 거의 무의식적으로, 반사적으로 한다는 생각이 든다. 어떤 문제에 직면했다고 느끼고 고통에 찬 외침을 들으면, 다른 생각 없이 그 부름에 따르는 것이다. 그는 내가 의심이 많고 붙임성이 없으며, 그에게 얼른 매달리거나 도움을 청할 마음이 없는 것을 알고 있었다. 한때 그처럼 숨김없이 터놓고 이야기하기 좋아하던 친구가 실망한 끝에 마음의 문을 닫았다는 것을 알고 있었던 것이다. 그리고 그를 자극한 것은 바로 이 장애, 이 만만찮은 어려움이었던 것 같다. 내가 아무리 쌀쌀맞게 굴어도 그는 물러서지 않았고, 그가 원하던 것을 끝내 이루어 냈다. 그때 그가 무엇보다 유용하게 사용한 방법은 우리 둘의 관계가 상호적인 것으로 보이도록 만드는 것이었다. 즉 그가 가진 힘에 내 힘이, 그의 가치에 내 가치가 못지않은 것이어서, 내가 도움을 필요로 하는 것처럼 그도 내 도움이 필요하다고 생각하게 만드는 것이었다. 맨 처음 나누었던 꽤 긴 대화에서 벌써 그는 나 같은 사람이 나타나기를 기다리고, 아니 동경하고 있었다고 암시를 주었다. 그리고 머지않아 사식하고 교육주를 떠나려고 계획하고 있다고 고백했다. 또 그 일에 있어서 자신이 내 조언이나 도움, 비밀 엄수에 얼마나 의지하고 있는지 늘 상기시켰다. 나 외에는 속세에 친구가 하나도 없고, 속세에 대해 아무 경험이 없기 때문이라는 것이었다. 솔직히 고백하자면 나는 그런 말을 듣는 것이 좋았고, 그것은 내가 그에게 전폭적인 신뢰를 보내고 또 나를 그에게 떠맡겨 버리는 데 적지 않은 역할을 했다. 나는 그를 완전히 믿었다. 그러나 나중에 시간이 지나면서 다시 완전히 의심스럽고, 있을 수 없는 일이라는 생각이 들었다. 그렇다 해도 그가 과연 내게서 무언가를 기대하기는 했는지, 기대했다면 얼마나 했는지, 또 나를 잡는 그의 방법이나 태도가 순수했는지 혹은 그저 술수였는지, 소박했던 건지 아니면 꿍꿍이속이 있었던 건지, 곧이곧대로였는지 아니면 기교적이고 유희적이었는지, 나로서는 전혀 말할 수 없을 것 같다. 그는 나보다 너무 우월했고 너무나 많은 호의를 베풀어 주었기 때문에, 나는 감히 그런 것을 알아보려는 엄두조차 낼 수 없는 형편이었으니까. 아무튼 그의 처지가 나와 비슷했으며 내가 그의 공감과 도움을 주려는 마음에 기대고 있던 것처럼 그 역시 그랬다는 이야기는 지금 와서 생각해 보면 인사치레에 지나지 않았고, 매력적이고 유쾌한 암시, 그가 나를 걸려들게 한 암시에 지나지 않았다는 생각이 든다. 다만 나를 상대로 한 그의 유희가 어디까지가 의식적이고 계획적이고 의도된 것이고, 어디까지가 그런 가운데서도 소박하고 자연스러운 것이었는가, 그것은 말하기 힘들 것 같다. 명인 요제프는 정말 위대한 예술가였기 때문이다. 그런 한편 가르치고 감화시키고 치료하고 돕고 발전시키려는 충동이 억제할 수 없을 정도였으므로 수단은 거의 문제가 되지 않았고, 아주 사소한 일이라도 완전히 몰두하지 않고는 할 수 없는 사람이었다. 그러나 확실한 것은 그가 당시 친구처럼, 훌륭한 의사 겸 인도자처럼 나를 받아들였고, 나를 놓아 버리지 않고 힐 수 있는 한 끝까지 일깨우고 고쳐 주었다는 사실이다. 또 이런 것은 이상하면서도 완전히 그다운 일이었다. 즉 그는 직책을 내려놓고 떠나는 데 내 도움이 필요한 듯이 행동했고, 카스탈리엔에 대하여 내가 거듭 거칠고 소박한 비판을 하고 의문이나 욕설을 늘어놓아도 태연히 듣고 있었을 뿐 아니라 찬성까지 했다. 막상 자신은 카스탈리엔으로부터 풀려나기 위해 싸우는 중이었으면서도, 그는 나를 도로 카스탈리엔 쪽으로 유혹하고 이끌어 가 다시 명상하게 하고, 카스탈리엔의 음악과 침잠으로, 카스탈리엔의 명랑함과 용감함으로 교육하고 개조했다. 비록 그들을 동경한다고는 하나 완전히 비카스탈리엔적이고 반카스탈리엔적이었던 나를 그들과 같은 사람으로 만들고, 그들에 대한 나의 불행한 사랑을 행복한 사랑으로 바꾸어 놓았던 것이다."

데시뇨리는 이렇게 말했고, 그가 감탄하고 고마워하는 데는 그럴 만한 이유가 있었다. 사실 소년이나 청년의 경우라면, 이미 오래전부터 효과가 입증된 방법을 통해 수도회의 생활양식대로 교육하는 일이 그다지 어렵지 않을지도 모르지만, 이미 나이가 오십에 가까운 남자라면 아무리 그가 대단한 선의를 지니고 있다 해도 그것은 확실히 어려운 일이었던 것이다. 물론 데시뇨리가 완벽하거나 모범적인 카스탈리엔 사람이 되었던 것은 아니리라. 그러나 크네히트가 의중에 두었던 일은 충분히 이루어졌다. 슬픔에서 나온 반항심과 쓰디쓴 우울을 녹여 버리고, 지나치게 민감하고 사람을 꺼리던 그의 마음을 다시 조화롭고 명랑한 쪽으로 돌려놓았으며, 몇 가지 나쁜 습관을 좋은 습관으로 바꾸어 놓을 수 있었던 것이다. 물론 거기에 필요한 사소한 많은 일을 모두 유리알 유희 명인 자신이 할 수는 없었다. 그는 이 귀빈을 위해 발트첼과 수도회의 시설과 인력을 동원했다. 심지어 수도회 본부가 있는 히르스란트에서 명상 선생을 한동안 친구 집으로 파견해 끊임없이 연습을 감독하게까지 했다. 그러나 그 모든 계획과 지도는 명인의 수중에 있었다.

명인으로 재직한 지 팔 년째 되던 해에 크네히트는 그동안 친구로부터 여러 번 받았던 초대를 처음으로 받아들여 수도에 있는 친구 집을 방문했다. 수도회 본부의 수석인 알렉산더와 가까운 사이였으므로 그의 허락을 얻어 휴일 하루를 방문에 쓸 수 있었다. 그 방문에 큰 기대를 걸고 있으면서도 일 년 전부터 계속 주저하며 미루어 온 것은, 한편으로는 친구에 대해 확신이 섰을 때 방문하겠다는 생각 때문이었고, 다른 한편으로는 당연한 일이지만 불안감도 없지 않았기 때문이었다. 그것은 사실 그의 친구 플리니오가 그리도 완강한 슬픔을 얻어 가지고 왔으며, 그에겐 그리도 많은 중요한 비밀들을 간직하고 있는 속세로 내딛는 첫걸음이었던 것이다. 그의 친구가 데시뇨리 가문의 오래된 저택과 바꾼 현대식 주택은, 의젓하면서도 아주 총명하고 거동이 조심스러운 부인에 의해 관리되고 있었다. 그러나 부인은 잘생기고 건방진, 아니 버릇없다고 해야 할 어린 아들의 지배를 받고 있는 것 같았고, 여기서는 모든 일이 그 아이 위주로 돌아가는 듯했다. 아이가 아버지를 대하는 독선적이고도 우월한, 그러면서도 약간은 순종하는 듯한 태도는 어머니에게서 배운 것 같았다. 그 밖에도 여기서는 카스탈리엔적인 것이라면 무엇이든 냉담하고 불신하는 듯한 감이 있었으나, 명인의 인품에 대해서는 어머니도 아들도 그리 오래 반감을 품지 못했다. 그들에게 명인이라는 직책은 무언가 신비롭고 신성하고 전설적인 면을 지니고 있었던 것이다. 어쨌거나 첫 방문

때는 모든 것이 아주 경직되고 부자연스러웠다. 크네히트는 그저 관찰하고 관망하면서 침묵을 지켰다. 부인은 적군의 고급 장교라도 숙박시키듯 차갑고 형식적인 예의를 갖추지만 속으로는 거부하는 태도로 그를 맞았다. 그래도 아들 티토가 그중 가장 당황하지 않는 편이었다. 그는 이미 여러 번 그 비슷한 상황에 처해 관찰하면서 아마 재미있어하는 참관인 노릇을 해 본 것 같았다. 그의 아버지는 실제 이상으로 집안의 주인 행세를 하려는 것처럼 보였다. 데시뇨리와 부인 사이에는 부드럽고 조심스러우면서도 어딘지 불안한, 마치 발끝으로 걷는 듯한 예의 바른 분위기가 감돌았는데, 남편보다는 아내 쪽이 훨씬 편하고 자연스럽게 그런 분위기를 몸에 익히고 있었다. 아버지는 아들에게 친구 같은 태도를 취하려고 애썼는데, 아들은 때로는 그런 점을 이용하기도 하고 때로는 교만하게 뿌리치기도 하는 버릇이 들어 있는 것 같았다. 한마디로, 그것은 힘들고 순진하지 못한, 억눌린 충동으로 후덥지근하게 달구어진 공동생활이었으며, 교란이나 감정 폭발에 대한 두려움과 긴장감으로 가득 찬 생활이었다. 행동이나 말씨는 그 집 전체의 분위기가 그렇듯, 외부의 침입이나 습격에 대해 아무리 견고하고 두껍고 확실하게 방어벽을 쳐도 부족하다는 듯이, 좀 지나치게 관리되고 있었고 작위적이었다. 또 한 가지 크네히트의 눈길에 잡힌 것은, 플리니오의 얼굴에 다시 자리 잡았던 명랑성이 대부분 사라져 버리고 없다는 점이었다. 발트첼이나 히르스란트의 수도회 본부에 있을 때는 이미 음울함과 비애를 거의 완전히 벗어 버린 것 같았던 플리니오가 여기 자신의 집에서는 다시 완전히 어두운 그림자에 싸여 비판과 동정을 불러일으켰다. 집은 아름다웠고, 부와 사치를 드러내고 있었으며, 어느 방이나 그 공간에 알맞은 가구 장식들이 갖추어져 있었고, 두세 가지 색조로 조화를 이루고 있었으며, 크네히트가 눈길을 주며 즐길 만한 값진 예술품들이 여기저기 놓여 있었다. 그러나 눈길을 끄는 이 모든 것은 결국 좀 지나칠 정도로 아름답고 너무 완벽하고 잘 계획되어 있어서 발전이나 변화나 개선의 여지가 없어 보였다. 그래서 방이나 장식품의 아름다움 또한 어떤 간절함, 보호를 갈구하는 몸짓을 의미한다는 것을 크네히트는 직감했다. 방이나 그림이나 꽃병이나 꽃은 조화와 아름다움을 동경하는 하나의 삶을 에워싸고 반주를 하고 있다는 느낌이었다. 이렇게 빈틈없이 공들여 주변을 다듬는 것 말고는 달리 조화와 아름다움에 이를 길이 없다는 듯이.

크네히트가 친구의 집으로 명상 선생을 보낸 것은 그 방문에서 얼마간 유쾌하지 않은 인상을 받고 돌아온 다음이었다. 그 집의 이상하게 숨 막힐 듯한 무거운 분위기 속에서 하루를 지내고 난 다음부터 그는 여러 가지 사실을 알게 되었다. 그런 걸 알고 싶은 생각은 전혀 없었지만, 그중에는 그가 몰랐던, 친구를 돕기 위해 알고 싶었던 일들이 적지 않게 있었다. 첫 방문에 그치지 않고 그는 여러 번 그곳을 찾았고, 대화 주제는 교육이라든가 어린 티토에까지 미치게 되었다. 아들에 대한 이야기가 나오면 어머니도 활기 있게 관심을 보였다. 명인은 총명하고 좀처럼 남을 믿지 않는 이 부인의 신뢰와 공감을 차츰 얻게 되었다. 한번은 그가 받은 농담 삼아, 교육을 위해 지식을 적당한 시기에 카스탈리엔으로 보내지 않은 것이 유감이라고 말하자, 그녀는 이 말을 비난으로 받아들이고는 이렇게 변명했다. 티토가 과연 입학 허가를 받을 수 있었을지도 실은 몹시 의심스러운 것이, 그 애는 재능은 있지만 다루기가 힘들다. 그리고 아이의 의사를 거슬러서 억지로 그 인생에 관여하는 일은 결코 할 수 없었는데 그 똑같은 시도가 이미 그 애 아버지에게서 성공을 거두지 못하지 않았는가. 자기도 남편도 아들을 위해 데시뇨리 가문의 오랜 특권을 요구할 생각은 안 했는데, 자기들은 플리니오의 아버지하고도 옛 가문의 모든 전통하고도 인연을 끊어 버렸기 때문이라고 말했다. 그리고 마지막으로 쓸쓸하게 희미한 웃음을 보이면서, 사정이 전혀 달랐다 하더라도 자기는 아이와 헤어질 수 없었을 테니, 그 아이 말고는 사는 보람을 느낄 만한 것이 아무것도 없기 때문이라는 말을 덧붙였다. 충분히 생각해서 한 말이라기보다는 무심코 한 이 말을 크네히트는 곰곰이 생각해 보지 않을 수 없었다. 그렇다면 모든 점에서 그리도 훌륭하고 화려하게 빈틈없이 치장이 된 아름다운 집도, 남편도, 정치도, 정당도, 한때 그녀가 숭배했던 아버지에게서 물려받은 유산도, 그녀의 삶에 의미와 가치를 부여하기엔 충분치 않고 아이만이 그렇게 할 수 있다는 말이 아닌가. 아이를 구하기 위해 아이와 헤어지느니, 이 가정과 결혼 생활처럼 아들에게 열악하고 해로운 조건에서라도 아이를 슬하에서 키우고 싶었다는 얘기가 아닌가. 그토록 총명하고 얼핏 보기에 냉정하고 이지적인 부인이 한 말이라고 보기에는 놀라운 고백이었다. 크네히트는 그녀의 남편을 돕는 것처럼 직접 그녀를 도울 수는 없었다. 또 그렇게 해 볼 생각도 못했다. 그러나 이따금 이곳을 방문하고 플리니오가 그에게서 받는 영향을 통하여 이지러지고 헝클어진 가정생활에도 절제와 경고를 가할 수는 있었다. 따라서 명인은 방문할 때마다 데시뇨리의 집에서 영향력과 권위가 높아져 갔지만, 이들 세속 사람들의 삶은 알면 알수록 그에겐 점점 더 수수께끼처럼 보일 뿐이었다. 그러나 그가 수도를 방문했을 때 보고 체험한 일에 대해 우리는 별로 아는 것이 없으니, 여기 간략하게 적어 본 것으로 만족할 수밖에 없겠다.

히르스란트의 수도회 본부 수석은 지금까지 크네히트가 직무상 필요한 일 이외에는 가까이하지 않았던 인물이었다. 히르스란트에서 열리는 전체 회의에서나 만나는 정도였고, 그런 때에도 수석은 대개 동료를 맞이하거나 전송하는 등의 형식적이고 피상적인 직무를 행할 뿐이고, 회의 운영의 중요한 일은 의장의 권한이었다. 지금까지 재직했던 수석은 크네히트가 취임했을 무렵 이미 고령이었고, 유희 명인은 그에게 큰 존경심을 품고 있었지만, 거리를 좁혀 다가갈 기회는 한 번도 없었다. 그는 유희 명인에게는 이미 거의 인간도 인격도 아니었으며, 오로지 제사장으로서, 위엄과 정신 집중의 상징으로서, 관청과 성직 제도의 전체 조직 위에 군림하는 말없는 우두머리로서, 최고의 장식으로서 떠올라 있었다. 이 인물이 세상을 떠나자 수도회에서는 알렉산더를 새로운 수석으로 선발했다. 알렉산더는 몇 해 전 요제프 크네히트가 취임했을 때 수도회 본부에서 그에게 파견했던 바로 그 명상 명인이었다. 그때부터 유희 명인은 이 모범적인 수도회 사람을 경탄하며 감사하는 마음으로 좋아하고 있었고, 알렉산더 역시 크네히트를 매일 챙겨 주며 한편으로는 고해신부 역할까지 해 주면서 유희 명인의 인품과 행동거지를 충분히 가까이에서 관찰하며 알게 되었기 때문에, 그를 마음에 들어 하고 있었다. 그때까지는 잠재적으로 내재해 있던 우정이 이제 두 사람의 의식 표면으로 떠올랐고, 알렉산더가 크네히트의 동료가 되고 관청의 수석이 된 순간부터 우정은 구체적인 형태를 띠게 되었다. 두 사람은 이제 자주 만나 함께 일을 하게 되었기 때문이다. 물론 이 우정에는 일상적인 교류라거나 청년 시절 함께했던 공통의 경험 같은 것은 없었다. 그것은 높은 자리에 오른 사람들 사이에서 볼 수 있는 동료로서의 호감이었고, 그저 인사를 하거나 헤어질 때 따뜻함이 더하다든지, 좀 더 격의 없이 빠르게 서로 속마음을 이해한다든지, 회의 중간의 휴식 시간에 잠깐 잡담을 하는 정도의 친밀함이었다.

수도회 명인이라고도 불리는 수도회 본부의 수석은 법적으로는 동료인 다른 명인들보다 서열이 높은 것은 아니었지만, 전통에 따라 최고 관청 회의 의장직을 맡게 되어 있었다. 지난 수십 년 동안 수도회가 점점 더 명상적이 되고 수도원의 성격을 띠게 되면서 수석의 권위는 그만큼 더 높아졌는데, 물론 그것은 성직 내부에 한한 일이지, 외부에까지 미치는 일은 아니었다. 교육청에서 수도회 수석과 유리알 유희 명인은 시간이 갈수록 카스탈리엔 정신의 진정한 두 대표자가 되었다. 사실 카스탈리엔이 있기 훨씬 전부터 내려오는 문법이나 천문학, 수학, 음악 같은 아주 오래된 분야에 비해 명상적 정신 훈련과 유리알 유희는 카스탈리엔으로서는 고유의 특성을 지닌 보물이었다. 따라서 현직에 있는 대표자이자 지도자인 두 사람이 서로 친밀한 관계라는 것은 나름의 의미가 있었다. 그들 두 사람에게 그것은 자신들의 위엄을 증명하고 높여 주고, 생활에 따뜻함과 즐거움을 주는 일이었다. 또 카스탈리엔 세계에서 핵심을 이루는 가장 신성한 보물과 힘을 몸소 구현하여 전범을 보여야 하는 임무를 달성하도록 자극을 주는 일이기도 했다. 그것은 크네히트의 마음속에서 이 모든 것을 포기하고 다른 새로운 생활권으로 뛰어들려는 경향이 커져 갈수록 그의 심정을 이곳에 붙들어 매는 속박이요, 반대로 작용하는 힘을 의미했다. 그럼에도 새로운 것을 향한 경향은 억누를 수 없을 정도로 계속 발전해 갔다. 명인으로 재직한 지 육 년이나 칠 년째 되던 해인 것 같은데, 그가 스스로 이것을 자각하게 되자 이 경향은 더 강화되었을 뿐만 아니라, '각성'의 인간인 그에 의해 주저 없이 의식적인 생활과 사색 속으로 받아들여졌다. 아마 그때부터라고 해도 좋으리라 생각되는데, 그는 자기가 머지않아 자신의 직무와 교육주를 떠나게 될 거라는 생각에 익숙해지게 되었다. 그것은 때로는 포로로 갇힌 사람이 자기가 자유로워질 거라고 믿는 방식이었을 테고, 또 때로는 불치의 병을 앓는 사람이 자신이 죽을 것을 아는 방식이기도 했으리라. 다시 돌아온 젊은 날의 친구 플리니오와 처음 대화했을 때, 그는 친구에게 그 생각을 처음으로 입 밖에 내어 말했다. 그것은 말이 없고 마음이 닫혀 있는 친구의 마음을 끌어당겨 가슴을 열게 하기 위한 방편이었을 수도 있지만, 어쩌면 누군가에게 처음 그 고백을 함으로써 자신의 새로운 자각과 생의 느낌에 대해 함께 알고 있는 사람을 만드는 한편, 처음으로 외부를 향해 들어서는, 그 실현을 위한 첫 세기를 만들기 위해서였는지도 모른다. 데시뇨리와 여러 차례 대화를 나누는 동안, 언제고 한 번 현재의 생활 형식을 벗어 버리고 과감하게 새로운 생활 속으로 뛰어들겠다는 그의 소원은 이미 결심 단계에 이르고 있었다. 그사이 그는, 이제는 그저 감탄에 그치는 것이 아니라 치유되고 건강을 되찾아 가면서 감사한 마음으로 자기와 관계를 맺고 있는 플리니오와의 우정을 조심스럽게 확장시켜, 그 속에서 바깥세계와 그 수수께끼로 가득한 삶으로 이어지는 하나의 다리를 확보했다.

명인이 친구 테굴라리우스에게 나중에 한참 지나서야 자신의 비밀과 탈출 계획을 밝힌 것은 별로 놀랄 일도 아니다. 모든 우정을 그리도 우호적으로 좋은 방향으로 촉진시켜 나가면서도 그는 그것을 또 그만큼 독자적으로 능숙하게 조망하고 이끌어 갈 줄도 알았다. 플리니오가 크네히트의 삶 속에 다시 등장한 것은 프리츠 입장에서 보면 계획에 없던 경쟁자가 하나 튀어나온 셈이었다. 새로운 옛 친구 하나가 크네히트의 관심과 마음을 온통 끌어가고 있었던 것이다. 그 일에 대해 테굴라리우스가 일단 맹렬한 질투로 반응했다 해도 크네히트는 별로 놀라지 않았을 것이다. 사실 얼마 동안, 이를테면 그가 데시뇨리의 마음을 완전히 장악해 상태를 바로잡을 때까지는, 테굴라리우스가 뿌루퉁해서 물러나 있는 것이 명인으로서는 오히려 환영할 만한 일이었으리라. 사실 궁극적으로는 달리 숙고해야 할 더 중요한 일이 있었던 것이다. 발트첼과 명인의 자리에서 서서히 물러나겠다는 자신의 소망을 어떻게 하면 테굴라리우스 같은 성격을 가진 사람의 기호에 맞게 소화할 수 있는 것으로 만들 것인가? 크네히트가 일단 발트첼을 떠나면, 그는 이 친구에게는 영영 사라지는 것이었다. 이 친구를 자기 앞에 놓인 좁고 위험한 길로 데려간다는 것은 생각도 할 수 없는 일이었다. 설사 그가 뜻밖에 이 일에 관심과 용기를 갖는다 해도 불가능한 일이었다. 크네히트는 친구에게 자기의 의도를 알리기까지 매우 오랜 시간을 기다리고, 생각을 거듭하며 주저했다. 탈출하겠다는 결심이 굳어진 후에도 한참이 지나서야 그는 결국 친구에게 털어놓았다. 일의 결과를 함께 짊어지게 될 친구에게 마지막 순간까지 모든 것을 숨기고 적당히 배후에서 계획을 추진하고 진행시킨다는 것은 그의 천성에도 전혀 맞지 않는 일이었을 것이다. 아마 그는 플리니오에게 했던 것처럼 테굴라리우스에게도 그 일을 알려 주고, 실제적인, 아니면 적어도 생각만으로라도 조력자요 공범자로 만들려고 했을 것이다. 어떤 처지든 행동은 그것을 좀 더 쉽게 받아들일 수 있게 해주니까.

카스탈리엔 제도가 몰락의 위험에 직면해 있다고 크네히트가 생각한다는 것은 물론 그의 친구도 오래전부터 알고 있었다. 크네히트가 그 문제를 말하고 친구가 그 이야기를 들을 준비가 되어 있는 범위에서 말이다. 친구에게 마음을 털어놓으려고 결심했을 때 명인은 이 생각을 이야기의 실마리로 삼았다. 예상 밖으로, 그리고 마음 놓이게도 프리츠는 명인의 비밀스러운 고백을 비극적으로 받아들이지 않았다. 오히려 명인이 관직을 내던지고 발에서 카스탈리엔의 먼지를 훌훌 털고는 자기 취향에 맞는 삶을 선택한다는 상상이 유쾌한 흥분을 불러일으킬 뿐만 아니라 즐겁기까지 한 모양이었다. 독보자요 모든 규칙에 대한 적대자로서 테굴라리우스는 늘 관청에 맞서는 개인의 편을 들었다. 공권력에 대해 기지에 찬 방식으로 싸우고, 조롱하고, 지략을 써 이기는 데 그는 언제나 한편이었다. 그렇

게 길은 생겼다. 안도의 숨을 쉬고 내심 웃으면서 크네히트는
곧바로 친구의 반응에 동조했다. 이 일이 관청과 관료주의에
대한 일종의 기습이라고 생각하게 그냥 내버려 두고 테굴라리
우스에게 이 습격의 공모자이자 협력자, 공범자의 역할을 맡
겼다. 관청에 올리는 병인의 청원서, 즉 그로 하여금 직무에서
물러나지 않을 수 없게 하는 제반 원인에 대한 진술과 해명의
글이 작성되어야 했는데, 이 청원서의 준비와 작성이 무엇보
다 테굴라리우스의 과제가 되어야 했던 것이다. 테굴라리우스
는 우선 카스탈리엔의 창설과 번영, 현재의 상태에 대한 크네
히트의 역사적 견해를 받아들여 자신의 것으로 한 다음, 역사
적 자료들을 수집하여 그것을 근거로 크네히트가 바라는 바와
제안을 제시해야 했다. 그러기 위해서는 그가 지금까지 거부하
고 무시해 온 영역인 역사 문제를 다루고 관여해야 했지만 그
사실은 별로 문제가 되지 않는 것 같아 보였다. 크네히트는 서
둘러 이 일에 필요한 정보들을 그에게 주었다. 그리하여 테굴
라리우스는 직무에서 벗어난 고독한 작업에 쏟곤 하던 열성과
끈기로 새로운 과제에 몰두했다. 완고한 개인주의자인 그에게
이 일은 고위급 인사와 성직의 결점 및 문제점을 입증하거나
적어도 그것들을 건드려 자극하는 역할을 하는 것이었기에 유
난히 큰 쾌감을 안겨 주었다.

크네히트는 이 쾌감에 가담하지 않았고 친구의 노력이 성공
하리라고도 생각하지 않았다. 자신을 기다리고 있는 일을 하
기 위해 현재 환경의 속박에서 벗어나 자유로워지기로 결심했
지만, 그럴듯한 이유로 관청을 이기지도 못할 것이요 여기서
수행되어야 할 일의 일부를 테굴라리우스에게 맡길 수도 없다

는 것을 잘 알고 있었다. 그렇지만 테굴라리우스가 자기 옆에 있는 동안 그에게 일거리를 주고 기분을 돌리게 하는 것은 바람직한 일이었다. 나중에 플리니오 데시뇨리를 만나 이 이야기를 하고 나서 명인은 이렇게 덧붙였다. "테굴라리우스는 지금 바쁘게 일하고 있고, 그것으로 자네가 돌아옴으로써 자기가 잃었다고 생각하는 부분을 채우고 있는 거라네. 질투심도 이제 거의 사라졌어. 내 편이 되어 내 동료들과 대적하는 이 일은 그의 심신에도 도움을 주어서 그는 거의 행복할 지경이라네. 그러나 플리니오, 이 일이 그저 테굴라리우스에게 도움이 되리라는 이점 이외에 내가 그의 활동에서 무언가 기대하고 있다고 생각하지는 말게. 관청 최고위부에서 우리가 계획한 청원에 응한다는 것은 결코 있을 수 없는 일이야. 그래, 불가능한 일이지. 기껏해야 부드럽게 타이르는 체하는 경고로 응답하는 게 고작일 거야. 내가 의도하는 바와 그것의 실현 사이에는 우리 성직 제도 자체의 근본 원칙이 놓여 있다네. 그리고 납득할 만한 근거가 있는 청원이라 해서 선뜻 유리알 유희 명인을 관직에서 해임시키고, 카스탈리엔 이외의 고장에서 근무하게 해 주는 관청이라면 나 또한 영 마음에 들지 않을 걸세. 게다가 수도회 본부의 알렉산더 명인은 어떠한 일에도 굽히지 않는 사람이네. 사실 이 싸움은 나 혼자서 해내야 할 일이야. 하지만 일단 테굴라리우스가 명민함을 발휘하도록 내버려 두세! 그 일로 해서 우리가 잃는 것은 약간의 시간뿐인데, 내가 떠나도 반트첼에 지장이 생기지 않도록 모든 일을 정리해 두기 위해서는 그렇지 않아도 그 정도 시간은 필요하니까. 그러나 자네는 그사이에 내가 자네들의 세계로 갔을 때 머물 곳과 할 일을 마련해 주어야 하네. 아무리 하찮은 일이라도 괜찮아. 부득이한 경우엔 음악 선생 자리도 좋네. 그저 발판이 될 시작이 필요할 뿐이니까.”

데시뇨리는 그런 일이라면 곧 찾을 수 있을 것이고 그때가 되면 자신의 집을 얼마든지 쓰도록 할 작정이라고 했다. 그러나 크네히트는 그 말에는 동의하지 않았다.

“아니, 손님 대접이 필요한 게 아닐세. 나는 일을 가져야 해. 자네 집에 머무는 것이 좋다 해도 그것이 며칠 이상 지속되면 긴장과 불편한 일들이 쌓이게 될 거야. 진정 자네를 믿고, 자네 부인 또한 내가 가면 친절하게 대해 주지만, 내가 더 이상 손님도 유희 명인도 아니고 도망자에 식객이 된다면 모든 것이 금방 달라질 걸세.”

“자네는 너무 세세한 것까지 생각하는 것 같군. 자네가 우선 여기서 자유로운 몸이 되어 수도에서 거처를 정하게 되면 곧 자네에게 걸맞은 초빙을 받게 될 걸세. 적어도 대학교수로서 말이야. 그건 확실히 약속할 수 있네. 그러나 자네도 알다시피 이런 일에는 시간이 필요하지. 물론 나는 자네가 이곳에서 완전히 풀려난 후에라야 일을 주선해 볼 수 있네.” 플리니오가 말했다.

“그렇고말고. 그때까지 내 결심은 비밀로 지켜져야지. 이쪽 관청에 보고되고 결정이 내려지기 전에 자네들 관청의 처분을 받을 수는 없지. 그건 자명한 일이야. 한데 무엇보다도 공직을 구하고 싶은 생각은 없네. 내가 바라는 일은 작은 것이야. 아마 자네가 상상하는 것보다 더 작을 거야. 작은 방과 매일 먹을 빵, 그러나 무엇보다 교사이자 교육자로서의 일과 임무가 필요하네. 함께 생활하면서 감화를 줄 수 있는 한 명 혹은 몇 명의 어린 학생이 필요해. 이런 경우 대학은 가장 내키지 않는 곳이지. 한 소년의 가정교사나 뭐 그런 일이라도 좋겠네. 아니, 그 편이 훨씬 더 나을 것 같아. 내가 찾고 필요로 하는 것은 단순하고도 자연스러운 일이야. 요컨대 나를 필요로 하는 한 인간이면 족해. 대학에 초빙된다는 것은 나를 처음부터 다시 전통적이고 신성화되고 기계화된 직무 체계 속으로 끼워 넣는 일일 텐데, 내가 갈망하는 것은 그 정반대의 일이라네." 명인이 말했다.

그러자 데시뇨리는 망설이면서 벌써 오래전부터 마음에 품고 있던 부탁을 꺼냈다.

"제안하고 싶은 게 있네. 일단 귀담아듣고 나서 호의적으로 검토해 주면 좋겠네. 아마 이 제안이라면 자네가 받아들일 수도 있을 거야. 그러면 자네도 내게 유익한 일을 해 주는 셈이지. 여기서 자네 손님이 된 첫날부터 자네는 여러 면에서 계속 나를 도와주었네. 자네는 내 생활과 가정이 어떻다는 것도 잘 알고, 지금 상태가 어떤지도 알 거야. 그리 좋은 형편은 아니지만, 그래도 지난 몇 년에 비하면 지금은 많이 좋아진 거라네. 가장 어려운 문제는 나와 내 아들의 관계야. 아들은 응석받이에다 버릇이 없다네. 그 애는 집안에서 특별 대우를 받고 떠받들어지는 존재가 되어 버렸어. 애가 아직 어렸을 때 아이 엄마와 내가 경쟁적으로 서로 비위를 맞춰 주다가 그렇게 되고 말았다네. 아이는 결국 어머니 편이 되어 버렸고, 내 모든 교육 수단은 차츰 영향력을 잃어 갔지. 나는 그 상태로 만족할 수밖에 없었네. 무언가 잘못된 내 인생에 대해 대체로 그랬던 것처럼 말이야. 체념했다네. 그러나 자네의 도움으로 다시 어느 정도 나아진 지금 난 다시 희망을 품게 되었어. 내가 무슨 말을 하려는지 짐작하겠지. 그렇지 않아도 학교생활에 어려움을 겪고 있는 티토에게 얼마 동안이라도 돌보아 줄 선생님이나 교육자를 붙여 주게 되면 큰 도움이 되지 않을까 기대한다네. 이기적인 부탁이라는 것은 알고 있네. 이 일이 자네 마음에 들지는 잘 모르겠어. 그러나 자네가 내게 이런 제안을 입 밖에 낼 수 있는 용기를 주었네."

크네히트는 미소를 지으며 그에게 손을 내밀었다.

"고맙네, 플리니오. 이보다 더 반가운 제안은 없을 걸세. 자네 부인의 동의를 아직 구하지 못했을 뿐이군. 그리고 한 가지 더하자면 자네 부부는 한동안 아들을 나에게 완전히 맡길 결심을 해야 하네. 내가 그 애를 수중에 장악하려면 부모의 집에서 받는 모든 영향을 끊어 버려야 하네. 부인과 이야기해서 이 조건을 받아들이도록 납득시켜 주게. 서두르지 말고 신중하게 해야 하네!"

데시뇨리가 물었다. "자네는 티토에게서 어느 정도 성과를 볼 수 있으리라고 생각하나?"

"물론이지. 왜 안 되겠는가? 그 애는 양친으로부터 훌륭한 혈통과 재능을 물려받았네. 다만 그 힘들이 조화를 이루지 못하고 있을 뿐이지. 아이 마음속에 이 조화에 대한 욕구를 일깨우는 것, 아니 일깨운다기보다 강화시켜서 마침내 그것을 의식하게 하는 것이 내가 할 일이 될 거야. 기꺼이 이 일을 맡겠네."

이런 식으로 크네히트는 두 친구를 각기 전혀 다른 방식으로 자신의 계획에 동참하도록 만들었다. 데시뇨리가 수도에서 아내에게 새로운 계획을 내놓고 승낙을 받으려고 애쓰는 동안, 발트첼에서는 테굴라리우스가 크네히트의 지시에 따라 의도한 글을 쓰기 위해 도서관 연구실에서 자료를 수집하고 있었다. 명인은 그에게 읽을거리를 미끼로 던져 주며 꾀었다. 역사를 무시하고 거들떠보지도 않던 테굴라리우스는 전쟁 시대의 역사 연구를 덥석 물고는 정신없이 빠져들었다. 유희에는 언제나 열심이었던 그는, 수도회가 생겨나기 이전 암울한 시대의 징후를 드러내는 일화들을 점점 더 욕심을 내며 모아들여 있는 대로 쌓아 올렸기 때문에, 몇 달 뒤 명인에게 그동안 한 일을 제출했을 때 이미 테굴라리우스는 전체 일의 십 분의 일도 채 남겨 놓지 않고 있었다.

그 무렵 크네히트는 몇 차례나 거듭해서 수도를 방문했다. 심신이 건강하고 조화로운 사람이 까다롭거나 걱정 많은 사람에게는 쉽게 받아들여지기 마련이듯 데시뇨리 부인은 점점 더 그를 신뢰하게 되었고, 곧 남편이 내놓은 계획에 찬성하게 되었다. 티토에 대해 우리가 알고 있는 바는 다음과 같다. 크네히트가 방문한 어느 날 티토는 명인에게 자신을 허물없이 너라고 부르지 말아 주기 바란다, 누구나, 심지어 학교 선생님들까지도 자기를 자네라고 부른다고 건방지게 말했다. 크네히트는 아주 정중하게 사과하고 나서, 그렇지만 자기 교육주의 교사들은 모든 학생을, 대학생과 다 자라 이미 어른이 된 학생들까지도 허물없이 친한 호칭으로 부른다고 말해 주었다. 식사가 끝난 후 크네히트는 소녀에게 잠시 함께 나가서 도시를 좀 구경시켜 달라고 부탁했다. 산보를 하다가 티토는 그를 구시가의 웅장한 거리로 안내했는데, 거기에는 부유한 상류 귀족들의 수백 년 된 저택들이 빽빽하게 열 지어 서 있었다. 티토는 견고하고 폭이 좁은 높다란 건물들 가운데 어느 한 집 앞에 서더니 높이 솟은 정문 위의 문장(紋章)을 가리키며 물었다. "저게 무언지 아세요?" 크네히트가 모른다고 대답하자, 티토가 말했다. "여기 이것은 데시뇨리 가문의 문장입니다. 그리고 이것은 삼백 년 동안 우리 가문이 소유했던 유서 깊은 저택이고요. 그러나 우리는 지금 세상의 다른 집들과 별반 다를 것이 없는 집에 살고 있어요. 할아버지가 돌아가신 후 아버지가 멋대로 가문 대대로 내려온 이 아름답고 품위 있는 저택을 팔아 치우고 최신식 집을 지었기 때문이지요. 이제는 더 이상 현대적이랄 것도 없는 그 집을 말이에요. 그런 일이 이해가 되세요?"

"자네는 이 옛집에 무척 정이 가는 모양이지?" 크네히트가 다정하게 물었다. 그러고는 티토가 열렬히 맞장구를 치며 "그런 일이 이해가 되세요?"라고 재차 질문하자, 이렇게 대답했다. "밝은 곳으로 옮겨 놓고 보면 무엇이든 이해할 수 있다네. 옛집이란 훌륭한 것이지. 새집을 바로 옆에 세워 놓고 선택하라고 했다면, 아마 옛집을 내놓지는 않았을 거야. 그래, 옛집은 아름답고 소중한 것이라네. 더구나 여기 이 집처럼 아름다운 저택일 경우엔 더욱 그렇지! 그러나 스스로 집을 짓는 일 또한 아름다운 일이라네. 적극적이고 야심만만한 청년에게 이미 완성된 집에서 편안히 눌러앉아 살지 자신을 위해 완전히 새로운 집을 지을지 둘 중 하나를 선택하라고 했을 때, 그가 새로 집을 짓는 쪽을 선택할 수도 있다는 것은 충분히 이해가 가는 일이야. 나는 자네 부친이 자네 나이였을 적, 그러니까 열렬하고 무모한 청년이었을 적부터 알고 지내 왔네만, 내가 알기로 자네 아버지는 옛집을 팔고 그것을 잃는 일에 그 누구보다 마음 아파했던 사람이네. 자네 부친은 자네 조부를 비롯해 가족들과 심각한 충돌을 일으키고 있었지. 우리 카스탈리엔에서의 교육도 그에게는 아주 잘 맞는 것은 아니었던 모양이야. 그 교육이 최소한 격정 때문에 벌어진 몇 가지 무분별한 행동에서 그를 지켜 주지 못했던 것을 보면 말이지. 그런 행동 중의 하나가 집을 파는 일이었네. 집을 팔아 버림으로써 자네 부친은 가문의 전통과 아버지, 과거와 그를 속박하고 있는 것에 정면으로 맞서며 선전포고를 하려 했던 거야. 나는 최소한 그 일은 충분히 이해할 것 같았네. 그러나 사람이란 참 이상하지. 내게는 또 다른 생각, 즉 그렇게 옛집을 팔아 치움으로써 그가 가족뿐만 아니라 무엇보다 자기 스스로를 괴롭히려 했다는 것도 전혀 있을 수 없는 일은 아니라고 여겨지더군. 가족들은 그를 실망시켰지. 그들은 자네 부친을 우리 영재 학교로 보내 우리 방식으로 교육받고 자라나게 했네. 그러고는 교육을 마치고 돌아오니 감당할 수 없는 임무와 요구를 들이대며 맞아들였지. 그러나 이 이상의 심리적인 해석은 하고 싶지 않아. 어쨌든 집을 판 이 이야기는 부자 간의 충돌이 얼마나 심한 것인지, 이러한 증오, 이렇게 증오로 돌변한 사랑이 얼마나 대단한 것인지를 보여 주고 있네. 힘차고 재능 있는 사람들에게서는 이런 충돌이 안 일어나는 경우가 드물지. 세계사는 이런 예들로 가득하다네. 하지만 또 어떤 값을 치르더라도 그 집을 가문의 소유로 되찾는 일을 필생의 임무로 여기는 데시뇨리의 후손도 생각해 볼 수 있지."

티토가 외치듯이 말했다. "그러면 그 후손이 그 일을 하는 것이 옳다고 여기시는 건가요?"

"여보게, 나는 그 사람의 재판관이 될 생각은 없네. 만일 데시뇨리 가문의 후손 중 하나가 자기 가문의 위대함이나 그 위대함과 함께 자기 삶에 주어진 의무를 자각하고, 도시와 국가와 민족과 성의와 공공의 복지를 위해 온 힘을 다해 봉사하고, 그런 과정에서 집을 되찾을 수 있을 만큼 힘 있는 인물이 되었다면, 그는 존경할 만한 사람이라고 할 수 있겠지. 그런 사람 앞에서는 모자를 벗고 경의를 표하고 싶어질 거야. 그러나 만일 그가 집을 되찾는 일 말고는 평생 아무 다른 목적을 갖지 못한다면, 그는 미쳤거나 홀린 사람, 열정에 사로잡힌 사람밖에 못 되는 거지. 기껏해야 자기 아버지가 젊은 시절에 벌인 갈등의 의미를 깨닫지 못한 채 어른이 되어서도 평생 그 갈등을 질질 끌고 다니는 위인밖에 못 되는 거야. 그 심정은 이해할 수 있고 동정도 가지만, 그가 자기 가문의 명성을 높이는 일은 없을 것이네. 유서 깊은 가문의 자손이 자신의 집에 애착을 느끼는 것은 아름다운 일이지만, 그 가문이 젊어지고 새롭게 위대해지는 것은 언제나 그 아들들이 가문의 목적보다 더 큰 목적에 이바지할 때라야 가능한 일이지."

이날 산책을 하면서 티토는 아버지의 손님이 하는 말을 주의 깊게 경청하며 아주 열심히 들었지만, 다른 때에는 변함없이 거부와 반항의 태도를 드러냈다. 평소 좀처럼 의견이 맞지 않는 양친이 공통으로 존중하는 이 인물에게서 그는 어떤 힘을 감지하고 있었다. 그런데 그 힘이 자신의 버릇없는 자유로움을 위태롭게 할 수도 있겠기에 그는 가끔 일부러 무례하게 굴었다. 물론 그런 다음에는 매번 미안한 마음이 들고 그것을 만회하고 싶은 생각이 들곤 했다. 잘 닦여 번쩍거리는 갑옷처럼 명인을 에워싸고 있는 명랑하고 정중한 예의 앞에서 약점을 드러낸 것이 자존심 상하는 일이었기 때문이다. 그리고 경험 없고 제멋대로인 마음 한구석에 아마 이 사람은 매우 사랑하고 존경할 만한 인물인지도 모르겠다고 느끼고 있었다.

이 느낌을 그는 언젠가 크네히트가 일에 붙잡혀 있는 아버지를 기다리며 혼자 있을 때 만났던 삼십 분 동안 특히 강하게 받았다. 방에 들어갔을 때 티토는 손님이 눈을 반쯤 감은 채 조각처럼 꼼짝도 하지 않고 앉아서 침잠 상태로 고요와 평온의 빛을 내뿜고 있는 것을 보았다. 그래서 소년은 자신도 모르게 발소리를 죽이고는 발끝으로 걸어 되돌아 나오려고 했다. 그러나 그 순간 앉아 있던 손님이 눈을 뜨고는 다정하게 인사하며 자리에서 일어나더니 방 안에 있는 피아노를 가리키며 음악을 좋아하느냐고 물었다.

티토는 그렇다고 대답했다. 하지만 자기는 벌써 오랫동안 음악 수업을 받지 않았고 연습도 하지 않았는데, 이유는 자기가 학교에서 별로 뛰어난 편도 아닌 데다가 음악 선생에게 충분히 시달렸기 때문이라고 했다. 하지만 음악을 듣는 것은 좋아한다고 말했다. 크네히트는 피아노 뚜껑을 열고 그 앞에 앉아서 조율이 되어 있는지 확인한 다음 그가 최근에 유리알 유희 연습의 기초로 쓰고 있는 스카를라티의 안단테 한 악장을 연주했다. 그런 다음 손을 멈추었는데, 소년이 주의 깊게 몰두하고 있는 것을 보더니 이런 유리알 유희 연습에서는 대체로 무엇을 하는지 간단히 설명하기 시작했다. 그는 음악을 마디로 나누고 거기에 응용할 수 있는 몇 가지 분석 방법을 보여 주고, 음악을 유희의 상형문자로 번역하는 방법을 설명해 주었다. 처음으로 티토는 명인을 손님이나 제 자존심을 누르기 때문에 거부감을 느꼈던 유명한 학자로서가 아니라, 매우 미묘하고 정확한 예술을 배운 대가로서 그가 작업하는 모습, 일하는 모습을 본 것이었다. 티토에게 이 예술의 의미야 어렴풋이 짐작할 수 있는 정도에 불과했지만, 그것은 한 인간에게 전부를 바쳐 헌신하도록 요구하는 것처럼 보였다. 그리고 자신이 이렇게 복잡한 일에 흥미를 느낄 정도로 자랐고 똑똑하다고 여겨 주는 것도 자존심을 살려 주어 흡족했다. 그는 조용히 가라앉은 채 그 반 시간 동안 이 놀라운 인물의 명랑성과 견고한 평온이 어떤 근원에서 나오는 것인지를 예감하기 시작했다.

이 마지막 시기에 크네히트의 직무 활동은 예전 그가 취임해서 어려움을 겪던 시절만큼이나 과중했다. 그는 자기가 맡은 온갖 소관 사항을 빈틈없이 모범적인 상태로 남기기 위해 전력을 기울였다. 이 목적은 이루었지만, 그와 동시에 이루려던 다른 목적, 즉 자기 없이도 잘해 나갈 수 있거나 적어도 쉽게 보완될 수 있는 것으로 보이게 하려던 일은 이루지 못했다. 사실 우리의 최고 관직이라는 것이 늘 그렇다. 명인은 그저 최고의 장식품이나 번쩍이는 계급장처럼 복잡하게 얽힌 갖가지 직무 영역 위를 부유하고 있는 것이다. 그는 다정한 정령처럼 가볍게 왔다가는 이내 가 버린다. 두어 마디 말을 하고, 고개를 끄덕이고, 용무를 암시하고는 어느덧 그 자리를 떠나 다음 사람에게 가 있다. 그는 악사가 제 악기를 다루듯 자신의 관청을 연주한다. 별로 힘도 쓰지 않고 별생각도 하지 않는 것 같은데도 만사가 적확하게 되어 나가는 것이다. 그러나 이런 관청의 관리들은 명인이 여행을 떠나거나 병석에 눕게 되면, 그것이 무엇을 뜻하는지 모두 잘 알고 있다. 그들 모두 그저 몇 시간 혹은 하루라도 명인을 대리한다는 것이 어떤 것인지를 알고 있는 것이다. 크네히트는 다시 한 번 유희자 마을이라는 조그만 나라 전체를 샅샅이 시찰하고 다니며, 특히 자기의 '그림자'가 머지않아 모든 중요한 일에 자신을 대신할 수 있도록 눈에 띄지 않게 직무를 대치시키는 데 세심하게 신경을 썼다. 그러면서 동시에 자신의 속마음이 그 모든 일에서 풀려나 멀리 떠나 있다는 것, 치밀하게 설계된 이 작은 세계의 온갖 훌륭한 점이 이제 더 이상 자신을 즐겁게 하거나 사로잡지 못한다는 것을 확인할 수 있었다. 발트첼과 명인의 직책이 이제 그에게는 뒤에 놓인 어떤 것으로, 지내 오며 많은 것을 얻기도 배우기도 했지만 더 이상 그에게서 어떤 새로운 힘도 행동도 끌어내지 못하게 된 한 지역으로 보였다. 서서히 그곳을 떠나며 작별하는 동안 점점 더 분명해진 것은, 그가 이곳에서 그토록 멀어지고 떠나고 싶다고 생각하게 된 진정한 원인이, 카스탈리엔을 위협하는 위험을 알고 그 장래를 염려한 때문이 아니라 그자신, 그의 마음, 그의 영혼 속에 아직 비어 있는 채로 건드려지지 않은 부분이 있으며, 그것이 지금 제 권리를 주장하며 충족되기를 원하기 때문이라는 사실이었다.

그 무렵 그는 수도회의 법규나 규정을 다시 한 번 철저히 연구했고, 교육주에서 떠나는 것이 원칙상 그가 처음에 생각했던 것처럼 그렇게 어려운 일도 불가능한 일도 아니라는 것을 알게 되었다. 사임하고 안 하고는 양심의 문제요 그에게 달린 문제였다. 수도회를 떠나는 것 또한 자유였다. 수도회의 선서는 결코 평생을 담보로 하는 것은 아니었다. 물론 회원이 이러한 자유를 행사한 일은 극히 드물었고, 최고 관청 관리의 경우는 한 번도 없었다. 사실 그에게 이 일을 실행하기 어렵다고 보게 만든 것은 법의 엄격함이 아니라 성직의 정신 그 자체와 자신의 마음속에 있는 충성심과 맹약에 대한 성실성이었다. 물론 그는 아무도 모르게 달아날 생각은 없었다. 그는 자유를 얻기 위해 청원서를 준비하는 중이었다. 순진한 테굴라리우스가 그 일을 하느라고 손가락이 온통 까맣게 되도록 글을 쓰고 있는 것이다. 그러나 그는 이 청원서가 성공을 거두리라고는 생각하지 않았다. 아마도 사람들은 그를 달래고, 경고도 하고, 어쩌면 요양 휴가를 주고 얼마 전 야코부스 신부가 세상을 떠난 마리아펠스나 로마로 가도록 권하기 십상일 것이었다. 사람들이 결코 자기를 풀어 주지 않으리라는 것을 그는 갈수록 뚜렷이 확신하게 되었다. 그를 풀어 준다는 것은 수도회의 전통에 어긋나는 일이기 때문이었다. 당국에서 허락한다면 그것은 그의 요구가 옳다는 것, 카스탈리엔의 생활이 그토록 높은 자리에 있는 한 개인에게조차 만족을 주지 못하고 체념과 속박을 의미할 수 있다는 것을 인정하는 셈이 될 것이기 때문이었다.

11
회람

우리는 이제 이 이야기의 끝에 다가가고 있다. 이미 앞에서도 암시했듯이, 이 종말에 대해서 우리가 알고 있는 것은 불완전하며, 그것은 역사적인 보고라기보다는 오히려 전설 같은 성격을 띠고 있다. 우리는 그것으로 만족할 수밖에 없다. 그러나 크네히트의 삶의 행보에서 끝에서 두 번째 부분인 이 장을 출처가 확실한 기록으로 채울 수 있다는 사실은 즐거운 일이다. 그 기록이란 다름 아닌 유리알 유희 명인 자신이 당국에 자기의 결심에 대한 이유를 표명하고 직무의 사임을 청원한 장문의 글이다.

물론 요제프 크네히트는 우리가 이미 알고 있듯이 상세하게 준비된 이 글이 성과를 거두리라고 믿지 않았을 뿐만 아니라 실제로는 이에 '청원서' 같은 것은 쓰지도 제출하지도 않는 편이 더 나았겠다고까지 여겼다는 점은 밝혀 두어야겠다. 모든 사람이 그렇듯 크네히트에게도, 처음에는 본인도 의식하지 못한 채 타고난 힘을 남에게 발휘하는 일이 일어났다. 다시 말해, 그러한 힘을 발휘하고 있으면 그 힘을 발휘하는 사람 또한 영향을 받지 않을 수 없는 법인데, 명인은 친구 테굴라리우스를 서류 조성자요 협력자로 자기 계획에 끌어들이면서 기뻐했지만, 실제 결과는 그가 생각하고 원했던 것보다 훨씬 더 강력했던 것이다. 그는 자기 일을 위해 프리츠의 마음을 얻고 그를 유인했으면서도, 그 작업의 가치에 대해서는 당사자인 자신이 믿지 않고 있었다. 하지만 친구가 끝내 그 일을 완성해서 제출하자, 그는 그것을 취소할 수도 물리칠 수도, 또 그것을 쓰지 않고 내버려 둘 수도 없게 되었다. 그 일을 통해 친구로 하여금 작별을 견디도록 할 생각이었는데, 그것을 이용하지 않는다면 그야말로 친구의 마음을 상하게 하고 실망시킬 것이 틀림없었기 때문이다. 우리가 아는 바로는, 그 당시 크네히트가 주저 없이 사임하고 수도회를 떠나겠다고 선언하는 편이, 자기 눈에도 거의 희극적인 결과를 가져온 '청원서'라는 우회로를 택하는 것보다 더 자신의 뜻에 맞는 일이었을 것이라는 점이다. 그러나 친구에 대한 염려에서 그는 다시금 얼마간 자신의 조급한 마음을 억누르기로 했다.

부지런한 테굴라리우스가 작성한 원고가 어떤 것이었는지 보는 것은 분명 흥미로운 일일 것이다. 그것은 대체로 무엇인가를 입증하기 위한 목적에서, 그렇지 않으면 설명하기 위한 목적에서 수집된 역사적 자료로 이루어진 것이긴 하지만, 성직은 물론 세계와 세계사에 대한 날카롭고도 재치 있는 비평 또한 상당 부분 들어 있다고 보아도 무방할 것이다. 그러나 여러 달에 걸쳐 참으로 집요한 노력을 쏟아 부은 이 원고가 아직 남아 있고, 또 우리 마음대로 이용할 수 있는 가능성이 충분히 있다 해도, 그것을 여기서 전하는 일은 삼가야 할 것이다. 이 책은 그것을 발표하기에 적당한 곳이 아니기 때문이다.

우리에게 중요한 것은 그저 유희 명인이 친구의 작업을 어떻게 사용했는가 하는 점이다. 명인은 친구가 작업 결과를 공손히 바치자 진심으로 감사하고 칭찬하면서 그것을 받았다. 그리고 그렇게 하면 친구를 기쁘게 할 수 있다는 것을 알고 있었기 때문에, 친구에게 읽어 달라고 부탁했다. 그래서 테굴라리우스는 여러 날 동안 명인의 정원에서 하루에 삼십 분씩 명인과 자리를 함께하였다. 그때가 여름이었던 것이다. 테굴라리우스는 그 많은 원고를 명인에게 만족스런 마음으로 읽어 주었다. 이따금 두 사람의 커다란 웃음소리 때문에 낭독이 중단되곤 했다. 테굴라리우스에게 이 며칠은 행복한 나날이었다. 그후 크네히트는 집 안에 틀어박혀 친구의 원고에서도 적지 않은 부분을 이용해 가며 관청에 보낼 글을 썼다. 우리는 그 글을 원문 그대로 전할 생각이며, 여기에 다른 주석을 달 필요는 없을 것 같다.

교육청에 보내는 유희 명인의 글

여러 모로 고심한 끝에 유희 명인인 저는 엄숙한 해명서 형식을 취하는 대신 이렇게 개별적이고도 사적인 글로 팅국에 특별한 청원서를 제출하게 되었습니다. 곧 기한이 다가오는 공식 보고에 이 글을 첨부할 것이고, 공식적으로 처리되기를 기대하고 있긴 하지만, 그럼에도 저는 이 글을 제 동료 명인들에게 보내는 일종의 관내 회람으로 생각하고 있습니다.

정규 직무를 수행하다가 장애가 생기거나 위험에 부딪혔을 때 그에 대해 관청의 주의를 환기시키는 것은 명인의 의무에 속하는 일입니다. 지금 제가 맡고 있는 일은, 제가 그 수행을 위해 온 힘을 다해 매진한다 해도 위험에 처해 있습니다.(적어도 제게는 그렇게 보입니다.) 이 위험은 저 자신 속에 들어 있는 것이기도 하지만 그곳이 유일한 근원은 아닙니다. 적어도 유리알 유희 명인이라는 제 자격을 약화시키는 도덕적 위험성은 동시에 객관적인, 저의 외부에 있는 위험에서 오는 것이기도 하다고 저는 생각합니다. 간단히 말해, 저는 제가 과연 직무를 완벽하게 수행해 낼 수 있는지 회의가 들기 시작했습니다. 왜냐하면 제 직무 자체, 제가 돌보아야 하는 유리알 유희 자체가 위험에 처해 있다고 생각하지 않을 수 없게 되었기 때문입니다. 이 글의 취지는 방금 말씀드린 위험이 존재한다는 것, 그리고 일단 그것을 알게 된 이상 바로 이 위험이 저를 현재 있는 곳에서 급히 다른 곳으로 불러내고 있다는 점을 당국에 알리는 것입니다. 비유로 이 상황을 설명하도록 해 주십시오. 한 사람이 다락방에서 아주 정치한 학문적인 일을 하고 있던 중 아래층에서 불이 났다는 것을 알게 됩니다. 그 사람은 그것이 자기 직무인지 아닌지를 생각하거나 차라리 위에서 목록 정리를 하고 있는 게 낫지 않을까를 따지기보다 뛰어 내려가 집을 구하려고 할 것입니다. 저 또한 카스탈리엔이라는 건물의 가장 높은 층 어느 방에 앉아 지극히 섬세하고 예민한 악기를 다루며 유리알 유희를 하고 있습니다. 그러다가 본능적으로, 코끝으로 아래층 어딘가에 불이 났고, 우리 건물 전체가 위험에 처해 지금은 음악을 분석하거나 유희 규칙을 세분하고 있을 때가 아니라 연기가 솟고 있는 곳으로 달려가야 한다고 느끼고 있는 것입니다.

카스탈리엔 제도, 수도회, 유리알 유희, 다른 모든 것을 포함해 우리의 학문 연구와 교육 사업은 대부분의 우리 수도회 회원들에게, 숨 쉬는 공기나 딛고 서 있는 땅이 사람들에게 그러하듯 당연한 사실로 보입니다. 이러한 공기나 땅이 거기 없을 수도 있다는 것, 언젠가 공기가 부족해지고 발밑의 땅이 꺼져 버릴 수도 있다는 것은 그 누구도 생각하지 않고 있습니다. 우리는 작고 정결하고 명랑한 세계에서 안전하게 보호된 삶을 영위하는 행운을 누리고 있습니다. 그런데 참 이상해 보일 일이지만, 우리 대다수는 이런 세계가 늘 있어 왔고 자기는 선천적으로 이 세계에서 태어났다는 착각 속에 살고 있습니다. 저 자신도 젊은 날엔 이처럼 지극히 기분 좋은 망상에 빠져 살았습니다만, 그래도 현실은 분명히 알고 있었습니다. 요컨대 제가 카스탈리엔에서 태어난 것이 아니라 관청의 부름으로 이곳에 와 교육을 받았다는 것, 카스탈리엔과 수도회, 관청, 학교, 기록소, 그리고 유리알 유희가 결코 언제나 거기 있는, 자연이 만들어 낸 작품이 아니라 인간의 의지에 의해 후천적으로 생겨난 것이며, 고귀하긴 해도 이제껏 만들어진 다른 모든 것처럼 덧없는 창작품에 지나지 않는다는 사실을 잘 알고 있었습니다. 그러나 이 모든 사실을 알고 있었어도 그것들은 제게 현실성이 없었습니다. 저는 이런 것들에 대해 제대로 생각해 보지 않고 허술히 지나쳐 버렸습니다. 그리고 우리 중 사 분의 삼 이상이 이처럼 이상하고도 기분 좋은 착각에 빠져 살다가 죽으리라는 것을 저는 알고 있습니다.

그러나 수도회나 카스탈리엔 없이 수백 수천 년을 지냈던 것처럼, 앞으로 그런 시대가 또 올 것입니다. 오늘 동료들과 존경하는 관청에 이런 사실, 이 자명한 사실을 상기시키며 우리를 위협하는 위험을 한번 제대로 보라고 촉구하는 것은, 그리하여 미움이나 사고 조롱받기 십상인 예언자나 경고자, 참회 설교자의 역할을 잠시나마 떠맡는 것은 제가 그 조롱을 받을 각오가 되어 있기 때문입니다. 제 희망은 여러분 대다수가 이 글을 끝까지 읽고, 그중 몇 분이나마 몇몇 세부적인 점에서라도 제게 찬성해 주시는 것입니다. 그것만으로도 이미 상당한 일일 테니까요.

우리 카스탈리엔 같은 조직, 이른바 정신의 작은 국가는 내적 외적으로 위험에 노출되어 있습니다. 내적인 위험들, 적어도 그중 대부분은 우리도 알고 있는 것이고, 주의를 기울이며 싸우고 있는 것들입니다. 우리는 영재 학교에서 계속 몇몇 학생을 세상으로 되돌려 보내고 있는데, 이유는 그 학생들에게 우리 공동체에 적합하지 않고 그것을 위태롭게 하는 고치기 어려운 천성이나 본능이 있다고 보기 때문입니다. 그렇다고 그 학생들 대부분이 열등한 인간은 아니기에, 우리는 그들이 카스탈리엔 생활에 적합하지 않을 뿐 속세로 돌아간 후에는 자신에게 알맞은 삶의 조건을 찾아 유능한 사람이 되기를 희망하는 것입니다. 그런 점에서는 우리가 하는 일이 옳다는 것이 입증되고 있습니다. 전반적으로 우리 공동체는 품위와 자기 훈련을 중요시하고, 정신의 상류층, 즉 일종의 귀족 계급을 형성하고 그러한 사람들을 끊임없이 새롭게 길러 내는 임무를 충실히 이행하고 있다고 말할 수 있을 것입니다. 우리 중에 상식 이하로 품위가 없거나 게으른 사람은 아마 없을 것입니다. 그러나 수도회의 오만과 계급적 자만에 있어서는 우리도 비난을 피할 수 없습니다. 모든 귀족, 모든 특권층은 그런 오만에 빠지기 쉽고, 또 그럴 만한 사유가 있든 없든 귀족들은 언제나 비난받게 되어 있기 때문입니다. 사회의 역사에서는 늘 귀족을 형성하는 일이 중요하고, 그 일은 사회사의 정점이자 극치입니다. 어떤 형태이든 귀족 정치나 가장 뛰어난 자들의 통치는, 항상 동의된 목표나 이상은 아니었다 해도 사회를 이루려는 모든 노력에서 본질적인 일인 것 같습니다. 권력이란, 군주의 것이든 익명의 것이든 늘 새로 부상하는 귀족을 보호하고 특권을 주어 장려할 준비가 되어 있기 마련입니다. 이는 정치적 귀족이나 다른 종류의 귀족, 즉 혈통이나 선발, 교육에 의한 귀족의 경우에도 마찬가지입니다. 특혜를 입은 귀족은 늘 이러한 태양 아래서 강력해지지만, 양지바른 곳에 자리 잡고 특권을 누리는 것은 또 언제나 일정한 발전 단계가 지나면 그 자체가 유혹이 되어 버려 결국 타락에 빠지고 마는 것입니다. 이제 우리 수도회를 귀족으로 보고, 전체 국민과 세상에 대한 우리의 태도가 우리의 특별한 위치를 어느 정도나 정당화하며, 또한 귀족병의 특징인 거만함과 오만함, 계급적 자만, 아는 체하는 일, 부당하게 이득을 얻으면서도 감사할 줄 모르는 기질이 어느 정도나 우리 속에 배어들어 지배하고 있는지를 검토해 보려 한다면, 숙고해야 할 많은 것들이 떠오를 것입니다. 오늘의 카스탈리엔 사람에게 수도회 법규에 대한 복종과 근면, 세련된 정신성이 부족하지는 않을 테지요. 그러나 국민적 체제라든가 세계사 속으로 자신을 편입시켜 바라보는 면에 있어서는 가주 너무도 통찰이 부족한 것 아닐까요? 카스탈리엔 사람은 자기 존재의 바탕에 대하여 의식하고 있을까요? 그는 자신이 어떤 살아 있는 유기체에 잎이나 꽃, 가지, 뿌리로서 속해 있다는 것을 알고 있을까요? 자신을 먹이고 입히고 가르치고 온갖 연구를 할 수 있도록 해 주기 위해 국민이 치르는 희생을 짐작이나 하고 있을까요? 그리고 우리의 존재와 그 특별한 지위의 의의에 대해 그가 깊이 마음을 쓰고 있을까요? 우리 수도회와 우리 삶의 목표에 대해 그는 실제로 어떤 생각을 하고 있을까요? 여러 칭찬할 만한 예외를 인정한다 하더라도, 저는 이 모든 물음에 대해 아니라는 대답으로 기울게 됩니다. 평균적인 카스탈리엔 사람이라면 속세 사람이나 학식이 얕은 사람에게 경멸이나 질투, 미움을 느끼지는 않겠지만, 그런 사람을 형제로 보지는 않을 것이며, 자신을 먹여 살리는 사람이라 보지도 않을 것입니다. 그는 저 바깥세상에서 일어나는 일에 대한 공동 책임 같은 것은 추호도 느끼지 않습니다. 그에게 삶의 목적은 학문 그 자체를 위한 학문을 하고, 교양의 꽃밭을 즐기며 산책하는 것이 고작인 것처럼 보입니다. 그 교양도 보편성을 가장하고 있지만 전적으로 보편적인 것이라 할 수 없습니다. 요컨대 이러한 카스탈리엔의 교양, 제가 깊이 은혜를 입고 있는 이 고귀한 교양은 그것을 지니고 있고 대표하고 있는 사람들 대부분에게 있어 기관도 도구도 아니고 능동적이지도 목표를 향하고 있지도 않고 좀 더 위대하고 심원한 어떤 일에 의식적으로 이바지하고 있지도 못하며, 어느 정도 도락과 자화자찬, 정신적인 전문가의 육성과 도야에 기울어져 있습니다. 그러나 저는 실제로 봉사하는 것 외에 아무것도 바라는 것이 없는 성실하고 지극히 소중한 카스탈리엔 사람들이 많이 있다는 것을 알고 있습니다. 그들은 바로 이곳에서 키워 낸 교사들, 이른바 저 바깥세상에서 우리 교육주의 쾌적한 풍토와 정신적 사치로부터 멀리 떨어진 채 속세의 학교에서 금욕적이지만 이루 헤아릴 수 없이 중요한 봉사를 하고 있는 교사들입니다. 바깥세상에 있는 이들 장한 교사들이야말로 엄밀히 말해, 우리 가운데 카스탈리엔의 목적을 실제로 달성하면서 자신의 일을 통해 국가와 국민이 우리에게 베풀어 준 많은 은혜에 보답하는 유일한 사람들입니다. 우리의 가장 높고 가장 신성한 임무는 국가와 세상의 정신적 토대를 지켜 주는 일입니다. 그것은 또 가장 효과가 큰 도덕적 요소로 입증되고 있습니다. 말하자면 그것은 진리에 대한 의식이고, 정의는 무엇보다 이러한 의식에 기반을 두고 있지요. 이러한 사실을 우리 수도회 회원이라면 누구나 잘 알고 있습니다. 그러나 어느 정도 자신을 돌아보면 우리 대부분은 다음과 같은 사실을 인정하지 않을 수 없을 것입니다. 아름답고 정결하게 유지된 이 교육주 바깥에서도 과연 세상이 잘 돌아가고 있는지, 정신의 정직함과 순수성이 지켜지고 있는지의 문제는 우리에게 결코 최고의 관심사가 아니라는 점, 그렇습니다, 그것이 도무지 중요하지 않다는 사실 말입니다. 그리고 우리가 저들 바깥세상에 있는 용감한 교사들에게 세상에 대한 우리의 부채를 그들의 헌신적인 일로 갚아 나가고, 우리 유리알 유희자, 천문학자, 음악가, 수학자가 누리는 특권을 변호하도록 기꺼이 전적으로 내맡겨 두고 있다는 사실 말입니다. 이미 앞에서 언급한 오만함과 계급적 편견과도 연관되는 일이지만, 우리는 자신이 과연 특권을 누릴 만한 일을 하고 있는지에 대해 별로 관심이 없습니다. 뿐만 아니라, 실은 우리가 물질적인 생활에서 수도원다운 검약을 하는 것조차 무슨 내세울 만한 일인 듯 여기는 사람도 우리 중에는 적지 않습니다. 국가가 우리 카스탈리엔을 존재할 수 있게 해 준 데 대한 최소한의 보답일 뿐인데도 마치 그것이 미덕이고, 그 미덕 자체를 위해서 그렇게 하는 것처럼 말입니다.

내부적 흠이나 위험을 지적하는 것은 이것으로 그치겠습니다. 이런 것들은 평화 시에 우리 존재를 위태롭게 만들지는 않겠지만, 염려하지 않아도 될 일은 아닐 것입니다. 우리 카스탈리엔 사람들은 우리의 도덕과 이성에만 기대고 있는 것이 아니라 아주 근본적으로 국가의 형편이라든가 국민의 의지에 의존하고 있습니다. 우리는 우리의 빵을 먹고 우리의 도서관을 이용하고 우리의 학교와 기록소를 세웁니다. 하지만 국민이 더 이상 우리에게 이러한 일들을 가능하게 해 줄 마음이 없어지거나, 빈곤이나 전쟁 등의 이유로 국가에서 그 일을 해 줄 수 없게 된다면, 바로 그 순간에 우리의 생활과 연구도 막을 내리게 될 것입니다. 앞으로 언젠가 국가가 카스탈리엔과 우리의 문화를 더 이상 허용할 수 없는 사치로 보거나, 심지어 지금까지처럼 호의를 품고 자랑스럽게 여기는 대신 기생충이자 해충으로, 아니 이단자요 적으로 느끼게 된다면, 그것이야말로 외부로부터 우리를 위협하는 위험일 것입니다.

일반 카스탈리엔 사람들에게 이러한 위험을 눈앞에 똑똑히 보여 주고자 한다면, 저는 무엇보다 역사적 본보기들을 통해 그렇게 해야 한다고 생각하지만, 그러자면 일정한 소극적 반발, 거의 유치하다고 부를 수 있을 정도의 무지와 무관심에 부딪히게 될 것입니다. 여러분도 아시다시피 우리 카스탈리엔 사람이 갖고 있는 세계사에 대한 관심은 빈약하기 이를 데 없는 것입니다. 그렇습니다, 우리 대부분에겐 역사에 대한 관심만 결여된 것이 아니라 실은 역사에 대한 공정성과 존중심마저 결여되어 있다고 저는 말하고 싶습니다. 세계사 연구에 대한 이런 무관심과 거만함이 뒤섞인 반감은 저로 하여금 자주 그 원인을 조사해 보고 싶게 했고, 저는 여기에 두 가지 원인이 있다는 사실을 알아냈습니다. 첫째는 우리에게 있어서 역사의 내용이란 것이 — 물론 우리가 매우 소중히 여기고 있는 정신사나 문화사를 말하고 있는 것은 아닙니다. — 좀 저속한 것으로 여겨진다는 점입니다. 우리가 짐작하는 한 세계사란 권력이나 재산, 영토, 원료, 금전 같은 것, 간단히 말해 물질적이고 양적인 것, 비정신적인 것이어서 우리로서는 차라리 경멸할 만한 그런 것들을 얻기 위한 야만적인 투쟁으로 이루어져 있습니다. 우리에게 17세기는 데카르트와 파스칼과 프로베르거와 쉬츠의 시대이지 크롬웰*이나 루이 14세의 시대는 아닌 것입니다. 우리가 세계사를 혐오하는 두 번째 이유는 어떤 유형의 역사관과 역사 서술에 대한 불신에서 나온 것이고, 이 불신은 우리 이전 세대로부터 전해져 온 것이며, 나름대로 이유가 있는 불신이라 생각합니다. 이러한 역사관이나 역사 서술은 우리 수도회가 창설되기 이전의 타락한 시대에 매우 인기 있었던 것으로, 우리는 처음부터 전혀 신뢰하지 않았지요. 역사철학이 그것인데, 우리는 헤겔에게서 그 재기 발랄함이 만개한 동시에 가장 위험한 작용을 하고 있음을 보며, 이것은 다음 세기에 너무도 역사를 왜곡하고 진리의 의미를 타락시키게 됩니다. 역사철학에 대한 애호야말로 우리가 보기엔 때로 '전쟁 시대'라고 부르기도 하지만 보통은 '잡문 시대'라고 부르는 정신적 침체와 정치적 권력 무생 시대의 주요 특성입니다. 그러한 정신 혹은 미정신과

---

* 영국의 정치가. 종교 개혁에 힘썼으나 뒤에 왕의 미움을 사서 처형당했다.

싸워 이김으로써 그 시대의 폐허 위에 현재의 우리 문화가 생겨났고, 수도회와 카스탈리엔이 생성되었던 것입니다. 그런데 마치 고대 기독교의 고행자나 은거자가 세속의 무대와 대립했던 것처럼 우리가 지금 세계사에, 특히 근세사에 거의 대립하듯 하고 있는 것은 우리의 정신적 교만과 관련이 있습니다. 역사는 우리에게 충동과 유행, 정욕, 소유욕, 권력욕, 살의, 폭력, 파괴, 전쟁, 야심에 찬 장관, 매수된 장군, 폭격으로 파괴된 도시의 난장판으로 보이고, 우리는 이런 것들이 단지 역사의 여러 측면 중 하나에 불과하다는 사실을 쉽게 잊고 맙니다. 무엇보다도 우리 자신이 역사의 한 부분이며, 생성된 존재이고, 지속적인 생성과 변화의 능력을 상실하면 죽음의 선고를 받게 되는 존재라는 사실을 잊고 있습니다. 우리 자체가 역사이며, 세계사와 그 세계사 속에서의 우리 위치에 대해 우리는 공동 책임이 있습니다. 그러나 우리는 이 책임을 너무도 의식하지 못하고 있습니다.

우리 자신의 역사로, 다른 나라들과 우리 나라에 오늘날의 교육주가 생겨났던 시대로, 우리의 수도회를 포함하여 다양한 수도회와 성직 제도가 생겨나던 때로 눈길을 돌려보면, 우리의 성직과 고향, 이 훌륭한 카스탈리엔을 세웠던 사람들은 결코 우리처럼 세계사에 대해 체념하듯 오만한 태도를 취하지 않았다는 사실을 바로 알 수 있습니다. 우리의 선배이자 창립자인 그분들은 전쟁 시대 말기에 파괴된 세계 속에서 일을 시작했습니다. 우리는 이른바 1차 세계대전의 발발과 함께 시작된 그 당시의 세계 상황을 늘 이런 식으로 일방적으로 설명해 버리는 데 익숙해 있습니다. 그때야말로 정신은 아무 가치도 없었고, 폭력적인 집권자에게는 그저 필요할 때 끌어다 쓰는 부차적인 투쟁 수단에 불과했으니, 거기서 우리는 '잡문적' 부패의 결과를 본다고 말입니다. 그렇게 권력 투쟁에 쓰인 비정신성과 난폭함을 실증하기야 쉬운 일입니다. 제가 그것을 비정신적이라고 부르는 것은 지적인 능력이나 방법론에 있어서 당시 이루어진 엄청난 업적을 몰라서가 아니라, 우리가 무엇보다 먼저 정신을 진리에 대한 의지로 보는 데 익숙해 있고, 그러한 투쟁에 쓰인 정신이 도대체 진리에 대한 의지와는 아무 상관이 없어 보이기 때문입니다. 엄청난 속도의 인구 증가로 야기된 불안과 역동성을 감당할 만한 견고한 도덕적 질서를 갖지 못했던 것이 그 시대의 불행이었습니다. 질서의 잔재로 남아 있던 것들은 현실적 표어들에 밀려 버리고, 투쟁의 진행 과정에서 우리는 놀랍고도 경악할 일들에 부딪히게 됩니다. 그보다 사백 년쯤 전 루터에 의해 교회가 분열되었던 때와 아주 흡사하게 전 세계가 갑자기 엄청난 불안에 휩싸이고, 전선이 형성되었습니다. 젊은이와 늙은이, 조국과 인류, 적과 백 사이에 갑자기 지독한 적대 관계가 곳곳에 만연했으니, 오늘날의 우리가 '적'과 '백'의 힘과 그 내적 갈등을, 모든 표어와 투쟁의 구호를 원래의 내용과 의미대로 이해하거나 공감하거나 재구성한다는 것은 거의 불가능한 일입니다. 우리는 루터 시대와 마찬가지로 유럽 전역, 아니 이 지상의 절반에서 신자와 이단자, 청년과 노인, 과거의 옹호자와 미래의 옹호자가 열광적으로 혹은 절망에 차서 서로 싸우는 것을 보았고, 이러한 전선은 종종 지도나 민족이나 가족을 갈라놓았습니다. 그리고 이렇게 싸움을 벌인 당사자들 대다수에게, 아니면 적어도 그 지휘자들에게 이 모든 것이 대단히 뜻 깊은 일이었다는 것은 의심하지 않아도 좋을 것입니다. 또 싸움을 벌였던 우두머리나 대변자 중 많은 사람들이 일종의 건전한 이념, 당시 사람들이 말하던 일종의 이상주의를 가지고 있었다는 점도 우리는 인정해 주지 않을 수 없습니다. 도처에서 싸움을 벌이고 죽이고 파괴를 일삼았는데, 양쪽 모두 신을 위해 악마와 싸운다고 믿고 있었던 것입니다.

흥분에 들떠 있고 거친 증오에 사로잡혀 있으며 이루 말할 수 없는 고뇌에 찼던 그 시대는 우리에게선 어떤 면에서 잊혔다고 할 수 있습니다. 하지만 그 시대는 우리의 모든 제도 수립과 밀접하게 연관되어 있고 그 전제이자 원인이기도 하기에, 그렇게 잊혔다는 사실이 납득되지 않을 정도입니다. 풍자가라면 이러한 망각을 귀족이 되어 출세한 모험가가 자신의 태생이나 부모를 잊는 일에 비유할 수 있을 것입니다. 저 전쟁 시대를 좀 더 살펴보겠습니다. 저는 그 당시에 관한 기록을 여러 가지 읽어 보고는, 정복된 민족이나 파괴된 도시보다 그 시대에 정신적인 사람들이 취했던 태도에 흥미를 느꼈습니다. 그들은 고난을 겪었고, 그들 가운데 대부분은 자기 입장을 고수할 수 없었습니다. 종교인은 물론 학자 중에도 순교자가 나왔습니다. 그들의 순교와 모범은 만행에 길들여진 시대에도 영향력을 행사했습니다. 그렇다 해도 정신을 대표하는 사람들 대부분은 이 폭력 시대의 압력에 견디지 못했습니다. 어떤 자는 굴복해서 자신의 재능과 지식과 방법론을 권력자의 처분에 맡겼습니다. 그 당시 마사게텐 공화국의 한 대학교수가 "2 곱하기 2가 무엇인지 결정하는 것은 교수가 아니라 우리의 사령관 각하이다."라고 한 말은 유명합니다. 또 다른 사람은 어느 정도 보호받을 수 있는 범위 안에서 자신이 할 수 있는 항거를 하면서 이의를 제기했습니다. 그 당시 세계적으로 알려진 어느 작가는 ── 우리는 이 사실을 치겐할스의 글에서 알 수 있는데 — 일 년 동안에 이러한 항의문과 경고문 그리고 이성에 대한 호소문 등등에 무려 이백 번이나 서명했다고 합니다. 아마도 실제로는 그 글들을 다 읽어 볼 수도 없었을 것입니다. 그러나 대부분의 사람들은 침묵하는 법을 배웠습니다. 굶주림과 추위를 견디는 법도, 구걸하는 법도, 경찰이 나타나면 숨는 법도 배웠습니다. 그들은 제 수명대로 살지 못하고 일찍 죽었고, 살아남은 사람들은 죽은 자를 부러워할 정도였습니다. 자살자도 헤아릴 수 없을 정도였습니다. 학자나 문인이라는 사실이 자랑스러울 것도 명예가 될 것도 없었습니다. 권력자와 구호에 이바지한 자는 직장과 빵을 구할 수는 있었지만, 그렇게 하지 않은 훌륭한 동료들로부터는 경멸도 받아야 했습니다. 그들 대부분은 진심으로 양심의 가책을 느꼈을 것입니다. 권력에 봉사하기를 거절한 사람은 굶거나 추방되어야 했고, 귀양지나 망명지에서 죽지 않으면 안 되었습니다. 여기서 가혹한, 전대미문의 혹심한 선별 작업이 이루어졌습니다. 연구뿐만 아니라 학교 운영도 권력과 전쟁의 목적에 이바지하지 않는 한 급속한 쇠퇴의 길을 걸어야 했습니다. 무엇보다 세계사는 그때그때 주도권을 잡은 민족 위주로 돌아갔고, 무한대로 단순화되고 함부로 개작되었습니다. 역사철학과 잡문이 학교 안에서까지 성행하게 되었습니다.

더 이상 상세한 언급은 하지 않겠습니다. 그때는 민족과 당파, 노인과 청년, 적과 백이 더 이상 서로를 이해하지 못한 격렬하고 거친 시대, 혼란에 찬 바빌론적 시대였습니다. 충분히 피를 흘리고 궁핍하게 되고 나서야 사람들은 결국 사리 분별과 공통 언어의 재발견, 질서, 윤리, 유효한 척도, 권력의 이해에 따라 좌우되거나 시시각각으로 달라지지 않는 알파벳이나 구구표 같은 것들을 더욱 강력하게 열망하게 되었습니다. 진리와 정의, 이성, 그리고 혼돈의 극복에 대한 엄청난 욕구도 생겨났습니다. 폭력적이며 바깥으로만 향했던 이 시대 말에 나타난 이러한 진공 상태와, 새로운 시작과 질서에 대한 이처럼 형언할 수 없을 정도로 절실하고 간절한 열망이 바로 카스탈리엔과 우리 존재를 가능하게 했던 것입니다. 용감하고, 굶주려 가면서도 굴복하지 않은 진정으로 정신적인 사람들의 아주 작은 무리가 자신들이 할 수 있는 일을 자각하기 시작했고, 금욕적이고도 영웅적인 자제력을 발휘하면서 질서와 헌법을 만들기 시작했으며, 도처에서 실로 작은 그룹으로 활동하면서 표어를 쓸어 내고 밑바닥에서부터 다시 정신성과 수업과 연구와 교양을 쌓아 올리기 시작했습니다. 건설은 성공했습니다. 처음의 초라하지만 영웅적인 시도들로부터 서서히 웅장한 건축물이 세워졌습니다. 몇 세대가 지나자 수도회와 교육청, 영재 학교, 기록소 및 자료 수집실, 전문 학부와 세미나, 유리알 유희가 생겨났습니다. 오늘날 그 상속자이자 수혜자로서 이 호화찬란한 건물에 살게 된 것이 바로 우리입니다. 그리고 한 번 더 말씀드리지만, 우리는 그 속에서 실로 완전히 무지하게 안락함에 젖은 손님으로서 살고 있는 것입니다. 우리는 우리의 주춧돌이 된 수많은 사람들의 희생이나 우리 선조들의 고난에 찬 체험, 그리고 우리의 건물을 세워 주거나 적어도 용인해 준 세계사에 대해 더 이상 알고 싶어 하지 않습니다. 이 세계사는 지금의 우리가 스쳐 간 다음에도 많은 카스탈리엔 사람과 명인들을 짊어지고 용인할 테지만, 늘 자신이 키워 놓은 모든 것을 다시 뒤엎고 집어삼켜 버렸듯이 언젠가는 그렇게 이 건축물을 뒤엎고 집어삼켜 버릴 것입니다.

이제 역사에서 되돌아와 보면, 결과적으로 오늘의 우리에게 적용될 만한 성과는 다음과 같은 것입니다. 즉 우리 조직과 수도회는 이미 번영과 행운의 절정을 넘어섰습니다. 세계사의 신비로운 유희는 이따금 아름답고 바람직한 것에 이러한 번영과 행운을 허용해 주기도 하지요. 그러나 우리는 쇠퇴의 길을 걷고 있으며 이러한 쇠퇴는 앞으로도 상당히 오래 지속되겠지만, 그렇다하더라도 우리가 이미 가져 본 것보다 더 고귀하고 더 아름다우며 더 바람직한 것을 우리에게 넘겨주지는 않을 것입니다. 길은 점점 아래쪽으로 기울어지고 있습니다. 제 생각으로는, 우리가 역사적으로 퇴화할 만큼 원숙해진 것 같습니다. 오늘내일의 일은 아니지만 얼마 뒤에는 틀림없이 그렇게 될 것입니다. 저의 이런 결론은 우리의 업적과 능력에 대한 지나친 도덕적 평가에서 나온 것이라기보다는 바깥세상에서 준비되며 돌아가고 있는 일들을 더 많이 관찰한 결과 나온 것입니다. 위기의 시간이 다가오고 있습니다. 도처에서 그러한 징후를 느낄 수 있습니다. 세계는 다시 한 번 무게 중심을 옮기려 하고 있습니다. 권력에 변화가 일어나고 있습니다. 이러한 변화는 전쟁과 폭력 없이는 이루어지지 않을 것입니다. 평화에 대한 위협뿐만 아니라 생존과 자유에 대한 위협이 극동으로부터 닥치고 있습니다. 국가와 정치가 중립을 지키려 하고, 우리 국민 모두가 합심하여(그런 일은 하지 않겠지만) 과거의 유산을 그대로 지속하고 우리 및 카스탈리엔의 이상에 충실하고자 한다 해도 허사일 것입니다. 벌써 우리의 몇몇 국회의원은 이따금, 카스탈리엔이 우리 나라로서는 너무 사치스러운 존재라고 언명하곤 합니다. 단순히 방어를 위한 것이라 해도 심각한 군비를 마련할 필요가 있게 되면, 그리고 이런 일은 머지않아 일어날 것 같지만, 즉시 대규모의 절약 운동이 벌어질 것이며, 그때엔 설혹 정부가 우리에게 상당한 호의를 품고 있다 해도 절약되어야 할 비용의 대부분을 우리에게서 찾을 것입니다. 우리는 수도회와, 수도회가 보증하는 정신문화를 지키기 위해 국가에 비교적 적은 희생을 치르게 하고 있다는 점에 긍지를 느끼고 있습니다. 다른 시대, 특히 잡문 시대 초기에 넘치도록 풍부한 재원을 가진 대학과 헤아릴 수 없을 만큼 많은 추밀원*과 사치스러운 연구소가 있었던 때에 비하면, 사실 이러한 희생은 그다지 큰 것이 아닙니다. 그리고 전쟁 시대에 전쟁과 군비가 삼켜 버린 것에 비하면 그야말로 흔적도 없을 만큼 하찮은 것입니다. 하지만 바로 이 군비가 아마도 곧 다시금 지상의 명령이 될 것입니다. 국회에서는 또다시 장군들이 위세를 떨치게 될 것입니다. 그리고 카스탈리엔을 희생시킬지 아니면 전쟁과 몰락의 위기에 처할지를 선택할 상황에 놓이면 국민들이 어디에 표를 던질지 우리는 잘 알고 있습니다. 그렇게 되면 곧 전쟁 이데올로기가 무성해질 것이고 특히 청년들을 사로잡을 것이 분명합니다. 표어식 세계관이 성행하고, 학자나 학자 계층, 라틴어나 수학, 교양이나 정신의 육성 따위는 전쟁 목적에 부합되는 범위 내에서만 살아남을 수 있을 것입니다.

그 커다란 물결은 이미 다가오는 중입니다. 그리고 언젠가 우리를 휩쓸고 말 것입니다. 어쩌면 그 편이 더 나을지도 모르고 필요한 일일지도 모릅니다. 그러나 존경하는 동료 여러분, 무엇보다도 이 사태를 보는 우리의 통찰력, 각성과 용감성의 정도에

---

* 국왕의 정치 자문을 맡았던 귀족들로 이루어진 기구.

따라 우리는 결의하고 행동할 수 있으며 그것은 제한된 자유이 기는 하나 우리의 권한에 속하는 것입니다. 이것은 인간에게 주어진 자유이며, 세계사를 인간의 역사로 만드는 자유입니다. 원한다면 우리는 눈을 감을 수도 있습니다. 위험은 아직 어느 정도 멀리 있으니까요. 추측건대 현재 명인으로 있는 우리는 모두 마지막 순간까지 편안히 직무에 임하다가 평온한 임종을 맞을 수 있을 것입니다. 위험이 닥쳐 모두에게 분명해지는 것은 그 뒤의 일일 것입니다. 그러나 저로서는, 비단 저만 그런 것은 아니겠지만, 이러한 평온은 양심을 편하게 해 주지 않습니다. 닥쳐오고 있는 그 일이 제 생전에 오지는 않는다는 사실에 만족하며 계속 직무를 수행하거나 유리알 유희를 연주하는 것은 저로서는 내키지 않는 일입니다. 아니, 우리처럼 비정치적인 인간도 세계사의 일원이며 세계사가 형성되는 것을 돕는다는 점을 기억해 내야만 할 것 같습니다. 제 글의 첫머리에서, 제 직무 능률이 떨어지고 있고, 비록 그렇지 않다 해도 위협받고 있다고 말씀드린 것도 그 때문입니다. 제 생각과 염려의 대부분을 장차 닥쳐올 위험에 빼앗길 수밖에 없으니까요. 저는 그 불행이 우리에게 그리고 저에게 어떤 형태로 나타날지 상상하지 않으렵니다. 하지만 다음과 같은 의문이 떠오르는 것까지 막을 수는 없습니다. 즉, 그러한 위험에 대처하기 위해서 우리는 무엇을 해야 하며, 또한 나는 무엇을 해야 할까 하는 것입니다. 그 점에 대해 한마디 말씀드려 보겠습니다.

학자가, 아니 그보다는 현자가 국가를 다스려야 한다는 플라톤의 요구를 주장하고 싶지는 않습니다. 당시의 세계는 더 젊었습니다. 플라톤은 일종의 카스탈리엔을 창설하기는 했지만, 결코 카스탈리엔 사람은 아니었고 타고난 귀족이자 왕족의 혈통을 이어받은 사람입니다. 우리 역시 귀족이고 귀족을 만들고 있긴 하지만, 그것은 정신적인 귀족이지 혈통적 귀족은 아닙니다. 정신적 귀족인 동시에 혈통적 귀족을 키워 내는 것은 인간으로서는 결코 성공할 수 없는 일이라고 저는 생각합니다. 그렇게 된다면 이상적인 귀족이 되겠지만, 그것은 한낱 꿈에 불과한 일입니다. 우리 카스탈리엔 사람은 품행이 바르고 아주 총명하긴 하지만, 다스리는 데는 적합하지 않습니다. 설사 우리가 통치를 한다 해도, 진정한 통치자에게 요구되는 힘과 단순함으로 통치하지는 못할 것입니다. 그럴 경우 우리 고유의 영역과 우리가 최우선으로 돌보아야 할 것, 모범적인 정신생활의 육성은 곧 등한시하게 되고 말 것입니다. 종종 교만한 지식인들이 생각하듯, 다스리는 일이 반드시 어리석거나 야만적일 필요는 없습니다. 그러나 다스리기 위해서는 끊임없이 외적인 활동을 즐기는 기질, 목표와 목적에 혼연일치가 되는 정열, 성공으로 이르는 길을 선택하는 일종의 민첩성과 단호함이 있어야 합니다. 이는 순전히 학자가 ── 우리는 스스로 현자라고 칭하고 싶지는 않기 때문에 ── 가져서는 안 되고 또 갖고 있지도 않은 성질들뿐입니다. 왜냐하면 우리에게는 행위보다 관찰이 더 중요하기 때문입니다. 목표를 달성하기 위한 수단과 방법을 선택하는 데 있어 우리는 가능한 한 세심하게 의심하고 살피는 법만 배웠습니다. 그러니 우리는 통치해서도, 정치에 관여해서도 안 되는 것입니다. 우리는 연구와 분석과 측정의 전문가들입니다. 우리는 온갖 문자와 연산과 법칙을 유지하며 끊임없이 검토하는 사람이고, 정신의 도량형을 검정하는 사람입니다. 우리는 그 밖에도 많은 역할을 맡고 있습니다. 경우에 따라서 우리는 혁명가, 발명가, 모험가, 정복자, 새로운 해석자도 될 수 있습니다. 그러나 우리의 가장 중요한 첫 번째 기능은 모든 지식의 샘물을 깨끗하게 유지하는 일이며, 바로 이것이 국민이 우리를 필요로 하고 유지시켜 주는 이유입니다. 상업이나 정치에서는 때때로 상대편을 속이는 일이 어쩌면 공로가 되고 천재성을 뜻할지도 모르지만, 우리의 경우엔 결코 그럴 수가 없습니다.

과거에는 격앙된 시기, 요컨대 전쟁이나 혁명이 일어났을 때와 같은 이른바 '비상시'에, 사람들은 종종 지식인들이 정치적이 되기를 요구하기도 했습니다. 특히 후기 잡문 시대에 이런 일이 있었습니다. 정신의 정치화 또는 군사화에 대한 요구도 여기에 속하는 것입니다. 교회의 종이 대포의 포신이 되고, 아직 어린 학생이 타격을 입은 부대의 보충병이 되었던 것처럼 정신도 전쟁수단으로 징발되어 소비되지 않으면 안 되었습니다.

물론 우리는 이러한 요구를 인정할 수 없습니다. 비상시에 학자가 교단과 연구실 책상에서 끌려 나가 병사가 되는 것, 또 경우에 따라서는 학자가 군대에 자원하는 것, 더욱이 전쟁으로 피폐한 땅에서 학자가 물질적인 모든 면에서 최악의 경우에 이르고 굶주릴 운명에 처하는 것, 이런 사실들에 대해서는 할 말이 없습니다. 교양이 높을수록, 특권이 클수록 비상시에는 그만큼의 희생이 따르기 마련입니다. 언젠가는 이런 일이 카스탈리엔 사람 누구에게나 자명한 사실로 받아들여지기를 희망합니다. 그러니 위기의 순간에 우리가 우리의 행복과 안락과 생명을 국민에게 희생할 각오가 되어 있다는 것이, 우리가 정신 그 자체와 우리 정신성의 전통과 도덕을 시국이나 국민이나 장군의 이익을 위해서 희생할 각오가 되어 있다는 뜻은 아닐 것입니다. 자기 국민이 감당해야 할 행위와 희생과 위험을 피하는 사람은 비겁자입니다. 그러나 정신생활의 원칙들을 물질적 이익 때문에 배반하는 자, 다시 말해서 2 곱하기 2가 무엇인지 권력자가 결정하도록 내버려 두는 자는 그 이상으로 비겁자이며 배신자입니다! 진리에 대한 지조, 지적 성실성, 정신의 법칙과 방법에 대한 충실성을 다른 이익을 위해 희생시키는 일은, 설혹 그것이 조국의 이익을 위한 일이라 해도 배신입니다. 이익과 표어의 싸움에서 만일 진리가 개개의 인간이나 언어, 예술, 온갖 조직과 예술적으로 높이 배양된 것들처럼 무가치해지고 왜곡되고 폭력의 위험에 처하게 된다면, 그에 대항하여 진리를, 다시 말해 진리를 향한 노력을 우리의 지상의 신조로 알고 구하는 것만이 우리의 유일한 의무가 될 것입니다. 연설가로서, 작가로서, 교사로서 알면서 거짓을 말하고, 알면서도 거짓과 허위를 지지하는 학자는 단순히 조직의 원칙에 반하는 행동을 하는 것일 뿐만 아니라, 그 모든 현실적인 허울에도 불구하고 자신의 국민에게 어떤 이익도 가져다주지 못하며, 심한 해를 끼치는 것입니다. 그런 학자는 공기와 대지와 음식을 망치고, 사상과 법률을 독살시키며, 국민을 파멸로 몰아가는 온갖 사악함과 적의를 돕는 것입니다.

한마디로 카스탈리엔 사람은 정치가가 되어서는 안 됩니다. 그는 어쩔 수 없을 경우 자신을 희생시켜야겠지만 결코 정신에 대한 충실성을 희생시켜서는 안 됩니다. 정신은 진리를 따를 때에만 유익하고 고귀한 것이기에, 진리를 배반하는 순간, 외경심을 버리고 매수되어 쉽사리 굽힐 수 있게 되는 순간, 그것은 바로 잠재적 악마가 되고, 동물적이고 본능적인 야수성보다 더 나쁜 것이 되고 마는 것입니다. 야수성조차도 자연의 순수성을 어느 정도 갖고 있기 마련이니까요.

존경하는 동료 여러분, 국가와 수도회 자체가 위태롭게 될 때 수도회의 의무가 어디에 있는지에 대해 생각하는 건 여러분 각자의 마음에 달려 있습니다. 거기에는 여러 가지 견해가 있을 수 있습니다. 저에게도 제 견해가 있습니다. 방금 말씀드린 모든 문제를 여러 모로 깊이 생각한 끝에 저는 스스로 무엇이 의무이며 추구할 만한 일인지 나름대로 분명한 견해를 갖게 되었습니다. 이러한 견해가 저로 하여금 존경하는 당국에 개인적인 청원을 하도록 만들었으며, 이 청원으로 제 글을 끝맺고자 합니다.

우리 관청을 구성하고 있는 명인들 가운데 유희 명인으로서 저의 직책은 아마도 외부 세계와 가장 동떨어져 있는 것 같습니다. 수학자나 언어학자, 물리학자, 교육학자, 그리고 나머지 다른 모든 명인은 속세와 공통된 영역에서 일하고 있습니다. 카스탈리엔이 아닌 곳, 우리 나라나 다른 나라의 일반 학교에서도 수학이나 언어학은 수업의 기반을 이루는 것이지요. 또 속세의 대학에서도 천문학과 물리학을 가르치며, 학식이 전혀 없는 사람들의 경우에도 음악 활동은 하고 있습니다. 이 모든 학과는 오래전부터 있어 왔고 우리 수도회보다 훨씬 오래된 것입니다. 이들 학과는 수도회가 생기기 전에도 있었고 수도회가 없어진 뒤에도 살아남을 것입니다. 그런데 유리알 유희만은 우리 고유의 발명이며, 우리만의 특기이고, 우리의 총아이며, 우리의 장난감입니다. 이것은 우리 특유의, 카스탈리엔직 정신성 최후의 님세하기 그지없는 표현입니다. 동시에 유리알 유희는 우리의 보물 가운데 가장 값지고도 가장 무익하며, 최고로 사랑받으면서도 가장 깨어지기 쉬운 것입니다. 카스탈리엔의 존속이 문제될 때는 유리알 유희가 가장 먼저 없어지게 될 것입니다. 이유는 그것이 우리가 가진 것 중 가장 부서지기 쉬운 것일 뿐만 아니라 문외한들의 눈에는 카스탈리엔 가운데에서 무엇보다 먼저 없어져도 상관없을 것으로 보일 것이 분명하기 때문입니다. 국가가 없어도 괜찮을 모든 비용을 절약할 문제에 봉착하게 되면, 사람들은 영재학교를 축소시키고, 도서관과 자료 수집실을 유지하거나 증대할 기금을 없애거나 삭감하고, 우리의 먹을 것을 줄이고, 더 이상 옷을 새로 지어 입지 못하도록 할 것입니다. 그러나 우리 문예대학의 모든 주요 학과만은 그대로 존속시킬 것입니다. 유리알 유희만 예외가 되겠지요. 새로운 병기를 발명하기 위해서라도 수학은 필요하겠지만, 유희자 마을을 폐쇄하고 우리의 유희를 폐지시킨다 해서 국가와 국민에게 해가 되는 일은 없을 것이라고 사람들은 믿을 것입니다. 적어도 군부에서는 그렇게 믿을 것입니다. 유리알 유희는 우리가 지은 건축물의 최첨단에 자리 잡고 있으며 가장 위태로운 부위입니다. 아마도 지진이 일어난다면 가장 먼저 감지하고 이를 당국에 먼저 알리게 될 사람은 바로 유희 명인, 세상에서 가장 멀리 떨어진 이 학과의 우두머리라는 사실도 이와 관련이 있을 것 같습니다.

그래서 저는 정치적, 특히 군사적 혁명이 일어날 경우엔 유리알 유희를 잃게 될 것이라고 생각합니다. 많은 이들이 유리알 유희에 애착을 가지고 있다고는 하지만, 유희는 단번에 영락하여 다시 되살릴 수 없게 되고 말 것입니다. 새로운 전쟁 시대에 잇따른 분위기는 유리알 유희를 용납하지 않을 것입니다. 이를테면 1600년경에 있었던 직업 가수의 합창곡이나 1700년경 주일마다 교회에서 부른 장식 가곡 같은 음악사의 고도로 세련된 관습들처럼 사라지고 말 것입니다. 그 당시 사람들의 귀에 들려오던 음향, 그 천사처럼 광휘로웠던 순수성을 돌이키는 일은 어떠한 학문이나 마법으로도 할 수 없는 일입니다. 유리알 유희 또한 그렇게 잊히는 일이야 없겠지만, 되돌릴 수는 없을 것입니다. 그렇게 되면 유리알 유희의 역사와 생성, 그 번영과 종말을 연구하는 사람들은, 우리가 이토록 평화롭고 잘 가꾸어지고 이토록 맑은 기운이 감도는 정신세계에서 살 수 있었던 것을 한숨을 쉬며 부러워할 것입니다.

제가 유리알 유희의 명인이라고는 해도 우리 유희의 종말을 막거나 유예시키는 것이 저의(또는 우리의) 과제라고는 생각하지 않습니다. 아무리 아름다운 것, 가장 아름다운 것일지라도 역사가 되고 지상의 한 현상이 되는 즉시 무상한 것이 되기 마련입니다. 우리는 그것을 알고 있고 그 때문에 슬픔을 느끼기는 하지만, 정말로 그 사태를 바꾸려 하지는 않습니다. 그것은 바꿀 수 없는 일이기 때문이지요. 유리알 유희가 사라지면 카스탈리엔과 세상은 손실을 입게 되겠지만, 세상은 그 손실을 당장은 거의 느끼지 못할 것입니다. 엄청난 위기에서는 아직 구제할 수 있는 것을 구제하기에도 정신이 없을 것이기 때문입니다. 유리알 유희 없는 카스탈리엔은 생각할 수 있지만, 진리에 대한 경외심이 없는, 정신에 충실하지 않은 카스탈리엔은 생각할 수 없습니다. 유희 명인이 없더라도 교육청은 꾸려 나갈 수 있습니다. 그러나 이 '유희 명인'이라는 말은 사실, 우리가 거의 잊고 있었지만, 원래는 본질적으로 우리가 지금 그 말로써 지칭하는 전문성을 뜻하는 것이 아니었습니다. 유희 명인, 즉 마기스터 루디란 말은 처음에는 그저 단순히 학교 선생님이란 뜻이었습니다. 카스탈리엔이 위기에 빠질수록, 또 그 값진 보물들이 낡아서 부스러질수록, 이러한 선생님, 훌륭하고 용감한 학교 선생님은 그만큼 더 국가에 필요한 존재가 될 것입니다. 다른 무엇보다도 우리는 학교 선생님을 필요로 하게 될 것입니다. 젊은이들에게 셈을 하고 판단을 내릴 수 있는 능력을 전해 주고, 진리의 숭상과 정신에의 순종, 말한 바의 실천에 있어 모범이 되어 줄 사람들을 필요로 하게 될 것입니다. 이는 언젠가는 없어지고 말 우리 영재 학교에만 해당되는 것이 아니라, 저 바깥세상의 세속 학교에도 해당되는 것입니다. 시민과 농부, 직공과 군인, 정치가나 장교나 지배자도, 그들이 아직 나이가 어려 가르칠 여지가 있는 한 이러한 학교에서 교육받고 교화될 것입니다. 국가의 정신생활의 기초는 연구실이나 유리알 유희가 아니라 바로 이 세속의 학교에 있습니다. 우리는 늘 국가에 교사와 교육자를 제공해 왔으며, 이미 말씀드렸듯이 이들은 우리 가운데 가장 훌륭한 사람들입니다. 그러나 우리는 지금까지 해 온 것보다 훨씬 더 많은 일을 하지 않으면 안 됩니다. 우리는 저 바깥세상의 학교에서 재능 있는 영재들이 끊임없이 우리에게 흘러 들어와 우리 카스탈리엔이 유지되도록 도우리라는 데 더 이상 기대고 있어서는 안 됩니다. 우리는 저 속세에 있는 학교에 겸손하면서도 막중한 책임을 지고 봉사하는 일을 우리의 과제 가운데 가장 중요하고 가장 명예로운 부분으로 인식하고 그 일을 완수하지 않으면 안 됩니다.

이로써 저는 존경하는 당국에 드리는 제 개인적인 청원을 할 단계에 이르게 되었습니다. 저는 이 자리를 빌려 유희 명인으로서의 저의 직책을 사해 주시고, 바깥세상에 있는 일반 학교를 크든 작든 제게 맡겨서 제가 젊은 수도회원들을 한 사람씩 그 학교의 교사로 불러들일 수 있도록 허락해 주시기를 당국에 청원하는 바입니다. 저는 우리의 원칙이 저 젊은 세속인들에게 피와 살이 될 수 있도록 하는 일에 저를 충실히 도와주리라고 믿는 사람들을 부를 작정입니다.

존경하는 당국은 제 청원과 그 사유를 호의를 가지고 검토하여 저에게 명령을 내려 주셨으면 합니다.

유리알 유희 명인

추신

존경하는 야코부스 신부님의 말씀을 이 자리를 빌려 인용하도록 허락해 주십시오. 이는 제가 그분으로부터 잊을 수 없는 특별 강의를 받을 때 기록해 둔 것입니다.

"공포의 시대, 실로 심각한 고난의 시대가 닥쳐올 수도 있다. 그러나 고난에 처해서도 아직 행복이 있을 수 있다면, 그것은 정신적인 행복뿐이다. 과거를 돌아보며 이전 시대의 교양을 되살리고, 미래를 향해서는 명랑하고도 끈기 있게 정신을 대표하는 일이 그것이다. 그렇게 하지 않으면 완전히 물질의 수중으로 전락할 수도 있는 시대에."

테굴라리우스는 이 문서에 자신이 한 작업이 얼마나 남아 있는지 알지 못했다. 그는 마지막으로 작성된 이 글을 볼 기회가 없었다. 물론 크네히트는 테굴라리우스에게 이보다 앞서 작성된 두 편의 훨씬 상세한 원고를 보여 주기는 했다. 크네히트는 이 글을 발송하고 나서, 친구에 비하면 별로 초조한 기색도 없이 당국으로부터 회답이 오기를 기다렸다. 그는 자신이 앞으로 취할 행보를 친구에게 알리지 않기로 마음먹었다. 그래서 그는 테굴라리우스에게 이 문제에 대해 더 이상 언급하지 말라고 지시하고는, 그저 회답이 오기까지 오랜 시간이 걸릴 것이 분명하다고만 암시해 두었다.

그리고 예상했던 것보다 빨리 회답이 도착했지만, 테굴라리우스에게는 알리지 않았다. 히르스란트에서 온 글은 다음과 같다.

발트첼 유희 명인 귀하

존경하는 동료 귀하!

수도회 본부와 동료 명인 일동은 따뜻한 마음과 명민함이 담긴 귀하의 회람을 적지 않은 관심을 가지고 읽었습니다. 이 글에 나타난 역사적 고찰은 앞날에 대한 염려 못지않게 우리의 주의를 끌었습니다. 우리 가운데 많은 이들이 분명 이 충격적인 동시에 부분적으로 타당한 고찰에 대하여, 그로부터 유익한 면을 이끌어 내기 위해 계속 심사숙고할 것입니다. 우리 모두는 당신을 깊이 사로잡은 그 사려를 알게 되었으며 기꺼이 인정하는 바입니다. 그것은 진정으로 사심 없는 카스탈리엔다운 사려이고, 우리 교육주와 그 생활 및 풍습에 대한 아주 진솔하고 실로 제2의 천성이 되어 버린 사랑에서 우러나온 사려이며, 그러면서도 염려에 차 있고 현재로서는 다소 불안이 담긴 사랑에서 나온 사려입니다. 우리는 또한 현시점에서 이 사랑이 담고 있는 개인적인 특색과 기분, 헌신적 태도, 행동하려는 욕구, 진지함과 열의, 영웅주의적 경향에 대해서도 알게 되었으며 기꺼이 인정하는 바입니다. 이 모든 특징 속에서 우리는 유리알 유희 명인의 성품을 다시 한 번 알아보게 되었고, 그의 실천력과 열성과 모험심을 알게되었습니다. 명인이 역사를 순수한 학문적 목적이나, 냉담한 관찰자로서 미적 유희로 연구하는 것이 아니라, 역사 지식을 직접현재에 적용하고 행동으로 옮기며 언제라도 도울 채비가 되어있다는 것은 참으로 그다운 일이며 저 유명한 베네딕투스 신부의 제자답다고 봅니다! 그리고 존경하는 동료여, 귀하의 개인적소망의 목표가 그처럼 소박하고, 정치적 과제나 임무, 영향력 있고 명예로운 지위에 끌리지 않고 그저 루디 마기스터, 즉 단순한학교 선생이 되기만을 열망한다는 사실은 참으로 귀하의 성품에 어울리는 일입니다!

이러한 것들이 귀하의 회람을 처음 읽었을 때 구태여 찾지 않아도 저절로 떠올랐던 인상이며 생각입니다. 동료들 대부분이이와 같거나 거의 비슷한 생각을 했습니다. 그러나 더 깊이 들어가 귀하의 보고와 경고와 청원을 평가하는 데 당국은 그처럼 일치된 입장에 이를 수 없었습니다. 이 문제를 논하기 위해 개최한회의에서는, 특히 우리 존재가 위협받고 있다는 귀하의 견해를어느 정도로 받아들이는가 하는 문제와, 그 위험이 어떤 종류의것이고 어느 정도의 규모이며 또 시간적으로 얼마나 가까운 것인지에 대한 문제가 활발하게 논의되었습니다. 참석자들 대부분이 이러한 문제를 진지하게 받아들였고 열의를 보였습니다. 그러나 이 문제들 중 어느 하나에 대해서도 귀하의 견해를 지지하는쪽이 많지 않았다는 사실을 알려 드리지 않을 수 없습니다. 귀하의 역사적 정치적 관찰에 대한 상상력과 선견지명만이 인정되었을 뿐, 세부적인 사항에서 귀하의 추정 혹은 예언이라 할 만한 것은 그 어느 것도 전체적인 찬성을 얻거나 납득할 만한 것으로 인정되지 않았습니다. 또한 수도회 및 카스탈리엔의 질서가 유난히 오래 지속된 평화 시대의 유지에 얼마나 관련이 있는지, 아니 도대체 그것을 근본적으로 어느 정도나 정치사와 정치 상황의 요인으로 볼 수 있느냐는 문제에 있어서도 그저 몇 사람만 귀하에게 찬성했고, 그나마도 단서가 붙은 것이었습니다. 다수의 견해는 다음과 같은 것입니다. 전쟁 시대가 종결된 후 우리 대륙에서 시작된 평화는 부분적으로는 그 앞에 있었던 끔찍한 전쟁으로 인해 일반적으로 모든 것이 고갈되고 너무 피를 흘렸던 데 원인이 있지만, 그 못지않게 당시 서양이 이제 더 이상 세계사의 초점도 패권 쟁탈의 싸움터도 아니었다는 상황에 기인한다는 것입니다. 수도회의 공헌을 조금이라도 의심하는 것은 아니지만 카스탈리엔적 사상, 즉 명상적 영혼의 도야를 목표로 정신을 드높이 배양한다는 사상이 본래 역사를 형성하는 힘, 말하자면 정치적 세계 정세에 활기찬 영향력을 행사하는 힘이라는 점을 인정할 수 없다는 것입니다. 그런 종류의 충동적 야심은 카스탈리엔적인 모든 특징과 상당히 동떨어진 것이기 때문입니다. 이 문제를 매우 진지하게 의논한 몇몇 사람은 정치적으로 작용하며 평화와 전쟁에 영향을 주는 것은 카스탈리엔의 의지도 직분도 아니라는 점을 강조했습니다. 이러한 직분이 문제가 되지 않는 이유는, 카스탈리엔의 모든 것은 이성과 연관되어 있으며 이성 안에서 행해지고 있기 때문이라는 것입니다. 세계사에 대해서도 말할 수 없는 것이, 저 낭만적 역사철학에 대한 종교적 문학적인 열광으로 되돌아가 역사를 형성하는 권력의 살인적이고 파괴적인 모든 메커니즘을 세계 이성의 작동 방식이라고 설명할 수는 없기 때문이라는 것입니다. 정신사를 대충 훑어보기만 해도 분명해지는 일이지만, 정신의 전성기를 정치적 정세에서 설명한다는 것은 근본적으로 불가능한 일이라고 합니다. 오히려 문화나 정신이나 영혼은 그 나름의 역사를 가지고 있으며, 이러한 역사는 물질적 권력을 얻기 위한 끊임없는 투쟁이라고 해야 할 세계사 옆에서 제2의, 은밀하고 피 흘리지 않는, 신성한 역사처럼 흘러간다는 것입니다. '현실적'이고 야만적인 세계사가 아니라 바로 이런 신성하면서도 은밀한 역사에 우리 수도회가 연관되어 있으며, 정치적인 역사를 감시하거나 그 형성에 조력하는 것조차 결코 수도회의 임무가 될 수 없다는 것입니다.

따라서 세계 정치의 형세가 실제로 귀하가 회람에서 시사한 바와 일치하든 않든 그 어떤 경우에도 수도회로서는 방관적이며 감수하는 태도를 취할 수밖에는 없다는 것입니다. 그래서 세계 형세를 적극적인 태도 결정을 위한 일종의 포고로 보아야 한다는 귀하의 의견은 몇 표를 제외하고는 다수에 의해 부결되고 말았습니다. 오늘의 세계 정세에 관한 귀하의 견해나 가까운 장래에 대한 귀하의 암시는 확실히 동료 대다수에게 어떤 인상을 남겼으며, 몇몇에게는 거의 물의에 가까운 작용을 가했는데, 이 점에 있어서도 발언자 대부분이 귀하의 지식과 예지에는 경의를 표했지만, 귀하의 의견에 다수가 동의를 했는지는 확인할 수 없었으니 차라리 그 반대였다고 할 수 있습니다. 이 문제에 대한 귀하의 표명은 주목할 만하며 상당히 흥미롭긴 하지만, 지나치게 비관적이라고 비판하는 경향이 지배적이었습니다. 명인이라는 사람이 이른바 위험과 시련의 박두를 알리는 암울하기 짝이 없는 미래상을 가지고 자신의 관청을 위협하는 행동을 한다면, 이야말로 위태로운 일일 뿐 아니라 실로 불손한 일이며 적어도 경솔한 일이라고 할 수 있는 것이 아닌지 묻는 발언자도 한 사람 있었습니다. 어떠한 일에 대해서든 이따금 그 무상함을 경고하는 일은 확실히 있을 수 있는 일이고, 누구나, 설혹 그가 아무리 책임 있는 높은 자리에 있는 사람이라 할지라도, 가끔은 스스로에게 죽음을 잊지 말라고 외쳐야 하는 법이라고 했습니다. 그러나 이처럼 일반화해 가며 허무주의적으로 명인의 자리에 있는 모든 사람에게, 수도회 전체에게, 성직 전체에게 종말이 임박했다는 식으로 예고한다는 것은 영혼의 평화와 환상에 품위 없는 공격을 가하는 일이며 당국 자체와 그 능력까지도 위태롭게 만드는 일이라는 것입니다. 명인이 매일 아침 자신의 직책, 활동, 제자, 수도회에 대한 책임, 카스탈리엔을 위하는 일, 카스탈리엔 안에서의 생활, 이 모든 것이 내일이나 모레쯤 사라지고 더 이상 존재하지 않게 되리라는 생각을 하면서 직무에 임한다면, 명인의 활동을 제대로 수행하기 힘들지도 모른다는 것이었습니다. 이렇게 발언한 사람 역시 다수의 지지를 받지는 못했지만, 그래도 몇 사람으로부터 찬성을 얻었습니다.

서면으로 전달할 사항은 간단히 그치겠지만, 구두로 대화하는 것은 얼마든지 응할 생각입니다. 이 간단한 회답에서 귀하는 귀하의 회람으로 기대했을 소정의 효과를 거두지 못했다는 점을 이미 알게 되었을 것입니다. 실패한 이유는 대부분 실질적인 원인, 즉 현재 귀하가 품고 있는 견해와 소망이 대다수 사람들의 그것과 실질적으로 차이를 보이고 있다는 데에서 기인합니다. 그러나 여기에는 형식적인 원인도 있습니다. 적어도 우리는 귀하가 동료들과 직접 만나 대화하는 편이 근본적으로 좀 더 조화롭고 긍정적인 논의를 이끌지 않았을까 생각합니다. 그리고 우리의 생각으로는, 이렇게 서면으로 질문하는 회람 형태를 취한 일만이 귀하의 탄원을 가로막았다고 보지는 않습니다. 그보다 더 방해가 된 것은 개인적인 소원인 청원서를 관내 보고문과 결부시킨 일, 즉 우리 사이의 교제로서는 이례적인 일을 범했다는 데 있습니다. 우리 대부분은 이렇게 공사를 혼동한 일을 좋지 못한 개혁을 꾀하려 한 것으로 여기고 있으며, 몇 사람은 이 일을 불법이라고 선언하기도 했습니다.

이로써 직책을 사임하고 속세 학교의 근무에 일신을 바치겠다는 청원을 내용으로 하는 귀하의 용건은 실로 까다로운 입장에 빠지게 되었습니다. 당국이 이처럼 당돌한 방식으로 제출되고 또 이처럼 독특한 이유가 붙은 청원을 응낙할 수 없으며 이를 인가하거나 통과시키기가 불가능하다는 것은 청원자로서 이미 알고 있는 것이 분명하다고 봅니다. 당연히 당국은 이를 부결했습니다.

만일 각자의 자리를 정하는 일이 수도회나 당국의 임명에 의하지 않게 된다면, 우리 성직 제도는 어떻게 되겠습니까! 만일 각자가 자신의 인격과 재능과 특성을 스스로 평가하고 그에 따라 자신의 자리를 찾기를 바란다면, 카스탈리엔은 어떻게 되겠습니까! 우리는 유리알 유희의 명인에게 이 점에 대하여 잠시 숙고하기를 간히는 비입니다. 그리고 우리가 수행하도록 위탁한 그 영예로운 직책을 앞으로도 계속해서 이행해 나가도록 명령하는 바입니다.

이것으로 귀하의 글에 대해 회답해 주기를 바란 귀하의 청원은 이루어졌습니다. 우리는 귀하가 기대했을 회답을 줄 수 없습니다. 그럼에도 우리는 귀하의 문서에 담긴 고무적이며 촉구하게 하는 가치에 대하여 감사의 뜻을 표하지 않을 수 없습니다. 그 내용에 관해서는 귀하와 너불어 가까운 시일 내에 구두로 이야기할 수 있기를 기대하고 있습니다. 왜냐하면 비록 수도회 본부로서는 귀하를 믿을 수 있다고 여기기는 하지만, 귀하가 문서에서 앞으로 직무를 수행함에 있어 능력이 떨어진다거나 적어도 위태롭다고 말한바, 우려할 만한 사유가 된다고 보기 때문입니다.

크네히트는 이 서신을 별다른 기대는 없었지만 세심한 주의를 기울여 읽었다. 당국에서 '우려할 만한 사유'를 갖는 것도 충분히 생각할 수 있는 일이었다. 그뿐 아니라 어떤 명확한 조짐에서 그렇게 추측할 수밖에 없다고 그는 생각했다. 최근에 유희자 마을에 정식 증명서와 수도회 본부의 추천장을 가진 손님이 나타났는데, 그는 며칠 동안 손님 자격으로 머물게 해 달라고 청원했다. 기록소와 도서관에 볼일이 있다고 하면서, 동시에 손님 자격으로 크네히트의 강의에도 몇 차례 참석하게 해 달라고 청했다. 말이 없고 주의 깊고 이미 상당히 나이가 든 그는 마을의 거의 모든 부서에 나타나 테굴라리우스에 대하여 묻기도 하고, 근처에 살고 있는 발트첼 영재 학교 교장도 여러 번 방문하곤 했다. 거의 의심할 여지 없이, 이 사람은 유희자 마을이 어떤 상태에 있는지, 나태한 것은 아닌지, 명인은 건강하며 직무에 충실한지, 관리들은 근면한지, 학생들이 불안에 빠져 있지는 않은지 확인하기 위해 파견된 감시자였다.

그는 꼬박 일주일 동안 머물렀는데, 크네히트의 강의에는 한 번도 빠지지 않았다. 그가 이렇게 관찰하며 도처에 모습을 나타내는 것에 두 사람의 관리가 주의를 기울이고 있었다. 요컨대 수도회 본부는 명인에게 회답을 보내기 전에 이 정찰자로부터 보고가 오기를 고대하고 있었던 것이다.

그런데 이 답서를 어떻게 생각해야 할까? 누가 작성했을까? 문체로는 작성자를 알 수가 없었다. 청원서가 그랬듯이 흔히 통용되는 비개성적인 관청식 문체였던 것이다. 그러나 좀 더 세밀히 더듬어 보자 이 글을 처음 읽으며 짐작할 수 있었던 것보다 더 많은 특성과 개성이 드러났다. 이 문서 전체에 나타난 기본 입장은 성직으로서의 수도회 정신, 정의, 질서에 대한 사랑이었다. 크네히트의 청원서가 얼마나 달갑지 않고 불쾌하고, 실로 부담스럽고 화나게 하는 것이었는지 뚜렷이 알 수 있었다. 또 이 회답의 작성자는 이 청원서를 처음 읽는 순간 이미 다른 사람들이 뭐라고 하든 상관없이 거부하기로 마음먹고 있었다는 것도 알 수 있었다. 그런데 그 불만과 거부감에 또 다른 동향과 기분이 마주하고 있었으니, 그것은 숨길 수 없는 동정이었다. 그것은 크네히트의 청원서에 관한 회의석상에서 나온 온갖 따사롭고 우정 어린 견해와 언명을 낱낱이 강조하고 있는 사실로도 알 수 있는 일이었다. 크네히트는 수도회 본부의 수석인 알렉산더가 이 회답을 작성했다는 사실을 의심치 않았다.

이제 우리는 우리 길을 끝까지 걸어왔으며, 요제프 크네히트의 삶의 행로에서 본질적인 점은 모두 보고했다고 생각한다.

이 행로의 종말에 대해서는 후세의 전기 작가가 더 많은 세부 항목을 확인해서 전달할 수 있게 될 것이다.

우리는 명인이 보낸 마지막 시절을 우리 손으로 서술할 것을 단념하기로 한다. 우리는 발트첼의 학생이면 누구나 알고 있는 사실 이상으로 알고 있시 못하며, '유리알 유희 명인에 관한 전설' 이상은 더 잘 쓸 수도 없다. 이러한 전설은 수많은 사본을 통해 우리에게 퍼져 있는데, 아마도 이것은 고인의 사랑하는 몇몇 제자가 작성한 것이리라. 이 전설로 우리의 책을 끝낼 생각이다.

12
전설

　명인이 사라져 버린 일과 그 원인에 대해, 그가 그런 결심을 하고 실행에 옮긴 일의 옳고 그름에 대해, 그의 운명의 의미와 무의미에 대해 동료들이 말하는 온갖 이야기를 들으며 우리는 마치 나일 강 홍수의 원인에 대한 디오도루스 시켈로스*의 잡다한 추론이라도 듣는 기분이었다. 그런 종류의 이야기에 새로운 것을 덧붙인다는 것은 쓸모도 없거니와 옳아 보이지도 않는다. 그보다는 차라리 수수께끼를 남기며 속세로 뛰어들고 난 후 얼마 지나지 않아 그보다 더 낯설고 신비로운 피안으로 넘어가 버린 명인에 대한 추억을 가슴에 간직하고 싶다. 우리의 소중한 추억에 보탬이 되도록 이 사건에 대해 들은 바를 그대로 기록해 두기로 한다.
　자신의 청원을 거절한 당국의 편지를 읽고 나서 명인은 가

---

* 그리스의 역사가. 『세계사』 40권을 저술하였다.

벼운 전율을 느꼈다. 그것은 정신이 맑게 깨인 싸늘한 새벽의 느낌 같은 것이었다. 이 느낌은 이제 때가 되었다는 것, 더 이상 머뭇거리거나 우물쭈물해서는 안 된다는 것을 그에게 일러 주었다. '각성'이라고 이름 붙인 이 독특한 느낌은 생애의 결정적인 순간들을 통해 그에겐 익숙해진 것이었다. 그것은 그에게 생기를 불어넣으면서도 고통스러운 것이었고, 작별과 출발이 뒤섞인 것이었으며, 마치 봄날의 폭풍처럼 무의식 깊은 곳까지 뒤흔들어 놓는 것이었다. 시계를 보니, 한 시간쯤 뒤에는 강의가 있었다. 그는 남은 시간을 명상에 바치기로 마음먹고, 정적에 싸인 명인의 정원으로 들어갔다. 가는 도중 갑자기 떠오른 한 줄의 시가 계속 그의 마음을 맴돌았다.

　　모든 시작에는 이상한 힘이 있기에……

그는 이 구절을 혼잣말로 읊어 보았다. 언제 읽은 누구의 시인지는 알 수 없었으나 이 시구는 흡족하게 마음에 다가왔다. 그가 지금 겪고 있는 상황에 너무 잘 맞았던 것이다. 정원에 들어간 그는 이제 막 시들어 떨어진 나뭇잎 몇 개가 흩어져 있는 벤치에 앉아 호흡을 고르며 맑은 마음으로 성찰할 수 있게 될 때까지 고요한 가라앉음을 얻으려고 애썼다. 그러자 이 성찰 속으로 인생에 있어 이 순간의 상태가 보편적이고도 초개인적인 형상으로 가지런히 나타났다. 그런데 소강당으로 돌아갈 때 그 시구가 다시 떠올랐다. 크네히트는 그 시를 다시 한 번 곰곰이 생각해 보아야 했고, 그 구절이 약간 다르다는 것을 알게 되었다. 갑자기 기억이 선명해지며 그를 도와주었다.

그는 나직이 혼잣말로 읊어 보았다.

　　모든 시작에는 이상한 힘이 깃들어 있어
　　우리를 지켜 주고 살아가도록 도와준다.

　강의가 끝나고도 한참이 지나 모든 일과를 마친 저녁 무렵이 되어서야 그는 그 시구가 어디서 온 것인지를 알아냈다. 그것은 어느 옛 시인의 시에서 나온 것이 아니라, 학생 시절에 썼던 자신의 시에 들어 있는 구절이었고, 시는 이렇게 끝났다.

　　그러면 좋아, 마음이여, 작별을 고하고 건강하여라!

　그날 저녁 그는 자신의 대리인을 불러서, 그가 내일 기한이 정해지지 않은 여행을 떠나게 되었다는 사실을 알렸다. 그는 대리인에게 현재의 모든 업무를 짤막한 지시와 함께 맡긴 다음, 간단한 출장을 떠날 때처럼 친절하고도 사무적인 작별 인사를 했다.
　친구 테굴라리우스에게 내막을 밝히지 말아야 하고, 그를 작별로 괴롭히는 일 없이 떠나야 한다는 것은 일찌감치 분명히 알고 있었다. 예민한 친구를 소중히 여기는 마음에서뿐만 아니라, 자신의 계획 전체를 위태롭게 만들지 않기 위해서도 그렇게 하지 않으면 안 되었다. 이미 일어난 기정사실이라면 상대편도 아마 타협을 하겠지만, 갑자스레 발표하고 작별하는 장면을 보이게 되면 자제력을 잃는 달갑지 않은 일이 벌어질 수 있었다. 한때는 그를 보지도 않고 떠날 생각을 한 적도 있었다.

그러나 다시 생각해 보면 그것은 어려운 일을 피해 도망치는 것이나 다를 바 없는 것이었다. 친구에게 흥분하는 장면을 연출하지 않게 하고 어리석은 일을 저지를 기회를 주지 않는 것이 현명하고도 올바른 일이겠지만, 자기 자신을 그렇게까지 아껴서도 안 되는 일이었다. 잠자리에 들 시간까지는 아직 삼십 분 정도 남아 있었다. 이 시간이라면 당사자나 다른 어떤 사람을 번거롭게 하지 않고도 테굴라리우스를 방문할 수 있었다. 널찍한 안뜰은 이미 어둠에 덮여 있었다. 그는 친구의 방문을 노크하면서, 이 일도 이번이 마지막이라는 묘한 감회에 사로잡혔다. 테굴라리우스는 혼자 있었다. 책을 읽고 있던 그는 깜짝 놀라며 크네히트를 반갑게 맞이한 뒤 책을 옆에 내려놓고는 방문객에게 자리를 권했다.

"오늘 문득 옛날에 쓴 시 한 편이 머리에 떠올랐네." 크네히트는 편하게 말을 시작했다. "그 가운데 몇 줄이 떠올랐을 뿐이지만. 그 시 전체가 어디에 있는지 자네라면 알 것 같은데?"

그러고는 시를 읊었다. "모든 시작에는 이상한 힘이 깃들어 있어……."

복습 교사는 별로 수고할 필요도 없었다. 그는 잠깐 생각해 보더니 곧 그것이 무슨 시인지 알아냈다. 그러고는 자리에서 일어나 책상 서랍에서 크네히트가 쓴 원고 뭉치를 꺼냈다. 언젠가 크네히트가 그에게 보낸 친필 원고였다. 그는 원고를 뒤져 두 장의 종이를 찾았는데, 그 시의 초고였다. 테굴라리우스는 그 원고를 명인에게 건네주었다.

"여기 있습니다." 테굴라리우스는 미소를 지으며 말했다. "마음대로 사용하십시오. 명인께서 이 시를 생각하시다니 정말 오랜만의 일이군요."

요제프 크네히트는 원고를 주의 깊게 들여다보았다. 감동하지 않을 수 없었다. 학생으로서 동아시아 학관에 머물고 있을 때 그는 이 두 장의 종이에 시를 썼던 것이다. 아득한 과거가 종이 속에서 그를 바라보고 있었다. 벌써 약간 누렇게 변색된 종이, 젊은 시절의 필적, 문장을 지우거나 고친 부분들, 이 모두가 거의 잊어버렸던 한때를 말해 주고 있었다. 지금 그것이 경고하면서 고통스러운 한때를 떠올리게 하고 있었다. 그는 이 시를 쓴 해나 계절뿐만 아니라 그날 그 시간 그때의 기분, 그의 마음을 채우던 행복한 느낌, 이 시가 표현하고 있는 그 강렬하고도 자랑스러웠던 감정까지도 떠올릴 수 있을 것 같았다. 그는 스스로 각성이라고 이름 붙인 영적인 체험을 했던 특별한 날들의 어느 하루에 이 시를 썼던 것이다.

시의 제목은 분명히 시보다 앞서 첫 줄에 적혀 있었다. 커다란 글자와 힘찬 필체로 다음과 같은 제목이 쓰여 있었다.

"초월하라!"

훗날, 시간이 흘러 기분과 생활이 바뀌었을 때 비로소 이 제목은 감탄사와 함께 지워지고, 그 대신 더 작고 가늘고 겸손한 글씨체로 다른 제목이 붙여져 있었다. '단계'라는 제목이었다.

크네히트는 그 당시 자신이 얼마나 이 시의 사상에 가슴 벅차하며 "초월하라!"는 문구를 스스로에 대한 소명, 명령, 경고로서, 새로 세우고 힘을 불어넣는 하나의 결의로서 썼던가를 기억해 냈다. 그리고 자신의 행동과 삶을 이 표어 아래에 둠으로써 인생의 모든 공간과 과정을 초월하여 단호하고도 명랑하게 통과하고 실현하고 자신의 뒤로 흘러 보내고자 했던가를 이제 다시금 떠올렸다. 그는 나지막하게 몇 줄을 읊어 보았다.

공간에서 공간으로 명랑하게 나아가야지
어디에도 고향인 양 매달려선 안 되네
우주 정신은 우리를 구속하고 좁히는 대신
한 계단씩 올려 주고 넓혀 주려 한다.

"나는 오랫동안 이 시를 잊고 있었다네." 크네히트가 말했다. "오늘 우연히 한 구절이 떠올랐지만, 어디서 온 것인지도 몰랐고, 내가 쓴 것인지도 몰랐지. 지금 보니 이 시가 자네에게는 어떻게 생각되나? 무언가 가슴에 와 닿는 것이 있나?"

테굴라리우스는 잠시 생각에 잠겼다.

"바로 이 시에 저는 늘 특별한 느낌을 가지고 있었습니다." 이윽고 그가 말했다. "이 시는 당신의 시들 중에서 제가 좋아하지 않는 몇 편 중 하나입니다. 그 몇 편의 시에는 무언가 제게 거부감을 일으키거나 마음을 불편하게 하는 것이 있었지요. 그게 무엇인지 그때는 몰랐습니다. 그런데 이제는 알 것 같군요. 훗날 고맙게도 훨씬 나은 제목으로 바뀌기는 했지만, 당신께서 처음에 '초월하라!'라는 행군 명령 같은 제목을 달았던 이 시는 정말 제 마음에 들지 않았습니다. 명령적인 것, 도덕가인 척하는 태도나 학교 선생 같은 투가 들어 있었기 때문이지요. 이러한 요소를 빼 버리거나, 그 허식을 벗겨 낸다면 아마 당신이 지은 시 중 가장 아름다운 시가 될 것이라는 점도 방금 알게 되었습니다. 본래 내용으로 보면 '단계'라는 제목도 나쁘지 않지만, 이 시에는 '음악'이나 '음악의 본질'이라는 제목을 붙이실 수도 있을 것입니다. 아니, 그 편이 오히려 나을 것 같아요. 교화나 설교 투를 빼면 그것은 정말이지 음악의 본질에 대한 고찰이거나, 제 생각에는 음악에 대한 찬가이기 때문입니다. 음악의 끝없는 현재성, 명랑함과 단호함, 계속 움직여 앞으로 나아가려는 결의와 각오, 방금 들어선 공간이나 단락을 떠나갈 준비가 되어 있음에 대한 찬가입니다. 이 시가 끝까지 음악의 정신에 대한 이러한 고찰이나 찬가로 남았더라면, 그리고 당신이 그때 이미 뚜렷해진 교육자적 야심으로 그것을 경고와 설교로 만들지 않았더라면, 이 시는 완벽한 보물이 되었을 것입니다. 하지만 지금 이대로는 너무 교훈적이고 선생 투일 뿐만 아니라 잘못된 생각에 감염된 것처럼 보입니다. 이 시는 단지 교훈적 효과를 위해 음악과 삶을 동일시하고 있습니다만, 이는 매우 의심스럽고 이론의 여지가 많은 문제입니다. 음악의 원천인 자연적이고 교훈과 상관 없는 원동력을 가지고 우리를 선도와 명령, 훌륭한 가르침으로 키워 내고 발전시키려는 '삶'을 만들어 내고 있으니까요. 요컨대 이 시에서는 하나의 비전이, 일회적이고 아름답고 위대한 것이 교육의 목적을 위해서 왜곡되고, 이용되고 있습니다. 이 점이 제가 늘 이 시에 반감을 느낀 이유입니다."

명인은 즐거운 마음으로 귀를 기울이며 친구가 열변을 토하는 모습을 지켜보고 있었다. 그는 친구의 이런 면을 좋아했다.

"자네 말이 옳을 거야!" 명인은 반은 농담조로 말했다. "어쨌든 음악에 대한 이 시의 관계를 지적한 자네 말은 옳아. '온갖 공간을 거쳐 간다'는 내 시의 근본 사상은 사실 음악에서 나온 것인데, 나는 그 점을 의식하지도 깨닫지도 못했네. 내가 이 사상을 망쳤는지, 또 그 비전을 왜곡했는지 어땠는지는 모르겠어. 아마 자네 말이 맞겠지. 내가 이 시를 썼을 때는 사실 음악이 아니라 하나의 체험을 다루고 있었네. 아름답고도 음악적인 비유가 도덕적인 면을 드러내 보여 주며 나를 일깨우고 경고하고 내 안에서 삶의 외침 소리가 되었던 체험이었어. 이 시가 명령조로 되어 있는 것이 자네에게 유독 거슬렸던 모양이지만, 명령이라든가 교훈을 주려는 뜻에서 쓴 게 아니었네. 그 명령, 그 경고는 오직 나 자신에게 해당되는 것이었기 때문이지. 혹시 자네가 이 점을 잘 몰랐다 하더라도, 마지막 한 줄을 읽어 보면 알게 될 거야. 즉 나는 어떤 통찰과 인식 또는 내적 시각을 체험하고는 이러한 통찰의 내용과 도덕성을 나 자신에게 외치고 마음속 깊이 새겨 두고 싶었던 것이네. 그렇기 때문에 내가 의식하지 못하는 가운데 내 기억 속에 남아 있게 된 것이지. 아무튼 이 작품이 좋든 나쁘든 목적은 달성한 셈이야. 이 시에 담긴 경고는 내 마음에 남아 있었고 잊히지 않았으니까. 오늘 또 그것은 나에게 새로운 울림을 주었네. 아름다운 작은 체험에 불과하지만 자네의 조롱으로도 상처를 입힐 수 없는 것이라네. 한데 이제 떠날 시간이 됐군. 여보게, 우리 두 사람이 학생의 신분으로 종종 기숙사의 규칙을 어겨 가면서 밤늦도록 이야기하며 앉아 있었을 때가 정말 좋았네. 명인으로선 더 이상 그렇게 할 수 없으니, 유감이야!"

"아, 지금도 할 수야 있지요. 용기가 없을 뿐이지." 테굴라리우스가 말했다.

크네히트는 웃으면서 친구의 어깨에 손을 얹었다.

"여보게, 용기에 관해서라면, 나는 아직 전혀 다른 일도 할 수 있다네. 잘 자게나, 불평가 양반!"

크네히트는 유쾌한 마음으로 방에서 나왔다. 그러나 숙소가 늘어서 있는 어둡고 텅 빈 길과 안뜰을 지나갈 때 작별의 엄숙함이 다시금 그를 사로잡았다. 작별이란 언제나 추억의 장면들을 일깨워 주는 법이다. 이 길에서 그에게 떠오른 추억은, 그가 아직 소년이고 발트첼의 신입생이었을 때, 발트첼과 유희자 마을을 지나며 최초의 예감과 희망을 느꼈던 일이었다. 그리고 이제 처음으로, 밤의 서늘한 기운 속에서 말없이 서 있는 나무들과 건물들 한가운데에서, 이 모든 것을 눈앞에 보는 것도 이번이 마지막이라는 것, 낮에는 그토록 활기 있던 마을이 침묵에 잠겨 잠드는 모습에 귀를 기울이는 것도 마지막이요, 수위실의 작은 불빛이 분수대에 어리는 모습을 보는 것도 이번이 마지막이며, 명인 정원의 나무들 위로 밤의 구름이 흐르는 모습을 보는 것도 이번이 마지막이라는 사실을 그는 뼈저리도록 고통스럽게 느꼈다. 그는 천천히 유희자 마을의 모든 길을 구석구석 거닐었다. 그는 다시 한 번 정원으로 들어가는 문을 열고 안으로 들어가고 싶은 욕망을 느꼈으나 열쇠를 가지고 있지 않았다. 이 사실이 그에게 곧 냉정을 되찾고 마음을 가다듬도록 해 주었다. 그는 자신의 거처로 돌아가서 몇 통의 편지를 썼는데, 그 가운데에는 자신이 언제 도착하는지 수도에 있는 데시뇨리에게 알리는 편지도 있었다. 그런 다음 그는 주의 깊게 명상에 잠겨, 이 순간의 흥분으로부터 벗어나 카스탈리엔에서 자신이 해야 할 마지막 일, 즉 내일 있을 수도회 수서과의 토론을 위해 마음을 가다듬으려 했다.

이튿날 아침, 명인은 늘 일어나던 시간에 잠자리에서 일어나 차를 불러 타고 떠났다. 그의 출발을 안 사람은 거의 없었고, 알아도 아무도 이상하게 생각하지 않았다. 초가을의 첫 안개에 젖어 있는 아침 풍경 속을 지나 히르스란트를 향해 달렸다. 그리고 정오쯤 도착하여 수도회 본부 수석인 알렉산더 명인에게 면회를 신청했다. 크네히트는 보자기에 싼 아름답고 작은 금속 상자를 들고 있었다. 자신의 사무실 금고에서 꺼내 온 것인데 유희 명인의 표시인 인장과 열쇠가 들어 있었다.

　수도회 본부의 '고귀한' 사무실에서는 약간 놀라며 크네히트를 맞이했다. 명인이 아무 예고도, 초대도 없이 나타난다는 것은 전례가 없는 일이었던 것이다. 수도회 수석의 분부를 받은 사람들이 그를 영접했는데, 얼마 후 오래된 회랑에 면한 휴게실의 문을 열어 주면서 수석은 두세 시간 뒤에야 시간을 낼 수 있을 거라고 전해 주었다. 크네히트는 수도회 규칙서를 가져다 달라고 부탁해 받고는 자리에 앉아서 그것을 죽 읽어 내려갔다. 그러고는 자신의 계획이 간단하고 합법적이라는 사실을 최종적으로 확인했다. 그러나 계획의 의의와 내적인 정당성을 말로 표현한다는 것은 지금 이 순간에 와서도 여전히 불가능한 일로 생각되었다. 그는 규칙 중의 한 조항이 생각났다. 지난날 청년으로서 자유를 구가하며 연구에 종사하던 시절의 마지막 무렵, 그는 그 조항에 대해 명상하라는 명령을 받은 일이 있었다. 수도회에 채용되기 직전의 일이었다. 그 조항을 다시 읽어 보며 생각에 잠겨 있자니 고지식한 젊은 복습 교사였던 당시에 비해 자신이 지금 얼마나 다른 사람이 되어 있는지 느낄 수 있었다. 그 조항은 다음처럼 이르고 있었다. "상급 관청으로부터 보직을 받으면 명심하라. 직책이 높아진다는 것은 언제나 자유로 한 걸음 다가서는 것이 아니라 속박으로 한 걸음 다가서는 것이다. 직책이 높을수록 속박은 점점 더 심해진다. 개성이 강할수록 자유 의지는 더욱 엄하게 금지된다." 한때는 이 모든 말이 얼마나 결정적이며 명백한 의미를 품고 있었던 가! 그럼에도 이 말들의 의미, 특히 '속박', '개성', '자의' 같은 까다로운 말들의 의미는 그때 이후 그에게 얼마나 달라져 버렸는가, 아니 거꾸로 그 자신이 얼마나 달라져 버렸는가! 또한 이 말들은, 이들 조항은 얼마나 아름답고 명료하며, 그 암시는 얼마나 적확하고 놀랄 만한 것인가! 이 조항들이 젊은 정신에게는 얼마나 절대적이고 초시간적이며 철두철미하게 참된 것으로 보였던 것일까! 아, 이 조항들은 만일 카스탈리엔이 세계였다면, 전체적이고 다양하며 그럼에도 불가분인 세계였다면 정말 그러했을 것이다! 그러나 카스탈리엔은 세계 한가운데의 한 작은 세계이며, 혹은 세계로부터 대담하고도 강제적으로 떨어져 나온 한 조각에 불과한 것이다! 만일 이 지상이 영재 학교이고, 수도회는 모든 인간의 공동체이며, 수도회 수석이 신이라면, 이 조항들과 이 모든 규칙은 얼마나 완전한 것일까! 아, 그렇기만 하다면 인생은 얼마나 사랑스럽고 찬란하고 순결하고 아름다웠을 것인가! 한때는 실로 그랬던 적이 있었고, 크네히트도 그것을 보고 겪을 수 있었다. 즉 수도회와 카스탈리엔의 정신을 신성과 절대로서, 교육주를 세계로서, 카스탈리엔 사람을 인류로 보고 카스탈리엔이 아닌 나머지 부분을 일종의 유아적인 세계로서, 교육주의 예비 단계이며, 존경히는 눈길로 카스탈리엔을 우러러보고 이따금 젊은 플리니오와 같은 사랑스러운 손님을 보내 주곤 하는, 최후의 문화와 구원을 아직 기다리고 있는 원초적 지반으로서 보았던 때가 있었다.

그러나 그는, 요제프 크네히트와 그의 정신은 얼마나 특이한 상태에 있었던 것인가! 자신만의 고유한 통찰과 인식, 스스로 '각성'이라고 이름 붙인 저 현실적인 체험을 그는 옛날, 아니 어제까지만 해도 세상의 심장부로 진실의 중심을 향해 한 걸음 한 걸음 전진하는 것으로, 어느 정도는 절대적인 것으로, 실은 한 걸음씩 떼어 놓을 수밖에 없지만 머릿속에서는 그것을 죽 이어지는 직선적인 진보라고 생각하지 않았던가? 한때 젊은 시절에 플리니오라는 인물에게 외부 세계를 인정하기는 했어도, 자신을 카스탈리엔 사람으로 의식하고 그 외부 세계와 엄격히 구분하는 일이 그에게는 각성이자 진보이자 절대적 가치가 있는 올바른 일로 여겨지지 않았던가? 그리고 오랜 의혹 끝에 다시 유리알 유희와 발트첼에 자신을 바치기로 결심한 것도 진보였으며 진실이었던 것이다. 또한 명인 토마스 덕분에 관직을 얻고, 음악 명인을 통해 수도회에 받아들여졌으며, 훗날 명인으로 임명된 것도 마찬가지였다. 이러한 일들은 얼핏 직선적인 길을 걸어가는 크고 작은 발걸음에 불과한지도 몰랐다. 그러나 그는 이제 이 길의 끝에 서 있으면서도 결코 세상의 심장이나 진리의 중심에 서 있지 못했다. 현재의 각성도 눈을 뜨고 새로운 환경에 놓인 자신을 다시 발견하는 것, 새로운 상황에 순응하는 일에 지나지 않았다. 그를 발트첼과 마리아펠스와 수도회와 명인의 직책으로 이끌었던 바로 그 엄격하고 선명하며 재론의 여지없이 곧은 길이, 이제 다시금 그를 그 밖으로 끌어내고 있었다. 각성의 결과는 동시에 작별을 가져오게 되어 있었다. 카스탈리엔과 유리알 유희와 명인의 직책은 모두

지나가고 해치워야 할 주제였으며, 속속들이 돌아다니고 넘어서야 할 곳이었다. 그것들은 이미 그의 뒤에 놓여 있었다. 지난날 지금과는 정반대로 생각하고 행동했을 때도 그는 문제가 있는 이 사태를 이미 의식하고 있었거나 적어도 예감하고 있었던 것이 분명했다. 학생 시절 썼던 그 시, 단계와 작별을 다룬 그 시 위에 "초월하라!"는 외침을 쓰지 않았던가?

이처럼 그의 길은 원형을 그리며 나아갔다. 타원이든 나선이든 또는 다른 어떤 형이 되었든 직선이 아닌 것만은 분명했다. 직선은 기하학에나 있는 것일 뿐 자연이나 인생에는 없기 때문이었다. 아무튼 그는 자신이 쓴 시와 그때 했던 각성에 대해서 까마득하게 잊은 뒤에도 그 시에서 받은 경고와 격려에 충실히 따랐다. 물론 완전하다고는 할 수 없어서 때로 주저하기도 하고 의심을 품기도 했으며 변덕을 부리거나 싸우기도 했지만, 그는 한 단계 한 단계 이곳에서 저곳으로 용감하게 있는 힘을 다해 나아갔다. 비록 전 음악 명인처럼 눈부실 정도로 명랑한 것은 아니었지만, 피로와 침체 없이, 타락이나 불성실 없이 나아갔던 것이다. 지금 그가 카스탈리엔의 관념으로 볼 때에는 타락하고 불성실하며, 수도회의 모든 도덕에 맞서 겉으로 보기에는 자신의 개성만을 위해 제 마음대로 하는 것처럼 보인다 할지라도, 밖으로야 어떻게 보이든 이 일 또한 용감한 정신과 음악의 정신 아래 빈틈없이 확실하고도 명랑하게 일어날 것이었다. 자신에게는 그토록 명확해 보이는 것, 즉 이번에 그가 취한 행동의 '사의'가 사실은 봉사이며 복종이라는 것, 그가 향해 가는 것은 자유가 아니라 새롭고 낯설고 불안한 구속이라는 것, 자신은 도망자가 아니라 부름 받은 자로서 가는 것이고, 제 마음대로 하는 것이 아니라 복종하는 것이며, 주인이 아니라 희생물이라는 것을 다른 사람에게도 분명히 밝히고 증명할 수 있다면 얼마나 좋겠는가! 그러면 미덕과 명랑성, 성실성과 용감성은 어떻게 되었는가? 줄어들기는 했으나 여전히 남아 있었다. 비록 가는 것이 아니라 인도받아 가는 것일 뿐이고, 제 힘으로 초월하는 것이 아니라 중심에 서 있는 사람을 두고 주위 공간이 선회하는 것에 불과했다 해도, 미덕은 여전히 남아 그 가치와 매력을 지니고 있었으니, 그것은 부정하지 않고 긍정하는 데에, 회피하지 않고 복종하는 데에, 그리고 아마 어느 정도는 자기가 주인인 양 적극적으로 행동하고 생각하는 데에, 인생과 자기 현혹, 즉 스스로 결정하고 책임지는 듯 보이는 이 삶의 환영을 조건 없이 받아들이는 데에, 이유를 모르는 채일지라도 기본적으로 알려고 하기보다는 행동하되, 또 정신적이기보다는 본능적으로 하는 데에 남아 있었다. 아, 이 모든 문제에 대해 야코부스 신부와 이야기할 수 있다면 얼마나 좋을까!

이 비슷한 종류의 생각이나 몽상이 그가 한 명상의 여운이었다. '각성'에서는 진리와 인식이 중요한 게 아니라, 현실과 그 현실의 체험, 그것을 살아내는 일이 문제였다. 각성했을 때 사람들은 사안의 핵심이나 진리에 더 가까이 다가가는 것이 아니라, 그 순간의 상태에 대한 자기 자신의 처지를 파악하고, 그 것을 실현하거나 감수할 뿐이다. 사람들은 그때 어떤 법칙을 발견하는 것이 아니라 결심을 하게 되며, 세상의 중심이 아니라 자신의 중심에 이르게 되는 것이다. 따라서 그때 체험하는 것은 거의 전달할 수 없고 말로 표현하기 힘든 것이다. 삶의 이러한 영역을 전달하는 일은 언어의 목적에 속하지 않는 것 같다. 여기에서 예외적으로 무언가 좀 더 이해하는 사람이 있다면, 그 사람은 비슷한 처지에 있는 사람이며, 같은 고민을 하는 사람이거나 같은 각성을 한 사람이라 할 수 있다. 약간이긴 했으나 프리츠 테굴라리우스는 이따금 크네히트를 이해하곤 했으며, 플리니오는 테굴라리우스보다는 좀 더 그를 이해했다. 그 외에 누구의 이름을 더 들 수 있을까? 아무도 없었다.

날은 벌써 어두워지기 시작했다. 이렇게 자신도 까맣게 잊은 채 생각의 유희에 잠겨 있는데, 누군가 문을 두드렸다. 그가 즉시 생각에서 깨어나지도, 대답하지도 않자, 밖에 있던 사람은 잠시 기다리더니 다시 한 번 가볍게 문을 두드렸다. 크네히트는 이번에는 대답을 하고 자리에서 일어나 나갔다. 심부름꾼은 크네히트를 사무국 건물로 데려갔으며, 더 이상 보고하는 일 없이 수석의 사무실로 안내해 주었다. 알렉산더 명인이 크네히트를 맞이했다.

"미안합니다. 아무 예고도 없이 오시는 바람에 기다리시게 되었습니다. 무슨 급한 일이 생긴 것인지 정말 궁금하군요. 좋지 못한 일은 아니겠지요?" 알렉산더가 말했다.

크네히트는 웃었다. "아닙니다. 좋지 못한 일은 없어요. 하지만 제가 정말 그렇게까지 불시에 찾아온 것일까요? 제가 무슨 일로 이곳에 왔는지 전혀 짐작이 가지 않으십니까?"

알렉산더는 심각한 표정으로 걱정스럽게 상대방의 눈을 바라보았다. "물론 몇 가지 생각할 수는 있습니다. 예를 들어서 저는 요 며칠 동안, 당신의 회람 건은 분명 당신에게 아직 끝나지 않은 문제일 거라고 생각하고 있었습니다. 당국으로서는 좀 딱딱하게, 그리고 당신께는 어쩌면 실망스러웠을지도 모르는 의미와 말투로 회답할 수밖에 없었습니다."

"그렇지 않습니다." 요제프 크네히트가 말했다. "처음부터 저도 당국에서 회답한 취지 이외의 것을 기대하진 않았으니까요. 그리고 그 말투에 대해서라면, 바로 그러한 말투가 제 마음에 들었습니다. 저는 그 글을 보면서, 그것을 쓴 사람이 얼마나 애썼는지, 또 얼마나 걱정했는지, 그리고 저에게 불쾌하고 다소 부끄러운 것이 될 그 회답에 약간의 꿀을 섞을 필요를 느끼셨다는 점도 알 수 있었습니다. 사실 아주 훌륭하게 성공을 거두신 셈입니다. 저는 그 점에 대해서 감사하고 있습니다."

"그러면 당신은 회답의 내용을 받아들이신 겁니까?"

"잘 알게 되었을 뿐 아니라 근본적으로 이해했고, 당연한 일이라고 생각했습니다. 당국은 부드러운 경고와 함께 저의 청원을 거절할 수밖에 없었을 것입니다. 제 회람은 좀 색다른 것이었고, 당국으로서는 못마땅한 것이었으리라는 점을 저는 의심치 않습니다. 뿐만 아니라 개인적인 청원이 들어 있으니 원래 회람의 목적에 맞게 쓰인 것도 아니었을 것입니다. 저로서는 거절하는 회답 외에 어떤 것도 기대할 수 없었지요."

"당신이 그렇게 생각하고 또 우리의 글이 당신에게 괴로움이 되지 않았다면 다행한 일입니다." 수도회 수석은 좀 날카로운 어조로 말했다. "정말 잘된 일이네요. 그러나 제게는 아직도 한 가지 이해가 가지 않는 일이 있습니다. 당신이 그 편지를 써서 부쳤을 때 ─ 제가 당신의 말을 제대로 이해했는지 모르겠지만 ─ 이미 그 성과나 긍정적인 회답을 기대하지 않았고, 처음부터 실패하리라고 믿었다면, 당신은 어째서 엄청난 일이라 할 그 회람을 쓰고 정서해서 우리에게 보낸 것입니까?"

크네히트는 다정한 눈으로 상대방을 바라보며 대답했다. "수석님, 저의 글에는 두 가지 내용, 두 가지 의도가 실려 있었습니다. 저는 두 가지 모두가 완전히 아무 성과도 거두지 못하고 실패한 것이라고는 생각하지 않습니다. 거기에는 직무 사임과 저를 다른 곳에서 일하도록 돌려 주십사 하는 개인적인 청원이 있습니다. 하지만 저는 이 개인적인 청원을 어느 정도 부차적인 것으로 보고 있었습니다. 명인이라면 누구나 사적인 문제는 뒤로 돌려야 할 것입니다. 청원은 거절됐으며, 그것으로 저는 만족했습니다. 그러나 제 회람에는 청원 이외에도 몇 가지 사실들, 생각이라고 할 수 있는 사실들도 들어 있으며, 저는 그것들을 당국에 알려 주의를 환기시키는 것이 저의 임무라고 생각했습니다. 명인 모두가 혹은 대부분이, 경고라고는 할 수 없지만 아무튼 제 글을 읽었습니다. 분명 명인 대부분이 마지못해 이 요리를 먹고 또 불쾌한 반응을 나타냈다고 하더라도, 제가 그들에게 말해야 한다고 생각했던 사실들을 적어도 읽고 마음속으로 생각은 해 보았을 것입니다. 그들이 회람을 갈채로 받아들이지 않았다고 해서 실패한 것이라고는 할 수 없을 것 같습니다. 저는 갈채와 찬성은 바라지도 않았으며, 오히려 불안이 일어나기를 노렸다고 할 수 있습니다. 만일 제가 당신이 말씀하신 그런 이유로 회람을 발송하지 않았다면, 저는 몹시 후회했을 것입니다. 아무튼 회람이 어느 정도 영향을 미치게 되었는지는 차치하고라도, 적어도 그것은 일깨우는 소리, 하나의 외침은 되었을 것입니다."

"그것은 분명합니다." 수석은 머뭇거리며 말했다. "그렇다 해도 저는 수수께끼를 풀지 못하겠군요. 만일 당신이 당국에 경고를 하고 신호를 보내고 주의를 촉구하려고 한 것이라면, 어째서 당신은 그런 의미심장한 말을 사적인 청원과 결부시켜서 효과를 약화시키거나, 아니면 적어도 위태롭게 만든 것입니까? 더구나 그 실현이나 실현 가능성에 대해 당신 자신도 믿고 있지 않았던 청원을 말입니다. 저는 무엇보다도 그 점을 이해할 수 없습니다. 그러나 우리가 그 모든 것에 대해 서로 이야기한다면 해명될 수 있겠지요. 어쨌든 일깨우는 신호를 청원에 결부시키고, 경고를 부탁과 결부시킨 점에서, 당신의 회람은 약점을 갖고 있습니다. 당신은 그러한 경고를 청원서라는 낡아 빠진 형식에 담지 않는 편이 더 나았을 것입니다. 만일 당신이 동료들을 흔들어 깨울 필요가 있었다면 그저 대화나 평범한 글로써도 충분했을 것입니다. 또한 청원서의 경우는 본래의 형식에 맞게 하는 편이 좋았을 것입니다."

크네히트는 다정하게 상대방을 바라보았다. "그래요." 그는 간단히 말했다. "당신이 옳을지도 모릅니다. 그렇다 해도 이 복잡한 문제를 다시 한 번 살펴봐 주십시오! 그러한 경고나 청원은 매일같이 대할 수 있는 낯익고 평범한 문제를 다루고 있지 않다는 점에서, 양쪽 모두가 비범하며 절박한 사건에 의해 관습에 어긋난 것이라는 점에서 이미 관련을 맺고 있습니다. 절박한 외적 이유도 없이 어떤 사람이 갑자기 동료들에게, 그들의 사멸과 그들의 존재 전체에 담긴 문제들을 상기시키려고 간청한 것이라면, 그것은 평범한 일이라고 할 수 없겠지요. 나아가서 카스탈리엔의 명인 한 사람이 교육주 바깥에 있는 교사 자리를 얻으려고 애쓴다면, 그것 또한 예사로운 일은 아닐 것입니다. 그러한 점에서 제 글에 실린 두 가지 내용은 서로 잘 부합됩니다. 그 글 전부를 정말 진지하게 읽은 사람이라면 틀림없이 그 결과로서 제 견해가 다음과 같다는 사실을 알게 되었을 것입니다. 즉 이 글에서 좀 별난 어떤 사람이 단지 자신의 예감을 알리고 자기 동료들을 설득하려고 하는 데 그치지 않고, 이 사람이 지닌 생각이라든가 그의 고뇌가 아주 심각한 것이라는 점, 그가 자신의 관직이나 지위나 경력을 포기하고 처음부터 다시 가장 눈에 띄지 않는 자리에서 출발할 각오가 되어 있다는 점, 그가 지위나 안정이나 명예로운 권위 따위에 대해 싫증이 났고 그래서 그것들에서 벗어나고 그것들을 벗어던지고 싶어 한다는 점도 알게 되었을 것입니다. 그 결과로서 —— 제 글을 읽는 이의 입장에서 생각하자면 —— 두 가지 결론이 나올 수 있을 것 같습니다. 하나는 이처럼 도덕을 설교하는 이 필자는 유감스럽게도 약간 제정신이 아니고, 따라서 명인으로서는 애당초 적합하지 못하다는 것이고, 또 하나는 이처럼 성가신 설교를 늘어놓는 이 필자는 분명 미친 것이 아니라 정상이고 건강하므로, 비관적인 설교의 이면에는 일시적인 변덕 이상의 것, 요컨대 실제성이나 진실이 들어 있다는 것입니다. 저는 이 정도의 생각이 제 글을 읽는 이의 머릿속에서 일어나리라고 여겼는데, 이제는 그것이 오산이었음을 인정하지 않을 수 없군요. 제 청원과 일깨우는 소리는 서로를 뒷받침하고 강화하는 대신, 그 어느 쪽도 진지하게 받아들여지지 않고 간과되고 말았습니다. 저는 이러한 거부를 몹시 슬퍼하지도 실제로 그다지 놀랍게 여기지도 않습니다. 왜냐하면 거듭 말씀드리지만, 저는 필경 거부를 예상하고 있었으며, 사실상 이 거부가 당연하다고 인정하고 있었기 때문입니다. 다시 말해서 성과를 믿지 않은 저의 청원서는 하나의 책략이고 제스처이자 형식이었던 것입니다."

알렉산더 명인의 표정은 더욱 심각하게 변했고 거의 음울하게까지 보였다. 그러나 명인의 말을 가로막지는 않았다.

크네히트는 말을 계속했다. "사실 저는 청원서를 내면서 진심으로 호의적인 회답이 오리라고 예상하며 즐거워하지는 않았습니다. 그렇다고 해서 거부하는 회답을 보다 고귀한 결정으로서 솔직히 받아들일 마음의 준비가 되어 있었던 것도 아닙니다."

"당국의 회답을 보다 고귀한 결정으로서 받아들일 마음의 준비가 되어 있었던 것이 아니다 — 제가 들은 것이 틀림없겠지요, 명인님?" 수석은 단어 하나하나를 날카롭게 강조하며 크네히트의 말을 끊었다. 틀림없이 수석은 이제 사태가 심상치 않다는 사실을 깨달았던 것이다.

크네히트는 약간 고개를 끄덕여 보였다. "분명히 당신이 들으신 그대로입니다. 저는 제 청원서가 성공할 가망이 있다고는 거의 믿지 않았지만, 그럼에도 순서를 밟고 형식을 갖추기 위해 청원서를 제출해야 한다고 생각했습니다. 그럼으로써 저는 당국이 이 문제를 온당하게 처리하도록, 당국의 손에 가능성을 부여했던 것입니다. 당국이 이 문제의 해결에 관심을 기울이지 않는다 해도, 저로서는 그것이 해결될 때까지 붙잡혀 있거나 위안받는 대신 행동하겠다고 결심을 굳혔습니다."

"어떤 행동을 말씀하시는 것입니까?" 알렉산더가 나직한 목소리로 물었다.

"마음과 이성이 제게 명하는 대로 할 것입니다. 저는 직무를 사임하고, 당국의 위임이나 허락이 없더라도 카스탈리엔 밖에서 활동을 개시하려고 마음먹었습니다."

수도회 수석은 눈을 감았다. 그는 더 이상 말을 듣고 있는 것 같지 않았다. 크네히트는 그가 이런 비상한 문제에 부딪힐 때마다 그런 태도를 취한다는 것을 알고 있었다. 수도회 사람들은 갑작스러운 위험이나 위협이 닥쳐오면 이런 태도를 취함으로써 자제력을 얻고 마음의 안정을 확보하려고 한다. 폐를 비운 다음 두 차례 길게 호흡을 끄는 것이다. 크네히트는 자기 때문에 불쾌한 처지에 놓였던 사람의 얼굴이 조금 창백하다가 이윽고 서서히 복부 근육을 움직이며 숨을 들이쉬기 시작하자 다시금 제 혈색으로 돌아오는 것을 보았다. 그리고 자신이 그토록 존중하고 사랑하는 그의 눈이 열리고, 한순간 딱딱하게 빛을 잃은 것처럼 보이다가 이내 깨어나며 기운을 차리는 것도 보았다. 그리고 명령할 때나 복종할 때나 언제나 똑같이 위대한 이 인물의 맑고 억제된, 늘 정숙한 눈이 이제 그 침착하고 냉정한 눈빛으로 자신을 향하고 훑어보고 가늠하고 있는 것을 가벼운 두려움에 휩싸인 채 보고 있었다. 그는 오랫동안 이 시선을 말없이 견뎌 내지 않으면 안 되었다.

"이제야 당신을 이해할 수 있을 것 같습니다." 마침내 알렉산더는 안정된 음성으로 말했다. "당신은 벌써 오래전부터 직무에 싫증을 느꼈거나 아니면 카스탈리엔에 싫증을 느꼈거나 혹은 세속의 생활에 대한 욕망 때문에 괴로워했을 것입니다. 당신은 규칙과 의무보다 이러한 기분에 따르려고 마음먹었습니다. 또한 당신은 우리에게 속마음을 터놓고 수도회의 충고나 도움을 구할 필요도 느끼지 않았습니다. 하나의 형식을 충족시키고 자신의 양심의 가책을 덜기 위해서 청원서를 제출했을 뿐입니다. 당신은 청원서가 당국에 받아들여지지 않으리라는 사실을 이미 알고 있었으며, 만일 이 문제가 거론되더라도 당신은 그것을 방패로 삼을 생각이었겠죠. 당신이 그처럼 이상한 태도를 취한 데는 나름대로 이유가 있었고, 그 의도가 훌륭하고 존경할 만한 것이라고 가정해 봅시다. 저로서는 그렇게 생각할 수밖에 없으니까요. 그러나 그러한 생각이나 욕망이나 결심을 마음에 품고, 속으로는 이미 도망자가 되어 있었으면서 당신은 어떻게 그토록 오랫동안 말없이 자리를 지키며 겉으로 아무 과오 없이 직무를 계속 수행할 수 있었습니까?"

유리알 유희의 명인은 변함없이 다정하게 말했다. "제가 여기에 온 것은 당신과 이 모든 문제에 대해 낱낱이 이야기하고 당신의 모든 질문에 답하기 위해서입니다. 그리고 일단 제 고집대로 길을 가기 시작한 이상, 저는 제 입장과 행동을 당신에게 어느 정도나마 이해시키기 전에는 히르스란트와 당신의 사무실을 떠나지 않겠다고 마음먹었습니다."

알렉산더 명인은 생각에 잠겼다. "그 말씀은 제가 언젠가는 당신의 태도와 계획을 인정하리라고 기대한다는 뜻입니까?" 그는 주저하며 질문을 던졌다.

"아, 저는 당신이 인정하시리라고는 결코 생각하지 않습니다. 저는 당신을 이해시키는 동시에 제가 이곳을 떠나더라도 당신의 존경을 한 가닥이나마 받을 수 있기를 희망하고 기대할 뿐입니다. 이것이 제가 우리 교육주와 해야 할 작별 가운데 아직 남아 있는 유일한 것입니다. 저는 오늘 발트첼과 유희자 마을을 영원히 떠날 것입니다."

알렉산더는 다시 얼마 동안 눈을 감았다. 불가해한 말에 완전히 당황하고 말았던 것이다.

"영원히라고요? 그러면 당신은 앞으로 다시 당신의 자리로 되돌아올 생각이 전혀 없다는 말씀인가요? 정말 사람을 놀라게 하는군요. 미안하지만 한 가지만 물어보지요. 대체 당신은 자신을 여전히 유리알 유희의 명인이라고 여기고나 있습니까?" 알렉산더가 말했다.

요제프 크네히트는 가져온 작은 상자를 집어 들었다.

"어제까지는 그랬습니다. 그리고 오늘은 당국의 손에 인장과 열쇠를 반환함으로써 그 직무로부터 해방되려고 합니다. 인장과 열쇠는 온전합니다. 또한 조사해 보시면 알겠지만 유희자 마을에도 아무 문제가 없습니다."

그러자 수도회 수석은 천천히 의자에서 일어섰다. 그는 피로해 보였고, 갑자기 나이가 들어 보였다.

"그 작은 상자는 오늘은 이곳에 놓아두겠습니다." 그는 메마른 어조로 말했다. "그 인장을 받는 것이 당신의 퇴직을 집행하는 뜻이라면, 제게는 아무 권한도 없습니다. 여기에는 적어도 당국 전원의 삼 분의 일이 출석해야 합니다. 일찍이 당신은 낡은 관례나 형식에 상당한 의의를 두어 왔습니다. 저로서는 이렇게 새로운 방식에 빨리 순응할 수가 없습니다. 이야기를 좀 더 진전시키기 전에 내일까지 여유를 주시겠습니까?"

"수석님의 처분대로 하겠습니다. 당신은 저라는 사람과, 당신에 대한 저의 존경을 이미 오래전부터 알고 계십니다. 그 점에는 전혀 변함이 없다는 것을 믿어 주십시오. 당신은 제가 교육주를 떠나기 전에 작별 인사를 드릴 유일한 분이십니다. 그것은 수도회 본부 수석이라는 당신의 직책 때문만은 아닙니다. 제가 인장과 열쇠를 당신의 손에 돌려드린 것처럼, 이야기가 다 끝났을 때 수도회 회원으로서의 제 서약도 풀어 주실 것을 당신께 부탁드립니다."

알렉산더는 슬픈 듯하면서도 탐색하는 눈으로 크네히트를 바라보며 한숨을 억누르고 있었다. "지금은 혼자 있게 해 주십시오. 당신은 제게 하루 온종일 걱정하고 생각할 만한 충분한 재료를 주셨습니다. 오늘은 이것으로 충분합니다. 내일 더 이야기하도록 합시다. 오전 11시쯤 다시 이곳으로 와 주십시오."

그는 정중한 태도로 명인과 작별했다. 체념에 차 있는 이러한 태도, 더 이상 동료가 아니라 이미 아주 낯선 사람을 대하는 듯한 의식적인 정중한 태도가, 유리알 유희 명인에게는 그의 어떤 말보다도 더 고통스러웠다.

얼마 후 크네히트를 저녁 식사에 데려가려고 온 조수는 그를 손님용 식탁에 안내하고 나서, 알렉산더 명인은 장기 명상에 들어갔으며 오늘은 아무와도 만날 생각이 없다고 했다고 전했다. 그리고 객실을 마련해 두었다고 말했다.

알렉산더는 유리알 유희 명인의 내방과 그의 이야기에 몹시 당혹스러워했다. 그는 크네히트의 글에 대한 당국의 회답을 손질하고 난 후로, 유희 명인이 찾아와 그와 대화를 나누려 할 것이고, 그날이 시시각각 다가오리라고 예상하고는 가벼운 불안에 빠져 있었다. 그렇다고 해도 모범적일 만큼 순종적이고 예절을 중시하며 겸허하고 임기응변의 재주가 있는 명인 크네히트가 어느 날 갑자기 사전에 아무 연락도 취하지 않고 찾아와 미리 당국과 절충하려 하지도 않고 제멋대로 사임함으로써 이처럼 당황스러울 정도로 모든 관례에 정면으로 맞서리라고는 전혀 상상도 할 수 없었던 것이다. 사실 크네히트의 태도와 어조, 무리 없는 정중함이 여느 때와 다름이 없다는 것은 인정할 수 있었지만, 그가 한 이야기와 그 속에 담긴 정신만은 실로 경악할 정도로 새롭고 놀라운 것이었으며, 카스탈리엔의 정신에 완전히 어긋나는 것이었다! 유희 명인을 만나 이야기를 들어 본다면 누구라도 그가 아프거나, 과로나 초조함 때문에 자제력을 잃은 것이라고는 생각하지 못할 것이다. 뿐만 아니라 최근 당국에서 발트첼에 대한 정밀한 감사를 한 결과에서도, 유희자 마을의 생활과 업무에서 혼란이나 무질서, 타성에 젖은 흔적은 전혀 찾아볼 수 없었던 것이다. 그런데 지금 이곳에 있는 이 무서운 인물은 어제까지만 해도 동료 가운데 가장 존경할 만한 사람이었음에도 관직 인장이 들어 있는 상자를 마치 무슨 여행 가방이나 되는 듯이 내던지고는 명인, 관청의 일원, 수도회 회원, 그리고 카스탈리엔 사람이라는 것을 포기하며, 작별을 하고자 서둘러 찾아온 것일 뿐이라고 선언한 것이다. 이것은 지금까지 수도회 본부 수석이라는 자리에 있으면서 그가 겪은 일 중에서 가장 두렵고 까다로우며 가장 불쾌한 일이었다. 그는 자제력을 잃지 않기 위해 있는 힘을 다했다.

그런데 대체 이 일을 어떻게 할 것인가? 유희 명인을 강권으로 보호 감금하고, 오늘 밤 안으로 당국 전원에게 급사를 보내 소집해야 할 것인가? 여기에 반대될 만한 이유가 있을까? 그것이 가장 손쉽고 올바른 처사가 아닐까? 그러나 그의 마음속에서 무엇인가 거기에 반대하고 있었다. 대체 그렇게 조처를 취한다 해서 무슨 이득이 있겠는가? 크네히트 명인에게는 굴욕을 안겨 줄 뿐이고, 카스탈리엔으로 보아서도 아무 이득이 없었다. 기껏해야 수석인 자신이 불쾌하고 까다로운 이 일을 책임자로서 처리하지 않게 됨으로써 어느 정도 어깨가 가벼워지고 양심의 가책을 받지 않을 뿐일 터였다. 어쨌든 이 까다로운 사건에 아직 손을 쓸 여지가 있고, 또 크네히트의 명예심에 호소하여 그의 마음을 돌릴 가능성이 있다면, 그것은 오직 두 사람이 눈을 마주하고 있을 때에만 가능한 일이었다. 그들 두 사람, 즉 크네히트와 알렉산더만이 이 힘겨운 싸움의 결말을 지을 수 있을 뿐, 어느 누구도 이 일을 대신할 수 없었다. 크네히트가 이미 당국을 인정하지 않고 손을 놓았음에도 수석인 자신과 최후의 담판을 벌이고 작별을 고하기 위해 찾아왔다는 것은 근본적으로 올바르고 고귀한 태도임을 인정하지 않을 수 없었다. 요제프 크네히트라는 인물은, 비록 금지된 일이며 증오의 대상이 될 만한 일을 저지르기는 했어도, 그 태도와 행동은 분명한 것이다.

알렉산더 명인은 자신의 생각을 믿고, 관청 기구는 이 문제에 일절 관여시키지 않기로 마음먹었다. 이렇게 마음먹고 나서야 비로소 그는 이 문제를 낱낱이 고찰하면서, 무엇보다 전대미문의 자기 처사를 완전무결하고 정당하다고 확신하는 듯한 인상을 주는 명인의 행동이 대체 타당한지 아닌지부터 따져 보기 시작했다. 유리알 유희 명인의 대담한 계획을 공식에 맞추어 보고, 또한 어느 누구보다 자신이 잘 알고 있는 수도회 규칙에 따라 검토해 본 그는, 요제프 크네히트가 규범의 원문을 어기거나 어길 생각조차 하지 않았다는 놀라운 결론에 이르게 되었다. 물론 수십 년 동안 그 원문의 확실성이 재검토될 기회는 없었지만, 아무튼 그것에 의하면 수도회 일원 누구에게나, 그가 카스탈리엔의 권리와 공동생활을 포기하는 한 수도회에서 탈퇴하는 것은 언제나 자유로웠던 것이다. 크네히트가 인장을 반환하고 수도회에 탈퇴를 선언하며 속세로 나간다면, 그것은 유사 이래 처음 있는 전대미문의 무서운 일이며 어쩌면 실로 부당한 일을 저지르는 셈이 되겠지만, 그래도 수도회 규칙 원문에 어긋나는 일은 아니었다. 이해할 수는 없었지만 형식상으로는 결코 위법이 아닌 이 처사를, 수도회 본부 수석의 등 뒤에서가 아니라 바로 그와 대면해 하려는 것은 성문화 된 의무 이상의 일을 하는 것이었다. 그러나 성직의 기둥의 하나이자 존경받는 인물이 대체 어떻게 해서 이런 일을 하게 된 것일까? 그는 어떻게, 어쨌든 도망에 불과한 자신의 계획을 위해 성문화된 규칙을 권리로 요구할 수 있었던 것일까? 문자로 쓰여 있지는 않지만, 그 이상으로 신성하고 자명한 구속이 그에게 그 일을 못 하도록 금지했을 터인데.

시계가 1시를 치는 소리가 들렸다. 그는 쓸데없는 생각을 버리고 목욕을 했고, 십 분 동안 신중하게 호흡을 조절하는 데 몰두한 다음 명상실로 갔다. 그럼으로써 그는 잠자리에 들기 전 다시 한 시간 동안 활력과 안정을 회복했고, 아침까지 이 문제는 더 이상 생각하지 않기로 했다.

이튿날 젊은 조수는 크네히트 명인을 수도회 본부의 객사에서 수석이 있는 곳으로 안내했으며, 두 사람이 서로 인사를 나누는 광경을 보았다. 명상과 극기의 대가들을 자주 대하고 또 그들과 함께 생활하는 데 익숙한 그였지만 이 두 명인의 행동과 인사에서 어딘지 특별하고 새롭게 여겨지는 점이 있다는 것, 실로 비범하며 고귀하리만큼 정신이 집중되어 있고 투명한 면이 있다는 사실을 느끼게 되었다. 조수가 우리에게 이야기해 준 바에 따르면, 그것은 최고 지위에 오른 두 사람이 여느 때 주고받는 인사와는 전혀 달랐다. 때에 따라서 명랑하고 경쾌하게 이루어지는 예절이라든가 엄숙하면서도 즐거운 축제 의식 같은 거동, 예법과 비하와 비상한 겸손을 경쟁이라도 하는 것 같은 모습을 찾아볼 수 없었던 것이다. 그것은 마치 외국인이나 먼 곳에 사는 요가 명인이 겨루기 위해 찾아왔을 때, 그들이 수도회 수석에게 경의를 표하고, 수석이 그들을 맞이하는 것 같은 모습이었다. 말과 몸짓은 몹시 겸손하고 소박했다. 두 고관의 시선과 표정은 고요하고 안정된 정신 집중을 나타내고 있었지만, 마치 두 사람 사이에 묵계가 있었거나 하나의 전류가 흐르기라도 하는 듯 은밀한 긴장감이 넘치고 있었다. 우리의 증인은 이 만남에 대해 그 이상은 보지도 듣지도 못했다. 두 사람은 훨씬 더 안쪽에 있는 방으로 사라졌는데, 추측건대 알렉산더 명인의 개인 집무실로 들어간 것 같았다. 그들은 그곳에서 어느 누구의 방해도 받지 않고 몇 시간 동안 함께 있었다. 이때 나눈 대화라고 전해진 것은, 대표위원인 데시뇨리가 이따금씩 한 말을 토대로 한 것인데, 요제프 크네히트가 그에게 그 일에 대해 몇 가지 들려주었던 것이다.

"당신은 어제 저를 놀라게 했습니다." 수석이 말을 꺼냈다. "저는 거의 정신을 잃을 뻔했지요. 그동안 이 문제에 대해 생각해 보았습니다. 물론 제 입장에는 변함이 없습니다. 저는 여전히 관청의 일원이며 수도회에 속해 있으니까요. 규칙에 의하면 탈퇴를 신고하고 직을 사임할 권리는 당신에게 있습니다. 당신은 당신의 직책을 괴롭게 여기고, 수도회 밖에서 살아 볼 시도를 할 필요가 있음을 느꼈다고 하셨습니다. 이러한 시도를 실제로 감행하는 데 그렇게 과격한 방법이 아닌 장기 휴가나 무기한 휴가의 형식으로 하면 어떨지요? 당신의 청원서도 원래는 이와 비슷한 목적을 갖고 있었으니 말입니다."

"반드시 그렇지는 않습니다. 제 청원이 인정된다면, 저는 수도회에 남아 있기는 하되 직책은 갖지 않게 되는 것입니다. 당신의 친절한 제안은 제게 회피가 될 뿐입니다. 아무튼 장기간 또는 무기한의 휴가를 받고, 또 돌아올지 그렇지 않을지도 모르는 명인은 발트첼과 유리알 유희에도 별 도움이 되지 않을 것입니다. 설혹 일 년이나 이 년 후에 돌아온다고 해도, 그는 자기 직책과 전문 분야인 유리알 유희에 대해서는 잊기만 했을 뿐 아무것도 보탤 수 없을 것입니다."

"속세에서 여러 가지를 배워 올지도 모르지요. 바깥세계는 생각과는 다르고 그 세계가 자신을 필요로 하지 않는 것처럼 자신도 그것을 필요로 하지 않는다는 사실을 경험하게 될지도 모릅니다. 그리고 안정을 얻고 돌아와 다시금 예전의 보호받을 수 있는 곳에 머무를 수 있게 된 것을 기뻐할지도 모릅니다."

"지나친 호의입니다. 감사하지만 받아들일 수는 없군요. 제가 찾는 것은 세속 생활에 대한 호기심이나 욕구를 채워 주는 무엇이 아닙니다. 오히려 어떤 절대적인 것입니다. 저는 기대가 어그러질 경우에 대비한 보험증서를 주머니에 넣고 세상으로 나가기를 원하지 않습니다. 저는 세상을 약간 둘러볼 마음으로 돌아다니는 신중한 여행자가 될 생각이 없습니다. 정반대로 모험과 고난과 위험을 바라고 있습니다. 저는 현실과 과제로서의 일, 결핍과 고통에 굶주려 있습니다. 당신께, 친절한 제안을 고집하시지 말 것을, 또한 제 마음을 흔들리게 하고 유인하려는 시도를 하시지 말 것을 부탁드려도 되겠습니까? 그것은 헛수고가 될 것입니다. 만일 당신을 찾아온 것으로 해서 이제 와서는 승인을 원치 않게 된 제 청원에 대하여 뒤늦게나마 승인을 받게 된다면, 이 방문은 가치와 존엄성을 잃고 말 것입니다. 청원서를 낸 이후로 저는 어디에도 머물러 있지 않게 되었습니다. 제가 내디딘 그 길은 지금 저의 유일한 길이고 전부이며, 저의 법칙이고 고향이며, 저의 봉사입니다."

알렉산더는 한숨을 지으며 알았다는 듯이 고개를 끄덕였다. 그러고는 끈기 있게 말했다. "그러면 한 가지 가정을 해 보기로 합시다. 당신이 실제로 마음을 풀고 기분을 돌릴 수 없으며, 겉으로는 어떤 권위나 이성이나 호의에도 귀 기울이지 않는 미치광이, 혹은 어느 누구도 길을 막을 수 없는 사나운 전사라고 합시다. 아무튼 저는 우선 당신의 마음을 돌린다거나 영향을 주려는 일은 단념하겠습니다. 그러면 이제 당신이 내게 찾아와 하려던 이야기를 하고, 당신이 전락하게 된 경위를 설명하고, 우리를 그토록 놀라게 한 그 행농과 결심에 대해 들려주십시오! 그것이 참회건, 변명이건, 탄핵이건 들어 보겠으니 말입니다."

크네히트는 고개를 끄덕였다. "이 미치광이는 감사하고 또 기뻐하고 있습니다. 탄핵할 것은 아무것도 없습니다. 제가 말씀 드리고자 하는 내용은 ─ 그것을 말로 옮기기가 정말 믿을 수 없을 만큼 어렵지만 않다면 ─ 저에게는 변명의 의미를 가지고, 당신에게는 고해의 의미가 될지도 모르겠습니다."

그는 안락의자에 등을 기대고 위쪽으로 시선을 옮겼다. 둥근 천장에는 옛날에 그렸던 그림의 희미한 흔적이 어렴풋이 남아 있었는데, 히르스란트 수도원 시대에 그려진, 선과 색채, 꽃과 장식이 꿈결같이 가물가물하게 남아 있는 도형이었다.

"명인 직에 싫증이 나서 사임할지도 모른다는 생각은 제가 유리알 유희 명인으로 임명되고 채 몇 달도 지나지 않아서 처음으로 떠올랐습니다. 그 무렵 어느 날 저는 앉아서 한때 유명했던 선임자인 루드비히 바서말러의 작은 책을 읽고 있었지요. 그 책에서 그는 자신의 후임자들에게 한 해의 직무 기간을 열두 달로 나누어 필요한 지시와 조언을 주고 있었습니다. 저는 그 책에서 그해에 열리는 유리알 유희 공연을 남보다 먼저 생각해 두어야 하며, 열의가 없다고 느낄 때와 착상이 부족할 경우에는 정신 집중으로 기분을 조절하라는 경고를 읽게 되었습니다. 가장 나이 어린 명인으로서 긴장해 있던 저는 이 경고를 읽고, 그런 경고를 기록으로 남긴 노인의 염려를 젊은 마음으로 웃었습니다. 그러나 다음 순간 심각한 위험이나 가슴을 조이는 절박함이 느껴졌습니다. 그 점에 대해 곰곰이 생각하면서 저는 다음과 같은 결심을 하게 되었습니다. 즉 다가올 축제 유희를 생각하면서 기쁨 대신 걱정이, 자랑 대신 불안이 일어나는 날이 오면, 새로운 축제 유희 때문에 괴로움을 겪으니 차라리 사직하고 당국에 인장을 반환하리라고 말입니다. 그런 생각을 한 것은 그때기 처음이었습니다. 물론 제 직무를 익히느라 갖은 고생을 겪고 비로소 익숙해져서 순풍에 돛을 단 듯했던 당시에는, 제가 언젠가 노인이 되어서 업무와 생활에 지친다거나, 새로운 유리알 유희의 착상을 즉석에서 해치우는 데 진력이 나고, 그런 과제 앞에서 당황하게 되리라고는 생각해 보지도 않았습니다. 아무튼 그런 결심은 그 무렵에 하게 된 것이지요. 당신은 그 시절의 저에 대해서, 어쩌면 제가 알고 있는 것보다 더 잘 알고 계실 것입니다. 제가 직무를 맡았던 초기의 어려운 시절에 저의 조언자이자 고해신부이셨으며, 바로 얼마 전에야 발트첼에서 떠나셨으니 말입니다."

알렉산더는 살피는 듯한 시선을 그에게 던졌다. "저는 그때 맡았던 일보다 더 아름다운 일을 한 적이 없습니다. 당시 저는 당신과 저 자신에게 만족하고 있었습니다. 그런 일은 참 드물지요. 생에서 맛본 모든 즐거움에 값을 지불해야만 한다는 말이 옳다면, 저는 지금 그때 맛본 고귀한 감정을 보상하고 있는 것이 틀림없습니다. 그때 저는 당신을 참으로 자랑스럽게 여겼지요. 이제는 더 이상 그럴 수가 없게 되었군요. 당신으로 인해 수도회가 환멸을 맛보고 카스탈리엔이 충격을 받게 된다면, 제가 그 일에 책임을 져야 할 것입니다. 당신의 동반자이자 조언자였던 그 당시에 몇 주일 더 유희자 마을의 당신 곁에 머물면서 더 엄격하게 당신을 대하고 더 엄밀하게 감독해야 했는지도 모르겠습니다."

크네히트는 그의 시선을 명랑하게 되받았다. "그렇게 자책하실 필요 없습니다. 그렇지 않으면 저는 가장 나이 어린 명인으로서 제 직무에 따르는 의무와 책임을 지나치게 어렵게 여기고 있을 때 당신이 제게 주셔야 했던 여러 훈계를 상기시켜 드려야만 할 것입니다. 지금 그 한 가지가 생각나는군요. 이렇게 말씀하신 적이 있었습니다. 유희 명인인 제가 악한이거나 자격이 없는 자라 해도, 명인으로서 해서는 안 될 온갖 일을 저지른다 해도, 제가 저의 고귀한 지위에 엄청난 해를 입힌다 해도, 심지어 제가 고의로 그런 일을 저지른다 해도, 그것은 호수에 작은 돌멩이 하나를 던진 것만큼도 우리 카스탈리엔을 뒤흔들거나 동요시킬 수 없을 것이라고 말입니다. 그저 물결이 조금 일고 동그라미가 몇 개 생길 뿐, 그것으로 끝이라고 하셨지요. 우리 카스탈리엔의 질서는 너무도 견고하고 안정되어 있어서 그 정신을 침범하기 어렵다고 하셨습니다. 생각나십니까? 물론 당신은 가능한 한 몹쓸 카스탈리엔 사람이 되고, 수도회에 가능한 한 많은 해를 입히려 하는 저의 시도에 아무런 책임이 없습니다. 또 당신의 평화를 정말로 심각하게 어지럽히는 데 제가 성공할 수 없다는 사실도 잘 알고 계십니다. 하지만 계속해서 이야기해 보겠습니다. 제가 명인의 일원이 된 초기에 이미 그러한 결심을 할 수 있었고, 또 그 결심을 잊지 않고 지금 실현하려 하게 된 데는, 제가 이따금 겪었던, 저 스스로는 각성이라고 부르는 영적 체험이 관련되어 있습니다. 그런데 당신은 이미 그것을 알고 계십니다. 당신이 저의 정신적 인도자이자 보호자이던 그 시절 언젠가 이 문제에 대해서 말씀드린 일이 있었습니다. 저는 그때, 취임한 이후 이러한 체험이 저를 피하며 시간이 흐를수록 점점 멀리 사라지고 있다고 당신께 하소연했지요."

"기억하고 있습니다." 수석이 확인해 주었다. "저는 그때 그런 체험을 할 수 있는 당신의 능력에 좀 놀랐습니다. 우리에게선 좀처럼 찾아볼 수 없는 능력이기 때문이었지요. 그런 능력은 바깥 속세에서는 매우 다양한 형태로 나타나는데, 예를 들면 천재들에게서, 특히 정치가나 군사령관 같은 사람들에게서 나타납니다. 그러나 한편으로는 허약하고 반쯤 병적인 사람, 전자에 비해 전체적으로 천품이 떨어지는 점술가나 무당, 영매 같은 사람들에게서도 나타나지요. 그러나 제가 보기에 당신은 전쟁 영웅이나 점술가나 마술 지팡이를 들고 광맥을 찾는 사람들 같은 두 부류의 인간 유형과 전혀 관련이 없어 보였습니다. 오히려 그 시절의 당신은, 그리고 어제까지의 당신은 제게 훌륭한 수도회 사람, 즉 생각이 깊고 명석하고 순종하는 인물이었습니다. 그것이 신의 소리든 악마의 소리든 혹은 자신의 내면에서 나오는 소리든 간에, 그런 알 수 없는 소리에 신들리고 그것에 지배된다는 일이 당신에게 전혀 어울리지 않아 보였습니다. 그래서 저는 당신이 말한 '각성'이라는 상태를 그저 한 개인이 성장하면서 그때그때 마주치게 되는 자각 정도로 해석했지요. 그래서 자연스러운 결과로서, 그러한 영적 체험도 그 무렵 오랫동안 일어나지 않은 것이라고 생각했습니다. 이를테면 당신이 처음 직책을 맡고 임무를 받았을 때 그것이 아직은 너무 큰 외투처럼 당신을 감쌌기 때문에 당신은 우선 그 속으로 자라나지 않을 수 없었던 것이지요. 그런데 말해 보십시오. 당신은 그러한 각성을 보다 높은 힘의 계시나 객관적이고 영원하고 신성한 진리의 영역에서 나오는 전언이요 부름 같은 것으로 믿은 적이 있습니까?"

"그것은 제가 지금 이 순간 당면하고 있는 문제이고 난관이기도 합니다. 늘 언어를 비켜 달아나는 것을 언어로 표현해야 하는 일, 분명히 합리성의 바깥에 있는 것을 합리적으로 설명해야 하는 문제 말입니다. 아니요, 저는 각성을 신이나 악마나 절대 진리의 현시라고 생각한 일은 결코 없었습니다. 이 체험에 무게와 설득력을 부여하는 것은, 그것이 진리를 내포하고 있다거나 높은 곳에서 나왔다거나 신성함을 지니고 있다거나 하는 점이 아니라 그 현실성입니다. 그러한 체험은 놀라우리만큼 현실적입니다. 극심한 육체적 고통이나 폭풍, 지진 같은 갑작스러운 자연현상이 평상시나 일반적인 상태와는 아주 다르게 현실성, 현재성, 불가피성을 띠고 있는 것처럼 보이는 것과 마찬가지입니다. 폭풍이 불기 전에 오는 회오리바람에 쫓겨 서둘러 집으로 돌아갔는데 이미 바람이 손에서 현관문을 잡아채려 했다거나, 세상의 온갖 긴장, 고통, 갈등을 모조리 턱으로 모아놓은 듯한 치통 같은 것은 그 실재성이나 의미를 나중에야 농담으로 돌려 버릴 수 있을지 몰라도 겪고 있는 동안에는 의심할 여지없이 터질 듯이 절절한 현실입니다. 저의 '각성'도 제게는 이런 종류의 절박한 현실성을 지니고 있습니다. 바로 그렇기 때문에 그런 이름을 붙이게 된 것이지요. 그런 순간에는 마치 오랫동안 잠을 자거나 졸고 있다가 문득 깨어나 정신이 맑아지면서 이제껏 한 번도 그래 본 적 없이 민감해지는 것처럼, 그 체험이 생생한 현실이 됩니다. 극심한 고통이나 충격의 순간은, 세계사에서도 그렇듯이, 그 나름의 인정할 수밖에 없는 필연성을 가지고 있고, 숨 막히는 현실감과 긴장감에 불을 붙이지요. 그 결과로 아름다운 것, 빛나는 것이 생겨날 수도 있고, 광란과 암흑이 생겨날 수도 있습니다. 이렇게 해서 생겨난 것은 어떠한 경우라도 위대하고 필연적이고 중요해 보이고, 일상적으로 일어나는 일과 뚜렷이 구분됩니다. 하지만."

그는 잠시 숨을 돌린 후 계속해서 이야기했다. "이 문제를 다시 다른 측면에서 다루어 보겠습니다. 당신은 성 크리스토포루스*의 전설을 기억하고 계십니까? 기억하시지요? 아무튼 이 크리스토포루스는 대단한 힘과 용기를 가진 인물이었습니다. 그렇지만 그는 주인이 되어 지배하려 하지 않고 봉사하기를 원했지요. 봉사야말로 그의 강점이자 재주였고 그 점을 자신도 잘 알고 있었습니다. 그러나 과연 누구에게 봉사할 것인가가 문제였지요. 그의 봉사를 받을 자는 위대하고 가장 강한 주인이어야만 했습니다. 그래서 지금까지 봉사하던 주인보다 더 강한 주인에 대한 말을 들으면 그는 이 새로운 인물에게 봉사하겠다고 나서곤 했습니다. 이 위대한 봉사자가 저는 늘 마음에 들었습니다. 저에게도 어느 정도 그와 비슷한 구석이 있는 게 틀림없습니다. 제 생애에서 적어도 제가 스스로를 마음대로 할 수 있었던 학생 시절에, 저는 제가 봉사할 주인을 찾느라 오랫동안 갈피를 잡지 못한 때가 있었습니다. 저는 유리알 유희가 우리 교육주에서 가장 값지고 독특한 결실임을 오래전부터 알고 있었지만, 여러 해 동안 그것에 저항하고 불신의 태도를 취했습니다. 그러다 그 미끼를 맛보고는, 유희에 몸을 바치는 일보다 더 매력적이고 세련된 일도 없다는 것을 알게 되었지요. 그러고는 꽤 이른 시기에 이미, 이 매혹적인 유희가 여가 시간에 손을 뻗는 소박한 유희자가 아니라, 훨씬 더 진전된 상태에서 유희를 체득한 유희자를 전적으로 원하고 봉사하도록 요구하고 있다는 사실을 깨달았습니다. 그런데 모든

---

* 가톨릭 성인. 그리스도로 밝혀지는 한 소년을 업고 강을 건너다 세례를 받았다고 해서 그리스어로 '그리스도를 나른 자'라는 이 이름이 붙여졌다.

힘과 관심을 영원히 이 마술에 기울이고 자신을 내맡기는 것에 제 안의 본능이 저항했습니다. 단순한 것, 전체적이고 건강한 것에 대한 원초적인 감정이 저항했던 것이지요. 그 감정은 저에게 전문가 정신이며 숙련가 정신이기도 한 발트첼 유희자 마을의 정신에 대하여 경고했습니다. 실로 고도로 발달되고 극도로 풍부한 완숙함을 지닌 정신이지만, 삶과 인간성 전체로부터 동떨어져 있고, 교만한 고독 속으로 잘못 빠져든 정신이라는 경고였지요. 저는 몇 년을 두고 의심하고 검토한 끝에 겨우 결심을 굳히고 어쨌든 유희에 몸을 맡기기로 했습니다. 최고의 것을 실현하고 최상의 주인에게만 봉사하겠다는 갈망이 제 마음속에 있었기 때문이지요."

"알겠습니다. 하지만 제가 그것을 어떻게 보든, 또 당신이 그것을 어떻게 표현하시든, 저는 늘 같은 근원에 가서 부딪히게 됩니다. 당신이 지닌 모든 특성의 근원 말입니다. 당신은 자기 자신을 위한 감정을 너무 많이 가지고 있거나, 자기라는 것에 너무 의존하고 있는데, 이는 위대한 개성이 마땅히 그래야 하는 바와 일치하지 않습니다. 어떤 사람은 재능과 의지력과 끈기에 있어서 일등성(一等星) 같은 능력이 있지만 중심을 잘 잡기 때문에, 자신이 속한 체계 안에서 어떠한 마찰이나 힘의 낭비 없이 함께 움직여 나갈 수 있습니다. 그런데 또 어떤 사람은 똑같이 높은 천분, 어쩌면 더 훌륭한 천분을 가지고 있으면서도 그의 축이 중앙에 똑바로 박혀 있지를 않아서, 중심을 벗어난 운동이 그를 야하시키고 그의 주변을 혼란스럽게 만들어, 결국 그는 자기 힘의 태반을 낭비해 버리고 맙니다. 당신이 바로 이런 부류의 사람입니다. 다만 당신은 그 점을 교묘하게 숨길 줄 알고 있었다고 해야겠지요. 그만큼 불행은 심각해 보이는군요. 당신은 저에게 성 크리스토포루스에 대해 말씀하셨습니다. 그런데 다음과 같은 점을 말씀드리지 않을 수 없군요. 설혹 위대하고 감동적인 면모가 그에게 있다 해도, 그는 우리 성직에 봉사하는 사람들에게 모범이 될 만한 인물은 아닙니다. 봉사하려고 마음먹은 사람은 자신이 맹세한 주인과 고락을 같이하며 봉사해야 합니다. 더 나은 주인을 찾으면 즉시 주인을 바꾸겠다는 조건을 감추고 있어서는 안 되는 것입니다. 그 봉사자는 그로써 자기 주인을 심판하는 것이고, 당신도 그와 똑같은 일을 하고 있는 것입니다. 당신은 오로지 최상의 주인에게만 봉사하기를 원하고, 너무 충실한 나머지 당신이 택할 주인들에게 서열을 매기고 있습니다." 알렉산더가 말했다.

크네히트는 주의 깊게 귀를 기울이고 있었지만, 일말의 슬픈 그림자가 얼굴에 스치는 것을 숨길 수 없었다. 그가 말을 받았다. "훌륭한 판단에 경의를 표합니다. 그런 말씀 이외의 것은 기대하지 않았습니다. 그러나 조금만 더 이야기해 보겠습니다. 그렇게 해서 저는 유리알 유희자가 되었고, 실제로 한동안 모든 주인 가운데 최고의 주인을 섬기고 있다고 확신하고 있었습니다. 연방 의회의 우리 후원자이자 제 친구인 데시뇨리가 언젠가 한번은 저에게, 제가 한때 얼마나 불손하고 교만하고 잘난 체하는 유희 숙련가에 영재 패거리였던가를 눈에 선하도록 묘사해 준 일까지 있었습니다. 그러나 학생 시절과 '각성' 이후로 초월한다는 말이 제게 어떤 의미를 가지게 되었는지를 좀 더 말씀드리지 않을 수 없군요. 이 말은 어느 계몽철학자의 저서와 명인 토마스 폰 데어 트라베의 영향으로 저에게 날아든 것으로 생각됩니다만, 그 이후로 '각성'과 마찬가지로 진정한 마법의 말이 되어 저를 자극하고 채찍질하고 위로하고 확신시켜 주었습니다. 그래서 저는, 제 삶이 한 단계 한 단계 밟아 나가며 초월하는 것이 되어야 한다고 스스로 다짐하게 되었습니다. 음악이 지치거나 잠자는 일 없이 늘 깨어서 온전히 현재에 충실하며 주제에서 주제로, 박자에서 박자로 차례로 처리하고 연주하고 끝마치고 지나가는 것처럼 제 삶 또한 공간과 공간을 차례로 거치며 지나가는 것이 되어야 한다고 다짐했던 것입니다. 각성의 체험과 더불어 저는 그러한 단계와 공간이 있다는 것, 인생의 어느 단계든 끝 무렵은 늘 시듦과 죽음의 욕구를 가지게 되어 있으며, 그것은 다시 새로운 공간, 각성, 새로운 시작으로 바뀌어 넘어간다는 것을 알게 되었습니다. 초월에 대한 이 비유도 혹시 당신이 제 삶을 이해하시는 데 도움이 될지도 모르겠기에 말씀드리는 것입니다. 유리알 유희에 헌신하겠다는 결정은 제게 중요한 단계의 하나였고, 처음 성직 제도에 들어선 일 또한 그 못지않게 중요한 단계였습니다. 유희 명인의 직무에서도 저는 그러한 단계들을 체험했습니다. 이 직무가 제게 가져다준 최고의 것은, 음악을 연주하고 유리알 유희를 하는 일만 즐거운 것이 아니라, 가르치고 교육하는 일도 즐겁다는 발견이었습니다. 한 걸음 더 나아가 제자가 어리고 미숙할수록 교육은 제게 더 많은 기쁨을 준다는 사실도 차츰 알게 되었지요. 이 일 또한 다른 많은 일들처럼 시간이 갈수록 심해져서 세세 섬섬 너 어린 악생을 원하게 민들었고, 급기야 초급학교 교사가 되었으면 가장 좋겠다는 바람을 가지게 만들었습니다. 간단히 말해 저의 공상은 그때 이미 종종 제 직책을 벗어난 일에 사로잡히게 되었던 것입니다."

그는 잠시 말을 멈추었다. 그러자 수석이 말했다. "당신은 점점 더 저를 놀라게 하시는군요, 명인님. 당신이 지금 당신의 삶에 대해서 이야기하고 있으니 말입니다. 온통 개인적이고 주관적인 체험, 개인적인 소망, 개인적 발전과 결심뿐이지 않습니까! 저는 당신과 같은 지위에 있는 카스탈리엔 사람이 자신과 자신의 삶을 그런 식으로 볼 수 있으리라고는 정말 생각도 못했습니다."

그의 음성에는 비난과 슬픔의 기색이 어려 있었다. 그것이 크네히트의 마음을 아프게 했다. 그러나 그는 마음을 고쳐먹고 쾌활한 목소리로 말했다. "그러나 수석님, 우리가 지금 이야기하고 있는 것은 카스탈리엔에 대해서도 관청에 대해서도 성직에 대해서도 아니고, 오로지 저 개인에 대해서입니다. 유감스럽게도 당신께 크나큰 걱정을 끼쳐 드리게 된 한 남자의 심리에 대한 것입니다. 제 직무 수행이나 임무 완수, 카스탈리엔 사람이자 명인으로서의 제 가치나 무가치에 대해 이야기하는 것은 제 권한 밖의 일이지요. 제 직무 수행은 제 생활의 외관 전체와 마찬가지로 언제라도 조사할 수 있도록 당신 앞에 드러나 있습니다. 그런 일로 처벌하실 점은 별로 없을 겁니다. 여기서 문제가 되는 것은 그런 것과는 전혀 다른 일입니다. 제가 개인으로서 걸어온 길, 저를 발트첼로부터 벗어나게 했고 내일이면 카스탈리엔으로부터 벗어나게 할 그 길을 당신이 보실 수 있도록 하는 일이 중요하지요. 부탁이니 조금만 더 제 말을 들어 주십시오!

제가 우리의 작은 교육주 밖에도 하나의 세계가 존재한다는 사실을 알게 된 것은 저의 연구 때문은 아닙니다. 연구 속에서 이 바깥 세계는 단지 아득한 과거로서만 나타났을 뿐입니다. 그것은 처음엔 외부 세계에서 온 손님이자 저의 학우인 데시뇨리 때문이며, 나중에는 제가 베네딕투스 수도회 수도사들이나 야코부스 신부와 함께 있게 되었기 때문입니다. 제 눈으로 직접 그 세계를 본 것은 실로 얼마 되지 않지만, 저는 야코부스라는 인물을 통해서 역사라는 것을 어렴풋이나마 알게 되었지요. 저는 그곳에서 돌아온 다음 고립에 빠져들게 되었는데, 그 원인이 어쩌면 거기에 있는지도 모르지요. 저는 수도원으로부터 역사라곤 찾아볼 수 없는 나라, 학자들과 유리알 유희자들이 사는 지방, 가장 고귀하며 가장 쾌적한 사회로 돌아왔던 것입니다. 그러나 세계에 대한 예감과 호기심과 관심을 품고 돌아온 제게 이 사회는 전적으로 고립된 존재로 비쳤습니다. 이곳에는 그 점을 보상할 면도 충분히 있었습니다. 제가 깊이 존경하는 분들이 여기 계셨으니 그분들의 동료가 되는 일은 저로서는 부끄러우면서도 행복한 명예였습니다. 또한 훌륭한 교육을 받고 교양이 높은 분도 여러 분 계셨습니다. 게다가 할 일도 충분히 있었고, 재주가 많은 귀여운 학생들도 많았습니다. 다만 저는 야코부스 신부로부터 가르침을 받는 동안, 나는 카스탈리엔 사람일 뿐만 아니라 인간이라는 사실, 세계가, 전 세계가 나와 관계되어 있고 내가 그 속에서 함께 살아가기를 요구하고 있다는 사실을 발견하게 되었던 것입니다. 그러한 발견의 결과도 필요와 소망과 요구와 의무가 생겨났지만, 그것을 따르는 일은 제게 결코 허용되지 않았지요. 카스탈리엔 사람의 눈에는 세속의 삶이 시대에 뒤떨어지고 아무짝에도 쓸모없는, 무질서와 야만과 고뇌와 방심의 삶으로 보입니다. 거기에는 아름답거나 바람직한 것은 아무것도 없습니다. 그러나 속세와 그 삶은 카스탈리엔 사람이 생각할 수 있는 것보다 훨씬 더 크고 풍요로운 것이었습니다. 생성과 사건, 계획과 새로운 출발로 가득 차 있었습니다. 아마도 혼란스럽긴 하겠지만, 모든 운명과 교양과 예술과 인간성의 고향이자 토양이기도 했습니다. 그곳에는 갖가지 언어와 민족과 국가와 문화가 있었습니다. 또한 그 세계는 우리와 우리 카스탈리엔을 마련해 주었지만, 이 모든 것이 다시금 소멸하는 것을 볼 것이고 이보다 더 오래 살아남을 것입니다. 스승인 야코부스 신부는 제 마음속에 이 세계에 대한 애정을 깨우쳐 주셨지요. 이러한 애정은 끊임없이 자라서 자양을 찾았습니다. 그러나 카스탈리엔에는 그것에 자양이 될 것이 아무것도 없었습니다. 이곳은 세상의 바깥이며, 그 자체가 하나의 작고 완전하며 더 이상 생성할 수도 더 이상 성장하지도 않는 세계였습니다."

그는 깊게 한숨을 쉬고는 한동안 잠자코 있었다. 수석이 아무 대꾸도 하지 않고 무엇인가 기다리는 듯이 바라보기만 했기 때문에 그는 생각에 잠기면서 상대방에게 고개를 끄덕여 보이고는 말을 계속했다. "그런데 저는 여러 해 동안 두 가지 짐을 짊어지고 있었습니다. 엄청난 직무를 맡은 데다 그 책임도 져야 했습니다. 그래서 저는 저의 애정과 손을 끊어야 했지요. 처음부터 제가 명백하게 생각하고 있었던 것처럼, 직무가 이 애정 때문에 해를 입어서는 안 되었던 것입니다. 반대로 저는 애정이 직무에 이득이 된다고 여기고 있었지요. 사실 저는 그렇게 되기를 바란 적은 없었습니다만, 아무튼 제가 한 일이 사람들이 명인에게 기대했던 것보다 더 완전하게 아무 흠 없이 이루어지지는 못했다 해도, 마음속으로는 제가 아무 오점도 없는 다른 동료들보다 더 깨어 있으며 생기가 있다는 사실을, 학생들과 조수들에게 줄 만한 것들을 가지고 있다는 사실을 알고 있었습니다. 그래서 저는 카스탈리엔의 생활과 사상을 전통과 단절하는 일 없이 서서히 부드럽게 넓혀 나가고 감싸면서, 세계 및 역사에서 새로운 피를 이끌어 들이는 것이 저의 임무라고 생각했습니다. 그리고 때마침 친절한 섭리의 작용으로, 같은 시간에 이 지방 바깥에서 속세인 한 사람이 나와 똑같은 것을 느끼고 생각하며, 카스탈리엔과 속세를 서로 가깝게 하고 교류시키려고 꿈을 꾸고 있었습니다. 그가 바로 플리니오 데시뇨리입니다."

알렉산더 명인은 입을 조금 찡그리며 말했다. "그래요. 당신에 대한 그 사람의 영향이 결코 그럴듯한 것일 거라고는 기대하지 않았습니다. 당신의 불행한 피보호자인 테굴라리우스에 대해서도 마찬가지였어요. 결국 당신으로 하여금 질서를 완전히 파괴하도록 한 사람이 데시뇨리였나요?"

"아니, 그렇지 않습니다, 수석님. 그는 어느 정도 무의식적으로 저를 도와준 데 지나지 않습니다. 그는 저의 고요한 마음속에 바람을 불어넣어 주었지요. 저는 그 덕분에 비로소 다시금 외부 세계와 접속할 수 있게 되었고, 이곳에서의 제 행로가 끝났고 제 직무가 주었던 본래의 기쁨은 사라졌으며 이제는 번민을 끝장낼 때가 되었다는 것을 깨닫는 동시에 저 자신도 인정할 수 있게 되었습니다. 다시금 한 단계를 지나가게 되었던 것이지요. 저는 다시 하나의 장소를 지났는데, 이번에 그 장소는 카스탈리엔이었습니다."

"어떻게 그런 말을 할 수 있습니까!" 알렉산더는 머리를 흔들며 말했다. "마치 카스탈리엔이라는 곳이 많은 사람들이 평생을 바쳐 일할 수 있을 만큼 크지 못하다는 것처럼 말씀하시는군요! 당신은 이곳을 낱낱이 지나다녔다고 진심으로 믿고 있는 겁니까?"

"아, 아닙니다." 상대방은 힘 있게 외쳤다. "저는 한 번도 그렇게 생각해 본 적이 없습니다. 만일 제가 이곳의 경계까지 갔다고 말한다 해도, 그것은 제가 이곳에서 개인으로서 또한 제 지위에서 행할 수 있는 일을 했다는 정도를 뜻할 뿐입니다. 저는 언젠가부터 유리알 유희 명인으로서의 저의 일이 영원한 되풀이, 공허한 습관이자 형식이 되었으며, 아무 기쁨도 감격도 없이, 심지어는 많은 경우에 아무런 신념도 없이 해치우는 한계선상에 있다는 것을 알게 되었습니다. 결국 그만둘 때가 된 것이지요."

알렉산더는 한숨지었다. "그것은 당신의 견해이지, 수도회의 견해도 그 법규의 견해도 아닙니다. 수도회 회원이 감정에 사로잡히고 종종 자신의 일에 권태를 느낀다는 것은 별로 새롭지도 이상한 일도 아닙니다. 그런 경우 법규는 그에게 조화를 회복하고 다시 중심을 잡을 수 있도록 길을 제시해 줍니다. 그것을 잊었나요?"

"그렇지는 않습니다, 수석님. 제 직무 수행을 조사하는 것은 당신의 자유입니다. 하기야 바로 최근에 당신은 제 회람을 받자마자 유희자 마을과 저를 조사하도록 하셨지요. 일은 제대로 진행되고 사무국과 기록실은 정리되어 있으며, 유희 명인은 아프지도 않고 변덕을 부린 것도 아니라는 사실을 당신은 확인하셨을 것입니다. 저는 한때 당신이 그처럼 능란하게 제게 가르쳐 주신 법규 덕분으로 버틸 수 있었고 활력과 침착성을 잃지 않을 수 있었습니다. 하지만 몹시 힘들긴 했습니다. 그런데 제가 마음의 동요를 일으킨 것이 감정에 젖어서 그런 것도 아니고 일시적 변덕이나 욕망 때문도 아니라는 것을 당신께 납득시키려니, 그 이상으로 힘이 드는군요. 하지만 그 일이 성취되고 안 되고는 차치하고, 적어도 저는 당신이 마지막으로 조사해 보았을 때까지는 저의 인품이나 업무가 아무 결함이 없으며 유용했음을 당신도 인정하시리라고 생각합니다. 제가 당신에게 지나치게 많은 기대를 하는 것인가요?”

알렉산더 명인은 비웃기라도 하듯 눈을 깜박거렸다.

“동료여.” 하고 그가 말했다. “당신은 지금 아무 제한 없이 대화를 나눌 수 있는 사적인 신분으로 저와 이야기하고 있습니다. 하지만 그것은 오직 당신에게만 적용되는 말입니다. 실제로 당신은 지금 사적인 신분이니까 말입니다. 그러나 저는 다릅니다. 제가 생각하고 말하는 것은 제가 아닌 수도회 수석이 하는 것입니다. 수석은 자신이 하는 모든 말에 자신이 속한 관청에 대한 책임을 져야 합니다. 당신이 오늘 이 자리에서 한 말은 아무런 결과도 가져오지 않을 것입니다. 당신이 아무리 심각하게 말한다 해도 그것은 개인의 이해(利害)를 위한 말에 그칠 테니까요. 그러나 저의 경우엔 직책과 책임이 이어질 것이며, 제가 오늘 말하거나 행하는 것은 결과가 있을 것입니다. 저는 당신과 당신 문제에 대하여 당국을 대표하고 있습니다. 이 사건에 대한 당신의 진술을 당국에서 받아들일지는, 어쩌면 그것을 승인할지도 모르지만, 사소한 문제가 아닙니다. 당신은 여러 가지 특별한 생각을 머릿속에 갖고 있긴 해도, 어제까지는 이론의 여지없이 아무 오점도 없는 카스탈리엔 사람이자 명인이었으며, 직무에 권태를 느끼는 유혹의 습격을 받긴 했어도 그것을 규칙적으로 이겨 내고 정복했다는 듯이 말씀하고 있습니다. 그 문제는 그렇다고 인정합시다. 그러나 어제까지만 해도 모든 규칙을 준수하고, 이론의 여지없이 완전했던 명인이 오늘 갑자기 탈주한다는 이 엄청난 이야기를 대체 어떻게 이해해야 할까요? 당신은 여전히 자기가 아주 훌륭한 카스탈리엔 사람이라고 하지만 사실은 이미 오래전부터 마음이 변하고 병들어 있었다고 생각하는 것이 저로서는 훨씬 쉬운 일입니다. 또한 어째서 당신은 끝까지 의무에 충실한 명인이었다는 사실을 확증하는 데 그토록 큰 비중을 두는지 제게는 의문입니다. 당신이 일단 그런 일을 범하고 순종을 거역하며 탈주를 행한 이상, 그와 같은 확증은 아무짝에도 쓸모없습니다."

크네히트는 그 말에 반발했다. "죄송합니다만, 수석님, 어째서 그 일이 쓸모없다는 말씀입니까? 그것은 제 명성과 이름, 제가 이곳에 남겨 두는 추억과 관계 있는 일입니다. 또한 제가 카스탈리엔 바깥에서도 여전히 카스탈리엔을 위해서 일할 수 있는지 하는 문제와도 관계가 있습니다. 제가 지금 이 자리에 서 있는 것은 저를 위해서 무엇을 구하거나 제 행동을 당국으로부터 인정받기 위해서가 아닙니다. 저는 앞으로 동료들로부터 의심을 받고 문제 인물로 여겨지는 것을 염두에 두고 있으며 감수할 작정입니다. 하지만 배신자나 정신병자로 여겨지는 일은 원하지 않습니다. 그것은 제가 받아들일 수 없는 판단입니다. 저는 당신이 비난할 만한 일을 했지만, 제 임무이고 제가 믿고 있는 사명이고 또한 선이라고 받아들일 수 있는 사명이기 때문에 그 일을 했던 것입니다. 만일 당신이 이것마저도 인정하실 수 없다면 저는 굴복하겠습니다. 그리고 지금까지 당신께 말씀드린 것도 모두 헛수고라고 생각하겠습니다."

"그 문제는 아무리 생각해도 마찬가지입니다." 알렉산더가 대답했다. "제가 믿고 있고 대리해야 하는 법칙을 깨뜨리는 한 개인의 의사가 때에 따라서는 권리를 갖는다는 것을 제가 인정해야 한다는 말입니까? 저는 우리의 질서를 믿으면서 동시에 이 질서를 깨뜨리는 당신의 사적인 권리를 믿을 수는 없습니다. 제발 제 말을 가로막지 마십시오. 저는 당신이 자신의 권리와 숙명적인 행동의 의의를 확신하고 있고, 당신의 계획에 대해 사명이 있다고 여기는 것은 인정해 드릴 수 있습니다. 그러나 제가 그러한 행동 자체를 인정하리라고는 당신도 전혀 기대하지 않았을 것입니다. 반면에 당신의 마음을 돌리고 결심을 바꾸도록 하려던 저의 첫 번째 생각을 단념토록 하는 데 당신은 성공했습니다. 저는 수도회에서 탈퇴하겠다는 당신의 뜻을 받아들이고, 당국에 당신이 자발적으로 사임하겠다고 한 말을 전하겠습니다. 그 이상으로 당신의 뜻을 받아들일 수는 없습니다, 요제프 크네히트."

유리알 유희 명인은 공손한 태도를 보였다. 그런 다음 조용한 목소리로 말했다. "감사합니다, 수석님. 작은 상자는 이미 당신께 건네 드렸지요. 또한 발트첼의 시대에 대비하여, 특히 복습 교사단 및 저의 직책을 이을 만한 사람으로서 우선적으로 고찰해 볼 몇 사람에 대하여 기록해 둔 것을 당국에 넘기도록 당신께 드리겠습니다."

크네히트는 몇 장의 접은 종이를 주머니에서 꺼내 책상 위에 놓았다. 그런 다음 자리에서 일어났다. 수석도 자리에서 일어났다. 크네히트는 그에게 다가가, 슬프고도 다정한 눈길로 오랫동안 수석의 눈을 들여다본 다음, 허리를 굽혀 절하고는 말했다. "작별로 악수를 부탁드리려 했습니다만, 이제는 그것도 단념해야겠군요. 당신은 언제나 제게 특별히 귀한 분이셨습니다. 오늘 이런 일이 있었다 해도 그 점에는 변함이 없을 것입니다. 안녕히 계십시오, 존경하는 수석님."

알렉산더는 약간 창백한 얼굴로 말없이 서 있었다. 한순간 그는 손을 들어 떠나는 이에게 내밀려고 하는 것 같았다. 이내 눈시울이 뜨거워지는 것을 느꼈다. 그래서 그는 고개를 숙여 크네히트의 인사에 답하고 그 자리를 떠나게 해 주었다.

떠나는 사람이 문을 닫고 난 뒤에도 수석은 꼼짝도 않고 서서 멀어져 가는 발소리를 들었다. 마지막 발소리가 울리고 더이상 아무 소리도 들리지 않게 되자, 그는 한동안 안정을 잃고 방 안을 왔다 갔다 했다. 이윽고 밖에서 발소리가 나더니 가볍게 문을 두드리는 소리가 들렸다. 젊은 하인이 들어와, 면회를 정한 방문객이 있음을 알렸다.

"한 시간 뒤에나 만나 볼 수 있다고 하고, 용건은 간단히 말하도록 부탁한다고 전하게. 급한 일이 있다고 말이야. 아니, 잠깐 기다려! 사무국에 가서 일등 서기관에게, 지금 곧 서둘러서 모레 관청 전원 회의를 소집하도록 전하게. 반드시 전원이 출석해야 하며, 불참 사유는 중병에만 한한다는 메모도 전달하도록 하게. 그런 다음 집사에게 가서 내일 아침 일찍 내가 발트첼에 가야 하니까 7시까지 자동차를 준비하라고 일러 주게."

"죄송합니다만 유희 명인님의 차를 쓰시면 어떨지요."

"그건 어떻게 된 일인가?"

"명인께서는 어제 자동차를 타고 오셨습니다. 그런데 좀 전에 이곳을 떠나시면서 이제부터 걸어가실 테니까 자동차는 이곳 관청에서 쓰도록 하라고 말씀하셨습니다."

"좋아. 그러면 내일 그 발트첼 차를 타고 가겠네. 복창해 보게."

하인이 명령을 복창했다. "방문객은 한 시간 뒤에 만나되, 용건을 간단히 이야기하도록 할 것. 일등 서기관은 모레 관청 회의를 소집할 것. 반드시 전원이 출석해야 하고 중병에 걸렸을 경우에만 불참을 인정함. 내일 아침 7시에 유희 명인의 자동차로 발트첼로 출발함."

젊은이가 나가자 알렉산더 명인은 한숨을 쉬었다. 그는 크네히트와 앉았던 책상으로 다가갔다. 불가해한 그 인물의 발소리가 여전히 그의 귓가에 울리고 있었다. 그를 누구보다도 사랑했기 때문에, 그만큼 큰 고통을 받았다. 그를 보살피게 된 그날 이래로 알렉산더는 이 남자에게 사랑을 느꼈는데, 여러 가지 특성 중에서도 특히 그의 걸음걸이를 좋아했다. 그의 걸음걸이는 박자가 일정하고 확실하면서도 경쾌하고 거의 공중에 떠 있는 것 같은, 위엄과 유희의 중간, 수도자와 무용가의 중간에 있었기에 아주 부드러우면서도 품위가 있었다. 크네히트의 표정이나 음성과 그렇게 잘 어울릴 수가 없었다. 또한 그특유의 카스탈리엔 사람 기질과 명인 기질, 지배자 기질과 명랑한 기질에 잘 들어맞는 것이었다. 이러한 기질들은 종종 그의 선임자인 토마스 명인의 귀족적이고도 신중한 기질, 또 때로는 전 음악 명인의 단순하고도 다정한 기질들을 어느 정도 연상하게 해 주었다. 그러나 성급한 그 사람은 걸어서 그만이 아는 어떤 곳으로 떠나고 말았다. 아마도 그를 다시 만날 수 없을 것이고, 그의 웃음소리도 더 이상 듣지 못할 것이며, 그의 갸름하고 아름다운 손이 유리알 유희의 상형문자 구절을 그리는 일도 다시는 보지 못할 것이었다. 알렉산더는 책상 위에 놓여 있는 종이쪽지를 들고 읽기 시작했다. 그것은 짤막한 메모였는데, 사무적이고 구체적이었으며, 문장 대신 표제만 있는 부분도 있었다. 이제 곧 있을 유희자 마을 감사와 새 명인의 선출을 당국이 쉽게 해 나갈 수 있도록 필요한 내용을 적은 것이었다. 작고 깔끔한 글씨로 재치 있게 주의 사항을 적어 놓았는데, 말과 필적조차 그의 표정이나 음성이나 걸음걸이와 마찬가지로 바로 이 요제프 크네히트라는 오직 하나 있을 뿐 누구로도 대치할 수 없는 인물의 특징을 나타내고 있었다. 당국이 그의 자리에 맞는 후임자를 찾기는 어려울 것이다. 진정한 주인이자 진정한 인격자는 드문 법이다. 이러한 인물은 행운의 선물이며, 그러한 사정은 영재들의 지방인 이곳 카스탈리엔에서도 마찬가지였다.

걷는 일은 요제프 크네히트를 기쁘게 해 주었다. 그는 여러 해 전부터 도보로 여행한 적이 없었다. 사실 아무리 기억을 더듬어 보아도 제대로 한 도보 여행은, 언젠가 마리아펠스 수도원에서 카스탈리엔으로 돌아오던 길, 그러니까 연례 유희에 참가하기 위해 발트첼로 돌아왔을 때가 마지막이었던 것 같다.

그 유희는 '각하'라고 불리던 명인 토마스 폰 데어 트라베의 죽음으로 말미암아 치명적인 손상을 입었고, 그 후 크네히트가 명인의 뒤를 잇게 되었다. 그 시절, 그리고 학생 시절과 죽림 시절을 회상할 때면 그는 언제나 마치 삭막하고 추운 방에서 넓고 상쾌하고 양지 바른 지방, 두 번 다시 돌아오지 않을 곳, 추억의 낙원이 되어 버린 곳을 바라보는 것 같았다. 그러한 회상은 언제나, 설령 아무 비애도 일지 않는다 하더라도, 아주 아득한 곳, 전혀 다른 곳, 현재의 일상적인 풍경과는 다른 마치 신비스럽고 축제 분위기에 휩싸인 곳을 보는 듯한 느낌이었다. 그러나 오늘 이처럼 청명하고 밝은 9월의 어느 오후, 가까운 곳의 짙은 색채와, 입김을 분 것같이 부드럽고 꿈결처럼 아른한 먼 곳의 푸른빛에서 보랏빛으로 옮아가는 색조 속에서 유쾌한 마음으로 걸어가며 한가롭게 풍경을 바라보자, 오래전에 했던 도보 여행이 아득히 먼 옛일이나 낙원으로서 체념한 오늘을 들여다보는 것이 아니라, 오늘의 여행이 그때의 여행과, 오늘의 요제프 크네히트가 그때의 요제프 크네히트와 형제처럼 비슷해 보였다. 모든 것이 다시 새롭고 신비롭고 희망에 차 있었다. 예전의 모든 것이 다시 돌아오고, 게다가 새로운 일도 많을 것 같았다. 하루와 세상이 이처럼 홀가분하고 아름답고 순수하게 그를 주시한 일도 오랫동안 없었다. 자유와 자결(自決)의 행복이 톡 쏘는 음료처럼 그를 훑고 지나갔다. 얼마나 오랫동안 이러한 느낌, 이렇게 사랑스럽고 매혹적인 환각을 느끼지 못했던가! 그는 생각에 잠겨서 한때 이처럼 깊진 감정이 훼손되고 구속당했던 시절을 떠올려 보았다. 그것은 다정하면서도 비웃는 것 같은 시선을 받으며 토마스 명인과 대화를 나누었을 때의 일이었다. 그는 자신이 자유를 잃게 된 순간의 낯선 느낌을 잘 기억하고 있었다. 그것은 사실 고통이라든가 타는 듯한 번민이 아니라, 차라리 불안이고 뒷덜미에 느껴지는 가벼운 전율이나 횡경막을 짓누르는 것 같은 통증이고 체온의 변화, 이를테면 살아 있는 느낌에 대한 속도의 변화였다. 그토록 불안스럽고 쥐어짜는 듯하고 멀리서부터 목을 조르듯 위협해 오던 그 운명적인 순간의 느낌이 오늘에야 보상되고 치유되는 것 같았다.

어제 크네히트는 히르스란트로 가면서, 그곳에서 무슨 일이 생기든 후회하지 않겠다고 결심했다. 그리고 오늘 그는 알렉산더와 나눈 대화의 상세한 내용, 그와의 전쟁, 그의 마음을 얻기 위해 벌인 싸움에 대해 생각하지 않기로 했다. 그는 완전히 긴장이 풀린 채 자유로운 감정을 맛보았다. 마치 일과를 끝내고 휴식의 기분에 잠긴 농부처럼 그 감정에 폭 빠져들었다. 그는 자신이 안전하며 더 이상 아무런 의무가 없다는 사실을 깨달았다. 또한 이 순간 완전히 아쉬운 일도 없고 구속도 없으며, 일할 의무도 무엇을 생각할 의무도 없다는 것을 알았다. 밝고 생기 있는 하루가 부드러운 빛으로 그를 감싸 주고 있었다. 그야말로 완전한 모습, 완벽한 현재였으며, 요구도 없었고, 어제도 내일도 없었다. 그는 만족을 느끼며 걸어가면서 이따금 행진곡을 콧노래로 흥얼거렸는데 에쉬홀츠의 어린 영재 학생 시절에 소풍을 가면서 3부 또는 4부 합창으로 부르던 곡이었다. 그 명랑한 아침으로부터 작고도 밝은 추억의 메아리가 새의 지저귐처럼 그에게로 날아들었다.

그는 어느덧 나뭇잎이 붉게 물든 어느 벚나무 아래에서 걸음을 멈추고 풀밭 위에 앉았다. 그러고는 상의의 가슴 안주머니에서 무엇인가 꺼냈는데, 알렉산더 명인이라면 그가 그런 것을 가지고 있으리라고는 짐작도 못할 물건이었다. 조그만 나무피리였다. 크네히트는 정다운 눈길로 나무피리를 바라보았다. 그가 이 소박하고 아이들 장난감처럼 보이는 악기를 손에 넣은 것은 그리 오래되지 않은, 반년쯤 전의 일이었다. 크네히트는 즐거운 마음으로 이 악기를 손에 넣었던 날의 일을 떠올려 보았다. 그때 그는 음악 이론에 관한 몇 가지 문제를 카를로 페로몬테와 의논하기 위해 몬테포르트에 가 있었다. 그때 어느 시대의 목관악기에 대한 이야기가 나왔고, 그는 친구에게 몬테포르트의 악기 수집실을 보여 달라고 청했다. 두 사람은 낡은 오르간과 하프와 라우테와 피아노로 꽉 찬 화려한 몇 개의 방을 지나서 학교의 악기가 보관된 창고로 들어갔다. 그곳에서 크네히트는 작은 피리가 가득 든 나무 상자를 보았고 피리를 꺼내어 하나씩 불어 보다가, 친구에게 그 가운데 하나를 가져도 되는지 물었다. 카를로는 웃으면서 하나를 고르라고 한 다음 영수증을 써 달라고 했다. 그런 뒤에 크네히트에게 그 악기의 구조와 다루는 법, 연주 기법을 자세히 설명해 주었다. 크네히트는 그 예쁜 장난감을 가지고 돌아왔다. 에쉬홀츠의 소년 시절에 플루트를 불어 본 이래로 목관악기를 다뤄 보지 못했고, 다시 하나를 배우겠다고 결심한 것도 여러 번이었기 때문에, 그는 틈이 날 때마다 피리를 연습했다. 먼저 음계를 익힌 다음 페로몬테가 초보자를 위해 간행한 옛 노대의 악보를 이용했다. 때때로 명인의 정원이나 침실에서 부드럽고 감미로운 피리 소리가 흘러나오곤 했다. 대가가 되려면 아직 까마득한 일이었지만, 여러 가지 성가와 가곡 연주를 익혔으며, 곡들을 암기했고, 또 그 가운데 많은 곡들은 가사까지 외웠다. 이 노래들 중에서 이 시간에 맞는 곡이 그의 머릿속에 떠올랐다. 그는 몇 구절을 읊어 보았다.

> 내 머리와 팔다리는
> 낮은 곳에 있지만,
> 지금 나는 서서
> 쾌활하고 즐거운 심정으로
> 고개 들어 하늘을 보네.

그런 다음 악기를 입술에 대고 불면서, 아득한 산악을 배경으로 부드럽게 빛나는 들판을 보았다. 그러고는 명랑하고 경건한 이 노래가 감미로운 피리 소리로 울리는 것을 들었으며, 자신이 하늘과 산과 노래와 한낮과 한 몸이 되는 느낌을 받고 만족감을 느꼈다. 그는 손가락 사이로 둥글고 매끈한 나무의 감촉을 즐겁게 느꼈으며, 지금 몸에 입고 있는 옷을 제외하면 이 작은 피리가 유일한 소유물이라고 생각했다. 그는 발트첼에서 이것만을 가지고 나왔던 것이다. 여러 해가 지나면서 어쨌든 사유재산의 성격을 띤 물건이 여럿 모이게 되었고, 그중에는 기록이라든가 발췌 노트 따위도 있었지만, 이런 것들은 모두 남겨 두고 나왔다. 그것들은 유희자 마을에서 임의대로 사용될 것이다. 그러나 그는 작은 피리만은 가지고 왔으며, 이것을 지니고 있다는 데 기쁨을 느꼈다. 겸손하고 사랑스러운 길동무였다.

이튿날 수도에 닿은 방랑자는 데시뇨리의 집에 들렀다. 플리니오는 계단을 내려와서 그를 맞이했고, 감격하여 포옹했다.

"우린 학수고대했네. 얼마나 걱정했는지 몰라. 정말 대단한 일을 했네, 친구. 이 일이 우리 모두에게 좋은 결과가 되었으면 좋겠네. 그들이 이렇게 자네를 놓아 주다니! 정말 믿어지지 않네." 플리니오가 외쳤다.

크네히트는 웃었다. "보는 바대로일세. 난 여기 왔어. 그러나 그 일에 대해서는 기회가 있는 대로 말해 주겠네. 지금은 우선 제자를 만나 보고 싶군. 물론 자네 부인도. 그리고 내 새로운 직무에 대해서 자네들과 모든 문제를 의논했으면 하네. 그 일부터 시작했으면 좋겠어."

플리니오는 하녀를 불러 즉시 아들을 데려오라고 일렀다.

"도련님을요?" 그녀가 의아한 표정을 지으며 물었다. 그러나 곧 그 자리에서 달려 나갔다. 한편 주인은 친구를 객실로 안내한 다음, 크네히트의 도착과 그와 어린 티토의 공동생활을 위해 미리 배려하고 만반의 준비를 갖추어 놓았음을 열심히 보고하기 시작했다. 그는 모든 것이 크네히트의 바람대로 마련되었으며, 티토의 어머니도 약간 반대하긴 했지만 결국은 이 소원을 이해하고 승낙했다고 말했다. 또한 자신들은 벨푼트라는 산장을 가지고 있는데, 호숫가에 아담하게 자리 잡은 그곳에서 우선 크네히트와 제자가 함께 지내게 될 것이고, 나이 든 하녀가 뒷바라지해 줄 것인데, 그녀는 만반의 준비를 갖춰 놓기 위해 벌써 머칠 전에 그곳으로 떠났다고 했다. 물론 산장에 체류하는 것은 기껏해야 겨울이 되기 전까지의 짧은 기간 동안이지만, 처음에는 이렇게 멀리 떨어져 있는 일이 틀림없이 유익할 것이고, 게다가 티토는 그 산과 벨푼트 산장을 몹시 좋아하기 때문에 그곳에 머문다면 티토도 몹시 기뻐하며 아무 반대 없이 떠날 거라고 생각한다는 것이었다. 데시뇨리는 산장 일대를 담은 사진첩이 있다는 데 생각이 미치자, 크네히트를 서재로 데려가서 사진첩을 찾아내서는, 그것을 펼쳐 손님에게 보여 주면서 농가의 방과 타일을 입힌 난로, 정자, 호숫가에 있는 욕실, 폭포 등에 대해 설명하기 시작했다.

"자네 마음에 드나? 그곳에서라면 잘 지낼 수 있지 않겠나?" 그가 간절하게 물었다.

"물론이지." 크네히트가 침착하게 대꾸했다. "그런데 티토는 어디에 있는 건가? 부르러 보낸 지 벌써 꽤 오래되었는데."

두 사람은 얼마 동안 다시 이런저런 이야기를 나누었다. 이윽고 밖에서 발소리가 나더니 문이 열리고 누군가 들어왔지만, 티토도 아니고 그를 부르러 간 하녀도 아니었다. 티토의 어머니인 데시뇨리 부인이었다. 크네히트가 인사하려고 자리에서 일어나자, 부인은 그에게 손을 내밀며 어쩐지 고통스러운 듯한 다정한 미소를 지어 보였다. 크네히트는 이 정중한 미소 뒤에 숨어 있는 걱정과 분노의 표정을 보았다. 그녀는 가까스로 몇 마디인가 환영한다는 뜻의 말을 하고는 이내 남편 쪽을 돌아보며 마음에 걸리는 일에 대해서 격한 말투로 쏟아 놓기 시작했다.

"참 알 수 없는 일이에요. 아이가 없어졌는데, 아무리 찾아도 보이질 않아요."

"잠깐 외출했을 테지. 곧 돌아올 거요." 플리니오가 달래려고 했다.

"그렇지 않은 것 같아서 걱정이에요. 벌써 아침나절부터 보이지 않는걸요. 아침에 이미 그렇다는 걸 알았어요."

"그런데 왜 이제야 말하는 거요?"

"당연히 돌아오겠지 하고 기다렸어요. 당신에게 쓸데없는 걱정을 끼칠 생각도 없었고요. 처음엔 저도 별다른 생각 없이 그저 산책을 나갔나 보다고 생각했어요. 그런데 점심때가 되어도 돌아오지 않아 걱정되기 시작했지요. 당신은 점심때 계시지 않았잖아요. 계셨다면 이 사실을 알았을 거예요. 그때까지도 저는 그저 그 애가 게을러서 날 이렇게 기다리게 한다고 믿어 보려고 했어요. 그런데 그렇지 않으니 문제예요."

"실례지만 한 가지 물어보겠습니다. 아드님은 제가 곧 이곳에 도착한다는 것과, 그 애와 저에 대해 두 분이 계획을 세운다는 사실을 알고 있습니까?" 크네히트가 말했다.

"그럼요, 명인님. 그 애는 이 계획에 만족한 것처럼 보이기까지 했는걸요. 적어도 또다시 학교에 가는 것보다는 명인님을 스승으로 삼는 편이 나았을 거예요."

"그렇다면 그것으로 충분합니다. 부인, 아드님은 실로 자유롭게 살아왔습니다. 특히 최근에는 더욱 그랬지요. 그래서 그 애에게는 교육자든 교사든 마주치는 것이 당연히 귀찮은 일일 것입니다. 아마도 자기 운명을 정말 피해 보겠다는 생각이라기보다 새로운 교사의 손에 넘겨지는 순간을 잠시 유예해도 자기로서는 손해 볼 것이 없겠다고 여겼을지도 모릅니다. 나아가서 추측건대 그 애는 부모님과 그분들이 부탁한 선생에게 골탕을 먹이고 어른과 교사의 세계 전체를 향해 반항을 드러낼 생각이었을 것입니다."

데시뇨리는 크네히트가 이 사건을 그다지 심각하게 여기지 않아 다행이라고 생각했다. 그러나 그 자신은 걱정과 불안에 가득 차 있었으며, 아들을 사랑하는 마음 때문에 아들에게 일어날지도 모를 온갖 위험을 생각하지 않을 수 없었다. 어쩌면 아들이 이 모든 심각한 문제에서 빠져나가려고 자살하려는 건 아닐까 하는 생각까지 했다. 아, 하필 이 아이의 교육에서 잘못된 모든 일을 바로잡으려고 하는 이 순간에 벌이라도 받는 것 같았다.

크네히트의 충고에도 그는 무슨 일인가 일어났을 것이라고 주장했다. 그는 앉아서 고스란히 일을 당할 수는 없는 기분이었으며, 갈수록 초조해지고 신경이 날카로워져서 친구를 심히 언짢게 만들었다. 결국 티토가 가끔 만나는 또래 친구들의 집으로 사람을 보내 보기로 결정했다. 데시뇨리 부인이 이 일을 지시하기 위해 방을 나가자, 크네히트는 친구와 단둘이 남게 되어 기뻤다.

"플리니오. 자넨 마치 사람들이 죽은 아들을 집으로 데려온 것 같은 표정을 하고 있군. 그 애는 이제 어린애가 아니니 차에 치이거나 벨라돈나 열매를 따 먹을 리도 없지 않나. 그러니 정신을 차리게나. 아들이 이 자리에 없으니까, 미안하지만 자네를 교육시켜야겠네. 얼마 동안 관찰한 결과 자네의 상태가 그다지 좋지 않다는 사실을 알았네. 운동선수는 갑작스러운 타격이나 압박을 받으면 그 순간 근육이 저절로 필요한 운동을 함으로써 그런 상태에서 벗어나도록 도와주지. 마찬가지로 플리니오 군, 자네도 타격을 받는 순간 —— 아니면 적어도 타격처럼 닥쳐올 것에 대해서 —— 심적 충격에 대한 방어에 전력을 다하며 서서히 신중하게 호흡을 가다듬으려고 애써야 하네. 그런데 자네는 그렇게 하는 대신 충격을 묘사하는 배우처럼 호흡했네. 자네는 충분한 준비가 되어 있지 않아. 자네 같은 속세 사람들은 고통이나 걱정에 대해 아주 특별하게 노출돼 있는 것 같아. 의지할 곳 없는 것 같아 애처로운 데가 있다네. 물론 때로 정말 고통이 문제가 되고 그 수난에 의미가 있는 경우에는 무언가 위대한 점이 있지. 하지만 평상시의 경우에 이처럼 방어를 단념하는 건 무기가 될 수 없네. 자네 아들에게는 그 애가 필요로 하기만 한다면 좀 더 잘 준비할 수 있도록 내가 돌보겠네. 아무튼 플리니오, 지금은 나와 함께 수련을 좀 해 보는 게 좋겠네. 그러면 자네가 정말 그 모든 것을 벌써 다시 잊어버렸는지 아닌지 알 수 있겠지." 크네히트가 말했다.

크네히트는 엄격한 리듬에 맞춰 구령을 붙여 가며 호흡 연습을 시킴으로써 친구를 자기 학대로부터 빠져나오게 해 주었다. 그러자 친구는 자진해서 합리적인 근거에 귀를 기울였으며, 쓸데없는 두려움과 걱정을 떨쳐냈다. 두 사람은 티토의 방으로 올라갔다. 크네히트는 즐거운 마음으로 뒤죽박죽 흩어진 아이의 물건들을 보고는, 침대 곁에 있는 작은 테이블 위에 있던 책을 집어 들었는데, 종이 한 장이 비죽 나온 채 꽂혀 있었다. 사라진 아이가 남긴 메모였다. 그는 종이쪽지를 데시뇨리에게 건네주며 웃었다. 그러자 친구의 얼굴도 밝아졌다. 그 쪽지에서 티토는 자기 부모에게 이렇게 말했다. 자신은 오늘 새벽에 출발하여 혼자 산으로 여행할 것이며, 그곳 벨푼트에서 새 선생님을 기다리겠다고, 자신의 자유가 다시 귀찮게 제한받기 전에 이 조그만 즐거움이나마 누리도록 허락해 주기 바란다고 했다. 이처럼 즐거운 작은 여행을 마치 감시받는 죄수처럼 선생님을 동반하여 한다는 것은 생각만 해도 견디기 어렵기 때문이라는 것이었다.

"충분히 이해할 수 있는 일이네. 내일 내가 그 애의 뒤를 따라가겠네. 틀림없이 자네들의 그 산장에서 그 애를 만날 거야. 그러나 지금은 우선 자네 부인에게 가서 이 소식을 알리게나." 크네히트가 말했다.

그날 하루의 나머지 시간은 밝고 긴장이 풀린 기분으로 지낼 수 있게 되었다. 그날 밤 크네히트는 플리니오가 조르는 바람에 지난 며칠 동안의 경과, 특히 알렉산더 명인과 나눈 두 사람의 대화에 대해 간략하게 들려주었다. 그날 밤 크네히트는 종이쪽지에 또 한 편의 이상한 시를 썼는데, 그 시는 지금 티토 데시뇨리가 가지고 있다. 거기에는 다음과 같은 사정이 있다.

주인은 저녁 식사를 하기 전에 한 시간가량 손님을 혼자 있게 해 주었다. 크네히트는 오래된 책으로 가득 차 있는 책장을 보고 호기심이 일었다. 이것도 그가 금욕의 여러 해 동안 잊고 있었던, 거의 완전히 잊어버렸던 즐거움 가운데 하나였다. 그런데 이것을 보자 마음속으로부터 자신의 학생 시절이 절실하게 떠올랐다. 미지의 책들 앞에 서서 되는대로 이곳저곳에서 한 권씩 뽑아 보다가 한 권을 골라냈다. 저자의 이름에 한 금박과 가죽빛 장정이 마음에 들었다. 그는 유쾌한 마음으로 우선 책등에 있는 제목을 훑어보고는, 그것이 19세기와 20세기의 순수 문예물이라는 것을 알았다. 결국 그는 빛바랜 리넨 장정의 책을 꺼냈다. 『브라만의 지혜』라는 제목이 마음을 끌었던 것이다. 처음에는 서서, 다음에는 자리에 앉아서 책장을 넘겼는데,

거기에는 수백 편의 교훈시가 들어 있었다. 교훈적인 이야기와 참된 지혜, 속물성과 진정한 시 정신이 이상하게도 나란히 놓여 있었다. 이 신기하고도 감동적인 책은 비교(秘敎)라는 면에서는 부족함이 없었지만, 속되고 평범한 껍질 속에 감춰져 있었다. 여기서 가장 아름다운 시는, 교훈이나 지혜를 표현하려고 한 작품들이 아니라, 시인의 심정과 사랑의 힘과 정직함과 인간애같이 시민적인 착실한 성질을 표현하려고 한 작품들이었다. 존경과 흥미가 한데 섞인 이상한 기분으로 그 책에 매달리려 할 때 문득 시구 하나가 눈에 들어왔다. 그것은 마치 그날을 위해 일부러 보내지기라도 한 것처럼 보였으므로, 크네히트는 만족하고 찬동하는 심정으로 그 구절을 마음속으로 받아들이고는 미소를 지으며 고개를 끄덕였다. 그 구절은 다음과 같았다.

> 우린 흔쾌히 소중한 나날이 사라져 감을 보나니,
> 더욱 소중한 것이 자라나는 것을 보기 위함이다.
> 우리가 뜰에서 키우는 진귀한 식물,
> 우리가 가르치는 어린아이, 우리가 쓰는 작은 책 같은 것.

크네히트는 책상 서랍을 열고 종이 한 장을 꺼내서 그 구절을 옮겨 썼다. 나중에 그는 그것을 플리니오에게 보여 주며 이렇게 말했다. "이 시가 마음에 들었네. 여기에는 무언가 독특한 짐이 있어. 아주 무미건조한 동시에 아주 설실하거든! 그리고 이 시는 나와, 나의 현재 상태나 기분과 아주 어울리네. 내가 정원사가 아니고 또 진귀한 식물을 가꾸는 데 내 삶을 보낼 뜻이 없다 해도, 나는 교사이자 교육자가 아닌가. 그리고 나는 지금 내가 가르칠 아이를 향해, 나의 일을 하러 가는 중에 있네. 그것이 얼마나 기쁜지 모르겠네! 이 시를 쓴 사람, 시인 뤼케르트*에 대해 말하자면, 아마도 그는 이 세 가지 고귀한 정열, 요컨대 정원사와 교육자와 저자로서의 정열을 모두 갖고 있었던 모양이야. 그리고 이 마지막 정열이 그의 경우엔 가장 우위를 차지하고 있을 거야. 그는 그 정열을 맨 뒤에 가장 의미심장한 자리에 놓고 있거든. 그리고 그는 바로 이 정열의 대상에 푹 빠져 있어서, 사랑이 넘치는 마음으로 그저 책이라고 하지 않고 '작은 책'이라고 한 거라네. 정말 감동적이지 않은가."

플리니오가 웃었다. "아니면, 그것은 그저 엉터리 시인의 잔꾀에 불과한 것인지도 모르지. 이 자리에는 한 음절어가 아니라 두 음절어가 필요했던 거야." 하고 그는 말했다.

"그래도 그를 과소평가하고 싶지는 않네." 크네히트가 변호했다. "평생 동안 만 줄의 시를 쓴 사람이 하찮은 운율의 필요 때문에 궁지에 몰리는 법은 없다네. 아니, 내 말을 들어 보게. 우리가 쓰는 작은 책, 얼마나 정겹고 수줍게 들리는 말인가! 어쩌면 '책' 대신 '작은 책'이라는 말을 쓴 것도 그저 단순한 애착 때문만은 아닐지도 몰라. 아마도 자기 입장을 옹호하거나 조정해 보려고 한 것일 거야. 그래, 어쩌면 이 시인은 자기 일에 너무도 탐닉한 나머지, 이따금 책을 쓰는 자기의 버릇

---

* 독일의 시인이자 동양어학자. 고전파, 낭만파, 동양시가 절충된 시를 썼다. 그의 시들은 슈베르트, 슈만 등에 의해 작곡되었다.

도 일종의 기벽이며 악습이라고 느꼈는지도 모르겠네. 그렇다면 '작은 책'이라는 말은 그저 애착이 있는 의미나 뉘앙스뿐만 아니라, 자기 입장을 옹호하고 생각을 딴 곳으로 이끌고 변호하려는 뜻도 있을 거야. 그저 노름이라고 하지 않고 '딱 한 판만' 하자고 유혹하는 노름꾼이라든가, '한 잔만' 하자고 요구하는 술꾼처럼 말일세. 그래, 그건 억측일 거야. 어쨌든 나는 자신이 가르칠 아이와 자신이 쓸 작은 책을 노래하는 그에게 대찬성이며 동감하네. 왜냐하면 교육에 대한 정열뿐만 아니라, 책을 쓰는 것도 나와 전혀 무관한 정열은 아니기 때문일세. 그리고 직책에서 벗어난 지금 나로서는 언젠가 여가를 내어 즐거운 마음으로 한 권의 책, 아니 작은 책을, 친구들과 성실한 벗들을 위한 조그만 글을 써 보고 싶은 값진 유혹이 다시금 떠오른다네."

"그럼 무엇에 대해 쓰려는가?" 데시뇨리가 호기심이 동한 듯 물어보았다.

"글쎄, 뭐든지. 그것이 무엇인가는 문제가 아니라네. 그저 들어박혀서 자유로운 시간을 마음껏 누리는 행복을 가질 기회가 된다면 그것으로 충분하지. 그때 나에게 중요한 것은 마음가짐일 것이네. 경건함과 친숙함, 심각함과 유희 사이의 알맞은 중간이라고 할 마음가짐, 교훈을 위한 마음가짐이 아니라 내가 겪고 배웠다고 믿는 이러저러한 일에 대해 우정 어린 보고와 이야기를 하기 위한 마음가짐이라네. 프리드리히 뤼케르트라는 인물이 사신의 시에 교훈과 사상, 보고와 한담을 섞은 것과 같은 방식은 내가 취할 것은 아니라네. 그렇다 해도 이러한 방식에는 어딘지 내 마음에 들고 흥미를 끄는 면도 있어. 그것은 개인적이긴 해도 자의적인 것은 아니고, 또 유희적이면서도 단단한 형식 규범에 얽매여 있는데, 그 점이 내 마음에 드는 것이라네. 아무튼 얼마 동안은 작은 책을 쓰는 기쁨이나 그러한 문제에 부딪치는 일은 없을 거야. 지금은 다른 문제에 힘을 모아야 하니까 말이야. 그러나 훗날 언젠가는 작가로서의 행복이 내게도 꽃필 날이 있을 테지. 즐거우면서도 사려 깊게 사물을 파악하고 그러나 혼자만의 만족을 위해서가 아니라 언제나 얼마 안 되는 몇몇 좋은 친구와 독자를 염두에 두는 그러한 작가가 내 눈앞에 떠오르네."

이튿날 아침 크네히트는 벨푼트를 향해 여행을 떠났다. 그 전날 데시뇨리가 함께 가겠다고 했으나 크네히트는 단호한 어조로 거절했다. 그래도 데시뇨리가 다시 설득하려 하자, 크네히트는 그에게 호통에 가까운 소리로 간결하게 말했다. "그 애는 새로 오는 성가신 선생을 만나고 소화하기에도 힘에 부칠 거야. 거기에 다시 아버지 얼굴까지 보아야 한다는 무리한 일을 시킬 수는 없네. 바로 지금 같은 때 아버지와 만난다는 건 그 애로서는 그다지 행복한 일은 아닐 거야."

플리니오가 빌려 온 여행용 차를 타고 상쾌한 9월의 아침을 달려가는 동안, 크네히트에게는 어제의 즐거운 여행 기분이 되살아났다. 그는 이따금 기사와 이야기를 나누었고, 경치에 마음이 끌릴 때마다 차를 천천히 또는 빠르게 몰도록 했다. 또 여러 차례 작은 피리를 불기도 했다. 수도와 저지대를 지나고 산기슭을 거쳐 산속 깊숙이 나아가는 것은 유쾌하고도 자극적인 여행이었다. 뿐만 아니라 저물어 가는 여름철에서 가을철로 접어드는 여행이기도 했다. 정오쯤부터는 커다란 커브를 그리는 마지막 오르막길이 시작되었다. 벌써 잎이 지기 시작한 침엽수림을 지나 바위 사이에서 거품을 일으키며 솟구치는 계곡물을 따라가다 다리를 건너고, 답답하게 울타리를 두르고 외롭게 서 있는 작은 창이 있는 농가를 지나 갈수록 험해지는 거친 산악 지대로 들어갔는데, 험한 지세에도 불구하고 자그마한 꽃들이 낙원을 이루며 풍성하게 피어 있어 더욱 아름다웠다.

마침내 도착한 작은 산장은 산중의 호숫가에 자리 잡고 있었는데, 회색빛 바위에 가려 거의 보이지 않을 정도였다. 여행자는 이 거친 산악 지대에 알맞은 건축 양식을 보고 엄숙하면서도 암울한 느낌을 받았다. 하지만 동시에 그의 얼굴에 밝은 미소가 떠올랐으니, 열려 있는 현관에 서 있는 사람, 화려한 색의 재킷과 짧은 바지를 입고 있는 소년을 보았기 때문이었다. 제자 티토가 분명했다. 사실 그는 이 도망자에 대해 심각하게 걱정하지는 않았지만, 그래도 안도와 감사의 한숨을 내쉬었다. 티토가 이곳에 있고 또한 문가에서 교사를 맞이한다면, 만사는 잘된 것이다. 크네히트는 여기로 오는 도중에 여러 가지 갈등이 벌어질지도 모른다고 생각했지만, 그런 걱정도 모두 사라져 버렸다.

소년은 미소 띤 얼굴로 정답게 크네히트를 맞아 주었는데, 약간 당황한 빛이 있었다. 소년이 차에서 내리는 크네히트를 도와주면서 말했다. "선생님을 혼자 여행하시게 한 것은 악의가 있어서 그런 건 아니에요." 그러고는 크네히트가 미처 대답하기도 전에 붙임성 있는 말투로 덧붙였다. "선생님은 제가 무슨 생각을 했는지 알고 계셨던 것 같아요. 모르셨다면 틀림없이 아버지를 데리고 오셨겠지요. 아버지께는 제가 무사히 도착했다고 벌써 알렸어요."

크네히트는 웃으며 소년과 악수했다. 소년은 그를 집 안으로 안내했다. 하녀도 크네히트를 맞이하면서 곧 저녁 식사를 준비하겠다고 했다. 그런데 여느 때와 달리 휴식이 필요하다고 느끼고 식사하기 전에 잠시 침대에 누웠을 때, 그는 비로소 자신이 그 즐거웠던 자동차 여행으로 몹시 지쳤을 뿐 아니라 기운이 완전히 고갈되고 말았다는 것을 알았다. 그날 밤 제자와 함께 잡담을 나누고 그 애가 수집한 야생화와 나비를 보는 동안에도 다시금 피로를 느꼈으며, 현기증이 일기까지 했다. 그것은 한 번도 겪어 본 적이 없는, 머릿속이 텅 빈 것 같은 느낌이었다. 심장의 박동은 고통스러울 정도로 약하고 불규칙했다. 그러나 그는 정해진 취침 시간까지 함께 앉아 티토와 이야기하면서 아이가 자신의 불편한 상태를 알아차리지 못하게 하려고 애썼다. 제자는 명인이 수업 시작이라든가 시간표, 최근의 성적 등에 대해서 한마디도 하지 않자 의아하게 여겼다. 티토는 이런 좋은 기분을 살리기 위해 이튿날 아침에 새로운 환경도 선생님에게 소개할 겸 멀리까지 산책을 가자고 제안했고, 크네히트는 쾌히 이 제안을 받아들였다.

"산책 시간이 기다려지는걸." 크네히트는 덧붙여 말했다. "그리고 한 가지 친절을 베풀어 주었으면 좋겠네. 식물채집 한 것을 보고 자네가 고산식물에 대해 나보다 훨씬 많이 알고 있다는 사실을 알 수 있었지. 우리가 함께 지내는 목적 가운데에는 알고 있는 지식을 서로 교환함으로써 대등하게 되는 일도 들어 있다네. 그러니 우선 자네가 내 빈약한 식물학 지식을 검토해 보고 내가 이 분야에서 웬만큼 진전을 볼 수 있도록 도와주는 일부터 시작하기로 하세."

　서로 잘 자라는 인사를 나눌 때쯤에는 티토도 매우 만족하여 호의를 품게 되었다. 소년은 크네히트 명인이 대단히 마음에 들었다. 그는 학교 선생들이 흔히 그러듯이 고상한 말을 동원하여 학문이니 덕이니 정신의 고귀함 따위를 말하지 않았다. 명랑하면서도 다정한 이 인물은 그 인품과 말 속에 의무를 느끼게 하고 고귀하고 훌륭하며 기사적인 동시에 보다 높은 노력과 힘을 불러내는 무엇을 가지고 있었다. 학교 선생이라면 누구든 골려먹고 속여 넘기는 일을 재미로 알고 재주로 삼아 왔지만, 이 사람 앞에서는 그럴 생각이 전혀 들지 않았다. 이 사람은 정말 누구이며 어떤 사람일까? 티토는 이 낯선 사람에게 있는 무엇이 그처럼 자기 마음에 들고 존경할 마음이 들게 하는 것인지 곰곰이 생각해 보았다. 결국 그것은 이 사람의 고귀함과 탁월함과 신사다운 기질 때문이라는 것을 알게 되었다. 그리고 이 마지막 요소가 무엇보다 그의 마음을 끌었다. 크네히트라는 인물은, 비록 아무도 그의 가족에 대해 알지 못하고 또 설사 그의 아버지가 구두 수선공이었다고 한다 해도 고귀하고 신사이며 귀족이었다. 그는 티토가 아는 대부분의 사람들보다 더 고귀하고 고상한 인물이었으며, 아버지보다도 나았다. 가문의 귀족적인 본성과 전통을 중요시하는 소년은 자기 아버지가 그러한 것에서 벗어난 사실을 용서할 수 없었지만, 이제야 비로소 정신적인, 교양에 의해 키워진 귀족을 만난 것이었다. 오랜 조상이나 세대의 열을 띠어넘어 오로지 한 인간의 인생을 통해, 평민의 아이를 고귀한 귀족으로 만드는 기적을, 행운의 조건들이 맞았을 때 드물게 일어날 수 있는 힘을 만나게 된 것이었다. 자존심이 불처럼 강한 이 소년의 마음속에는, 이런 종류의 귀족이 되고 거기에 봉사하는 것은 자신에게 의무이자 명예가 될 수도 있겠다는 생각이 들었다. 그리고 이토록 부드럽고도 다정한, 그러면서도 철저하게 신사인 이 인물 속에 자기 인생의 의미가 구체적인 모습을 띠고 나타나 자기에게 다가와서 삶의 목적을 정해 줄지도 모른다는 예감이 들었다.

크네히트는 자기 방으로 안내받고 난 뒤 자리에 눕고 싶은 마음이었으나 곧장 그러지는 않았다. 그날 밤은 몹시 힘들었다. 자신을 세밀히 관찰하는 것이 분명한 소년 앞에서 피로인지 침체인지 병인지 모를, 점점 심해져만 가는 자신의 상태를 알아차리지 못하도록 하기 위해 말과 태도와 목소리를 조심하기가 어렵고도 부담스러웠다. 어쨌든 그 일에는 성공한 것 같았다. 그러나 이제 그는 이러한 공허감, 불쾌감, 기분 나쁜 현기증과 함께 극도의 피로감, 불안감까지도 마주해 극복하지 않으면 안 되었다. 그래서 그는 우선 그 원인을 알아보려고 했다. 꽤 시간이 걸리긴 했지만 그것은 그다지 어려운 일은 아니었다. 몸이 편치 못한 것은 분명 짧은 시간에 평지에서 무려 해발 2천 미터나 되는 고지로 올라온 오늘의 여행 때문이었다. 소년 시절에 몇 차례인가 소풍을 한 이래로 이토록 높은 곳에 올라온 적이 없었으므로 갑작스럽게 올라온 것이 무리가 되었던 것이다. 적어도 하루 이틀은 더 이런 고통을 겪어야 할 것 같았다. 그래도 고통이 지속되면 티토와 하녀를 데리고 돌아가는 수밖에 없었다. 그렇게 되면 이 아름다운 벨푼트에서의 계획은 수포로 돌아가는 것이었다. 안타까운 일이긴 해도 그리

큰 불행은 아니었다.

　이런 생각을 하고 나서 잠자리에 들었지만 크네히트는 잠을 제대로 이루지 못하고 밤을 보냈다. 발트첼을 떠난 후의 여행을 되돌아보기도 하고, 심장의 고동과 흥분된 신경을 가라앉히려고 애써 보기도 했다. 그는 또 제자에 대해서도 만족스러워하며 여러 가지를 생각했으나, 어떤 계획을 세우지는 않았다. 고귀하고도 거친 망아지 같은 이 소년을 다루는 데는 호의를 가지고 길들이는 것 외에 더 좋은 방법이 없어 보였다. 서두르거나 강요하는 일은 없어야 했다. 소년이 서서히 자기가 지닌 재능과 능력을 알아 가도록 만들고, 아울러 학문과 정신과 아름다움을 사랑하는 데 힘이 될 고귀한 호기심, 고상한 불만을 그의 마음속에 북돋워 주어야겠다고 생각했다. 훌륭한 과제였다. 그의 제자는 재능을 일깨우고 거기에 형태를 부여해 주어야 할 그저 그렇고그런 젊은이가 아니었다. 영향력 있고 부유한 세력가의 외아들로서 그 역시 장차 지배자가 될 인물이었고, 나라와 국민을 사회적, 정치적으로 형성해 갈 인물의 하나였으며, 남의 모범이 되고 지도자가 될 운명을 지고 있었던 것이다. 카스탈리엔은 이 유서 깊은 데시뇨리 가문에 빚을 지고 있었다. 카스탈리엔은 한때 티토의 아버지를 맡은 적이 있었지만 그를 제대로 철저히 교육시키지 못했고, 속세와 정신 사이에 끼여 곤란한 입장이 되었을 때 충분히 대처할 수 있을 만큼 강하게 만들어 주지도 못했다. 그 결과 재능 있고 사랑스러운 청년 플리니오는 균형 잡히지 않고 제대로 제어되지 않는 삶을 사는 불행한 인간이 되었다. 이는 그의 하나밖에 없는 아들마저 위태롭게 하고, 선대로부터 내려온 문제에 끌려들게 만들었다. 치유와 보상, 빚 갚음이 필요했다. 그런데 이 과제가 하필 순종적이지 못하고 외견상 배신자인 자기에게 떨어졌다는 사실이 크네히트를 기쁘게 했고, 그에겐 의미심장한 일로 여겨졌다.

아침이 되어 집 안에 사람들이 일어난 기척이 느껴지자 크네히트는 자리에서 일어났다. 침대 옆에 목욕 가운이 준비되어 있었다. 그것을 집어 가벼운 잠옷 위에 걸치고 그는 전날 밤 티토가 알려 준 대로 집의 뒷문을 통해 한쪽 벽이 트여 있는 복도로 나왔다. 그 복도는 욕탕과 호수로 이어져 있었다.

눈앞에 조그만 호수가 깊은 초록빛을 띠고 잔물결 하나 없이 펼쳐져 있었다. 건너편에는 높고 가파른 절벽이 찌르듯 날카로운 모서리로 흐릿하고 푸르스름한 빛이 도는 차가운 아침 하늘을 베는 듯 그늘 속에 냉엄하게 솟아 있었다. 그러나 절벽 뒤편으로는 벌써 해가 뜨고 있다는 것을 느낄 수 있었다. 날선 바위 끝 여기저기가 햇빛을 받아 미세하게 반짝이고 있었다. 몇 분 후면 톱니 같은 산등성이 위로 태양이 나타날 것이고, 호수와 골짜기에는 빛이 넘쳐흐를 것이었다. 크네히트는 주의를 기울여 엄숙한 마음으로 이 광경을 지켜보았다. 그 고요함과 엄숙함과 아름다움은 낯설었지만 그래도 무언지 자신과 관계가 있으며 어떤 경고를 하고 있다고 느꼈다. 그는 어제 여행에서보다 더 강렬하게, 고산지대의 육중함과 싸늘함, 위엄 있는 냉랭함을 느끼고 있었다. 그것은 사람을 맞이하지도, 부르지도, 받아들이지도 않는 풍광이었다. 새롭고 자유로운 속세 생활의 첫걸음이 자신을 이처럼 고요하고 싸늘한 위대성 안으로 이끌었다는 사실이 이상하면서도 의미 깊은 일로 여겨졌다.

티토가 수영복을 입고 나타나 명인과 악수하고는, 건너편에 있는 바위를 가리키며 말했다. "마침 좋은 때에 나오셨어요. 이제 곧 해가 뜰 거예요. 아, 이 산속은 정말 훌륭해요." 크네히트는 다정하게 그를 향해 고개를 끄덕여 주었다. 크네히트는 오래전부터 티토가 아침에 일찍 일어난다는 것, 육상과 레슬링과 도보 여행을 몸에 익히고 있다는 사실을 알고 있었다. 아버지의 게으르고 군인답지 못하고 편한 것만 좋아하는 생활 태도에 대한 반발에서 비롯된 습관들인데, 같은 이유에서 그는 포도주도 마시지 않았다. 이런 습관과 경향은 이따금 거칠 것 없는 자연아 행세를 하거나 정신을 업신여기는 태도로 흐르기도 했지만 — 이처럼 극단에 흐르는 경향은 아마 데시뇨리 집안 사람이 타고나는 기질 같았다. — 크네히트는 그런 태도나 경향을 좋게 생각했고, 그의 운동 친구가 되어 주는 일을 이불같은 젊은이의 마음을 사로잡고 길들이는 수단 가운데 하나로 쓰겠다고 결심했다. 그것은 몇 가지 수단 중의 하나였지 사실 가장 중요한 것은 아니었다. 예를 들어 음악은 훨씬 더 효과적인 수단이 될 것이었다. 물론 이 젊은이와 대등하게 육체적인 훈련을 한다거나, 능가하려는 생각은 없었다. 그저 함께 하는 것만으로도, 젊은이에게 자기 선생이 겁쟁이도 샌님도 아니라는 것을 보여 주기엔 충분할 것이었다.

티토는 시커멓게 솟아 있는 절벽 모서리를 긴장된 시선으로 올려다보았다. 그 뒤에서는 아침 햇살 속에 하늘이 물결치고 있었다. 그때 바윗등의 삭은 무문이 발갛게 달아서 금방이라도 녹아내리려는 금속처럼 눈부시게 빛났다. 절벽 꼭대기가 무디어지더니 갑자기 낮아지고 녹아 무너져 내리는 것 같았다.

그리고 붉게 달아오른 절벽 틈으로 태양이 눈부시게 얼굴을 내밀자 땅과 산장과 욕탕과 호수의 이편 기슭이 환하게 밝아졌다. 두 사람은 강하게 퍼져 나가는 햇살 속에 서서 곧 기분 좋은 따스함을 느꼈다. 소년은 눈앞에 펼쳐진 장엄한 아름다움과 자신의 젊음과 힘이 주는 행복감에 가득 차서 리드미컬하게 두 팔을 움직이며 팔다리를 뻗었다. 그러더니 이윽고 전신운동을 하면서 감격에 찬 춤으로 하루의 시작을 찬미하고, 주변의 물결치며 빛나는 자연과 자신이 한마음으로 이어져 있음을 표현하려고 했다. 그의 발걸음은 승리의 태양을 향해 즐겁게 따르듯이 앞으로 나아가기도 하고 공손하게 물러서기도 했으며, 활짝 벌린 두 팔로는 산과 호수와 하늘을 가슴으로 끌어당겼다. 무릎을 구부리며 어머니인 대지에, 두 손을 뻗어 호수의 물에 경의를 표하고, 자신을, 청춘을, 자유를, 속에서 타오르는 생명감을 축제의 제물로서 자연의 힘에 바치려는 것처럼 보였다. 구릿빛 어깨에서는 햇빛이 반사되고 눈부신 빛 때문에 두 눈은 반쯤 감고 있었다. 젊은이의 얼굴은 감동에 겨워 거의 열광에 가까운 엄숙한 표정으로 가면처럼 굳어 있었다.

명인 역시 이 바위투성이의 고요한 외딴 곳에서 아침 해가 떠오르는 장엄한 광경에 사로잡혀 감동을 받았다. 그러나 그 광경 이상으로 눈앞에 펼쳐지는 인간의 움직임이 그의 마음을 흔들고 끌어당겼다. 아침을, 태양을 맞이하는 제자의 이 장엄한 춤은 아직 어린 티가 나고 감정에 지배되는 젊은이를 신을 향해 예배하는 엄숙한 모습으로 끌어올렸다. 그 춤은 또 그것을 보는 사람에게 춤추는 사람의 가장 깊고 고귀한 성향과 천분과 운명을, 방금 떠오른 태양이 춥고 어두운 산중의 호수와 골짜기를 구석구석 밝혀 주었던 것처럼, 갑자기 환하고 뚜렷하게 밝혀 주었다. 젊은이는 지금까지 크네히트가 생각했던 것보다 더 강하고 뛰어나 보였지만, 동시에 더 고집 세고, 다가가기 어렵고, 정신에서 먼 이교도처럼 보였다. 무아지경으로 열광한 이 축제와 희생의 춤은 옛날 젊은 플리니오의 연설이나 시 이상이었다. 그것은 이 소년을 훨씬 더 높여 주었지만, 그를 더 낯설고, 이해할 수 없고, 불러도 닿기 어려운 존재로 보이게 했다.

소년 자신은 열광에 도취되어 자신에게 무슨 일이 일어나고 있는지 알지 못했다. 그 춤은 그가 이미 알고 있거나 언젠가 한번 추어 본 적이 있거나 시도해 본 일이 있는 춤이 아니었다. 태양과 아침을 경배하기 위해 그가 고안해 낸 의식도 아니었다. 자신도 나중에 가서야 알게 된 일이지만, 그의 춤과 마술에 홀린 듯한 광란에는 산속의 공기나 태양이나 아침이나 자유에 대한 감정만 드러난 것이 아니었다. 그 못지않게 거기엔 자기의 젊은 생명의 변화와 단계가 다정하면서도 경외감을 불러일으키는 명인이라는 인물 속에 나타나 자신을 기다리고 있다는 느낌이 작용하고 있었던 것이다. 이 아침의 한순간에 젊은 티토의 운명과 영혼에는 많은 것이 한데 얽혀 들어, 그 순간을 다른 어느 때보다 고귀하고 장엄하고 신성한 것으로 높여 주고 있었다. 자기가 무슨 일을 하는지 알지 못한 채, 아무런 비판이나 의심도 없이, 이 지복의 순간이 요구하는 대로 행동하며, 예배의 춤을 추고 태양을 향해 기도하고, 열중한 동작과 몸짓으로 그는 자신의 기쁨과 생명에 대한 믿음과 경건한 마음과 경외감을 고백했다. 동시에 이 춤을 통해 그는 자신의 경건한 영혼을 태양과 신들 앞에만 제물로 바친 것이 아니라, 그의 감탄과 두려움의 대상이자 현자, 음악가, 신비경에서 온 마술의 대가, 장래의 교육자이며 친구인 사람에게도 바쳤던 것이다.

그 모든 것이 떠오르는 태양에 도취되었던 것처럼 불과 몇 분 사이의 일이었다. 크네히트는 바로 눈앞에서 제자가 변하고, 자신을 드러내고, 새롭고 낯선 존재로서, 자기와 동등하게 완전한 가치를 지닌 존재로서 걸어 나오는 놀라운 광경을 감동한 채 바라보았다. 두 사람은 산장과 욕탕 사이의 통로에서 동쪽으로부터 흘러넘치는 빛을 받으며, 방금 겪은 일의 소용돌이 속에서 깊이 흥분한 채 서 있었다. 티토는 춤의 마지막 스텝을 끝내자 이 열락의 도취에서 깨어나, 마치 혼자 놀고 있다가 갑자기 습격을 당한 짐승처럼 그 자리에 우뚝 멈춰 섰다. 혼자가 아니라는 것, 자기가 이상한 체험을 하고 행동했을 뿐만 아니라, 그것을 지켜본 사람이 있다는 것을 의식했던 것이다. 티토는 순간 번개처럼 스친 생각을 따랐다. 그 위태롭고 부끄럽다고 생각되는 상황을 벗어나게 해 주고, 자신을 완전히 사로잡고 압도하는 그 이상한 순간의 마술을 박차고 나갈 수 있게 해 줄 것 같아서였다.

그러자 나이를 알 수 없이 가면처럼 굳어 있던 얼굴이 어린아이처럼 좀 멍한 표정이 되었다. 마치 깊이 잠든 사람을 갑자기 흔들어 깨웠을 때 같은 표정이었다. 그는 무릎을 조금 흔들며 선생의 얼굴을 멍하니 쳐다보더니, 무언가 중요한 것을 깜박 잊고 있었다는 듯 갑자기 오른팔을 쭉 뻗어 호수 건너편을 가리켰다. 그곳은 호수면 절반과 마찬가지로 아직 짙은 그늘에 싸여 있었는데, 아침 햇살에 밀린 바위산이 점차 자신의 그늘을 그쪽으로 좁혀 가고 있었다.

"빨리 헤엄치면 해보다 먼저 저편 기슭에 닿을 수 있어요."
티토는 아이답게 서두르는 말투로 외쳤다.

태양과 수영으로 겨루겠다는 말을 내뱉자마자 티토는 힘차게 뛰어올라 머리부터 처박으며 호수 속으로 사라졌다. 자부심에서 그랬는지 당황해서 그랬는지는 알 수 없지만, 아무튼 좀 전의 엄숙한 장면을 과장된 행동으로 가능한 한 빨리 지워 버리려는 것 같았다. 물이 튀어 올라 그의 몸 위에서 부딪쳤다. 잠시 후 머리와 어깨와 팔이 다시 나타났고, 거울 같은 청록빛 수면 위를 재빠르게 나아갔다.

크네히트는 이곳으로 나오면서 목욕이나 수영을 할 생각은 조금도 없었다. 그러기엔 너무 추웠고, 반쯤 앓으면서 밤을 지샜기 때문에 몸 상태가 영 좋지 않았던 것이다. 그런데 지금 아름다운 햇살을 받고 바로 눈앞에서 벌어졌던 광경에 들떠 있는 상태에서, 제자가 친구처럼 자신을 유혹하며 부르는 소리를 듣자 그 모험이 별로 두렵지 않게 여겨졌다. 그러나 무엇보다도 지금 자기가 어른의 냉정한 분별심으로 이 힘겨루기를 거절하고 소년을 혼자 헤엄치게 해 실망시킨다면, 기껏 이 아침의 한순간이 길을 열어 주고 약속해 준 것이 다시 가라앉고 사라져 버릴까 봐 두려웠다. 갑작스런 산악 여행으로 인해 불안정하고 쇠약한 느낌이 안에서 경고를 보내왔지만, 어쩌면 이 불쾌감도 강제로 거칠게 다잡으면 빨리 극복될지도 모르는 일이었다 부르는 소리가 경고보다 강했고, 의기가 본능보다 강했다. 그는 서둘러 가벼운 목욕 가운을 벗고, 심호흡한 다음 제자가 뛰어든 바로 그 장소에서 물속으로 뛰어들었다.

빙하에서 물이 흘러들고 있었기 때문에 한여름에도 단련되지 않은 사람은 견뎌 내기 어려운 호수는 살을 에는 듯한 적의로 얼음처럼 차갑게 그를 맞이했다. 몸이 심하게 떨릴 것은 이미 각오하고 있었지만, 이런 혹독한 추위는 예상치 못한 것이었다. 냉기가 활활 타는 불길처럼 그를 에워쌌고, 한순간 확 하고 타오르더니 빠르게 몸속으로 스며들기 시작했다. 물속에 뛰어들었다 곧 다시 떠오른 크네히트는 티토가 자신을 훨씬 앞질러 헤엄치고 있는 것을 보았고, 순간 사납고 격렬하고 얼음같이 찬 적의에 밀려 온 몸이 죄어드는 것을 느꼈다. 거리를 좁히기 위해, 이 시합의 결승점에 다다르기 위해, 소년의 존경과 우정을 얻기 위해, 소년의 영혼을 얻기 위해 싸운다고 생각했지만, 그는 이미 자신을 따라와 덤벼들고 있는 죽음과 싸우고 있었던 것이다. 그는 심장이 뛰는 동안은 온 힘을 다해 죽음과 맞싸웠다.

헤엄치던 젊은이는 가끔 뒤돌아보며 명인이 자기 뒤를 따라 물속에 들어온 것을 보고 만족스러워했다. 그러나 다시 살폈을 때 상대가 더 이상 보이지 않자 불안해졌고, 계속 살피고 부르다가 방향을 돌려 그를 구하려고 급히 헤엄쳐 갔다. 아무리 찾아도 보이지 않았다. 헤엄치고 잠수하고 들락거리면서 오랫동안 물에 빠진 사람을 찾았지만, 혹독한 냉기 속에서 그 역시도 힘이 다 빠지고 말았다. 마침내 비틀비틀 숨이 끊어질 듯 헐떡이며 뭍에 닿은 그는 기슭에 목욕 가운이 놓여 있는 것을 보자 그것을 집어 들어 기계적으로 몸과 팔다리를 문지르기 시작했다. 그러자 딱딱하게 얼어붙었던 피부가 다시 따뜻해졌다. 그는 햇빛 속에 넋을 놓고 주저앉아, 이제 이상하게도 공허하고 낯설고 악의에 차 그를 노려보고 있는 것 같은 차가운 청록빛 물속을 물끄러미 들여다보았다. 몸이 서서히 회복되면서 의식이 돌아오고 방금 일어난 경악할 사건이 다시 떠오르자, 그는 어쩔 줄 모르고 깊은 슬픔에 빠져들었다.

아, 이를 어쩌나, 하고 티토는 몸서리쳤다. 나는 그분의 죽음에 책임이 있다! 그는 더 이상 자존심을 세우거나 저항할 필요가 없어진 지금에야 비로소 놀란 마음의 슬픔 속에서 자기가 그 사람을 얼마나 사랑하고 있었는지를 느꼈다. 어떤 핑계를 대더라도 명인의 죽음에는 자기도 책임이 있다는 것을 느끼면서 티토는 신성한 전율에 몸을 떨었다. 이 빛이 자신과 자신의 삶을 변화시키고, 그가 이제껏 자신에게 요구했던 것보다 훨씬 더 위대한 것을 요구하게 되리라는 예감이 밀려왔던 것이다.

요제프 크네히트의 유고

학생 시절과 연구생 시절의 시

비탄

우리에게는 존재가 허락되지 않았지. 우린 흐름일 뿐이라,
기꺼이 온갖 형식으로 흘러 들어가네.
낮으로, 밤으로, 동굴로, 사원으로
흘러 지나가네, 존재하고픈 갈망에 쫓겨서.

그렇게 쉬지 않고 형식을 채워 가도,
어느 것 하나 우리의 고향, 행복, 불행은 되지 않지.
우리는 언제나 길 위에 있고, 늘 손님이니,
밭도 쟁기도 우리와 상관없고, 우리에게선 곡식이 자라지
않네.

모르겠네, 신은 우리를 어찌하려 하시는지
손에 든 진흙인 양 주무르고 계시구나.
말 없고, 말랑하고, 웃지도 울지도 않는 진흙,
빚어지긴 했으나, 구워지진 않았구나.

언젠가는 돌로 굳어지리! 언젠가는 영속하리!
이런 동경 우리 가슴에 영원히 흘러가네,
그래도 영원히 남는 건 불안한 전율뿐이니
우리 결코 길 위에서 쉴 수는 없음이라.

절충

끝끝내 우기는 자들과 단순한 자들은
우리의 회의(懷疑)를 용납 못하지.
그들은 잘라 말하네, 세계는 평평하고
심연의 전설 따위는 헛소리라고.

이제껏 알고 지낸 정든 두 차원 말고
또 다른 차원들이 정말 있다면,
거기서 우리 어찌 안전하게 살 수 있으리.
거기서 우리 어찌 마음 놓고 살 수 있으리.

그러니 평화를 얻기 위해선
하나의 차원은 없애 버리자!

우기는 자들 말이 정말 옳다면
심연을 들여다보는 게 그리도 위험하다면
제삼의 차원이야 없어도 좋을 테니까.

그러나 우리는 남몰래 갈망하지……

우아하게, 정신적으로, 아라베스크 무늬처럼 현묘하게
우리의 삶은 요정의 그것인 양
살랑이고 춤추며 허무의 둘레를 도는 듯하다
존재와 현재를 제물로 바쳐 가며.

숨결 불어넣어져 그리 맑게 울리는
꿈의 아름다움, 사랑스러운 유희여,
네 명랑한 표면 속 깊숙이에선
밤과 피와 야만에의 동경이 희미하게 타고 있구나.

공허 속을 자유롭게, 강요도 고난도 없이,
우리의 삶은 돌고 있네, 언제나 유희할 준비가 된 채.
그러나 우리는 남 몰래 갈망하지, 현실을,
생식과 탄생을, 번뇌와 죽음을.

문자

이따금 우리는 펜을 쥐고
흰 종이 위에 기호를 쓴다,
이런저런 것들을 표현하면, 누구나 다 알아보지,
규칙이 정해진 유희니까.

그러나 야만인이나 외계인이 와서
그 종이를, 꼬불꼬불한 루네 문자의 행렬을
신기해 살피며 눈앞으로 가져간다면,
마주 보이는 것은 세계의 낯선 모습,
낯설고 이상한 화랑(畵廊)이리라.
알파벳 A와 B가 사람처럼 짐승처럼
눈처럼 혀처럼, 팔다리처럼
때론 조심스럽게 때론 본능적으로 움직이는 것을 보리라.
눈에 찍힌 학의 발자국을 읽는 것 같으리.
함께 달리고 쉬고 괴로워하고 날아가면서
모든 창조의 가능성이
딱딱한 검은 기호들을 통해 출몰하고
엮인 장식들을 통해 지나가는 것을 보리라.
사랑이 타오르고 고통이 경련하는 것을 보리라.
그는 놀라고 웃고 울고 전율하리.
이 문자로 엮인 창살 뒤에
눈먼 충동에 싸인 온 세상이

마법에 걸려 난쟁이가 된 기호로 축소되어
그에게 나타날 것이므로. 그런데 기호들,
경직된 걸음에 갇혀 걷느라 서로 너무 비슷해져,
생명의 욕구와 죽음이, 환락과 고뇌가
형제처럼 되어 버려, 구별할 수 없네…….

결국 야만인은 비명을 지르리라
공포에 질려 불길을 돋우고
이마를 젖히고 주문을 외면서
루네 문자 가득 적힌 흰 종이를 불꽃에 바치리라.
그러고는 아마 졸음 속에
이 가짜 세상이, 마술 장난감이,
이 역겨운 것이 다시 존재 이전으로
부재 속으로 흡수되는 것을 느끼고,
한숨 쉬고, 미소 짓고, 회복되리라.

오래된 철학책을 읽으며

어제까지도 매력과 고귀함에 넘쳤던
세기의 결실인 심원한 사상들이
갑자기 빛바래고, 시들어 의미를 잃는다.
올림표와 음표를 지워 버린 악보처럼

마법 같은 요점이 맥락을 잃고
뜻 없이 주절거리며 이리저리 흔들리고
조화로워 보이던 것 무너져 내리지
끝없이 울리는 메아리를 남기며.

그렇게 우리가 사랑하고 경탄했던
노(老)현자의 얼굴도 볼품없이 쭈그러져 버릴 수 있고
찬란한 그의 정신의 빛도 죽을 때 되어
불안한 주름살 속에서 가련하게 떨릴 수 있지.

그렇게 우리가 느끼는 감각의 환희도
느끼자마자 불쾌로 바뀔 수 있지,
만물이 썩고 시들고 죽을 수밖에 없다는 것
오래전에 이미 알고 있었다는 듯.

그런데 이 역겨운 시체의 골짜기에서
고통스러워하면서도 부패하는 일 없이

정신은 동경에 차 빛나는 횃불을 치켜들고
죽음과 싸워 스스로를 불멸케 하네.

최후의 유리알 유희 연주자

자기 장난감, 색색의 유리알을 손에 들고
그가 구부리고 앉아 있네. 그의 주위엔
전쟁과 페스트로 황폐해진 나라가 있고, 그 폐허에
댕댕이덩굴 자라 올라 속에서 벌들이 잉잉거린다.
지친 평화가 낮은 소리의 찬미가로
적막한 노년의 세상을 울리고 있구나.
노인은 색색의 유리알을 헤아린다.
이쪽에는 푸른 유리알과 흰 유리알을 쥐고
저쪽에는 큰 유리알과 작은 유리알을 골라서
고리에 꿰어 유희 준비를 갖추네.
한때 상징을 다루는 유희의 대가였던 그,
수많은 예술과 언어의 명인이며,
세상사에 밝고 널리 여행을 한,
온 세상 끝까지 유명한 인물로
늘 제자와 동료에 둘러싸여 있었지.
그러나 지금은 늙고 쓸모없이 혼자 남아,
그의 축복을 구하는 제자도 없고,
그와 논쟁하려는 명인도 없네.
그들은 가 버렸지, 카스탈리엔의
사원도 도서관도 학교도 이제는 없네…… 노인은
유리알을 손에 들고 황야에서 쉬고 있네.
한때 그 많은 뜻을 지녔던 상형문자들

이제는 그저 색색의 유리 조각에 불과하구나.
유리알들 천재의 손에서 소리 없이
굴러 떨어져 모래 속으로 사라지네……

바흐의 토카타에 부쳐

태초의 침묵이 굳고…… 암흑이 도사리고 있네…….
그때 갈라진 구름 사이로 빛살 하나 터져 나와
맹목의 무(無)로부터 세상의 심연을 끌어내고
공간을 세우고, 빛으로 밤을 꿰뚫어
산마루와 봉우리, 산비탈과 골짜기를 감지케 하고
대기를 부드럽고 푸르게, 대지를 두껍게 한다.

빛살이 싹 품은 것을 둘로 쪼개어
행위와 싸움으로 창조적으로 나누니,
놀란 세계가 빛을 뿜으며 타오르네.
빛의 씨앗 떨어진 곳에서 변화가 일어나고
질서가 생겨나니, 찬란한 세계는
삶에 찬가를, 창조자인 빛에게 승리를 울려 보낸다.

그것은 되돌아서서 신을 향해 비약하고
삼라만상의 활동을 통해
아버지인 정신에게로 위대한 충동에게로 밀어닥치네.
쾌락과 고난, 언어와 형상, 노래가 되어
세계를 하나씩 구부려 대사원의 개선문으로 삼나니,
그것은 충동이며, 정신이며, 투쟁이자 행복, 사랑이어라.

(독일어 번역 : 알렉스 페이지)

요제프 크네히트의 유고 **165**

꿈

산속 수도원의 손님인 나는
모두가 기도하러 갔을 때
도서실로 들어갔지. 저녁 햇살 속에
벽을 따라 수천 권의 양피지 책등에서
이상한 문자들이 고요히 빛나고 있었네.
지식욕에 가득 차 황홀한 기분에
시험 삼아 책 한 권을 뽑아 읽었네.
『불가능한 과제로의 마지막 한 걸음』
이 책을 가져가자 얼른 마음먹었지!
금빛 가죽의 또 다른 사절판 책등에는
작은 글자로 쓰여 있었네.
『어떻게 아담은 다른 나무에서도 따 먹었는가……』
다른 나무라고? 어떤 나무에서? 생명의 나무구나!
그러면 아담은 불멸의 존재? 여기 온 것이
헛일이 아니었다고 생각했지. 그러자 이절판 책 하나가
또 눈에 띄었고, 그 책등과 절단면과 가장자리는
무지갯빛으로 빛나고 있었네.
손으로 쓴 제목은 이런 것이었지.
『색채와 음향의 의미의 일치.
노른 색과 색의 혼합에
음조가 어떻게 호응하느냐의 증명』
아, 색채의 합창이 얼마나 약속에 넘쳐

내게 빛을 발했던가!
나는 희미하게 느끼기 시작했고
책을 짚을 때마다 그것이 증명되었네.
이것은 바로 천국의 도서관.
지금까지 나를 괴롭혀 온 모든 의문,
나의 목을 태워 온 인식의 갈증에 대한
해답이 여기 있었네, 굶주린 모든 이에게
정신의 양식이 마련되어 있었네. 어느 책이든
얼핏 스쳐보아도, 기대감을 안겨 주는 제목 적혀 있었네.
거기에는 어떤 곤경에도 대처할 방도가 있었네,
학생들이 예감하며 탐내던 열매를
명인들이 대담하게 잡으려던 열매를
온갖 열매를 거기에서 딸 수 있었네.
모든 지혜와 시와 학문의
가장 깊고 가장 순결한 의미가,
모든 질문의 신비로운 힘과
그것을 푸는 열쇠와 말이,
정신의 현묘한 진수가 거기에,
전대미문의 신비로운 명저에 가득 담겨 있었네.
모든 종류의 의문이나 비밀을 푸는 열쇠가
거기 들어 있었고, 신비로운 시간의 은혜를
받은 자에게 주어졌던 것이네.

그리하여 나는 떨리는 두 손으로
그 가운데 책 한 권을 독서대에 놓고

마법의 상형문자를 해독했다네.
마치 전혀 모르는 일을 꿈속에서
장난삼아 해 보다가 성공했던 것처럼.
나는 날개 단 듯 날아들었지
황도십이궁의 별이 빛나는 정신의 공간으로.
거기서는 모든 민족이 구체적으로 본 계시,
몇 천 년을 거쳐 온 세계 경험의 온갖 유산이
조화로이, 끊임없이 새로 결합하고
서로 관련을 맺고 있었네.
오래된 인식이나 상징 혹은 발견에서
끊임없이 새로운 보다 높은 의문이 새로 생겨나네.
하여 나는 읽으면서 몇 분 혹은 몇 시간 동안
온 인류가 걸어온 길을 다시 한 번 걷고
그 가장 오래고 가장 새로운 지식에
공통된 깊은 의미를 받아들였네.
상형문자의 형상이 서로 얽혔다 풀어지고
윤무를 이루었다 떨어져 나가 흐르기도 하며
모여서 새로운 결합을 이루는 것을 나는 읽고 보았네.
그것은 한없이 새로운 의미를 경험하는
상징적 형상들의 만화경이었네.

그것을 보다가 눈이 부셔
잠시 책에서 고개를 들고서야,
내가 이곳의 유일한 손님이 아님을 알았네.
홀 안에는 책을 향해 웬 노인이 서 있었네,

아마도 문서 계원이리라. 진지하게 열심히
익숙한 솜씨로 바쁘게 책들을 살펴보고 있었지.
그 열성적인 일의 종류와 의미를 아는 것이
내게는 아주 중요하게 생각되었네.
노인은 고령자의 가느다란 손으로
책 한 권을 꺼내어 제목을 읽더니
창백한 입으로 거기에 입김을 불었네 ― 감미로운
독서 시간을 보장할 듯한 황홀한 제목이었지! ―
그는 그것을 손가락으로 가볍게 문질러 지워 버리고,
미소 지으며, 새롭고 다른,
전혀 다른 제목을 쓰고,
걸음을 옮겨 여기저기서 또 다른 책을 꺼내
그 제목을 지우고는 다른 제목을 썼네.

나는 어리둥절해서 오랫동안 그를 바라보았는데,
나로서는 이해가 가지 않아서
몇 줄 읽고 있던 책으로 시선을 돌렸네.
그러나 조금 전까지도 내게 기쁨을 주었던
상징의 연속을 찾아볼 수 없었네.
내가 지금까지 떠돌던 기호의 세계는
그토록 풍요롭게 세계의 의미를 다루고 있었는데
그것들이 풀려나 급히 달아나는 것 같았지.
그것들은 흔들리고 맴돌며 흐려지는 것처럼 보이고,
녹아 없어지고, 텅 빈 양피지의 잿빛 미광 외엔
아무것도 뒤에 남기지 않았네.

요제프 크네히트의 유고 **169**

어깨 위에 닿는 손길을 느끼고
쳐다보니, 부지런한 노인이 곁에 서 있었네.
나는 자리에서 일어섰네. 미소 지으며
그는 내 책을 집어 들었지. 나는 오싹 소름이 끼쳤네.
그의 손가락은 지우개처럼 책 위를 미끄러져 갔지.
그리고 그의 펜은 텅 빈 가죽에 꼼꼼하게 한 글자씩
새로운 제목과 의문과 약속과,
가장 오래된 의문의 가장 새로운 변형을 썼네.
그러더니 말없이 책과 펜을 들고 가 버렸네.

봉사

처음에는 경건한 제후들이 다스리고 있었네,
밭과 곡식과 쟁기를 신성하게 하고,
희생과 절제의 법을 필멸의 인류에게
행하기 위하여. 인류는

해와 달의 균형을 지키는
눈에 보이지 않는 자들의 올바른 지배를 갈망하네.
그들의 영원히 빛나는 모습은
괴로움도 모르고 죽음의 세계도 모르지.

신들의 자손이라는 신성한 혈통은 이미 오래전에
사라져 버리고, 인류만 홀로 남게 되었네.
존재에서 멀어진 채 쾌락과 고통에 비틀거리고
절제도 신성함도 없이 영원한 생성을 되풀이하며.

그러나 참된 삶에의 예감은 결코 죽지 않았나니,
기호의 유희와 비유, 노래를 통해
몰락하면서도 신성한 경외심의 경고를
지켜 나가는 것은 우리의 사명.

언젠가 어둠이 사라지고
언젠가 시간이 방향을 바꿔

태양이 다시 신이 되어 우리를 다스리고
우리 손에서 제물을 받는 날이 올지도 모르니.

비눗방울

길고 긴 세월의 연구와 생각으로부터
한 노인이 뒤늦게 만년의 작품을 증류시키며,
그 복잡한 덩굴 속에 장난삼아
많은 달콤한 지혜를 엮어 넣었네.

넘치는 정열을 못 이겨 부지런한 어떤 학생은
도서관과 문서고를 열심히
찾고 돌아다니며 야심을 불태워
천재적인 깊이 그득한 청춘의 저작을 엮었네.

소년 하나 앉아서 짚 대롱을 불며
숨결로 오색영롱한 비눗방울을 만들고 있네.
비눗방울 하나하나 눈길을 끌며 찬미가처럼 찬양하고,
소년은 온 마음을 부는 일에 쏟고 있네.

노인도 소년도 학생도, 세 사람 모두
세상의 덧없는 거품 속에서
마술적인 꿈들을 만들고 있네. 그것 자체로는 무가치해도
그 속에서 영원한 빛이 미소 지으며
자신을 알아보고 한결 즐겁게 타오르지.

『이교도 반박 대전』*을 읽고

짐작건대 지난날엔 삶이 더욱 참되고
세계는 더 질서 있고, 정신은 더 맑았지.
지혜와 학문은 아직 분리되지 않았네.
플라톤이나 중국인들의 책 여기저기서
옛사람들에 대한 놀라운 기록을 읽고 있지 —— 그들은 더 충
실하고 명랑하게 살고 있었네.
아, 우리는 토마스 아퀴나스의
정연한 논리의 전당으로 들어설 때마다,
원숙하고 감미로우며 순수한 진리의 세계가
멀리서 우리를 부르는 것 같았지.
모든 것이 그토록 밝고, 자연은 정신의 지배를 받으며,
인간의 모습 신에서 비롯되어 신으로 돌아가고,
법칙과 질서는 아름다운 형식으로 주어져,
만사가 단절 없이 전체로 완성되는 것 같았지.
반면에 우리 후세의 인간들은
전쟁을 치르고 황야를 행군하며
의심과 신랄한 풍자나 일삼도록 저주받고 있네.
충동과 동경 외엔 주어진 것 없는 듯.

_____

* 스콜라 철학자 토마스 아퀴나스가 성서의 권위를 수용하지 않는 이교도들에
반박하기 위해 쓴 저작.

그러나 우리의 자손도 언젠가
우리와 똑같이 겪을지도 모르리.
그들 또한 우리를 광명으로 가득 찬
축복받은 현자로 볼지도 모르리.
왜냐하면 우리 삶의 얽힌 합창 속에서
오직 조화로운 여운만을,
고통과 싸움에서 타고 남은
아름다운 신화만을 듣게 될 것이기에.
우리 가운데 가장 자기를 믿지 않고
가장 많이 묻고 의심하는 자야말로
아마 시대에 영향을 미치고
청년들을 교화하는 모범이 되리라.
자기 자신에 의혹을 품고 괴로워하는 자가 아마
언젠가는 복 받은 자로서 부러움을 받으리라,
고뇌도 두려움도 몰랐던 자,
그 시대에 살았던 것 즐거움이겠으나
그 행복은 애들의 것과 다를 것이 없으니.

우리 속에도 저 영원한 정신에서 나온 정신이 살고 있어,
모든 시대의 정신을 형제라 부르니
오늘을 초월해 사는 것은 그 정신이지, 너나 내가 아니리.

단계

꽃이 모두 시들듯이,
젊음이 나이에 굴복하듯이,
지혜도, 덕도, 인생의 모든 단계도
제철에 꽃피울 뿐, 영원하지 않네.
생의 부름을 받을 때마다 마음은
슬퍼하지 않고 용감하게
새로이 다른 인연으로 나아가도록
이별과 새 출발을 각오해야 하지.
그리고 모든 시작에는 이상한 힘이 깃들어 있어
우리를 지켜 주고 살아가도록 도와준다.

공간에서 공간으로 명랑하게 나아가야지
어디에도 고향인 양 매달려선 안 되네
우주 정신은 우리를 구속하고 좁히는 대신
한 계단씩 올려 주고 넓혀 주려 한다.
생의 어느 한 영역에 뿌리내리고
친밀하게 길드는 바로 그 순간, 나태의 위협 밀려오나니
떠나고 여행할 각오된 자만이
습관의 마비에서 벗어날 수 있으리.

죽음의 순간에조차 아마 우리는
젊게 새로운 공간으로 넘어가는지도 모른다.

생의 부름은 결코 그치지 않으리니……
그러면 좋아, 마음이여, 작별을 고하고 건강하여라!

유리알 유희

우주의 음악에, 명인의 음악에
경건하게 귀 기울이며,
축복받은 시대의 고귀한 정신들을
정결한 축제에 불러내려 하노라.

마술적 상형문자의 신비에 의해
우리들 드높이 고양되누나, 그 주술에
가없는 것, 몰아치는 것, 삶 자체가
명징한 비유로 녹아 있기에.

비유들은 성좌처럼 투명하게 울리고
작용하여 우리 삶에 의미가 되네.
거룩한 중심을 향하는 것 외에
누구도 그 궤도를 벗어나지 못하리.

세 편의 이력서

1. 기우사

아득한 옛날 수천 년 전에는 여자들이 지배권을 가지고 있었다. 부족 내에서나 가정에서나 존경과 복종을 받는 건 어머니와 할머니였고, 아이가 태어나도 사내아이보다 계집아이를 훨씬 더 소중하게 여겼다.

마을에 족장 할머니가 있었다. 백 살 정도거나 그보다 훨씬 더 나이가 많았는데, 사람들이 기억하는 한 손가락을 움직이는 일도 말을 하는 일도 거의 없었지만 모두가 여왕처럼 존경하고 두려워했다. 할머니는 자신의 오두막 입구에 앉아서 주변에 시중드는 친척들을 거느리고 있는 날이 많았다. 마을 아낙네들이 찾아와서 할머니에게 경의를 표하고 용건을 말하고 자기 아이들을 보여 주고 축복을 받았다. 임신한 여인들도 찾아와 할머니에게 몸을 만져 달라고 하고 태어날 아기의 이름을 지어 달라고 청했다. 할머니는 손을 대 줄 때도 있었지만, 그저 머리를 끄덕이거나 흔들거나 아니면 그냥 가만히 있을 때도 있었다. 말은 거의 하지 않았다. 그저 거기에 있을 뿐이었다. 그녀는 그 자리에 앉아서 다스렸던 것이다. 가죽같이 말라붙은 피부에 멀리 내다보는 독수리 얼굴을 하고 누런 백발을 성긴 다발로 묶은 채 거기 앉아 있었다. 그렇게 앉아서 존경과 선물, 청원, 보고, 소식, 호소를 받았다. 그렇게 앉아서 딸 일곱 명의 어머니로, 많은 손자와 증손자의 할머니, 증조할머니로 널리 알려져 있었고, 깊게 파인 주름살과 그을린 이마에 마을의 지혜와 전통과 율법과 도덕과 명예를 간직하고 있었다.

어느 봄날 저녁이었다. 그날은 구름이 끼어 날이 일찍 저물었다. 할머니의 진흙 오두막 앞에는 할머니가 아니라 그녀의 딸이 앉아 있었다. 딸이라고 하지만 할머니만큼이나 백발이었으며 위엄이 있었고, 나이도 할머니보다 별로 적어 보이지 않았다. 딸은 앉아서 쉬고 있었다. 그녀가 앉아 있는 자리는 문지방이었다. 그저 평평한 돌을 하나 가져다 놓은 것이었고, 날씨가 추워지면 그 위에 모피 한 장을 깔았다. 문간 바깥쪽으로 조금 떨어져서 아이 몇 명과 아낙네들, 사내애들이 반원을 그리며 땅바닥이나 모래, 풀밭 위에 쪼그리고 앉아 있었다. 비가 오거나 춥지 않으면 그들은 저녁마다 거기 모여 쪼그리고 있었다. 할머니의 딸이 이야기를 들려주거나 속담을 노래로 읊어 주는 것을 듣고 싶었기 때문이다. 전에는 할머니가 이 일을 했었는데, 지금은 너무 나이가 들이시인지 별로 이야기하는 걸 좋아하지 않았다. 그래서 할머니가 앉았던 자리에 딸이 앉아 이야기했다. 옛이야기와 속담을 할머니로부터 물려받았듯이 그녀는 할머니의 목소리나 모습, 태도와 몸짓과 말할 때의 조용한 위엄까지도 그대로 물려받고 있었다. 듣는 사람들 중에 젊은 축에 속하는 이들은 그녀의 어머니보다 그녀를 더 잘 알고 있었고, 그녀가 다른 사람을 대신해 그 자리에 앉아 부족의 옛이야기와 관습을 이야기하고 있다는 것을 모르는 이들도 많았다. 밤마다 그녀의 입에서는 지식이 샘물처럼 흘러나왔다. 그녀의 백발 밑에는 부족의 보물이 간직되어 있었고, 부드럽게 주름진 노인의 이마 뒤에는 마을의 추억과 정신이 깃들어 있었던 것이다. 다른 누가 어떤 지식을 가졌거나, 속담이나 옛이야기를 알고 있다면 그것은 그녀로부터 흘러나온 것이었다. 그녀와 그녀의 어머니인 할머니 말고도 이런 지식을 가지고 있는 사람이 부족에는 한 사람 더 있었다. 그는 거의 숨어 지내다시피 하는, 신비롭고 몹시 말이 없는 남자였는데, 일기 마술사 또는 기우사라고 불렸다.

이들 청중 가운데에는 크네히트라는 소년도 쪼그리고 앉아 있었고, 그 곁에는 아다라는 이름의 작은 소녀가 앉아 있었다. 그는 이 소녀를 좋아해서 데리고 다니기도 하고 종종 보살펴 주기도 했지만, 사랑 때문은 아니었다. 아직 어렸기 때문에 사랑에 대해서는 아는 것이 없었다. 실은 아다가 기우사의 딸이기 때문이었다. 크네히트는 이 기우사를 몹시 존경하여 그에게 경탄의 마음을 품고 있었고, 할머니와 그녀의 딸 다음으로는 다른 누구보다 그를 존경했다. 하지만 할머니와 그 딸은 여자였기 때문에, 존경하고 두려워할 수는 있었지만 그들과 같은 지위에 오르겠다고 생각하거나 소망을 품을 수는 없는 노릇이었다. 한편 이 일기 마술사는 좀처럼 가까이 가기 어려운 남자였고, 일개 소년으로서 그의 근처에 다가간다는 것은 쉬운 일이 아니었다. 우회로가 필요했다. 일기 마술사에게 접근하는 우회로의 하나로서 크네히트는 그의 딸을 보살펴 주었던 것이다. 그는 되도록 자주 일기 마술사의 외딴 오두막에 가서 소녀를 데리고 나와, 저녁에 할머니의 오두막 앞에 앉아 이야기를 듣고는, 다시 데려다 주곤 했다. 오늘도 크네히트는 그 애를 데리고 나와, 어둑한 사람들 무리에 끼어 그 애 곁에 쪼그리고 앉아서 귀를 기울이고 있었다.

할머니는 오늘 마녀의 마을에 대한 이야기를 했다. 그녀는 이렇게 이야기를 시작했다.

"마을에는 때때로 성질이 고약하고 누구에게나 악의를 품는 못된 여자가 있지. 이런 여자들은 대개 아이를 낳지 못한단다. 이런 여자들 중에 더러는 너무 성질이 고약해서 더 이상 마을에 둘 수 없다는 공론이 돌 때가 있는데, 그러면 사람들이 한밤중에 그 여자를 붙잡으러 가지. 남편을 밧줄로 묶어 놓고, 회초리로 여자를 호되게 혼내 준 다음 여자를 멀리 떨어진 숲이나 늪지로 끌고 가서 저주를 퍼붓고는 거기에 버리고 온단다. 그런 다음 남편을 묶었던 밧줄을 풀어 주지. 그가 나이가 너무 많지 않으면 다른 여자를 부인으로 맞아들일 수도 있으니까 말이야. 쫓겨난 여자는 죽지 않으면 숲과 늪지를 떠돌면서 짐승들의 말을 배우게 되는데, 그렇게 오래도록 떠도는 동안 여자는 마녀의 마을이라고 불리는 조그만 마을을 찾아내게 된단다. 마을에서 쫓겨난 성질 고약한 여자들이 모두 모여들어서 자기들끼리 만든 마을이지. 그 여자들은 거기에 살면서 못된 짓을 일삼고 마술을 부린단다. 특히 자기들에겐 아이가 없기 때문에 이따금 보통 마을에서 아이들을 꾀어 가곤 하는데, 어떤 아이가 숲 속에서 길을 잃고 다시 나타나지 않으면, 그 아이는 늪에 빠져 죽거나 늑대에게 물려 간 것이 아니라, 필시 마녀의 꼬임에 빠져 길을 잃고 그녀들의 마을로 끌려 간 것이란다. 내가 아직 어리고 우리 할머니가 이 마을에서 가장 나이 많은 할머니였을 때, 여자아이 하나가 동무들과 함께 귤을 따러 간 적이 있었지. 귤을 따다가 그 조그만 아이는 피곤해서 잠이 들어 버렸는데, 아직 어렸기 때문에 고사리 덤불에 가려져 안 보였던 거야. 그래서 다른 아이들은 아무것도 모르고 저희들끼리 계속 앞으로 나아갔지. 저녁때가 되어 마을로 돌아왔을 때에야 비로소 아이들은 그 여자아이가 없어졌다는 사실을 알게 되었고, 마을 사람들이 보낸 젊은이들이 밤 늦게까지 숲에서 그 애의 이름을 부르며 찾았지만, 결국 찾지 못하고 돌아오고 말았단다. 한편 이 어린 여자아이는 실컷 잠을 자고 일어나 점점 더 깊숙이 숲 속으로 들어갔어. 무서워질수록 더 빨리 걸었지. 하지만 그 애는 이미 자기가 어디 있는지 알 수 없었고, 갈수록 마을에서 멀리 떨어지게 되어서 아무도 가 본 적이 없는 곳까지 가고 말았단다. 아이는 나무껍질을 꼬아 만든 줄에 멧돼지 이빨 한 개를 뀐 목걸이를 걸고 있었는데, 그건 아이의 아버지가 사냥에서 돌아올 때 가지고 와서 준 것이었어. 아버지는 돌조각으로 그 이빨에 구멍을 뚫어 끈을 뀔 수 있도록 해 주었고, 그러기 전에 멧돼지 피에 그 이빨을 넣어 세 번 끓이고 좋은 주문을 외워 주었단다. 그런 이빨을 몸에 지닌 사람은 여러 가지 마술에서 보호받을 수 있었거든. 아무튼 그런데 나무 사이에서 웬 여자가 나타났어. 바로 마녀였단다. 다정한 표정을 지으면서 소녀에게 이렇게 말했지. '안녕, 예쁜 아이구나. 길을 잃었니? 나를 따라오너라. 집에 데려다 줄 테니까.' 여자아이는 마녀의 뒤를 따라갔어. 그러나 낯선 사람에게 멧돼지 이빨을 보이면 안 된다고 부모님이 말해 준 게 생각나서, 소녀는 슬며시 나무껍질로 만든 줄에서 이빨을 떼어 허리띠 사이에 끼워 두었어. 낯선 여자는 소녀를 데리고 몇 시간 동안 걸어갔는데, 두 사람이 어느 마을엔가 도착했을 때는 이미 한밤중이 되어 있었단다. 그러나 그곳은 우리 마을이 아니라 마녀의 마을이었어. 여자아이는 컴컴한 우리 속에 갇혔고, 마녀는 자기 오두막으로 자러 갔지. 아침에 마녀가 이렇게 말했어. '너 멧돼지 이빨을 가지고 있지 않니?' 여자아이는 아니라고, 하나 가지고 있었지만 숲에서 잃어버렸다고 말하면서 나무껍질로 만든 줄을 보여 주었어. 줄에는 이미 이빨이 달려 있지 않았지. 그러자 마녀는 돌로 된 작은 항아리 하나를 가져왔는데, 항아리 안에는 흙이 들어 있었고, 풀이 세 포기 자라고 있는 거야. 여자아이는 풀을 보고는 그것으로 무얼 할 거냐고 물었어. 마녀는 첫 번째 풀을 가리키면서 이렇게 말했단다. '이건 네 엄마의 목숨이지.' 그러고는 두 번째 풀을 가리키며 '이건 네 아빠의 목숨이다.' 하는 거야. 그런 다음 세 번째 풀을 가리키며 이렇게 말했지. '그리고 이건 바로 네 목숨이란다. 이 풀들이 파릇파릇하게 자라고 있는 동안에는 너희 가족 모두 건강하게 살 수 있어. 이 중 하나가 시들면, 그것에 해당되는 사람은 병이 들게 되지. 지금 내가 이 중에서 풀 한 포기를 뽑으면, 그것에 해당되는 목숨을 가진 사람은 죽게 된단다.' 마녀는 손가락으로 아버지의 목숨을 가리키는 풀을 잡고 당기기 시작했어. 마녀가 풀을 살짝 뽑아 하얀 뿌리가 조금 드러나게 되자, 그 풀은 깊은 한숨을 쉬며……."

이 말에 크네히트 곁에 앉아 있던 작은 소녀가 마치 뱀에게 물린 듯 펄쩍 뛰어 일어서더니 비명을 지르며 쏜살같이 달려가기 시작했다. 아까부터 무서움을 참고 이야기를 듣고 있었으나 이제 더 이상 참을 수가 없었던 것이다. 한 노파가 이 모습을 보고 웃었다. 이야기를 듣고 있던 다른 사람들도 이 소녀 못지않게 무서웠지만, 꾹 참고 앉아 있었다. 그러나 크네히트는 마음을 졸이면서도 꿈결같이 이야기를 듣고 있다가 그 상태에서 깨어나자마자 뛰어 일어나 소녀의 뒤를 따라 달려갔다. 할머니는 이야기를 이어 갔다.

기우사의 오두막은 마을의 연못 가까이에 있었다. 이곳에서 크네히트는 도망쳐 나온 소녀를 찾아보았다. 꾀어 내며 달래는 듯이 낮은 소리를 내기도 하고 노래를 부르기도 하고 콧노래도 부르면서, 마치 여자들이 닭을 불러 모을 때처럼 길게 끄는 달콤한 목소리를 내어 마술을 걸듯이 소녀를 찾아보았다. 그는 "아다." 하고 외치고는 이렇게 노래처럼 불러 보기도 했다. "아다, 귀여운 아다, 이리 오렴. 걱정할 것 없어. 내가 여기 있으니까. 나야, 크네히트야." 이렇게 그는 몇 차례나 노래를 불렀다. 그때 미처 그가 무슨 소리를 듣거나 그녀의 모습을 보기도 전에 갑자기 아다의 작고 부드러운 손이 자신의 손에 닿는 것이 느껴졌다. 그녀는 길가에 서서 오두막의 벽에 등을 찰싹 붙이고는, 크네히트가 부르는 소리가 들렸을 때부터 그를 기다리고 있었던 것이다. 아다는 마음을 놓으며 크네히트에게 매달렸다. 그녀에게 크네히트는 크고 강하여 벌써 어른인 것처럼 생각되었던 것이다.

"무서웠니?" 그가 물었다. "그럴 필요 없어. 아무도 네게 무슨 짓을 하지는 않아. 모두가 아다를 좋아하거든. 이리 오렴. 집에 돌아가야지." 그녀는 아직도 몸을 떨면서 조금 흐느끼고 있었지만, 곧 마음을 가라앉히고는 감사와 신뢰의 마음으로 크네히트를 따랐다.

오두막 문밖에서 희미한 붉은 불빛이 가물거렸다. 오두막 안에서 기우사는 난롯가에 허리를 굽히고 있었는데, 늘어진 그의 머리카락 사이로 밝고 붉은 빛이 흔들리고 있었다. 그는 지핀 불 위에 작은 단지 두 개를 올려놓고 무엇인가 끓이는 중이었다. 아다와 함께 안으로 들어서기 전에 크네히트는 바깥에서 호기심 어린 눈길로 잠시 안을 들여다보았다. 그는 그곳에서 끓고 있는 것이 먹을 것이 아님을 곧 알았다. 음식을 만들 때는 다른 단지를 썼던 것이다. 게다가 음식을 만들기에는 너무 늦은 시간이었다. 하지만 기우사는 이미 크네히트가 오는 소리를 들었다. "거기 문밖에 서 있는 게 누구냐?" 기우사가 외쳤다. "어서 안으로 들어와! 너냐, 아다?" 기우사는 단지 뚜껑을 덮고, 불붙은 재로 단지를 에워싼 다음 돌아보았다.

크네히트는 그 신비스러운 단지를 여전히 곁눈질하고 있었다. 이 오두막에 들어설 때마다 그의 가슴은 호기심과 존경심으로 조여들곤 했다. 그는 가능한 한 자주 이곳에 왔고, 여러 가지 핑계와 구실을 만들어 대곤 했지만, 막상 들어서면 언제나 오늘처럼 엔지 어색하고 또 한편으로는 경계심을 불러일으키는 가벼운 불안감을 느끼곤 했다. 그 감정 속에서는 탐욕스러운 호기심과 기쁨이 공포와 싸우고 있었다. 뿐만 아니라 노인은 크네히트가 벌써 오래전부터 자기 뒤를 쫓아다니고, 자기가 있으리라 짐작되는 곳이면 어디든 근처에 나타난다는 것, 또한 마치 사냥꾼처럼 자기 뒤를 밟으며 말없이 자기를 섬기고 자기와 친해지고 싶어 한다는 것을 알고 있는 것이 틀림없었다.

기우사 투루는 맹금같이 꿰뚫어 보는 눈으로 크네히트를 바라보았다. "여기서 뭘 하고 있지?" 그가 차갑게 물었다. "남의 집에 놀러 다닐 시간도 아니잖나."

"아다를 데리고 왔습니다, 투루 님. 아다는 할머님 댁에 있었어요. 저희는 마녀에 관한 이야기를 들었습니다. 그런데 갑자기 아다가 무서워하며 비명을 질러서 제가 함께 온 거예요."

소녀의 아버지는 소녀를 향해 말했다. "겁쟁이구나, 아다. 똑똑한 소녀라면 마녀 따위는 무서워하지 않는 법이란다. 너는 똑똑한 아이잖니?"

"그래요. 하지만 마녀들은 정말 나쁜 마술을 쓸 수 있어요. 멧돼지 이빨이라도 갖고 있지 않으면……."

"그래서 멧돼지 이빨을 갖고 싶으냐? 생각해 보마. 하지만 더 좋은 게 있지. 어떤 나무뿌리인데, 그걸 가져다주마. 가을이 되면 틀림없이 찾을 수 있을 거야. 그것만 있으면 어떠한 마술로부터도 똑똑한 소녀를 보호해 줄 수 있지. 뿐만 아니라 에쁘게 해 주기도 한단다."

아다는 미소를 지으며 기뻐했다. 그녀는 오두막에서 나는 냄새와 흐릿한 불빛에 둘러싸이자 벌써 마음이 놓였던 것이다. 크네히트가 머뭇거리며 물어보았다. "제가 그 뿌리를 찾으러 가면 안 될까요? 어떤 것인지 제게 설명해 주시기만 하면……."

투루는 눈을 가늘게 뜨더니 말했다. "사내 녀석들은 그런 것을 알고 싶어 하지." 그러나 그의 목소리에는 나쁜 뜻은 없었으며, 단지 좀 비웃는 것 같았다. "시간은 아직 충분해. 아마 가을이나 돼야 할걸."

크네히트는 그 자리에서 물러나, 소년들이 잠자는 집이 있는 쪽으로 모습을 감췄다. 부모가 없었으므로 그는 고아였다. 그래서 아다와 그 오두막에 마음이 이끌리기도 했던 것이다.

기우사 투루는 말하기를 좋아하지 않았다. 다른 사람 목소리든 자기 목소리든 간에 아무튼 말하는 것을 들으려고 하지 않았다. 그래서 사람들은 그를 이상한 사람, 무뚝뚝한 사람이라고 여겼다. 그러나 사실은 그렇지 않았다. 그는 사람들이 그를 학식 있는 사람이자 은둔자로 물정 모른다고 여기는 것보다는 훨씬 더 자기 주변에서 일어나고 있는 일에 대해 잘 알고 있었다. 특히 좀 성가시긴 하지만 귀엽고, 영리한 게 분명한 이 소년이 자기 뒤를 쫓아다니며 자기를 주시하고 있다는 사실도 정확히 알고 있었다. 처음부터 그 사실을 알고 있었다. 그러는 것도 벌써 일 년 넘게 계속되고 있었다. 그는 이런 일이 무엇을 의미하는지도 잘 알고 있었다. 이 일은 소년에게 많은 의미가 있는 동시에 노인에게도 많은 의미가 있었다. 요컨대 그것은 이 사내아이가 기우(祈雨)에 반해 있으며, 그 일을 배우는 것 말고는 어떤 것도 그토록 간절하게 원하고 있지 않다는 사실을 의미했다. 마을에는 언제나 그런 소년들이 있어 왔다. 벌써 많은 아이들이 그것 때문에 찾아왔다. 대부분은 좀 겁을 집어먹고 용기를 잃었으나, 그렇지 않은 아이도 몇 있었다. 노인은 벌써 그들 가운데 두 사람을 몇 해 동안 제자로 삼은 적이 있으며, 두 사람은 그런 연후에 멀리 떨어진 다른 마을에서 결혼하여 그곳에서 기우사나 약초 채집가가 되었다. 그 뒤로 투루는 내내 혼자 지냈다. 이제 다시 제자를 받아들인다면, 장차 후계자로 삼기 위한 것이 될 터였다. 언제나 그래 왔으며, 그렇게 되도록 결정돼 있었고, 다른 도리가 없었다. 다시 말해서 언제나 재능 있는 또 다른 소년이 나타나서 그가 대가로서 자신의 일을 능란하게 다루는 것을 보며 주위를 떠나지 않고 붙어 다닐 게 틀림없었던 것이다. 크네히트에게는 재능이 있었고 사람들이 필요로 하는 것을 갖추고 있었으며, 호감을 살 만한 특징도 몇 가지 있었다. 요컨대 무엇보다도 탐구적인 동시에 날카롭고 몽상적인 눈빛, 본성에 깃든 억제된 고요함, 그리고 얼굴과 머리에서 드러나는 무언가를 감지하고 예측하고 방심하지 않는 듯한 느낌, 소리와 냄새를 알아차리는 새나 사냥꾼과 같은 점 등을 가지고 있었다. 확실히 이 소년에게는 날씨를 예감할 재주가 있으며, 필요하다면 마법사가 될 수도 있을 것이었다. 그러나 서두를 필요는 없었다. 게다가 아직 너무 어렸다. 그를 인정한다는 것을 내보일 필요는 조금도 없었다. 그 애가 너무 쉽게 해 나가도록 해서는 안 되고, 과정 하나도 생략되어서는 안 되었다. 만일 뒷걸음치고 겁을 먹고 손을 떼거나 용기를 잃거나 한다면, 그를 잃는다 해도 서운할 것은 없었다. 그가 기다리고 봉사하도록, 몰래 따라다니며 자기 마음을 얻으려고 애쓰도록 내버려 두어도 상관없었던 것이다.

크네히트는 해 질 무렵 두세 개의 별이 떠 있는 구름이 드리워진 하늘 아래를 만족스럽고 꽤 흥분된 마음으로 천천히 걸어서 마을 쪽으로 갔다. 오늘의 우리에겐 당연하고 없어서는 안 되며 아주 가난한 이들까지도 얻을 수 있는 향락과 아름다움과 고상함에 대해서 마을 사람들은 아무것도 알지 못했다. 교양도 예술도 알지 못했으며, 기울어진 진흙 오두막 말고 다른 집을 지을 줄도 몰랐고, 쇠와 강철로 만든 연장이라든가 밀이나 포도주 같은 것에 대해서도 알지 못했다. 양초나 등잔을 발명하기라도 한다면 이들에겐 찬란한 기적이 되었을 것이다. 그렇다고 해서 크네히트의 생활이나 상상 세계가 풍성하지 않았다는 말은 아니다. 세계는 무한한 신비가 되고 그림책이 되어 그를 에워쌌다. 그는 날마다 새로이 동물의 생활이나 식물의 성장에서부터 별이 반짝이는 하늘에 이르기까지 세계의 작은 조각을 하나씩 정복해 나갔다. 묵묵하며 신비로 가득 찬 자연과, 불안한 소년의 가슴속에서 숨 쉬는 외로운 영혼 사이에는, 인간의 혼이 가질 수 있는 온갖 유사성과 모든 긴장과 불안과 호기심과 획득하고자 하는 욕구가 들어 있었다. 그의 세계에는 글로 적힌 지식과 역사와 책과 문자조차 없었다. 그에게는 마을 바깥으로 서너 시간 걸리는 거리를 넘어서는 곳에 있는 모든 것은 전혀 알 수 없고 가까이할 수 없는 것이었다. 그 대신 그는 자신에게 속한 것, 자신의 마을과는 완전히 동화되어 살고 있었다. 어머니들의 지휘 아래 놓인 마을이자 고향인 부족사회는 민족이나 국가가 사람에게 부여할 수 있는 모든 것을 그에게 주었다. 요컨대 자신도 그 조직 속에 있는 한 올의 섬유이며 다른 모든 섬유와 관련을 맺고 있는 수천의 뿌리로 가득 차 있는 지반을 그에게 주었던 것이다.

그네히드는 만족스럽게 천천히 설어갔다. 나무 사이에서 밤바람이 속삭였고 나뭇가지가 부러지는 소리가 나직하게 들려왔다. 축축한 흙냄새와 갈대가 자라는 진흙 밭 냄새, 생나무

타는 연기 냄새가 났다. 그것은 비옥하고 좀 달콤한 냄새였고, 다른 무엇보다도 고향을 의미하는 것이었다. 마침내 크네히트가 소년들의 오두막에 가까이 다가갔을 때는 그들, 소년들, 젊은 사람의 몸에서 나는 냄새가 났다. 그는 따뜻하며 숨을 쉬고 있는 어둠 속을 소리 나지 않게 기어 갈대로 만든 거적 아래를 지나 짚 위에 몸을 눕히고는, 마녀 이야기, 멧돼지 이빨, 아다, 기우사와 그가 불 위에 놓고 끓이던 단지들에 대하여 잠들 때까지 생각했다.

투루는 소년을 아주 인색하게 조금씩 받아들였다. 소년으로 하여금 쉽사리 접근할 수 없도록 하려는 것이었다. 그러나 젊은이는 언제나 그의 뒤를 따라다녔다. 젊은이도 자기가 어느 만큼 이 노인에게 이끌리는 것인지 알지 못했다. 노인은 숲이나 늪 또는 황야의, 사람 눈에 거의 띄지 않는 곳에서 덫을 놓거나 짐승의 발자국을 탐색하거나 약초의 뿌리를 파내거나 씨를 채집하고 있을 때, 문득문득 소년의 눈길을 느끼곤 했다. 소년이 몇 시간 전부터 소리 없이 눈에 띄지 않게 노인을 쫓아다니며 그를 숨어서 살펴보고 있었던 것이다. 그러면 노인은 대개는 아무것도 알아차리지 못한 것같이 행동했다. 그러나 자기 뒤를 밟는 소년에게 못마땅한 소리를 지르면서 사정없이 쫓아 버린 적도 많았다. 어떨 때는 눈짓으로 아이를 가까이 부른 다음 하루 종일 곁에 두고 시중들게 하면서, 이것저것 보여 주고 알아맞혀 보게 하거나 직접 해 보도록 해 주고, 약초의 이름을 알려 주고, 물을 떠 오게 하거나 불을 피우게 하기도 했다. 투루는 무슨 일을 하든지 요령과 장점과 비밀과 공식을 알고 있었는데, 소년에게는 이 모든 일을 비밀로 하라고 엄명했다. 크네히트가 좀 더 성장하자 마침내 노인은 그를 완전히 자기 곁에 두기로 했다. 노인은 소년을 제자로 인정해 주었고 그를 자기 오두막으로 데려왔다. 그럼으로써 크네히트는 사람들 모두에게 특별한 존재로 인정받게 되었다. 다시 말해서 그는 이미 소년이 아니라 기우사의 제자였던 것이다. 그것은 그가 끝까지 버티고 무슨 일에든 도움이 된다면, 기우사의 후계자가 되리라는 사실을 의미했다.

크네히트가 노인의 오두막에 들어오도록 허락받은 그 순간부터, 두 사람 사이에는 거리가 없어졌다. 물론 존경하고 복종하는 거리는 그대로였으나, 불신과 소극성의 벽은 없어졌다. 투루는 크네히트의 끈질긴 구애 앞에 무릎을 꿇고 말았던 것이다. 이제는 이 크네히트라는 아이를 훌륭한 기우사로 키워 자신의 후계자로 삼을 생각밖에 없었다. 이런 가르침을 위한 개념이나 학설이나 방법, 논문이나 수식(修飾)은 없었다. 있는 것이라고는 그저 몇 마디 말뿐이었다. 스승이 교육할 것은 크네히트의 이해력이라기보다는 그의 감각이었다. 중요한 것은 전설과 경험, 그 당시 사람들의 자연에 대한 총체적 지식 같은 어마어마한 보화를 그저 관리하고 응용할 뿐 아니라 대를 이어 전하는 일이었다. 경험과 관찰과 본능과 탐구하려는 습관에 대한 거대하면서도 견고한 체계가 이 소년 앞에서 서서히, 동이 트는 것처럼 펼쳐졌다. 거기에는 개념을 요하는 것은 거의 없었다. 대부분이 감각으로 감지되고 습득되며 검토되어야 할 대상이었다. 그러나 이 학문이 기초시가 중심은 달에 관한 지식이었다. 그것은 달이 차고 이지러지면서, 죽은 이의 넋을 깃들게 하고, 새로이 죽은 자를 위한 공간을 마련하기 위하여 죽은 이의 넋을 보내어 새롭게 태어나게 하는 변화와 작용에 관한 것이었다.

옛날이야기를 해 주던 할머니를 떠나 화로에 단지를 올려 놓고 있던 노인에게로 갔던 그날 밤과 비슷한 또 하나의 시간이 크네히트의 기억 속에 아로새겨졌다. 그것은 밤과 아침 사이, 자정이 두 시간쯤 지났을 때였는데 스승은 크네히트를 깨워 함께 캄캄한 어둠 속으로 나가더니 그에게 마지막으로 이지러진 초승달이 떠오르는 광경을 보여 주었다. 스승은 말없이 꼼짝도 하지 않았고, 소년은 두려운 데다 잠이 부족한 탓도 있어서 몸을 떨고 있었다. 두 사람은 숲의 구릉지 한가운데에서, 가로막힐 것이 아무것도 없는 평평한 바위 위에서 오랫동안 기다렸다. 이윽고 스승이 미리 일러 준 장소에서, 미리 설명해 준 것과 같은 이지러진 모습을 한 가느다란 달이 부드러운 곡선을 그리며 나타났다. 크네히트는 불안해하면서도 넋을 잃은 채 서서히 떠오르는 그 별을 응시했다. 그것은 어두운 구름 사이를 부드럽게 헤엄치더니 마치 섬 같은 맑은 하늘에 이르렀다.

"머지않아 달은 모습을 바꾸고 다시 차오르게 된다. 그러면 씨를 뿌릴 때가 된 것이다." 기우사는 이렇게 말하면서 손가락으로 날을 헤아렸다. 그런 다음 다시 좀 전처럼 침묵에 잠기고 말았다. 홀로 남겨진 것 같은 느낌으로 크네히트는 이슬이 빛나는 돌 위에 쪼그리고 앉아 추위에 몸을 떨었다. 숲 속 깊은 곳에서 부엉이의 길게 끄는 듯한 울음소리가 들려왔다. 노인은 오랫동안 곰곰이 생각에 잠겨 있다가 몸을 일으켜 크네히트의 머리 위에 손을 얹었다. 그러고는 마치 꿈속에서 말하는 것처럼 나직한 음성으로 말했다. "내가 죽으면 내 혼은 달로 날아간다. 그러면 너는 성인이 되어 아내를 맞이할 테지. 내 딸 아다가 네 아내가 될 것이다. 아다가 아들을 낳게 되면, 내 혼이 돌아와 너희 자식에게 들어가 살 것이다. 그러니 내가 투루라는 이름을 가졌듯이 그에게도 투루라는 이름을 붙여 주어라."

귀 기울여 듣고 있던 제자는 깜짝 놀랐으나, 감히 말을 할 수가 없었다. 가는 은빛 초승달이 떠올랐지만 벌써 반쯤 구름 속에 파묻혔다. 사물이나 사건 사이의 온갖 관계와 연결과 반복과 교차에 대한 예감에 이 젊은이는 이상하리만치 감동을 받았다. 끝없는 숲과 언덕 위로 스승이 미리 예고해 준 모습 그대로 날카롭고 가느다란 달이 떠올라 있는 낯선 밤하늘을 방관자로서 또한 동참자로서 대하고 있는 자신을 놀랍게 여겼다. 그에게는 스승이 수천 가지 비밀에 싸인 경탄할 만한 존재로 여겨졌다. 스승은 자신의 죽음을 생각하고 있는 사람이었다. 그의 혼은 달에 머물다가 달에서 다시 한 인간에게로 되돌아올 것이다. 그 인간이 크네히트의 아들이며, 한때 스승이 지니고 있었던 이름을 갖게 될 것이다. 구름으로 덮여 있는 하늘 같던 미래가 놀랍게도 풀어 헤쳐져서 여기저기 투명하게 들여다보였다. 운명이 눈앞에 펼쳐져 있는 것 같았다. 자신의 운명을 알게 되고 그것에 이름을 붙이며 그에 대하여 말할 수 있다는 것이 마치 기적으로 가득 차 있는 동시에 질서정연한, 단번에 내다볼 수 없는 공간을 조망하기라도 한 것처럼 여겨졌다. 한순간, 모든 것을 정신으로 파악할 수 있고, 모든 것을 알 수 있으며, 모든 것을 귀 기울여 들을 수 있는 것 같았다. 천체의 그윽하면서도 확고부동한 운행, 인간과 동물의 삶, 그들의 공동체와 적의와 만남과 싸움, 크고 작은 모든 것,

개개의 생명 속에 포함되어 있는 죽음, 이 모든 일을 크네히트는 최초의 예감이 가져오는 전율 속에서 하나의 전체로서 보고 느꼈으며, 자신 또한 그 안에서 철두철미하게 분류되고 법칙의 지배를 받으며 정신에 친숙한 존재로서 편입되고 포함돼 있다고 느꼈다. 밤에서 아침에 이르는 숲의 냉기에 싸여 바위 위에서 수천 마디의 속삭임을 보내는 나뭇가지를 내려다보고 있는 이 젊은이를 마치 정령의 손길이 닿기라도 한 듯 감동시킨 것은 이 위대한 비밀과 그것의 위엄과 깊이이며, 동시에 그것을 알 수 있으리라는 최초의 예감이었던 것이다. 그는 이에 대해, 그 당시는 물론 그의 생애 전체를 통해서도 설명할 수 없었다. 그러나 그는 그것에 대해 끊임없이 생각하지 않을 수 없었다. 뿐만 아니라 훗날의 생애와 경험 속에도 이 순간 그가 겪었던 일은 생생하게 따라다녔다. "생각하라." 그 순간이 경고했다. "생각하라. 이 모두가 존재한다는 것을, 달과 그대와 투루와 아다 사이에는 빛이 흐르고 있다는 것을, 죽음과 영계(靈界)가 있으며 그곳으로부터 돌아올 수 있다는 것을, 그리고 세계의 온갖 형상과 현상에 상응하는 것이 네 가슴속에 있다는 것을, 이 모두가 너와 관계가 있다는 것, 너는 인간이 알 수 있는 만큼은 이 모든 일에 대해 늘 더 많은 것을 알아야만 한다는 것을." 그 음성은 이렇게 말했다. 크네히트로서는 정령의 음성, 그 유혹과 독촉과 신비로운 권유를 듣는 것이 처음이었다. 그는 이미 여러 번 달이 하늘을 운행하는 것을 보았고, 밤에 부엉이 우는 소리를 들은 적도 있었으며, 별로 말이 없는 스승의 입에서 옛적의 지혜라든가 고독한 성찰의 말을 들은 적도 여러 차례 있었다. 그러나 오늘 이 순간은 새롭고 전혀 다르게 느껴졌다. 그를 감동하게 한 것은 전체에 대한 예감, 즉 자신을 포함시켜 공동 책임을 느끼게 하는 유대감이자 질서에 대한 감정이었다. 이 열쇠를 몸에 지닌 자는 발자국으로 동물을 알며, 뿌리와 종자로 어떤 식물인지 알 수 있을 뿐만 아니라 세계 전체, 요컨대 천체와 정령과 인간과 동물과 약초와 독초 같은 이 모든 것에서 전체성을 파악하고, 개개의 부분과 특징에서 나머지 부분까지 알아낼 수 있었다. 하나의 발자국, 하나의 배설물, 한 가닥의 털이나 부스러기에서 다른 자보다 더 많은 사실을 알아낼 수 있는 훌륭한 사냥꾼이 있는 법이다. 즉 이런 사냥꾼은 몇 가닥의 털을 보고도 어떤 동물의 것인지 알 수 있을 뿐 아니라, 그것이 늙었는지 젊었는지, 수컷인지 암컷인지까지 알아낼 수 있었다. 어떤 이들은 구름의 모양이나 공기의 냄새나 동식물의 특이한 변화를 보고 며칠 동안의 날씨를 예고했다. 이 점에 있어서 크네히트의 스승은 비할 바 없었으며, 거의 틀림이 없었다. 또 어떤 이들은 타고난 기능을 지녔는데, 이를테면 서른 발짝 떨어진 곳에서 돌을 던져 새를 맞출 수 있는 소년들이 있었다. 그들은 배우지 않았는데도 그 일을 쉽사리 해냈다. 그런 일은 노력에 의해서가 아니라 마술이나 은총에 의해 일어나는 것이다. 손에 있던 돌이 저절로 날아가 명중시키고 싶어 한 것이며, 새는 돌에 맞고자 한 것이다. 미래를 미리 알 수 있는 사람도 있었다. 환자가 죽을 것인지 아닌지, 임산부가 사내애를 낳을지 계집애를 낳을지 알 수 있었다. 할머니의 딸도 이런 면에서 유명했다. 기우사도 이런 종류의 지식을 어느 정도 갖고 있다고 사람들은 말했다. 그런데 이 순간 크네히트에게는 연관이라는 거대한 그물 속에 중심이 있으며,

거기서 모든 일을 알 수 있고, 온갖 과거와 미래가 보인다는 생각이 들었다. 이러한 중심에 서게 될 사람에게는, 마치 물이 골짜기로 흐르고 토끼가 양배추를 향해 달려가듯 지식이 밀어닥치며, 명사수의 손에서 튕겨 나온 돌처럼 그의 말 역시 예리하고 틀림없이 적중할 것이다. 그 사람은 정신의 힘으로 이 모든 놀라운 재능과 능력을 한 몸에 지니고 발휘할 것임에 틀림없었다. 이런 사람이야말로 완전하고 지혜로우며 능가할 수 없는 사람이리라! 바로 그런 사람이 되어야 하며, 그와 같은 인물에 다가서야 한다. 그런 인물을 향해 나아가는 것, 그것이야말로 길 중의 길이요 목적이며, 삶에 존엄한 의의를 부여하는 것이다. 크네히트는 이렇게 느꼈다. 크네히트가 알지 못하는 우리의 개념적인 언어로 그것에 관해 말하려고 해도, 그가 체험한 그 일의 전율과 치열함을 전달할 수는 없을 것이다. 한밤중에 일어나 위험과 비밀로 에워싸인 어둡고 소리조차 나지 않는 숲을 지나서, 높이 치솟은 평평한 바위 위에서 새벽의 냉기를 맛보며 기다렸던 것, 이윽고 가느다란 달의 정령이 모습을 드러내고 겨우 몇 마디 지혜로운 남자의 말을 들었던 것, 그리고 이 특별한 시간을 스승과 단둘이 맛본 일, 이 모든 것이 크네히트에게는 비밀 의식으로서 체험되고 기억되었다. 그것은 비전을 전하는 의식이었고, 어떤 동맹과 예식에 자신이 받아들여졌음을 뜻하는 것이었다. 명명할 수 없는 세계의 신비와 헌신적이면서도 명예로운 관계를 맺는 일이었다. 이러한 체험과 그와 비슷한 많은 체험들은 생각 혹은 말로 표현하기가 어렵다. 이런 생각은 다른 어떤 생각보다 더 표현하기가 불가능할 것이다. '이러한 체험을 하는 것은 나 혼자뿐일까, 아니면 이것이 객관적인 현실일까? 스승도 나와 똑같은 것을 느끼고 있을까, 아니면 나를 비웃고 있을까? 이것을 체험할 때의 내가 생각하는 것은 새롭고 독자적이며 유일한 것일까, 아니면 스승이나 그분 이전의 많은 사람들도 한때 바로 이와 똑같은 것을 체험하고 생각한 적이 있을까?' 아니, 이러한 혼합과 분화 따위는 존재하지 않았다. 모든 것이 현실이었으며, 마치 이스트가 반죽을 부풀리는 것처럼 이 모든 생각에 현실이 스며들어 부풀게 한 것이다. 구름과 달과 변화무쌍한 하늘, 맨발 아래 느껴지는 축축하고 차가운 석회암 바닥, 메마른 밤의 대기 속으로 떨어지는 축축한 이슬의 차가움, 스승이 두른 모피 옷에 배어 있는 화로 연기 냄새나 짚자리 냄새처럼 위안을 주는 고향의 냄새, 스승의 쉰 목소리에서 울리는 위엄과 죽음을 앞둔 노인의 나지막한 반향음 ─ 이 모든 것이 초현실적이었고, 청년의 감각 속으로 사납게 밀어닥쳤다. 회상을 위해서는 감각적인 인상이 훌륭한 체계로 이루어진 사색보다 더 깊은 배양토인 법이다.

사실 기우사는 특별한 기술과 능력을 몸에 익히고 천직을 영위하는 몇 안 되는 사람 중 하나이지만, 그의 일상생활은 겉으로는 다른 모든 사람과 별로 다를 게 없었다. 그는 높은 지위에 있으며 존경을 받고, 공공을 위해 일할 때마다 부족으로부터 보수를 받기는 했지만, 이 일은 특별한 경우에 한정된 것이었다. 그가 하는 일 중에서 가장 중요하고 엄숙하면서도 신성한 역할은, 봄철에 온갖 종류의 파일이나 약초의 씨를 뿌리는 날을 결정하는 일이었다. 이 일을 그는 달의 상태를 정확하게 측정하여 부분적으로는 전해 내려온 법칙에 따라, 또 부분적으로는 자기 자신의 경험에 따라 행했다. 파종을 개시하는 엄숙한 행위 자체, 즉 최초로 한 줌의 종자를 농토에 뿌리는 일은 이미 그가 할 일은 아니었다. 어떤 남자도 그 일을 할 만큼 높은 계급에 있지 못했다. 그것은 해마다 할머니가 몸소 하거나 또는 가장 나이가 많은 할머니의 친척이 손수 거행했다. 스승이 이 마을에서 가장 중요한 인물이 되는 것은 그가 실제로 기우사로서의 본분을 수행할 때였다. 그 일은 오랫동안 가뭄이나 홍수나 한파가 계속되어 부족이 굶주림의 위협을 받게 될 때 이루어졌다. 그러면 투루는 불모와 흉작에 대처할 수단을 강구해야 했다. 여기에는 제물을 바치거나 굿을 벌이거나 주문을 외거나 기원하는 행렬을 만드는 것 등이 있었다. 전설에 의하면 가뭄이 끊질기거나 혹은 그칠 줄 모르고 비가 내릴 때, 어떠한 방법도 효과가 없고 어떠한 권유나 탄원이나 위협으로도 귀신의 마음을 돌릴 수 없을 때 최후로 쓸 수 있는 틀림없는 방법이 한 가지 있는데, 마을 사람들이 바로 기우사를 제물로 바치는 것이었다. 이 방법은 어머니나 할머니 시대에는 종종 사용되곤 했으며, 할머니도 이 일을 겪어 보았다고 한다.

날씨를 돌보는 일 이외에도 스승에게는 개인적인 일이 한 가지 더 있는데, 그것은 무당 또는 부적이나 마법의 약을 만드는 사람으로서의 일이며 때로는 할머니의 영역을 넘어서지 않는 범위 안에서 의사로서의 역할을 맡았다. 그러나 그밖에는 스승 투루도 여느 사람들처럼 생활했다. 차례가 되면 스승 역시 공동 농지를 경작했고, 오두막 곁에 자기만의 작은 식물원도 가지고 있었다. 스승은 열매와 버섯, 장작 따위를 모아들이고 저장했다. 낚시나 사냥도 했으며, 한두 마리 정도 염소를 기르기도 했다. 농부로서는 여느 사람과 다를 바 없었지만, 사냥꾼이나 낚시꾼 또는 약초 채집가로서의 그는 어느 누구와도 다른 독보적인 존재, 즉 천재였다. 그는 일상적인 일이나 마술에 관한 일에 있어서 수법과 비결과 장단점과 수단에 밝다는 평판이 나 있었다. 그가 버드나무 가지로 만든 덫에 한번 걸리면 어떤 짐승도 빠져나갈 수 없었다. 또 그는 향기와 맛이 있는 이상한 약초로 물고기 미끼를 만드는 법도 알고 있으며, 가재를 유인하는 방법도 안다고 했다. 기우사가 여러 동물의 말을 한다고 믿는 사람들도 있었다. 그러나 그의 본래 영역은 마술이었다. 요컨대 달과 별의 관측, 뇌우의 징조에 관한 지식, 날씨나 농작물에 관한 예감, 마술을 작용시키기 위해 수단으로 쓸 수 있는 모든 일이 그것이다. 그는 동식물계의 구성물 중에서 약이 되는 것과 독이 되는 것, 마법을 부리는 것, 귀신에 대해 주문이나 부적으로 쓸 수 있는 것에 정통하며, 또한 훌륭한 채집자이기도 했다. 그는 아주 희귀한 온갖 약초도 알고 있으며 찾아낼 수 있었다. 약초가 언제 어디서 꽃을 피우고 씨를 맺는지, 또 뿌리를 캘 때가 언제인지 알고 있었다. 그는 온갖 종류의 뱀이나 두꺼비에 대해 잘 알았고 찾아낼 수 있었으며, 뿔과 발굽과 털의 용법에 정통했고, 나무나 잎사귀나 종자나 견과나 뿔이나 발굽에 나 있는 혹과 돌기와 사마귀 같은 기형과 귀신이나 도깨비 형상을 하고 있는 것들에 훤했다.

크네히트는 이해력보다는 감각으로, 손과 발, 눈, 촉감, 청각과 후각으로 배워야 했다. 투루는 말이나 이론을 통해서보다는 실례를 보여 줌으로써 가르쳤다. 일반적으로 스승은 관련지어 말하는 일이 드물었으며, 그럴 경우에 언어는 아주 인상적인 몸짓의 의미를 한층 분명하게 하기 위한 시도에 지나지 않았다. 크네히트가 받는 수업은, 젊은 사냥꾼이나 어부가 훌륭한 스승 밑에서 받는 수업과 별반 다르지 않았다. 이러한 수업은 크네히트에게 커다란 기쁨을 주었는데, 왜냐하면 그는 이미 자신에게 있는 것을 배우면 되었기 때문이다. 그는 잠복하고 기다리고 엿듣고 살금살금 다가가고 살피며, 감시하고 잠자지 않고 냄새를 맡으며 추적하는 일들을 배웠다. 그러나 그와 그의 스승이 숨어서 기다리는 것은 여우나 오소리나 살모사나 두꺼비나 새나 물고기만이 아니었다. 그것은 정신이고 전체이고 의미이고 연관이었다. 일시적이며 변덕스러운 날씨를 측정하고 알아내고 짐작하고 예견하는 일, 딸기나 뱀에 물린 자국 속에 숨어 있는 죽음을 아는 일, 구름이나 폭풍이 달의 변화 상태에 관련이 있고 하여 사람이나 짐승의 생명의 성쇠에 작용하는 것과 마찬가지로 식물의 파종이나 생장에 작용하는 비밀을 살피는 일, 그들은 이러한 모든 일에 전념했다. 그 경우 그들은 사실상 몇 천 년 뒤의 과학 기술이 추구하는 것과 동일한 목표, 자연을 지배하고 그 법칙을 구사한다는 목표를 추구하고 있었던 것이다. 그러면서도 그들은 전혀 다른 방식으로 그 일을 했다. 그들은 사연으로부터 떨어져 나오거나 자연의 비밀을 억지로 뚫고 들어가려 하지 않았다. 그들은 한 번도 자연을 거역하거나 적대시한 적이 없었다. 언제나 자연의 일부로서 자연에 외경심을 품고 귀의했던 것이다. 그들이 훨씬 더 자연을 알고 있었고 훨씬 더 현명하게 자연과 교섭을 가졌다는 사실은 충분히 있을 법한 일이다. 그러나 그들에게는 전혀 불가능한 일, 아무리 대담한 생각을 하더라도 결코 품을 수 없

는 생각이 한 가지 있었다. 그것은 자연과 정령계를 아무 거리
낌 없이 좋아하여 복종한다거나 심지어는 자신이 그것들에 비
해 우월하다고 느끼는 일이었다. 이와 같은 방자한 생각은 그
들에게는 상상조차 할 수 없는 일이었다. 자연의 힘이나 죽음
이나 마귀에 대해 두려움 아닌 다른 관계를 갖는다는 것은 그
들에게는 불가능한 일처럼 보였을 것이다. 두려움은 인간의 삶
위에 군림하는 감정이었다. 두려움을 극복한다는 것은 불가능
한 일이었다. 그러나 두려움을 완화하고, 형상 속으로 내몰아
속이고 탈을 씌우는 일, 그것을 삶의 전체 속으로 편입시키는
일, 이러한 일들을 위해서는 제물을 바치는 여러 가지 방식이
도움이 되었다. 두려움은 인간의 삶을 짓누르는 압박이었는데,
이 무거운 압박이 없었다면 그들의 삶에서는 공포뿐만 아니라
강렬한 맛까지도 함께 없어지고 말았을 것이다. 두려움의 일
부를 외경심으로 승화시키는 데 성공한 사람은 많은 것을 얻
을 수 있었다. 이런 부류의 인간, 즉 두려움을 경건으로 바꾼
사람은 그 시대에도 훌륭한 인물이자 진보한 인물이었다. 많은
것이 갖가지 형태로 제물로 바쳐졌는데, 이와 같은 제물과 제
사 의식의 일정 부분이 기우사의 직무 영역에 속했다.

오두막에서는 크네히트와 함께 어린 아다도 커 가고 있었
다. 기우사는 알맞은 때가 되자 이 귀여운 딸을 제자의 아내
로 삼게 했다. 그때부터 크네히트는 기우사의 조수로서 인정받
았다. 투루는 크네히트를 마을의 어머니에게 자신의 사위이자
후계자라고 소개했다. 그 뒤부터 그는 여러 가지 직무를 크네
히트에게 대리로 수행하게 했다. 기우사는 해가 거듭할수록 점
차 노인 특유의 고독한 명상에 잠겨들게 되었고, 결국 자신의

모든 직무를 크네히트에게 넘기고 말았다. 그가 죽었을 때, 그는 화롯가에서 마법의 용액이 담긴 몇 개의 작은 단지 위로 허리를 굽히고 쪼그리고 앉은 모습으로 백발이 불에 그슬린 채 죽어 있었는데, 그때는 벌써 오래전부터 젊은 제자 크네히트가 기우사로서 마을에 알려져 있었다. 크네히트는 마을 회의에서 스승을 위한 명예로운 장례식을 거행하게 해 달라고 요구하고, 그의 무덤 위에 제물로써 고귀하고 값진 약초며 나무뿌리를 산더미처럼 쌓은 뒤 불태웠다. 이 역시 오래전 일이었다. 크네히트에게는 벌써 아이들이 있었는데, 그 아이들로 아다의 오두막이 미어질 지경이었다. 그 가운데에는 투루라는 이름을 가진 아이도 있었다. 노인은 그 아이의 형상을 빌려 달나라로 향했던 죽음의 여행에서 돌아온 것이다.

크네히트는 스승이 살았을 때 한 것을 그대로 수행했다. 그의 두려움 가운데 일부는 경건함과 정신으로 바뀌었다. 젊었을 때의 노력과 깊은 동경의 일부는 여전히 남아 있었지만 일부는 소멸되고 말았으며, 나이를 먹어 감에 따라 자신의 일과, 아다와 아이들에 대한 사랑과 염려 가운데로 휩쓸려 들었다. 그는 여전히 달과, 계절 및 날씨에 작용하는 달의 영향을 자신의 가장 중요한 일로, 또한 가장 열심히 연구해야 할 과제로 여겼다. 그리고 그는 이 부문에서는 스승 투루의 경지에 이르렀을 뿐만 아니라 마침내 스승을 능가하게 되었다. 달이 차고 이지러지는 일은 인간의 죽음과 탄생에 밀접히 연관되어 있기 때문에, 그리고 인간이 겪는 온갖 불안 중에도 불가피한 죽음에 대한 불안이 가장 깊은 것이기 때문에, 달의 숭배자이자 전문가인 크네히트는 달에 대해 가깝고도 생생한 관계를 갖게 되면서 죽음과의 신성하면서도 순화된 관계도 갖게 되었다. 그는 원숙한 나이에 이르러서도 다른 사람들처럼 죽음에 대한 두려움의 지배를 받지 않았다. 그는 달과 경건하게 또는 탄원하듯이 또는 정답게 이야기를 나눌 수 있었다. 그리고 달과 친밀하면서도 정신적인 관계를 맺고 있음을 자각했다. 그는 달의 활동에 대해 아주 정확하게 알고 있었으며, 그 운행과 운명에 깊은 관심을 갖고 있었다. 그는 달이 이지러지고 새롭게 태어나는 일을 자신의 마음속에서 하나의 비밀 의식처럼 함께 체험했다. 그래서 그는 이상한 일이 일어나 달이 병이나 위험, 변화나 손상의 지경에 처한 듯이 보이고, 빛을 잃거나 색이 변하여 거의 꺼질 것처럼 어두워지는 일이 생기면 고통스러워했고 공포에 사로잡혔다. 그런 때에는 물론 누구나 달에 대해서 관심을 갖고 몸을 떨며 어두워지는 달에서 위협과 불행의 접근을 알아차리고는 불안에 싸인 채 노쇠하고 병색이 깃든 달의 얼굴을 응시했다. 그러나 바로 그러한 때야말로 기우사 크네히트가 누구보다 더 달과 밀접하게 연결되어 있고 달에 대해 더 많은 것을 알고 있다는 사실이 드러났다. 물론 그는 달의 운명에 연민을 느끼고 가슴 졸이며 불안해하지만, 그 비슷한 체험에 대한 그의 회상은 한층 날카롭고 면밀하게 되고, 그의 확신은 한층 신빙성이 있으며, 영원과 회귀에 대한 그의 신념, 죽음 역시 수정되고 극복될 수 있다는 신념은 한층 강해졌다. 또한 그가 몰두하는 정도도 한층 강해졌다. 그럴 때면 그는 자신이 이 별의 운명을 그것이 몰락하고 부활하는 데 이른 때까지 함께 겪을 각오가 되어 있음을 느꼈다. 뿐만 아니라 그는 때때로 정신으로써 죽음과 맞서고 초인간적 운명에 헌신함으로써 자신의 자아를 강화하려는 대담성, 외람된 용기와 결의 같은 감정까지도 느꼈던 것이다. 이 가운데 어느 만큼은 그의 본성으로 화하여 다른 사람들도 알아차릴 수 있을 정도가 되었다. 크네히트는 지혜롭고 경건한 자, 실로 침착하며 거의 죽음을 두려워하지 않는 자, 자연의 신비한 힘들과 친한 자로서 인식되었다.

그는 이러한 천분과 덕성을 여러 차례 엄격한 시험을 거치는 가운데 입증해야만 했다. 한번은 이 년 이상 지속된 흉작과 악조건의 날씨를 이겨 내야 했다. 그것은 그의 생애에 겪은 것 가운데 가장 지독한 시련이었다. 파종 시기를 여러 차례 연기했을 때 이미 불운과 사악한 징조는 시작되었다. 그런 다음 생각할 수 있는 온갖 불행과 해악이 모종에 엄습하여 결국 거의 다 말려 죽이고 말았다. 마을은 혹독한 굶주림을 겪게 되었고, 크네히트 역시 그들과 함께 굶주렸다. 그가 이처럼 혹독한 시기를 극복하고 기우사로서의 믿음과 영향력을 조금도 잃지 않은 채 부족을 도와 겸손하고 침착하게 불행을 견뎌 낼 수 있었다는 것만으로도 벌써 대단한 일이었다. 많은 사람이 죽어 나간 지독했던 겨울이 지나고 이듬해가 되었지만 지난해의 고난과 비참한 상태가 되풀이되었고, 경작지는 여름내 계속된 가뭄으로 갈라지고 쥐 떼가 소름이 끼칠 정도로 불어났다. 기우사가 혼자 주문을 외고 제물을 바쳐 보기도 하고 마을 전체가 북을 치며 기원 행렬을 벌이는 공식 모임도 가져 보았지만 아무 성과도 거두지 못하고 결국 이번에는 기우사로서도 비를 내리게 할 수 없다는 사실이 가차 없이 판명되었을 때, 두려움에 사로잡혀 동요를 일으키는 민중 앞에서 책임을 지고 굴복하지 않는다는 것은 여느 사람으로서는 하기 어려운 대단한 일이었다. 이삼 주일 동안 크네히트가 완전히 고립되었을 때도 있었다. 마을 전체가, 굶주림과 절망이, 그리고 기우사를 제물로 바쳐야만 하늘을 달랠 수 있다는 옛날의 민간신앙이 크네히트와 맞선 것이다. 그는 복종함으로써 승리를 거두었다. 크네히트는 이러한 생각에 반대하지 않았으며, 자신을 제물로 내놓았다. 뿐만 아니라 고난을 줄이는 데 전대미문의 노력과 헌신을 다했으며, 몇 차례 물을 발견하고 샘과 수로를 찾아내어 고난이 극도에 이르렀을 때 가축 전체가 죽어 나가는 일을 막아 냈다. 특히 그 무렵 마을의 어머니였던 할머니가 불길한 절망감과 신경쇠약에 시달렸는데, 이 혼란기에 그녀가 안정을 잃고 분별없는 짓을 저지르지 못하도록 크네히트는 보좌와 충고와 위협, 마술과 기도, 모범과 협박을 함으로써 지켜 주어야 했다. 민심이 동요되고 불안에 빠진 때일수록 자신의 삶과 사고를 정신적이고도 초개인적인 일에 바치며, 예배와 관측과 숭배와 봉사와 제사의 일을 익힌 사람이 그만큼 더 쓸모 있다는 사실이 그때 여실히 증명되었다. 그를 하마터면 제물로 바쳐 없앨 뻔했던 이 무서운 이 년이 지나자 결국 높은 존경과 믿음이 그에게 돌아왔다. 무책임한 다수 대중의 존경과 믿음은 아니어도, 책임을 지고 있으며 그와 같은 사람을 비평할 만한 위치에 있는 몇몇 사람에게서 그러했던 것이다.

성숙한 나이에 이르고 삶의 절정기에 이르렀을 때에도 크네히트의 삶은 거듭되는 시련을 거쳐야 했다. 그는 부족의 할머니 두 분을 매장하는 일을 도와야 했으며, 여섯 살짜리 귀여운 아들을 늑대에게 잃기도 했다. 한번은 다른 사람의 도움을 받지 않고 중병을 이겨 낸 일도 있었다. 스스로에게 의사가 되었던 것이다. 그는 굶주림과 추위에도 시달렸다. 이 모든 일은 그의 얼굴에 흔적을 남겼고, 그에 못지않게 영혼에도 흔적이 남았다. 또한 그는 정신적인 인간은 다른 사람들에게 이상한 불쾌감과 반발을 자아내며, 사람들은 이러한 인간을 먼발치에서는 존경하기도 하고 곤경에 처하면 그를 찾기도 하지만, 결코 사랑하거나 자신의 동료로 느끼지 않으며 오히려 피하려 든다는 사실도 경험을 통해 알게 되었다. 또한 병자나 불행에 빠진 사람들은 이성적인 충고보다 인습적이거나 마음대로 꾸며 낸 마술적인 주문이라든가 주술 형식을 훨씬 더 기꺼이 받아들이며, 인간은 마음을 고쳐 먹는다거나 자신이 이성보다는 마술을, 경험보다는 형식을 더 쉽게 믿는 것은 아닌지 따져 보는 대신 부자유와 외적인 벌을 달게 받는다는 사실을 경험하게 되었다. 이러한 것은 그 뒤 몇 천 년이 지나도 별로 고쳐지지 않았다. 그러나 많은 역사책이 보여 준다. 크네히트는 탐구하는 정신적인 인간은 사랑을 잃어서는 안 되며, 사람들의 소원과 어리석음을 오만한 마음 없이 맞이해야 하지만 그것에 휘둘려서는 안 된다는 것, 현자와 사기꾼, 사제와 요술쟁이, 도움을 주는 형제와 기생충 같은 이용자 사이는 불과 한 걸음밖에 떨어져 있지 않다는 것, 사람들은 결국 아무 대가 없이 헌신적인 도움을 받기보다는 오히려 악당에게 값을 지불하고 사기꾼에게 이용당하는 편을 택한다는 것을 배웠다. 사람들은 믿음과 사랑으로 값을 치르느니, 차라리 돈과 물건으로 지불하기를 원했다. 서로 속이고 자기 역시 속기를 기대하고 있었다. 크네히트는 인간을 약하고 이기적이고 비겁한 존재로 보는 법을 배워야 했다. 또한 자신도 이런 모든 사악한 속성과 본능을 얼마나 많이 공유하고 있는지 깨달아야 했다. 그러면서도 인간은 또한 정신이자 사랑이며, 인간의 내면에는 본능을 거역하고 본능이 순화되기를 갈망하는 무엇인가가 살고 있다는 것을 믿고 또 그것으로써 영혼을 살찌울 필요가 있었다. 그러나 이러한 생각은 크네히트가 하기에는 너무 멀리 떨어져 있고 지나치게 도식화된 것이었는지도 모르겠다. 차라리 크네히트는 그러한 사상으로 가는 도중에 있으며, 그의 길이 언젠가는 그러한 사상에 이르고 그것을 지나갈 것이라고만 말해 두기로 하자.

크네히트는 그러한 사상을 열망하고 그 길을 향해 나아가면서도 훨씬 더 감각적으로 살았다. 달, 약초의 향내, 뿌리나 나무껍질의 맛, 약초 재배, 고약을 끓이는 일, 날씨와 기상에 전념하고 이 모든 일에 매혹되어 지내는 동안 여러 가지 능력을 쌓을 수 있었다. 그중에는 우리 후세인들로서는 더 이상 지닐 수 없는, 겨우 절반밖에 이해하지 못하는 능력도 있었다. 이러한 능력 가운데에서 가장 중요한 것은 단연 비를 내리게 하는 것이었다. 물론 특수한 여러 경우에 하늘이 무심하게도 그의 노고를 잔인하게 조소하는 듯이 보인 적도 있었지만, 크네히트는 수백 번이나 비를 내리게 했으며, 그것도 거의 매번 조금씩 다른 방법을 썼다. 물론 제물을 바치는 일이나 기원 행렬이나 굿을 하거나 북을 두드리는 의식에서 뭔가 조금이라도 고쳐 본다거나 빠뜨리는 일은 그로서는 엄두도 내지 않았을 것이다. 그렇지만 이것은 그가 하는 활동 가운데 공개적이고 공식적인 부분, 공적이며 사제로서 표면적인 활동일 뿐이었다. 제물을 바치고 행렬을 거행한 그날 저녁 하늘이 항복하여 지평

선에 구름이 몰려들고 바람에서 축축한 냄새가 나기 시작하다가 이윽고 최초의 빗방울이 떨어진다면, 분명 훌륭하고 대단히 감격적인 일이었다. 그러나 그때에도 택일을 잘하기 위해 가망 없는 일을 향한 맹목적인 노력이 되지 않게 하기 위해서는 무엇보다도 기우사의 비결이 필요했다. 하늘에 탄원한다는 것, 아니 졸라 대는 것이야 좋지만, 정성을 다하고 절도를 지키며 하늘의 뜻에 몸을 맡겨야 하는 것이다. 그리고 성공을 거두고 하늘의 뜻을 얻는 승리의 체험보다 훨씬 더 좋은 체험이 그에게 있었으니, 그것은 자기 말고는 아무도 모르는 것이며, 그 자신도 두려움을 느끼는 가운데에서만, 그것도 머리보다는 감각으로써 알고 있을 뿐이었다. 여기에는 기상의 상태, 대기나 온도의 긴장, 흐린 하늘과 바람이 부는 상태, 물과 흙과 먼지의 냄새, 날씨를 다스리는 귀신의 위협이나 약속 또는 기분과 변덕 따위가 있었는데, 크네히트는 이러한 것들을 자신의 살갗과 머리카락, 감각 전체로 미리 느끼며 공감했다. 그럼으로써 그는 어떠한 일에도 놀라거나 실망하지 않았으며, 상황에 따라 함께 움직이면서 날씨를 자기 내부에 집중시켰다. 결국 구름과 바람을 부릴 수 있는 방법을 지니게 된 것이다. 그것은 물론 내키는 대로 또는 제 마음대로 하는 것이 아니라, 자신과 세계 사이, 내부와 외부 사이의 차이를 완전히 없애는 결합과 유대에서 나오는 것이었다. 그러면 그는 황홀에 싸인 채 서서 귀를 기울이거나, 환희에 잠겨 쪼그리고 앉아 모든 숨구멍을 활짝 열고 대기와 구름의 생명을 자신의 내부에서 공감할 뿐 아니라 지휘하고 불러일으킬 수도 있었다. 마치 정확히 알고 있는 음악의 한 악장을 마음속에 환기하여 재생해 낼 수 있는 것처럼.

그런 다음엔 그저 호흡을 멈추기만 하면 바람과 천둥이 잠잠해졌으며, 그저 고개를 끄덕이거나 흔들기만 하면 우박이 쏟아지거나 그쳤고, 그저 미소를 지음으로써 서로 다투는 힘의 화해를 표시하기만 하면 머리 위에서 구름장이 흩어지며 맑고 푸른 하늘이 나타났다. 특별히 순수하게 호흡을 일치시키고 마음을 안정시켰을 경우에는 대부분 앞으로 다가올 며칠 동안의 날씨를 정확하게 한 치의 오차도 없이 예견할 수 있었다. 그것은 마치 그의 피 속에 악보 전체가 기록되어 있고 외부에서 그것에 따라 연주라도 하는 것 같았다. 그것이 그에게는 가장 훌륭한 날이었고, 보답이며 더할 나위 없는 기쁨이었다.

그런데 만일 외부 세계와의 이와 같은 내적 결합이 끊어져 날씨와 세계가 서먹서먹하고 이해할 수도 예측할 수도 없게 되면, 크네히트의 내면에서도 질서가 파괴되고 흐름이 중단되며, 자신이 기우사에 합당치 않은 인물이라고 느껴지고 자기 직무와 날씨나 수확에 대한 자신의 책임도 힘들고 부당하게 여겨졌다. 그럴 때에는 집 안에 틀어박혀 아다에게 복종하고 그녀를 도와 열심히 가사를 돌보았으며, 아이들에게 장난감이나 도구를 만들어 주거나, 약을 달이기도 했다. 또한 사랑에 굶주려서 자신과 다른 사람을 될 수 있는 한 구별하지 않고 관습이나 풍습에 순응했으며, 심지어 평소라면 귀찮게 여겼을 아내라든가 이웃 아낙네들의 생활이나 안부나 거동에 관한 이야기도 귀 기울여 듣고 싶은 충동을 느꼈다. 그러나 상태가 좋은 때는 집 안에 있는 일이 거의 없었다. 그럴 때 그는 밖으로 쏘다니거나 낚시를 하거나 사냥을 하거나 나무뿌리를 찾아다녔으며, 풀밭에 눕거나 숲 속에 쪼그리고 있거나 냄새를 맡거나 귀를 기울이고 숨어 있거나 동물들이 내는 소리를 흉내 내거나, 모닥불을 피워 연기가 오르는 모양을 하늘에 있는 구름과 비교해 보기도 하고, 살갗과 머리카락을 안개나 비나 대기, 태양이나 달빛에 적시기도 했다. 또한 자신의 스승이자 전임자인 투루가 평생 동안 했던 것과 마찬가지로, 본질과 겉모습이 서로 다른 영역에 속한 것처럼 보이는 것, 자연의 지혜나 변덕이 그 유희 규칙이나 창조의 신비에서 작은 일부를 누설한 듯이 보이는 것, 멀리 떨어져 있는 것을 비유적으로 결합시키고 있는 듯이 보이는 사물들, 이를테면 사람이나 동물의 얼굴을 닮은 나뭇가지의 혹이라든가, 물에 씻겨서 나무처럼 무늬가 생긴 자갈, 태곳적에 살았던 동물의 화석, 기형이거나 쌍둥이 형태를 한 과일 씨앗, 콩팥이나 심장의 형태를 하고 있는 돌멩이들을 모아들였다. 그는 나뭇잎에 나타난 무늬나 그물갓버섯의 머리에 있는 그물 모양의 선을 읽음으로써, 신비롭고 정신적이며 장래에 가능한 일들을 예감했다. 요컨대 그것은 기호의 마술이며, 수와 문자로 치는 점이며, 무한하고 수천 가지 형상을 한 사물들을 단순함과 체계와 개념으로 포착하는 마술이었다. 정신에 의해 세계를 포착하는 이 모든 가능성은 어쨌든 그의 내부에 있었는데, 사실상 이름도 없고 이름 붙일 수도 없지만, 불가능하다거나 예감할 수 없는 것은 아니며, 아직 싹이나 봉오리였지만 그에게는 본질적인 것이요, 독특하고 유기적으로 그 안에서 자라고 있는 것이었다. 따라서 만일 우리가 이 기우사와, 아직 이르고 원시적이고 쾌적한 그의 시대를 지나 몇 천년을 앞으로 거슬러 올라갈 수 있다면, 우리는 인간과 더불어 도처에서 정신과 마주치게 될 것이다. 이 정신은 시작도 없으며, 언제나 자신이 훗날 일으킬 모든 것, 개개의 것을 이미 갖고 있는 것이라고 우리는 믿고 있다.

자신의 예감을 불후의 것으로 만들고 증명 가능성에 한층 가깝도록 만드는 일은 기우사가 할 일도 아니었고, 그것을 증명하는 일도 필요하지 않았다. 그는 글자를 발명한 많은 사람 가운데 하나도 아니며, 기하학이나 의학 또는 천문학의 발명자도 아니었다. 그는 사슬 속에 있는 알려지지 않은 하나의 고리였을 뿐이다. 그러나 다른 모든 고리와 마찬가지로 없어서는 안 되는 고리였다. 다시 말해서 그는 자신이 얻은 것을 다음 세대에 물려주었으며, 새로 획득하고 쟁취한 것을 거기에 덧붙였다. 즉 그에게도 제자가 생긴 것이다. 그는 세월이 흐르는 동안 두 명의 제자를 기우사로 양성했는데, 그 가운데 하나가 훗날 그의 후계자가 되었다.

오랜 세월 동안 그는 자신의 직업과 활동을 혼자서 해 나갔고, 아무도 그를 살펴보지 않았다. 그러다 처음으로 — 그 일은 대흉작과 기근이 있고 나서 얼마 지나지 않았을 때 일어났다. — 한 젊은이가 그를 찾아오고 주위에 숨어서 엿보며 존경을 바치고 따르기 시작했다. 비를 만드는 기술과 그 대가에게 마음이 이끌린 것이다. 크네히트는 자기가 젊었을 때 겪었던 엄청난 체험이 이번에는 입장이 바뀌어 되살아나는 것을 보고는 슬픔과도 같은 이상한 감동을 받았다. 그러고는 청춘은 이미 지나갔으며 한낮을 넘어서 이제 꽃은 열매를 맺을 때라는, 임격하면서도 가슴을 죄이며 활기를 띠는 듯한 장년의 감정을 비로소 맛보았다. 또한 지금까지 한 번도 생각해 본 적이 없는 일이지만, 크네히트는 이 소년을 옛날 투루 노인이 자기에게 했던 그대로 대했다. 냉담하고 퉁명스럽고, 때를 기다리면서 주저하는 태도는 전적으로 자연스럽게 본능에서 나온 것이었다. 그것은 고인이 된 스승의 흉내를 내려는 것도 아니고 이 젊은이가 진지한지 아닌지 알아보아야겠다는 것이라든가 비전을 전수하는 길을 쉽지 않게 하기 위해서라든가 하는 도덕적이고 교육적인 생각에서 나온 것도 아니었다. 사실 크네히트는 자신의 제자들에 대하여 그저 단순하게, 홀로 자신의 길을 가는 노인이나 학식 있는 기인이 자신의 숭배자나 제자를 대하는 것처럼 대했던 것이다. 그는 당황하고 망설이고 퉁명스럽고 도망치려는 듯했고, 자신의 기분 좋은 고독과 자유, 황야의 방황, 외롭고 자유롭게 사냥하고 채집하는 일, 꿈과 귀 기울임 등을 잃지 않을까 하는 불안을 느꼈으며, 자신의 모든 습관과 취미, 비밀과 침잠 등에 배타적인 사랑을 기울이는 태도를 취했다. 크네히트는 자신을 사모하여 호기심으로 접근하는 소심한 젊은이들을 한 번도 껴안아 준 일이 없었다. 그들이 소심한 태도에서 벗어날 수 있도록 도와주거나 격려해 주지도 않았다. 또한 그는 결국 자신과는 다른 세계에서 자기에게 사절을 보내 사랑을 고백하도록 한 것도, 누군가 그의 마음을 얻으려 한 것도, 누군가 그에게 호감을 느끼고 마음이 통하여 자신과 마찬가지로 이 비밀에 봉사코자 소명을 느꼈다는 사실도 기쁨이나 보답, 칭찬이나 유쾌한 성공으로 여긴 일이 없었다. 아니, 그는 처음부터 그런 일을 그저 성가신 훼방, 자신의 권리와 습관에 대한 침해이며 자기의 독립을 빼앗으려는 일로 여겼다. 그는 이제야 비로소 자신이 자기의 독립을 얼마나 소중히 여겼는지 알게 되었다. 그래서 그는 이 일에 맞서 저항했으며, 책략을 쓰고 은신함으로써 또한 자기 행로를 은폐하고 몸을 피해 빠져나가는 데 머리를 썼다. 그러나 이런 일에 있어서도 한때 투루에게 일어났던 일이 그에게도 일어나게 되었다. 소년이 오랫동안 묵묵히 그의 마음을 얻으려고 애쓰자 그도 서서히 마음이 누그러지고 저항도 천천히 줄어들어 없어지게 되었으며, 소년이 발판을 다질수록 그의 마음도 서서히 소년을 향해 열리게 되어 상대방의 요청을 시인하고 그의 구애를 받아들이게 되었다. 그리고 가르치고 제자를 둔다는 이 새로우면서도 종종 번거롭기만 한 의무 가운데에서, 그것이 피할 수 없고 운명적인 일이며 정령이 바라는 일임을 깨닫게 되었다. 크네히트는 시간이 흐를수록 꿈과, 무한한 가능성 및 수천 가지 미래에 대한 감정의 향유와는 작별하지 않으면 안 되었다. 무한한 진보와 온갖 지혜를 축적한다는 꿈 대신 이제 한 사람의 제자가 나타났다. 그는 조그만 존재이며 가까이에서 요구하고 있는 현실이자 침입자이고 방해자였지만, 거절하거나 회피할 수 없는 존재이기도 했다. 그는 현실적인 미래에 가로놓인 유일한 길이었고, 유일하면서도 가장 중요한 의무였으며, 비좁긴 하지만 하나밖에 없는 길이었다. 기우사의 삶과 활동과 신조와 사상과 예감은 이러한 길을 걸어감으로써 죽음으로부터 보호될 수 있었으며 작지만 새로운 꽃봉오리로서 생명을 이어 갈 수 있는 것이었다. 크네히트는 한숨을 짓고 이를 갈기도 했지만 미소를 지으며 이 일을 받아들였다.

물려받은 비밀을 전수하고 후계자를 양성한다는, 중요하면서도 가장 책임이 무거운 직무의 영역에 있어서도, 기우사는 실로 힘들고 혹독한 경험을 하고 환멸을 맛보지 않을 수 없었다. 그의 호의를 얻고자 오랫동안 기다리고 거절당한 끝에 그를 스승으로 받들게 된 첫 번째 제자는 마로라는 이름을 가진 젊은이였는데, 결코 잊을 수 없는 환멸을 안겨 주었다. 그는 비굴하고 아첨꾼인 데다 오랫동안 어떠한 일에도 복종할 수 있는 사람처럼 행동했지만, 그에게는 적잖은 결점이 있었고, 무엇보다 용기가 부족했다. 그중에서도 마로는 밤의 어둠을 두려워했는데, 그 사실을 숨기려고 애썼다. 크네히트는 그 점을 알아차렸지만, 오랫동안 그저 어린 시절의 잔재로 여기고 없어질 것이라고 생각했다. 그러나 그러한 잔재는 쉽게 없어지지 않았다. 또한 이 제자에게는 무아경에 빠져 사심 없이 관찰에 임하고, 천직을 우선으로 이행하고, 사상이나 예감에 몰두할 수 있는 재능도 완전히 갖춰지지 않았다. 그는 영리하고 명랑하고 재빠른 이해력을 타고났고, 몰두하지 않고도 익힐 수 있는 것들은 쉽고도 명확하게 배웠다. 하지만 시간이 흐를수록, 이 제자가 이기적인 의도와 목적을 가지고 있고 바로 그것 때문에 기우사의 술법을 습득하려고 한다는 사실이 분명해졌다. 무엇보다도 마로는 중요한 인물로 여겨지기를 원했고 그럴듯한 역할을 맡고 사람들에게 인상을 남기고 싶어 했다. 그에게는 재능에 대한 허영심은 있었으나 천직에 대한 그것은 없었다. 그는 갈채 받기를 원했고, 동료들 앞에서 자신의 풋내기 지식과 기술을 과시했다. 이러한 점도 어쩌면 어린애다운 기질에서 나온 것이며 고쳐질 것이라고 생각할 수 있었다. 그러나 그는 갈채를 받으려 할 뿐만 아니라, 타인을 지배할 유리한 힘을 얻으려 했다. 스승은 이러한 사실을 깨닫기 시작하면서 몹시 놀랐고, 서서히 이 제자를 멀리했다. 크네히트에게 여러 해 동안 가르침을 받고서도 제자는 두세 차례 무거운 과오를 저질렀다. 그는 사전에 스승에게 알려 허락을 받지도 않고 제멋대로 뇌물의 유혹에 넘어가, 병든 아이를 약물로 치료하기도 하고 어느 집에서 쥐의 재난을 막는 굿을 벌이기도 했던 것이다. 그래서 여러 차례 꾸중하고 약속을 받아 냈음에도 여전히 그런 일을 저지르는 현장이 목격되자, 스승은 이 제자를 내보내고, 이 사실을 부족의 할머니에게 알렸으며, 배은망덕한 이 쓸모없는 젊은이를 잊으려고 애썼다.

그런 일이 있고 나서 다시 두 사람의 제자가, 그중에서도 특히 두 번째 제자가 마로의 뒤를 이었는데, 그 제자는 바로 아들인 투루였다. 자기 제자 가운데 가장 젊은 이 마지막 제자를 크네히트는 몹시 사랑했으며, 자신을 능가하는 인물이 되리라고 믿었는데, 이 제자에게는 그 할아버지의 혼이 다시 돌아와 있는 게 틀림없다고 여겼기 때문이다. 크네히트는 자신의 지식과 믿음 전부를 미래의 세대에 전수했으며, 자기가 지쳤을 때 언제든 직무를 넘겨줄 수 있는 사람이 있을 뿐 아니라 그 인물이 바로 자기 아들이라는 점에 든든한 만족감을 느꼈다. 그러나 잘못되고 만 저 첫 번째 제자를 아직도 그의 생활과 생각 밖으로 쫓아 버릴 수 없었다. 그 제자는 사실상 마을 안에서 그다지 존경을 받고 있지는 않았지만, 그럼에도 많은 사람들 사이에서 상당히 인기가 있고 영향력 있는 인물이 되어 있었던 것이다. 그 제자는 결혼도 하고, 일종의 요술쟁이이자 익살꾼으로서 인기가 있었는데, 심지어는 모두들의 우두머리가 되어 기우사들의 숨은 적이자 경쟁자가 되었다. 이 인물 때문에 크네히트는 크고 작은 괴로움을 겪어야만 했다. 크네히트는 사람들과 사이좋게 지낸다거나 어울리는 부류의 사람이 결코 아니었다. 그에게 필요한 것은 혼자 있는 일이며 자유였다. 또한 그는 소년 시절 한때 스승 투루의 경우를 제외하면 존경과 사랑을 구하려고 애쓴 적이 한 번도 없었다. 그러나 이제 그는 자신을 증오하는 적을 갖는다는 것이 어떤 일인지 절감하게 되었다. 그리고 그 일이 그의 여생에서 많은 날들을 망치게 되었던 것이다.

마로는 상당한 재주를 갖고 있으면서도 언제나 스승을 불쾌하고 번거롭게 하는 부류의 제자였다. 왜냐하면 그 재능은 아래에서부터 올라오고 안으로부터 나오는, 기초가 잡힌 유기적인 힘을 갖추고 있지 못했고, 훌륭한 천성과 힘찬 혈통과 힘찬 성격의 부드럽고도 고귀한 흔적이 아니라, 불로소득으로 우연히 얻은, 아니 빼앗거나 훔친 것이었기 때문이다. 성품은 천박한데 이해력이 높거나 공상이 화려한 제자는 반드시 스승을 골탕 먹이기 마련이다. 따라서 스승은 이러한 제자에게 자신이 이어받은 지식이나 방법을 전하는 동시에 그가 정신생활에 협력할 수 있도록 만들어 주지 않으면 안 된다. 그럼에도 그는 자기 본래의 보다 고귀한 의무는 단순히 재능만 갖춘 자들의 쇄도 속에서 학문과 지식을 보호하는 것이라고 느끼지 않을 수 없다. 왜냐하면 스승이 제자에게 봉사하는 것이 아니라, 두 사람 모두가 정신에 봉사하는 것이기 때문이다. 이것이 바로, 스승이 현혹하게 하는 재능을 두려워하고 꺼리는 이유인 것이다. 이런 부류의 제자는 교수한다는 그 완전한 의미에서의 봉사를 변조시키고 만다. 실로 재주가 화려하긴 하지만 봉사할 줄 모르는 제자를 양성한다는 것은 결국 봉사를 해치고 정신을 배신하는 것을 뜻한다. 우리는 수많은 민족의 역사 가운데에서, 정신적인 질서가 심각한 장해를 받고 재능만 갖춘 무리들이 공공단체와 학교와 대학 또는 국가의 요직에 몰려들어, 지배하기는 원하지만 봉사할 줄은 모르는 채 모든 관직을 차지해 버린 시기가 있었음을 알고 있다. 이런 부류의 재능 있는 자들이 정신적인 천직의 기반을 점령하기 전에, 적절한 시기에 그 정체를 파악하여 준엄하게 비정신적인 자리로 되돌려 보내는 일은 종종 아주 힘든 일임이 분명하다. 크네히트 역시 잘못을 저질렀던 것이다. 그는 마로라는 제자에게 너무나 오랫동안 관용을 베풀었으며, 야심가이자 피상적인 그에게 유감스럽게도 대가의 지혜를 많이 맡겼던 것이다. 그 결과는 그 자신도 미처 생각하지 못했을 정도로 무거운 것이었다.

어느 해의 일이었는데 — 크네히트의 수염은 벌써 상당히 세어 있었다. — 문득 천지의 질서가 범상치 않은 힘과 간계를 지닌 마귀들에 의해 혼란에 빠지고 교란된 것처럼 보였다. 이러한 교란 상태는 가을에 접어들면서 무섭고도 위압적이 되기 시작하여, 모든 영혼을 위협하고 불안에 몰아넣으면서, 지금껏 한 번도 본 적이 없는 모습으로 하늘을 바꿔 놓았다. 추분 직후의 일이었다. 기우사는 언제나 추분을 엄숙하고 경건한 기도로, 한껏 주의를 기울여 관찰하고 음미하며 보내곤 했다. 그런데 약간 바람이 불고 좀 싸늘한 이 무렵 어느 저녁, 하늘은 유리처럼 투명하고 몇 개인가 조그맣고 불안정한 구름이 떠 있을 뿐이었으며, 저물어 가는 서양이 장밋빛 광선이 여느 때와는 달리 오래도록 높은 곳에 떠 있는 구름에 머물고 있을 때였다. 구름은 마치 차갑고 파르스름한 우주 공간에 거품처럼 둥

실둥실 떠가는 빛의 다발처럼 보였다. 크네히트는 벌써 며칠 전부터, 해마다 낮이 짧아지기 시작하는 이 시기에 느꼈던 것 보다 훨씬 강하고도 이상한 느낌을 받고 있었다. 그것은 하늘에 있는 힘들의 작용, 지상에 있는 동식물의 공포, 대기의 불안, 삼라만상 가운데 불안정한 무엇, 뭔가를 기다리고 있으며 불안하고 불길한 예감이 들어 있는 느낌이었다. 해 질 무렵 오래도록 머뭇거리고 있는 마치 불붙는 듯한 작은 구름들도 그 나부끼는 것 같은 움직임 때문에 이런 느낌을 불러일으켰다. 그 움직임은 땅 위를 휘몰아치는 듯한 바람과도 일치하지 않았다. 소멸에 맞서 탄원이라도 하듯 오랫동안 슬퍼하며 저항하는 듯한 붉은빛이 식고 사라져 버리자, 구름은 갑자기 보이지 않게 되었다. 마을 안은 고요했다. 할머니의 오두막 앞에는 방문자도 이야기를 듣던 아이들도 벌써 오래전에 사라져 버리고, 아이들 몇몇이 서로 치고받으며 싸우고 있었다. 그 밖에 다른 사람들은 모두 이미 오두막 안에 들어가 오래전에 저녁 식사를 끝냈다. 벌써 잠자리에 든 사람도 많았으며, 기우사 이외에는 석양빛으로 붉게 타오르는 이 구름을 보고 있는 사람도 거의 없었다. 크네히트는 긴장하여 안정을 잃고 날씨를 생각하면서 오두막 뒤에 있는 작은 경작지를 왔다 갔다 했다. 그는 나무를 쪼개는 데 쓰는 장작 사이의 나무 그루터기에 앉아 잠깐씩 쉬곤 했다. 촛불을 밝힌 듯했던 마지막 구름이 사라지는 것과 동시에 갑자기 아직 밝은 녹색 잔광이 남아 있던 하늘에 별들이 한층 뚜렷하게 나타나더니, 빠른 속도로 수가 늘어나며 빛을 더해 갔다. 방금까지도 두세 개 보이던 곳에 벌써 열 개 스무 개의 별이 떠올랐다. 기우사는 별들 대부분과 별무리와 족(族)에 대해서 알고 있었다. 수백 번도 더 별들을 들여다보았던 것이다. 별들이 변함없이 다시 떠올랐다는 사실이 어느 정도 마음을 안정시켜 주었다. 별은 위안거리였다. 사실 그것은 하늘 먼 곳에 차갑게 떠 있었고 따스한 빛을 내뿜고 있지는 않았지만, 의지할 수 있는 확고한 서열을 이루며 질서를 예고하고 영원을 약속해 주는 것이었다. 지상의 생활과 인간 생활에는 외견상 낯설고 멀며 대립되고, 인간 생활의 열기나 경련이나 고뇌나 황홀에 동요되지 않으면서, 고귀하고 싸늘한 장엄함과 영원성으로 인간을 조소라도 할 것처럼 능가하고 있지만, 그럼에도 별들은 우리와 관계가 있으며 우리를 인도하고 어쩌면 우리를 지배하고 있었던 것이다. 만일 어떤 인간의 지식이나 정신적인 재산이나, 무상함에 대한 정신의 확실성과 우월성이 달성되고 확보되었다면, 그것은 별과 흡사한 것이 되었다. 별처럼 싸늘한 고요 가운데서 빛나고, 차가운 전율로써 위로하며, 언제나 조금은 조소하는 듯이 보였던 것이다. 기우사에게는 종종 이렇게 여겨졌다. 설혹 그가 달을 대할 때처럼, 거대하고 친근하며 축축한 물체, 하늘이라는 대양을 헤엄치는 살찐 마법의 물고기와도 같은 달을 대할 때처럼 친근하고 고무적이며 끊임없는 변화와 희귀 가운데에서 시험하는 관계를 가진 것은 아니라 하더라도, 그는 별을 마음속 깊이 숭배하고 그 여신에게 자신을 작용시키는 것, 자신의 재치와 열기와 불안을 별의 차갑고 고요한 시선 아래 둔다는 것은 그에게는 종종 목욕재계나 약수를 마시는 것과 같은 일이 되었던 것이다.

오늘도 별들은 여느 때와 마찬가지로 반짝이고 있었다. 다만 좀 더 밝게, 마치 팽팽하게 긴장된 희박한 공기로 예리한 광택이 나도록 문질러 놓은 것 같았다. 그러나 그는 별에게 마음을 쏟을 만한 안정을 찾을 수 없었다. 미지의 공간으로부터 어떤 힘이 그를 잡아당겨 숨구멍에 고통을 가하고, 눈을 빨아들이고, 조용하고 끈기 있게 작용을 가하고 있었던 것이다. 그것은 하나의 흐름, 경고하는 진동과 같았다. 그사이 곁에 있는 오두막 안에서는 화로의 따스하고도 약한 불빛이 검붉게 빛나고 있었다. 거기엔 작고도 아늑한 삶이 흘렀고, 부르는 소리와 웃음소리, 하품하는 소리가 울렸으며, 사람의 냄새, 살의 온기, 모성애, 아이들의 잠이 숨을 쉬면서, 그 무해한 친밀함으로 이제 막 시작된 밤을 한층 더 깊게 하고, 별들을 저 멀리 상상할 수도 없을 만큼 아득한 창공으로 몰아내려고 하는 것 같았다.

그리고 크네히트가 오두막 안에서 아다가 아이를 재우느라 아름다운 선율로 나직하게 콧노래를 부르는 소리를 듣고 있었던 바로 그때, 하늘에서는 대재난이 일어나기 시작했다. 마을 사람들은 이 재난을 오랜 세월이 지나도 잊을 수가 없었다. 고요하게 빛나는 빛의 그물, 여느 때라면 눈에 보이지 않았을 이 그물의 줄 여기저기가 불이 붙은 듯 번쩍이면서 경련을 일으키기 시작했다. 마치 돌을 던진 것처럼 별들 하나하나가 타올랐다가는 곧 다시 꺼지면서, 하늘을 가로지르며 비스듬히 떨어졌다. 여기저기에, 하나 혹은 둘씩. 그리고 최초로 사라진 유성에서 미처 눈을 돌리기도 전에, 이 광경을 보고 얼어붙었던 심장이 다시 고동을 시작하기도 전에, 약간 휘어진 곡선을 그리며 비스듬히 하늘을 가로지르며 떨어지는 혹은 미끄러지는 광선은 이미 수십 수백씩 무리를 짓고 있었다. 이 광선들은 마치 소리 없는 대폭풍에 휩쓸려 오기라도 하듯 수를 헤아릴 수 없을 만큼 떼를 이루어 침묵의 밤을 가로질러 떨어져 내렸다. 마치 세계의 가을이 그 모든 별을 시든 잎처럼 하늘의 나무에서 떨어뜨려 소리도 없이 저편의 허무 속으로 몰아내는 것 같았다. 시든 잎사귀처럼, 나부끼는 눈송이처럼, 이 수천 수만의 별은 무시무시한 정적 속을 날아 떨어져, 남동쪽 산림의 뒤편, 유사 이래 지금까지 한 번도 별 하나 떨어진 적이 없는 바닥 모를 심연 속으로 사라져 버리고 말았다.

크네히트는 심장이 굳는 기분으로 눈을 빛내면서 서 있었다. 머리를 뒤로 젖힌 채, 놀라움에 가득 찬 그러나 지칠 줄 모르는 시선으로 마법에 걸려 변화하는 하늘을 바라보았다. 자신의 눈을 의심했지만, 무서운 사태는 너무도 분명했다. 그날 밤 이 광경을 본 모든 사람과 마찬가지로 그 역시 잘 알려져 있던 별들까지 동요하고 흩어져 버리고 떨어지는 것을 본 것 같았고, 만일 대지가 미리 삼켜 버리지 않는다면 하늘의 둥근 천장이 이제 곧 까맣게 되고 텅 비는 순간을 보리라고 생각했다. 물론 잠시 후 그는, 다른 사람이라면 알 수 없었던 사실을 깨달았다. 즉 잘 알려져 있는 별들은 여기저기 도처에서 여전히 자리를 지키고 있다는 점, 별의 먼지를 일으키며 한바탕 소동을 벌인 것은 오래된 친근한 별들 사이에서가 아니라 땅과 하늘 사이의 공간에서 일어난 일이라는 점, 떨어지거나 내던져지거나 새로이 급작스럽게 나타났다가 또 재빨리 사라진 광선은 오래된 정상적인 별과는 좀 다른 빛깔로 불타고 있었다는 섬을 알게 되었던 것이다. 이러한 사실에서 크네히트는 위안을 얻고 기운을 회복할 수 있었지만, 먼지를 일으키며 대기를 채운 것이 새롭게 나타났다 덧없이 사라지고 만 다른 별들이라

해도 그것 역시 무섭고 불길한 일이며, 불행이자 혼란이었다. 크네히트의 바싹 마른 목에서 깊은 한숨이 나왔다. 그는 이 유령과도 같은 광경을 자기 혼자서만 보고 있는지 그렇지 않으면 다른 사람도 보고 있는지 알기 위해 주위를 살피고 귀를 기울였다. 그러자 곧 그는 다른 오두막에서 나오는 공포의 신음과 날카로운 외침과 비명을 들을 수 있었다. 다른 사람들도 이 광경을 보았던 것이다. 그러고는 연이어 비명을 질러 대서 아무것도 모르는 사람들과 잠든 사람들을 깨워 놓고 말았다. 삽시간에 마을 전체가 불안과 공포에 휩싸이게 되었다. 크네히트는 사태가 이렇게 된 데 책임을 통감하고는 깊은 탄식을 내뱉었다. 이 불행한 사건은 다른 어느 사람보다 먼저 기우사인 자신과 맞닥뜨렸던 것이다. 그는 하늘과 공중의 질서에 어느 정도 책임이 있었다. 언제나 그는 강의 범람이나 우박이나 대폭풍 같은 재난을 미리 알아차리거나 감지해서, 그때마다 어머니들과 장로인 노파들에게 이에 대비하도록 경고하여 최악의 사태를 방지해 왔던 것이다. 이렇게 그는 자신의 지혜와 용기와, 천상의 힘에 대한 자신의 신임을 마을과 절망 사이에 배치해 놓았다. 그런데 어째서 이번에는 사전에 알아차리고 지령을 내리지 못했을까? 어째서 자신이 분명히 감지했던 암울하면서도 경고하는 듯한 예감에 대해 어느 누구에게 한마디도 말하지 못했던 것일까?

그는 오두막 입구에 친 거적을 살짝 들어 올리고는 나지막하게 아내의 이름을 불렀다. 그녀가 막내 아이를 품에 안고 오자, 그는 아이를 내려서 짚자리 위에 눕혔다. 그러고는 말하지 말라는 뜻으로 입술에 손가락을 댄 다음 아다의 손을 잡고 오두막 밖으로 데리고 나왔다. 그리고 곧 그녀의 참을성 많은 조용한 얼굴이 불안과 공포로 일그러지는 것을 보았다.

"아이들은 자게 내버려 둬요. 그 애들이 보아서는 안 되니까. 알겠소?" 그가 다급히 속삭였다. "아무도 집 밖으로 나오게 해서는 안 돼요. 투루도 안 돼. 그리고 당신도 안에 있도록 해요."

그는 어느 정도 말해 줘야 할지, 자기 생각을 어느 정도까지 밝힐 것인지 알지 못해 망설이다가, 다음 순간 단호하게 덧붙였다. "당신과 아이들에겐 아무 일도 일어나지 않을 거야."

아다의 얼굴이나 심정이 그 말로써 이제 막 겪었던 공포에서 회복되지는 않았지만, 그녀는 곧 남편의 말을 믿었다.

"대체 무슨 일이지요?" 그녀는 남편 너머에 있는 하늘에 다시 눈길을 주면서 물었다. "아주 나쁜 일인가요?"

"나쁜 일이오." 그가 조용히 말했다. "아주 나쁜 일이라고 생각되오. 그러나 당신과 아이들과는 관계없는 일이오. 집 안에 있도록 해요. 거적을 잘 닫고 말이오. 나는 사람들에게 가서 이야기해야겠소. 안으로 들어가요, 아다."

그는 그녀를 오두막 문턱 안으로 밀어 보내고는 조심스럽게 거적을 끌어 내렸으며, 몇 번 숨을 쉴 동안에도 그 자리에 서서 계속 떨어져 내리는 별의 비 쪽으로 얼굴을 향하고 있었다. 이윽고 그는 고개를 숙이고 무거운 심정으로 다시 한 번 한숨을 쉬고는 빠른 걸음으로 할머니의 오두막이 있는 마을 쪽을 향해 밤길을 걸어갔다.

벌써 마을 사람의 절반가량이 모여 있었다. 소리를 죽인 웅성거림과, 불안에 마비되고 반쯤 억눌려 있는 공포와 절망에 도취된 상태 속에 싸여 있었다. 공포심과 파멸이 다가왔다는 감정으로 일종의 열광과도 같은 쾌감에 젖어 있는 남녀도 있었다. 그들은 황홀한 듯이 뻣뻣하게 서 있거나 자제력을 잃고 팔다리를 휘둘러 대고 있었다. 어떤 여자는 입가에 거품을 물고 혼자서 자포자기하여 음탕한 춤을 추고 있었고, 그러면서 풍성한 다발을 이룬 머리를 잡아 뜯고 있었다. 크네히트는 벌써 모든 일이 진행되고 있음을 목격했다. 그들은 이미 거의 모두가 도취 상태에 빠지고, 유성의 마술에 걸려 정신을 잃고 있었다. 아마도 광기와 격정과 자기파괴 욕구에 사로잡힌 잔치가 벌어지리라. 이때야말로 몇몇 용기 있고 사려 깊은 사람을 모아 강화시켜야 할 때였다. 할머니는 안정을 잃지 않고 있었다. 그녀는 모든 일에 종말이 왔다고 믿고 있었지만, 그것에 거역하지 않았으며, 단호하고 엄격하게 운명의 가혹한 시련 속에서도 거의 비웃는 것 같은 얼굴로 운명을 대하고 있었다. 크네히트는 할머니가 자기 이야기에 귀를 기울이도록 하려고 했다. 그는 전부터 있어 왔던 별들은 여전히 그 자리에 있다는 점을 그녀에게 밝혀 주려고 했지만, 할머니는 인정하려 하지 않았다. 그녀의 두 눈이 더 이상 그것을 인정할 힘을 갖고 있지 않은 것인지, 별에 대한 그녀의 관념이나 관계가 기우사가 가지고 있는 것과는 너무나 다른 것이어서 이해할 수 없었던 것인지는 알 수 없었다. 할머니는 고개를 흔들며 비웃는 듯한 단호한 웃음을 띠고 있을 뿐이었다. 크네히트가 공포에 취해 있는 사람들을 그대로 마귀들의 손에 내맡겨 두어서는 안 된다고 탄원했을 때에야, 할머니는 금방 말귀를 알아들었다. 할머니와 기우사 주위에는 겁을 먹기는 했지만 미치지는 않은 사람들로 작은 무리가 만들어졌고, 그들은 지시받을 준비를 갖추고 있었다.

그곳에 들어서기 전만 해도 크네히트는 모범과 이성과 대화와 설명과 격려로써 혼란을 조정할 수 있으리라는 희망을 품고 있었다. 그러나 할머니와 잠깐 이야기해 본 그는 이제 때가 너무 늦었다는 사실을 알았다. 그는 자신의 체험을 다른 사람의 체험에 관여시키고, 자기 체험을 선물하고 옮겨 줄 수 있으리라는 희망을 품었다. 또한 자기의 격려를 받으면 그들이 무엇보다도 별 자체나 적어도 별 모두가 떨어져서 우주의 폭풍에 휩쓸린 것이 아니라는 사실을 알게 될 것이고, 그럼으로써 공포와 경악의 의지할 데 없는 상태에서 벗어나 활동적인 관찰로 나아가며, 동요를 극복해 낼 수 있다는 사실을 깨닫게 되리라는 희망을 품었던 것이다. 그러나 이러한 감화가 먹혀들 사람은 마을 전체로 보아 극소수에 불과할 것이며, 또한 그들을 설득시킨다 하더라도 그동안 나머지 다른 사람들은 완전히 미쳐 버리고 말 것이라는 점을 크네히트는 재빨리 알아차렸다. 아니, 이런 경우엔 흔히 있는 일이지만, 이성이라든가 현명한 몇 마디 말을 가지고는 어떠한 일도 달성할 수 없었다. 다행히도 다른 방법이 있었다. 여기에 이성을 관철시켜 저 죽음의 합창을 해체하는 일은 불가능하다 하더라도, 죽음의 합창을 지휘하고 조직하여 형체와 표정을 갖추게 함으로써 광란에 빠진 자들의 절망적인 혼란을 확고한 단일체로 만들고, 자제력을 잃은 난폭한 개개의 음성을 하나의 합창으로 만드는 일은 가능했다. 크네히트는 즉시 그 일에 착수했으며, 즉각적인 효과를 거두었다. 그는 사람들 앞에 나서서, 모두가 잘 아는 기도문을 외쳐 댔다. 여느 때라면 공식 장례나 참회식 때, 할머니의 추도 때나 전염병 혹은 홍수 같은 공적인 위험이 닥쳐 제물을 바치고 참회하는 의식을 거행할 때 식의 시작을 알리기 위해 쓰이는 기도문이었다. 크네히트는 박자에 맞춰 기도문을 외쳤다. 손뼉을 쳐 박자를 맞추면서 그는 거의 땅바닥에 닿을 정도로 허리를 굽혔다 다시 일어나고, 다시 굽혔다 일어나기를 되풀이했다. 그러자 다른 사람들도 열 명이, 다음에는 스무 명이 이 동작을 똑같이 따라했다. 백발인 마을 어머니도 일어서더니 리듬에 맞춰 중얼거리면서, 약간 허리를 숙이며 제례의 동작을 시작했다. 다른 오두막에서 온 사람들도 머뭇거림 없이 이 예식의 박자와 정신 속에 참여했다. 완전히 미쳐 버린 몇몇 사람은 이내 힘이 다해 쓰러져 꼼짝도 못하고 누워 있거나 아니면 예배 의식의 웅얼거리는 합창과 허리를 숙이는 율동에 압도되어 감동을 받았다. 성공이었다. 미쳐서 절망한 무리 대신, 기꺼이 희생하고 참회하고자 하는 경건한 집단이 들어서게 되었던 것이다. 그들은 모두 죽음의 공포와 자신들의 놀라움을 마음속에 가두거나 혼자서 울부짖거나 하지 않고, 박자에 맞춰 주문을 외는 예식의 질서 정연한 합창 속에 끼어들었다는 데서 즐거운 기분이 되었고, 마음도 굳게 먹을 수 있었다. 이러한 일을 하는 가운데 숨어 있던 힘이 효과를 발휘하는 법이다. 그 가운데 가장 강력한 위안을 주는 것은 서로 닮은꼴을 갖게 되는 것으로, 이것이 공동체 의식을 키워 준다. 또한 그 가장 확실한 약은 절도와 질서이며, 이것은 곧 리듬과 음악이다.

그러는 동안에도 밤하늘 전체는 마치 빛의 물방울이 소리 없는 폭포를 이루며 쏟아지는 것처럼 여전히 떨어지는 유성의 떼로 뒤덮여 있었는데, 벌써 두 시간 이상이나 그 크고도 붉은 불덩이를 퍼부어 대어, 마을의 공포를 체념과 귀의, 탄원과 참회로 바꾸어 놓았다. 이렇게 질서를 잃은 하늘에 맞서, 인간의 불안과 허약함은 질서와 예배의 화음으로 대항했던 것이다. 그런데 별의 비가 뜸하고 그 흐름이 희박하게 되기 전에, 기적이 일어나 효력을 발휘했다. 그리고 하늘이 서서히 안정을 되찾고 회복되는 듯이 보이자, 지칠 대로 지진 참회자들도 모두 자신들의 예배로 마귀의 힘을 부드럽게 하고 하늘도 다시 질서를 되찾게 된 것이라는 구제된 듯한 감정을 품게 되었다.

그 공포의 밤은 잊히지 않았다. 사람들은 가을 내내, 그리고 겨울이 지날 때까지도 그 일을 이야기했다. 그러나 이젠·더 이상 속삭이거나 애원하듯이 이야기하지 않고, 일상적인 말투로, 꿋꿋이 이겨 낸 재난, 투쟁 끝에 이긴 위험을 회고한다는 만족감으로 이야기했다. 사람들은 아주 개별적인 일들에서 위안을 얻었다. 모두가 자기 나름대로 이 전대미문의 사건에 놀랐으며, 모두가 제각기 그 일을 처음 발견한 것은 자기라고 주장했다. 그리고 특히 비겁하게 견디지 못했던 몇몇에 대하여는 거침없이 조롱을 퍼부었다. 이런 흥분 상태는 꽤 오랫동안 마을 안에 남아 있었다. 요컨대 무엇인가 체험했으며, 엄청난 일이 일어났고, 그것으로부터 풀려났던 것이다!

이런 분위기에도, 커다란 사건이 차츰 가라앉고 잊히는 과정에도 크네히트는 결코 말려들지 않았다. 그에게 있어서 이런 심뜩한 시험은 잊을 수 없는 경고이며, 더 이상 편안할 수 없는 바늘과도 같은 자극이었다. 그 일이 지나갔고, 어떤 방법과 기도나 참회에 의해 완화되었다고 해도 그에게는 결코 끝난 일이나 등한시해도 될 일은 아니었다. 오히려 시간이 흐를수록 크네히트에게는 그만큼 더 큰 의미를 띠게 되었는데, 그것은 그가 이 사건에 의의를 두고, 그것을 골똘히 생각하며 해석하는 일에 매달렸기 때문이다. 그에게는 이미 이상한 자연의 비극인 그 사건 자체가 많은 사실을 예기하게 하는 실로 거대하고 어려운 문제였던 것이다. 다시 말해서 그 일을 목격한 사람이라면 평생이라도 그것에 대해 생각해 볼 수도 있는 문제였다. 마을에서 단 한 사람만이 크네히트가 바라본 것과 같은 눈으로 또 그와 같은 전제를 마음에 품고서 별의 비를 볼 수 있었는데, 그 사람은 자신의 아들이자 제자인 투루였다. 오직 이 증인의 확인이나 정정만이 크네히트에게는 가치가 있었을 것이다. 그러나 그는 이 아들을 자도록 했다. 어째서 그랬던 것일까? 어째서 이 전대미문의 사건을 진지하게 받아들일 수 있는 유일한 증인이자 관찰자를 포기했을까? 이 문제를 곰곰이 생각할수록, 그는 그때 자기의 행동이 옳았으며 현명한 예감에 따른 것이었다는 신념이 더욱 굳어졌다. 그는 이 광경을 자기 가족이나 제자이자 동료에게, 특히 투루에게 보이지 않으려 했는데, 그것은 어느 누구보다도 투루를 사랑했기 때문이다. 그래서 별이 떨어진 일을 투루에게 알리지 않고 숨겨 버렸던 것이다. 때로 그는 잠의 정령, 특히 젊은 시절에 더 좋은 잠의 정령을 믿고 있기도 했다. 한 걸음 더 나아가서 그의 기억이 틀림없다면, 사실 그는 하늘의 징조가 위태롭다고 여기기보다, 하나의 전조이며 미래의 재난에 대한 예고라고 생각했던 것이다. 그리고 사실상 그것은 어느 누구보다 자신과 밀접한 관계가 있으며 기우사인 자신에게만 관련돼 있는 징조이자 예고였던 것이다. 그때 자신의 직무에 연관된 영역에 어떤 위험과 위협이 다가오고 있으며, 그것이 어떤 형태로 나타나든 우선적으로 또한 명백하게 자신과 관계 있는 것 같았다. 자각과 결의로 이 위험에 맞서고, 마음의 각오를 단단히 하고, 감수하기는 하지만 결코 그것에 굴복하거나 품위를 잃지는 않으리라는 것이 크네히트가 이 엄청난 전조에서 끌어낸 결의이며 경고였다. 다가오는 이 운명은 성숙하고 용기 있는 남자를 요구할 것이다. 그러므로 이 일에 아들을 끌어들여 고통을 함께 나누거나 그저 이 일을 알게 하는 것도 좋은 일은 아니리라. 왜냐하면 그는 투루를 높이 평가하고는 있었지만 경험도 없는 젊은이가 이러한 일을 치를 만큼 성숙한 것인지 알 수 없었기 때문이다.

　물론 그의 아들 투루는 이 엄청난 광경을 놓치고 잠을 잤다는 사실에 몹시 불만이었다. 이제 와서는 구구한 해석을 달 수 있지만, 그것은 어쨌든 대사건이며, 어쩌면 그의 평생에 이와 비슷한 일은 더 이상 일어나지 않을지도 모른다. 그는 세계의 기적과도 같은 체험을 놓치고 만 것이다. 한동안 투루는 이 때문에 아버지에게 불만을 표시했다. 아무튼 이런 불만도 극복될 것이다. 왜냐하면 노인은 애정에 찬 주의를 한층 기울임으로써 그 일을 벌충해 주었으며, 전보다 훨씬 많이 아들을 자기 직무의 온갖 일에 끌어들였기 때문이다. 분명 그는 장차 닥쳐올 일을 예감하고, 가능한 한 완전히 정통한 후계자로서 투루를 교육하는 데 있는 힘을 다하고 있었다. 비록 저 별의 비에 관하여 아들과 이야기하는 일은 드물었지만, 그는 갈수록 거리낌 없이 자신의 비밀과 수법과 지식과 연구를 아들에게 전하는 한편, 밖으로 나갈 때나 실험할 때 또는 자연의 소리에 귀를 기울이는 때에도 그를 데리고 다녔다. 그는 이런 일을 지금껏 어느 누구와도 함께 해 본 적이 없었다.

겨울이 오고, 다시 지나갔다. 눅눅하고 따스하기까지 한 겨울이었다. 별들은 더 이상 떨어지지 않았고 엄청난 일도 여느 때와 다른 일도 일어나지 않았다. 마을은 평온했다. 사냥꾼은 부지런히 사냥을 다녔으며, 바람 부는 차가운 날이면 오두막 위의 나뭇대에는 뻣뻣하게 얼어붙은 모피 다발이 매달려 흔들거렸다. 사람들은 매끄러운 긴 널빤지에 장작을 싣고 숲에서부터 눈 위로 끌어 오곤 했다. 공교롭게도 짤막한 혹한기에 마을에서는 할머니 한 분이 세상을 떠났다. 사람들은 바로 매장을 할 수 없어서, 땅이 어느 정도 녹을 때까지 며칠 동안 얼어붙은 시신을 오두막 문 곁에 놓아두었다.

봄이 되자 기우사의 불길한 예감이 부분적이긴 하지만 비로소 들어맞게 되었다. 그 봄은 유난히 좋지 않은, 달이 배신한 아무 즐거움도 없는 봄이어서 싹도 수액도 없었고, 달은 언제나 뒤처지곤 했다. 파종하는 날을 결정하는 데 필요한 여러 가지 징조도 서로 일치하지 않았고, 들에 꽃도 별로 피지 않았으며, 가지에 촘촘히 나왔던 싹은 시들어 죽어 버렸다. 크네히트는 몹시 걱정되었지만, 사람들이 알아차리지 못하게 하려고 애썼다. 다만 아다와 특히 투루만은 걱정 때문에 크네히트의 몸이 얼마나 여위어 가는지 알고 있었다. 그는 늘 하던 굿을 벌였을 뿐 아니라, 개인적인 제물도 바쳤다. 마귀를 위해 좋은 냄새를 풍기며 기분을 좋게 하는 죽이나 음료를 끓였고, 수염을 짧게 깎기도 하고, 초승달이 뜨는 밤에 머리카락을 나무진과 축축한 나무껍질에 한데 섞어 태워 짙은 연기를 피우기도 했다. 그는 가능한 한 공식 행사, 즉 마을 제사, 기원 행렬, 북의 합주 같은 일을 피하고, 이 불길한 봄의 저주받은 날씨를 자기만의 근심거리로 삼으려 했다. 그래도 이미 예년의 파종 기한을 훨씬 넘기게 되자, 할머니에게 보고하지 않을 수 없었다. 그런데 이때에도 그는 불행과 곤란을 겪게 되었다. 그에게 친구처럼 또 어느 때에는 거의 어머니와도 같은 호의를 베풀던 할머니를 접견할 수 없었다. 몸이 좋지 않아 자리에 누웠으며, 모든 의무나 걱정거리는 자기 동생에게 넘겼기 때문이다. 그런데 할머니의 동생은 기우사에게 아주 냉담했으며, 할머니처럼 엄하고 곧은 품성 대신, 오락이나 놀이를 일삼는 경향이 있었다. 이러한 성향 때문에 그녀는 고수이며 요술쟁이인 마로와 가까웠다. 그는 그녀에게 유쾌한 시간을 보내게 해 주고 또 그녀의 비위를 맞추는 법도 알고 있었다. 마로라는 인물은 크네히트의 적이기도 했다. 첫 번째 접견 때 크네히트는 자신에게 반대하는 말은 한마디도 나오지 않았음에도 곧 싸늘한 거부감을 감지할 수 있었다. 그의 설명과 제안, 즉 파종이라든가 어쩌면 제사나 행렬을 거행하게 될지도 모른다는 것은 승인되고 받아들여졌지만, 이 할머니는 크네히트를 냉담하게, 마치 하인을 대하듯 맞이하고 대접했던 것이다. 그리고 병든 할머니를 만나 보고 싶다든가 그것이 안 되면 그분에게 약이라도 지어 드리고 싶다는 그의 소원에 대해서는 거절로 답했다. 크네히트는 슬픈 마음으로 한층 처량하게 되어 입속에 쓴맛만 안고 접견 자리에서 물러 나왔다. 그러고는 다시 보름 동안 그는 씨앗을 뿌릴 만한 날씨를 만들기 위해 나름대로 애썼다. 그러나 그토록 여러 차례 자신의 마음의 흐름과 궤를 같이하던 날씨는 그때마다 고집스럽게 비웃는 듯이, 마치 적개심이라도 품은 것처럼 빗나가고 말았으며, 여기에는 마술도 제물도 효과가 없었다. 기우사는 하는 수 없이 다시 한 번 할머니의 동생에게 가야 했다. 이번에는 인내와 유예를 청하는 일이나 다름없었다. 크네히트는 곧 그녀가, 자기와 자신의 일에 대하여 광대인 마로와 의논했다는 사실을 알아차렸다. 왜냐하면 파종일을 결정하고 공식적으로 탄원하는 의식을 정할 필요성에 관해 이야기를 나눌 때, 노파가 지나칠 정도로 모든 일에 대해 아는 체했으며, 한때 기우사의 제자였던 마로한테 배우지 않으면 할 수 없을 표현을 이따금 쓰곤 했기 때문이다. 크네히트는 사흘의 말미를 더 달라고 청했고, 그 후 모든 별자리가 새로이 보다 유리하게 나타나자 세 번째 초승달이 뜨는 첫째 날을 파종일로 정했다. 노파는 동의하고 의식의 말을 읊었다. 이 결정은 마을에 알려졌고, 모두가 파종제를 준비했다. 그리고 한동안 모든 것이 다시 순조롭게 되어 가는 듯했는데, 마귀들이 다시 심술을 부렸다. 하필 모든 준비를 갖추고 고대하며 기다리던 파종제 하루 전날 할머니가 세상을 떠난 것이다. 파종제는 연기되고, 그 대신 장례를 선포하고 준비하지 않으면 안 되었다. 이 일이야말로 일급 의식이었던 것이다. 기우사는 새로 할머니가 된 노파와 그 여동생들과 딸들 뒤에 자리를 잡고 앉아 있었다. 그는 기원 행렬의 예장을 갖추고 머리에는 여우 가죽으로 만든 높다랗고 뾰족한 모자를 썼다. 아들 투루가 그를 돕고 있었는데, 투루는 두 가지 소리가 나는 단단한 나무로 된 딱따기를 치고 있었다. 많은 사람들이 고인과 고인의 동생으로서 새로 장로가 된 노파에게 경의를 표했다. 마로는 자신이 지휘하는 고수들과 함께 앞으로 밀고 나와 주위를 끌고 갈채를 받았다. 마을 사람들은 애도하며 일을 쉬었고, 비탄과 제일(祭日), 북소리와 제사 음식을 즐겼다. 모든 이에게 즐거운 날이었지만, 파종은 또다시 연기됐다. 크네히트는 마음속 깊이 슬픔을 느꼈지만 위엄 있고 침착한 태도를 지켰다. 이 할머니와 함께 자기 생애의 즐거웠던 모든 날을 매장하기라도 하는 듯한 기분이 들었다.

이 일이 있고 나서 곧, 새 할머니의 소원에 따라 특히 성대한 파종이 거행되었다. 행렬이 엄숙하게 경작지 주위를 돌고, 할머니는 한 줌의 첫 번째 씨앗 한 자루씩을 들고 따라다니며, 엄숙하게 자루에서 씨앗을 퍼내었다. 의식을 마침내 무사히 치르게 되자, 크네히트는 어느 정도 안도의 한숨을 쉴 수 있었다.

그러나 이처럼 성대하게 뿌려진 씨앗은 아무 기쁨도 결실도 맺지 못했다. 은총받지 못한 해였다. 한번은 겨울로 되돌아간 듯한 한파가 시작되는 등, 이해 봄과 여름의 날씨는 있을 수 있는 온갖 악의와 적의를 드러냈다. 여름이 되어 가까스로 드문드문 반쯤 자란 여윈 작물이 밭을 덮었을 때, 최악의 사태가 마지막으로 닥쳤다. 그것은 유사 이래 없었던 전대미문의 지독한 가뭄이었다. 한 주일 한 주일이 거듭되면서 태양은 뿌옇고 뜨거운 김을 피워 올렸으며, 크지도 않은 냇물은 말라붙고, 마을 연못은 진득진득한 수렁만 남게 되었으며, 잠자리와 엄청난 모기 떼의 천국이 되었다. 마른 땅에는 깊은 균열이 생겼고, 사람들은 작물이 시들나가 말라 죽는 꼴을 보고만 있어야 했다. 간혹 구름이 몰려들기도 했지만, 마른 벼락만 울리고 말 뿐이었다. 한 차례 물총으로 쏘듯 비가 내리면, 그 뒤에는 며칠이고 메마른 동풍이 불었다. 이따금 벼락이 높은 나무에 떨어지면, 반쯤 마른 우듬지는 이내 타다 남은 불길에 휩싸이곤 했다.

"투루." 어느 날 크네히트가 아들에게 말했다. "이 사태는 좋지 않은 결과를 가져오고 말 것 같구나. 우린 모든 마귀를 상대로 싸우고 있어. 유성이 내렸을 때 이미 시작된 일이지. 내 목숨을 대가로 내놓으면, 너는 그 순간에 내 자리를 맡아야 한다. 그때 네가 할 첫 번째 일은, 내 시신이 불타고 남은 재를 밭에 뿌리도록 사람들에게 요구하는 것이다. 사람들은 지독한 굶주림으로 겨울을 보내게 될 것이다. 하지만 그것으로 재난도 끝나게 된다. 씨를 뿌려 둔 경작지는 어느 누구도 침범하지 못하도록 해야 한다. 그러는 자에겐 죽음으로 징벌하여라. 다음 해에는 한결 나아질 것이다. 그러면 사람들은, 새롭고 젊은 기우사를 맞이한 것이 잘한 일이었다고 말하게 될 거다."

마을은 절망 속에 빠져 있었다. 마로는 사람들을 부추겼고, 기우사는 적잖이 협박과 저주를 받았다. 아다는 병에 걸려 구토와 고열에 시달리며 누워 있었다. 행렬이나 제사나 오랫동안 이어진 마음을 뒤흔드는 북소리도 더 이상 효과가 없었다. 크네히트가 이 일들을 지휘했다. 그가 할 일이었던 것이다. 그러나 사람들이 뿔뿔이 흩어지고 나면, 그는 회피의 대상으로서 홀로 있어야 했다. 그는 필요한 것이 무엇인지 알고 있었다. 또한 마로가 이미 할머니에게 자신을 제물로 바칠 것을 요구했다는 사실도 알고 있었다. 그는 자신의 명예와 아들을 위해 최후의 한 발짝을 내디뎠다. 투루에게 큰 의식 때의 예장을 입혀 할머니에게 데려갔으며, 후계자를 추천하고, 자신은 물러나 제물이 되겠다고 자청했던 것이다. 할머니는 잠깐 동안 살피듯이 크네히트를 바라보다가 이윽고 고개를 끄덕이며 찬성했다.

　제물을 바치는 제사는 그날 거행되었다. 여기에는 마을 사람 전체가 참석하게 되어 있었지만, 많은 사람들이 이질에 걸려 앓아누워 있었으며, 아다 역시 몹시 앓고 있었다. 투루는 예복을 입고 여우 가죽으로 만든 높은 모자를 쓰고 있었는데, 금방이라도 일사병에 걸려 쓰러질 것처럼 보였다. 명망 있는 인사와 높은 자리에 있는 사람들은 앓고 있지 않은 한 모두 동행했으며, 할머니와 두 동생과 장로와 고수대의 우두머리인 마로도 있었다. 그들 뒤에는 군중이 무질서하게 따라오고 있었다. 어느 한 사람도 기우사 노인을 욕하지 않았다. 무겁게 드리운 침묵으로 질식할 것 같은 분위기였다. 사람들은 숲 속으로 들어갔으며, 크고 둥근 공터를 찾아냈는데, 그곳은 크네히트가 집행 장소로 정해 놓은 곳이었다. 남자들 대부분은 돌도끼를 들고 있었는데, 그것으로 화장을 위한 장작을 마련할 작정이었다. 숲 속의 공터에 이르자 사람들은 기우사를 중앙에 세우고 그 주위로 작은 원을 그리며 에워쌌다. 좀 더 바깥쪽으로는 군중이 더 큰 원을 그리고 있었다. 모두가 머뭇거리며 당황한 듯이 침묵을 지키고 있었기 때문에, 기우사가 입을 열었다. "저는 여러분의 기우사였습니다. 저는 오랜 세월 최선을 다해 임무를 수행해 왔습니다. 이제 마귀들이 저에게 맞서고 있어 저의 운은 다한 것 같습니다. 그렇기 때문에 저를 제물로 내놓는 것입니다. 그럼으로써 마귀들의 마음도 풀릴 것입니다. 제 아들 투루가 여러분의 새 기우사가 될 것입니다. 이제 저를 죽여 주십시오. 제가 죽고 나면 제 아들의 지시에 따르기 바랍니다. 안녕히 계십시오! 자, 누가 저를 죽이겠습니까? 고수 마로를 추천합니다. 그가 이 일에 적임자일 것 같군요."

그는 입을 다물었다. 어느 한 사람 움직이지 않았다. 무거운 가죽 모자를 쓴 투루는 얼굴이 새빨갛게 되어 고통스러운 눈길로 사람들을 둘러보았다. 크네히트의 입은 비웃는 것처럼 일그러졌다. 마침내 할머니가 격분하여 발을 구르며 마로를 부르더니 호통쳤다. "앞으로 나서! 도끼를 들고, 어서 해!" 마로는 두 손으로 도끼를 움켜쥐고, 한때 그의 스승이었던 크네히트 앞에 섰다. 그는 지금처럼 스승을 증오해 본 적도 없었다. 말없는 노인의 입가에 떠오른 비웃음이 그를 몹시 고통스럽게 했다. 그는 도끼를 쥐고 머리 위로 들어 올렸다. 겨냥을 하면서 도끼를 허공에 든 채, 제물의 얼굴을 응시하면서 그가 눈을 감기를 기다렸다. 그러나 크네히트는 눈을 감지 않았다. 그는 의연히 두 눈을 크게 뜨고 도끼를 들고 서 있는 사내를 바라보았다. 얼굴은 거의 무표정에 가까웠지만, 알아차릴 만한 것이 있다면 동정과 비웃음 사이를 오가는 표정이었다.

마로는 미친 듯이 도끼를 집어던졌다. 그러고는 "못하겠어." 하고 중얼거리면서 높은 자리에 있는 사람들의 원을 뚫고 군중 속으로 모습을 감추고 말았다. 몇 사람인가 나지막한 소리로 웃음을 터뜨렸다. 할머니는 분노로 새파랗게 질렸다. 그녀는 이 비겁하고 아무짝에도 쓸모없는 마로란 자에게, 저 교만한 기우사에 못지않게 화를 냈다. 그녀는 장로 가운데 한 남자에게 신호를 보냈다. 그는 위엄 있고 말없는 사람으로, 자신의 도끼에 기대 선 채 이 불쾌한 광경에 수치를 느끼고 있는 것 같았다. 그는 앞으로 걸어 나왔고, 제물을 향해 짤막하고도 다정한 고갯짓을 했다. 두 사람은 소년 시절부터 서로 잘 아는 사이였다. 이번엔 제물도 기꺼이 눈을 감았다. 그는 두 눈을 꽉 감은 채, 머리를 조금 숙여 주었다. 노인이 도끼로 크네히트를 내리쳤고, 그는 쓰러졌다. 새 기우사인 투루는 한마디도 할 수 없었다. 몸짓으로만 필요한 일을 지시했다. 얼마 후 장작 더미가 마련되자 죽은 자를 그 위에 눕혔다. 신성한 두 가닥의 나무로 불구멍을 만드는 엄숙한 의식은 투루가 집행한 첫 번째 일이었다.

2. 고해사

성 힐라리온이 고령이기는 해도 아직 살아 있었을 때, 가자 시에 요제푸스 파물루스라는 사람이 살고 있었다. 그는 서른 살쯤까지는 세속적인 생활을 하며 이교도의 책을 연구했는데, 그 후 좋아해서 쫓아다니던 한 여인을 통해서 하느님의 가르침과 기독교 미덕의 단맛을 알게 되었다. 그래서 세례를 받고 죄를 짓지 않겠다는 서약을 하고, 몇 년 동안 그 도시의 사제 밑에서 지냈으며, 당시에 사람들이 좋아하던 광야의 은둔자들의 경건한 삶에 대한 이야기를 몹시 좋아하여 호기심에 차 열심히 귀를 기울이곤 했다. 그러다 서른여섯 살이 된 어느 날그는 성 파울루스와 안토니우스가 걸어갔으며 그 뒤 수없이 많은 경건한 사람들이 갔던 그 길로 나아갔다. 남은 재산을 가난한 마을 사람들에게 나누어 주도록 장로에게 맡기고, 성문 앞에서 친구들과 작별한 다음, 도시를 떠나 광야로, 천박한 속세를 떠나 참회자의 가난한 삶으로 나아갔던 것이다.

여러 해 동안 그는 햇볕에 그을리고 말랐으며, 바위와 모래밭에서 기도하느라 무릎이 벗겨지고, 낮에는 단식을 하다 해가 지면 그제야 대추야자 열매 몇 개를 먹으며 지냈다. 마귀들이 유혹과 조소와 시련으로 그를 괴롭혔지만, 그는 우리가 성스러운 교부들의 전기에서 보듯 기도와 참회와 헌신으로 그들을 꺾고 물리쳤다. 그는 또 많은 밤을 뜬눈으로 지새며 별을 우러러보았다. 별도 그를 유혹과 혼란에 빠뜨렸다. 그는 별자리 읽는 법을 알고 있었는데, 한때 거기서 신들의 이야기와 인간성의 상징을 읽어 내는 법을 배운 일이 있었던 것이다. 이런 학문은 사제들이 철저히 혐오하는 것으로, 이교 시절부터 오랫동안 그의 공상과 생각에 붙어 다녔다.

그 지방에서는 불모의 황야일지라도 샘 하나, 한 줌의 풀밭, 크든 작든 오아시스 하나만 있으면 곳곳에 은거자들이 살고 있었다. 홀로 있는 경우도 많았고, 조그만 수도회를 이루고 있는 경우도 많았는데, 그들의 모습은 피사의 묘지에 있는 그림과 닮아 있었다. 가난과 이웃에 대한 사랑을 실천하며, 아르스 모리엔디, 즉 죽음의 방법을, 다시 말해 속세와 자아에서 벗어나 구세주에게로, 빛과 영원의 세계로 넘어가는 방법을 열망하는 자들이었다. 천사와 마귀가 그들을 찾아왔고, 그들은 찬송가를 짓고 악마를 몰아냈으며, 사람들을 치료하고 축복을 내렸다. 그들은 과거에도 있었고 미래에도 있을 세속적 쾌락과 야비함과 감각적 욕망을 감격과 헌신의 세찬 파도로 씻어 내고, 속세를 단념함으로써 황홀한 보답을 받는 일을 스스로 짊어진 듯이 보였다. 그들 가운데에는 옛 이교도의 정화법이라든가, 수백 년 전부터 아시아에서 고도로 발달된 심령술의 방법과 기술을 익힌 사람도 많았다고 하는데, 이들에 관하여는 전해지는 말이 별로 없었다. 이러한 술법이라든가 요가술은 사실상 더 이상 가르쳐지지 않았고, 금지되어 있었다. 기독교는 이교적인 것을 모두 차례차례 금지했던 것이다.

참회자들 대부분은 이런 치열한 삶 가운데에서 특별한 능력을 터득했는데, 그것은 기도의 능력, 안수로써 치료하는 능력, 예언의 능력, 마귀를 쫓는 능력, 재판하고 벌하는 능력, 위로를 베풀고 축복을 내리는 능력 등이었다. 요제푸스에게도 한 가지 능력이 깃들어 있었는데, 세월이 흘러 머리카락이 세기 시작하자 이 능력은 서서히 꽃을 피우게 되었다. 그것은 귀 기울여 남의 이야기를 들어 주는 능력이었다. 은자들 공동체의 어떤 형제나 양심의 가책으로 괴로워하는 세속인이 그에게 와서, 자기가 한 일과 고민과 유혹과 잘못을 고백하거나, 자신의 생애를 이야기하고 선을 위한 싸움과 또 그 싸움에서의 패배, 혹은 상실의 괴로움과 슬픔 따위를 고백하면, 요제프는 그 사람의 말에 귀를 기울이며 자신의 귀와 마음을 열고 그 번뇌와 걱정을 받아들여 위로하고 마음을 가볍게 해주거나 진정시켜 보낼 줄 알았다. 오랜 세월에 걸쳐 서서히 이 일이 그의 마음을 사로잡아 그를 도구로 만들고, 사람들이 믿을 수 있는 귀가 되도록 했다. 일종의 인내심과 흡수해 받아들이는 수동성 그리고 비밀을 침묵으로 지키는 과묵함이 그의 미덕이었다. 마음을 터놓기 위해서, 속으로 빡아 두었던 괴로움을 풀어 놓기 위해서 그를 찾는 사람들이 점점 늘어났다. 갈대로 지은 요제프의 오두막까지 먼 길을 찾아온 것이 분명한데도 막상 도착해서 인사를 한 다음에는 터놓고 고백할 용기가 없어서 몸을 꼬고 부끄러워하면서, 자기 죄를 지나치게 과장해 한숨을 내쉬며 몇 시간 동안이나 그대로 앉아 있다가 돌아가는 사람들도 많았다. 찾아온 사람이 기꺼이 고백을 하든 고백하기를 꺼리든, 술술 이야기를 하든 더듬거리든, 비밀을 미친 듯이 털어놓든 중요한 일인 양 감싸고 있든, 요제프는 어느 사람에게나 똑같이 대했다. 또한 그 사람이 하느님이나 자기 자신을 책망해도, 자신의 죄와 고민을 과장해서 혹은 줄여서 말하더라도, 살인을 저질렀어도, 음란한 짓을 저지르고 고백하더라도, 배신한 애인이라든가 구원 불가능한 영혼을 한탄하더라도, 요제프에게는 모두가 같은 것이었다. 설혹 어떤 사람이 마귀와 친숙하게 지내며 악마와 가까운 사이임을 이야기해도 그는 놀라지 않았다. 또한 누군가 여러 시간 동안 많은 일들을 이야기하면서도 정작 중요한 부분을 감추고 있는 것이 분명하더라도 그는 결코 불쾌한 표정을 짓지 않았으며 어떤 사람이 있지도 않은 죄를 저질렀다고 꾸며 대도 초조해하지 않았다. 사람들이 그에게 가져오는 한탄과 고백과 호소와 양심의 가책 같은 것들은 모두 사막의 물처럼 그의 귓속에 스며드는 것 같았다. 그는 그러한 것들에 비평을 가하지 않았으며 참회자들에게 동정을 느끼거나 그들을 업신여기지 않는 것 같았다. 그럼에도 불구하고 그렇게 함으로써 그에게 참회한 일들은 공허한 말이 되지 않고, 말하고 들어 주는 가운데 변화하며 가벼워져서 사라지고 마는 것처럼 보였다. 요제프가 훈계나 경고하는 일은 드물었으며, 조언을 하거나 명령하는 일은 그보다 더 드문 일이었다. 그것은 그가 할 일이 아닌 것 같았다. 그저 말하는 일조차 자신이 할 일이 아니라고 여기는 것 같았다. 그가 할 일은 신뢰를 일깨우는 동시에 신뢰를 받고 참을성 있게 사랑하는 마음으로 귀를 기울이며, 그렇게 함으로써 아직 완성된 형태를 갖추지 못한 참회를 완성시키도록 만들어 주고, 마음속에 쌓여 있거나 딱지가 앉아 버린 참회를 흘러나오도록 유도하고, 그것을 받아들이며 침묵으로 감싸는 일이었다. 무시무시한 참회든 무해한 참해든, 뼈에 사무치는 것이든 쓸데없는 것이든, 참회가 끝나면 요제프는 참회자를 자기 곁에 무릎 꿇게 하고 주기도문을 외운 뒤 돌려보내기 전에 이마에 입을 맞춰 주었다. 죄를 사하고 벌을 내리는 일은 그가 할 일이 아니었다. 그는 면죄 선고는 사제 본래의 일로서 자기에게는 아무 권한도 없다고 여겼다. 죄의 심판도 용서도 그의 일은 아니었던 것이다. 참회를 귀 기울여 듣고 이해함으로써 자신에게도 죄가 나누어지는 것이며, 그 무거운 짐을 함께 지는 것처럼 여겨졌다. 침묵함으로써 들었던 일을 묻고 과거지사로 넘길 수 있는 것으로 여겼다. 참회가 끝난 뒤 참회자와 함께 기도를 드림으로써 그 사람을 형제이며 동료로서 맞이하고 인정해 주는 것이라고 여겼다. 그에게 입맞춤을 함으로써 사제로서보다는 형제로서, 격식보다는 사랑으로서 그에게 축복을 내릴 수 있는 것으로 여겼던 것이다.

그의 명성은 가자 주위로 퍼져 나갔다. 그는 널리 알려졌으며, 어떤 때에는 저 존경할 만한 위대한 고해신부이며 은둔자인 디온 푸길에 비견되는 일도 있었다. 물론 이 은둔자의 명성은 이미 십 년 전부터 있었던 것이고, 또한 전혀 다른 능력에 바탕을 둔 것이었다. 왜냐하면 디온 신부는 자기에게 심중을 털어놓는 이의 마음속을 그가 하고 있는 말보다 더 날카롭고 빠르게 읽어 냈으며, 또한 머뭇거리는 참회자의 경우에는 그가 아직 참회하지도 않은 죄를 맞대놓고 말하여 상대방을 놀라게 하는 일이 적지 않음으로써 유명했기 때문이었다. 마음속을 꿰뚫어 보는 이 사람에 대하여는 요제푸스도 수없이 놀라운 이야기를 들은 일이 있으며, 자신과 이런 인물을 비교해 본다는 생각은 감히 하지도 못할 일이었다. 그 사람은 헤매는 영혼을 위하여 신의 은총을 입은 조언자였으며, 위대한 심판자이자 처벌자이며 정리하는 자였다. 다시 말해서 그는 참회와 고행과 성지순례를 죄에 대한 보상으로 부과했고, 혼인을 중매했으며, 원수들을 화해시켰다. 그의 권위는 주교의 권위나 마찬가지였다. 그는 아스칼론 근처에서 살았지만, 예루살렘은 물론 그보다 훨씬 먼 지역에서도 고해를 청원하기 위해 사람들이 찾아왔다.

요제푸스 파물루스는 대부분의 은둔자나 참회자와 마찬가지로 오랫동안 소모적인 격렬한 싸움을 겪어 왔다. 비록 속세의 생활을 버리고 재산과 집도 다른 사람에게 넘겨주고 속되고 관능적인 쾌락을 위한 수많은 유혹이 있는 도시를 떠났다 하더라도, 자기 자신까지 버리고 올 수는 없었다. 다시 말해서 그의 안에는 인간을 고난과 유혹으로 이끌 수 있는, 육체와 영혼의 갖가지 충동이 남아 있었던 것이다. 처음에 그는 무엇보다도 육체와 싸움을 벌였다. 그는 육체를 엄격하고도 혹독하게 대했으며, 더위와 추위, 굶주림과 갈증, 상처와 물집에 길들였기 때문에, 결국 그의 육체는 서서히 쇠하고 여위게 되었다. 그래도 아직 이 수척한 고행자의 육신에는 저 옛날 아담과도 같은 어리석은 정욕과 꿈과 요술이 남아 있어 그를 엄습하고 분

격하게 했다. 마귀는 세상을 등지고 참회하는 이들에게 특히
세심한 유혹의 손길을 뻗는다는 사실을 우리는 잘 알고 있다.
그럴 즈음 위로를 받고자 하거나 참회를 필요로 하는 사람이
찾아오면, 그는 거기에서 은총의 부름을 듣고 감사하며 동시
에 참회자로서의 자신의 삶에 안도감을 느끼곤 했다. 즉 자기
자신을 넘어서도록 내모는 의미가 담긴 지시를 그는 받아들였
으며, 할 일이 배당되어 있어 다른 사람에게 봉사할 수 있거나
신의 도구로서 봉사할 수 있었으며, 그럼으로써 영혼을 자신
에게 매어 놓을 수 있었던 것이다. 이것은 놀랍고도 참으로 장
엄한 감정이었다. 그러나 이런 일을 수행하는 중에 영혼의 보
물 역시 세속적인 것이 되며 유혹의 덫에 걸릴 수 있다는 사
실도 드러났다. 즉 이따금 그와 같은 어떤 나그네가 걷거나 말
을 타고 자신이 있는 바위 동굴 앞에서 걸음을 멈추고 물 한
모금과 함께 자신의 참회를 들어 주기를 청할 때 요제프는 만
족감에 사로잡히곤 했는데, 그것은 자기 도취에 빠지는 쾌감이
요 허영이자 자기애였던 것이다. 이러한 사실을 깨닫고 요제프
는 몹시 놀랐다. 그는 자주 무릎을 꿇고 신에게 용서를 빌며,
자기처럼 못난 인간에게 인근의 참회하는 형제라든가 속세의
마을이나 도시에서 참회자가 찾아오지 않도록 해 달라고 빌었
다. 그런데 정말로 참회자가 찾아오지 않는 일이 생겨도 상태
가 더 나아지지 않았다. 그러곤 그다음에 다시 많은 참회자가
몰리면, 그는 새로운 죄를 범하고 있다는 생각에 문득 사로잡
히는 것이었다. 요컨대 이러저러한 고백을 듣고 있는 동안 마
음속에서 고해자에 대한 냉정하고 쌀쌀맞은 감정뿐 아니라 경
멸감마저 솟아나는 일이 벌어졌던 것이다. 그는 탄식하면서 이

싸움도 감수했다. 고해를 듣고 나서 자기 홀로 겸손한 마음으로 참회하는 일도 있었다. 또한 모든 고해자를 그저 형제처럼 대하는 것을 넘어 특별히 공경하는 마음으로 대하고, 그 사람의 인품이 마음에 들지 않을수록 더욱 그렇게 대할 것을 자기 원칙으로 삼았다. 다시 말해서 요제푸스는 그들을 자기를 시험하기 위해 하느님이 보낸 사자로 여겼다. 그렇게 함으로써 여러 해가 지나고 이미 노령에 접어들어 비록 늦기는 했지만, 생활을 해 나가는 데 일종의 균형을 찾을 수 있었다. 그 결과 그의 이웃들은 그를 하느님 안에서 평화를 찾은, 흠잡을 데 없는 사람으로 생각했다.

그러나 평화 또한 살아 있는 어떤 것이다. 그것 역시 살아 있는 모든 것과 마찬가지로 성장하고 쇠하기도 하며, 적응하고 시험받고 변화를 겪기 마련이었다. 요제푸스 파물루스의 평화도 마찬가지였다. 그것은 불안정해서, 때론 확실하기도 했지만 때론 그렇지 못했으며, 때론 손에 든 촛불처럼 가깝다가도 때론 겨울 밤하늘의 별처럼 아득히 멀게 여겨지기도 했다. 그리고 시간이 흐름에 따라 어떤 새롭고 특별한 종류의 죄와 유혹이 갈수록 빈번하게 그의 삶을 힘들게 했다. 그것은 본능의 강하고 정열적인 동요나 반란, 끓어오름 같은 것이 아니라, 오히려 그 정반대인 것 같았다. 첫 단계에서는 거의 느끼지도 못할 정도의 감정으로 아주 쉽게 참을 수 있었을 뿐 아니라 특별히 고통스럽다든가 부자유한 상태를 지각할 정도도 아니었다. 그것은 나른하며 굼뜨고 무료한 정신 상태 같은 것으로, 마치 기쁨이 점점 줄어들다가 결국은 없어지고 마는 것처럼 소극적으로 나타났을 뿐이었다. 마치 햇빛이 비치는 것도 비가 쏟아지

는 것도 아니고, 하늘이 고요히 가라앉아 잿빛이지만 시커멓게
어두운 것은 아니고 무덥긴 하지만 소나기가 퍼부을 정도는
아닌 그러한 날이 있는 것처럼, 나이 들어 가는 요제프의 나날
도 차츰 그렇게 되어 갔던 것이다. 아침과 저녁, 축제일과 평일,
도약과 침체의 시간을 갈수록 분간할 수 없게 되었으며, 만사
가 나른한 피로와 지치고 내키지 않는 기분 속에 타성적으로
이루어졌다. 노쇠한 것이라고, 요제프는 슬픈 마음으로 생각했
다. 그가 슬픔을 느낀 것은, 나이를 먹고 본능과 번뇌도 차츰
사라지게 되면 생활도 가볍고 투명해져, 그토록 열망하고 있던
조화와 원숙한 영혼의 안정을 향해 한 걸음 더 나아갈 수 있
으리라고 기대하고 있었기 때문이었다. 그런데 나이가 가져다
준 것은 피로하고 우울하고 기쁨을 잃은 황량한 심정, 치유할
길 없는 싫증뿐이었으므로 이제는 그것에 환멸을 느끼고 배신
이라도 당한 듯한 기분이 들었던 것이다. 그는 무엇보다 이 모
든 일, 즉 그저 살아 있는 것, 숨을 쉬며 밤이면 잠을 자는 것,
조그만 오아시스 한 가장자리의 동굴 속에서 생활하는 것, 밤
이 되고 아침이 되는 이 영원한 되풀이, 여행자와 순례자와 낙
타나 나귀를 타고 자기를 찾아오는 많은 사람들, 자기만을 만
나기 위해서 오는 사람들, 자기에게 그들의 생활과 죄악과 불
안, 그들이 빠지는 유혹과 자책감을 이야기하려는 간절한 소
망을 가지고 있는 이 어리석으며 불안에 떨고 있는, 어린애들
처럼 남을 잘 믿는 사람들 모두에 대해 신물이 났다. 이따금
그는 이런 생각이 들었다. 오아시스에 있는 조그만 샘물이 암
반에 모여 풀밭을 흐르며 작은 냇물을 이루다가는 이내 모래
사막 속으로 스며들어 거기서 짧은 흐름이 고갈되고 없어지는

것처럼, 이 모든 고해나 죄의 목록이나 경력이나 양심의 가책들도 크든 작든, 참이든 거짓이든 수십 수백 가지가 언제나 새롭게 자신의 귓속으로 흘러 들어온다고. 그러나 그의 귀는 사막의 모래처럼 죽어 있는 것이 아니라 살아 있어서, 영원히 마시고 빨아들일 수 없기 때문에 피로에 지치고 혹사되고 포화된 것 같았다. 그런 말과 고백과 걱정과 한탄과 자책이 언젠가 그 흐름을 멈추고, 이 끝도 없는 흐름 대신 평안과 죽음과 고요를 바랐다. 그렇다. 요제프는 종말을 바라고 있었다. 그는 지칠 대로 지친 것이었다. 그의 삶은 맥이 풀리고 무의미해졌다. 그는 상태가 심해지자 마치 배반자 유다가 스스로 목을 맨 것처럼, 자신의 삶을 끝내고 스스로를 벌하고 사라져 버리고 싶은 기분도 되었다. 그가 참회 생활을 처음 시작했을 무렵에 악마가 그의 영혼에 탐욕과 관능적이고 속된 쾌락에 대한 표상이라든가 꿈을 몰래 들여놓았던 것처럼, 그는 이제 은밀히 자살에 대한 생각을 품게 되어, 나뭇가지를 보면 거기에 목을 매기가 알맞은지를 살폈으며, 주위에서 가파른 벼랑을 보면 그것이 자기가 죽을 만큼 충분한 높이와 경사로 이루어졌는지를 살피곤 했다. 그는 이러한 유혹에 저항해서 싸웠다. 굴복한 것은 아니지만, 밤낮으로 자기혐오와 죽음에 대한 욕망의 불길 가운데에서 살았다. 삶은 갈수록 견디기 어렵고 진절머리 나는 것이 되어 갔다.

요제프는 그 지경에 이르러 있었다. 어느 날 그가 다시 예의 그 높다란 벼랑 위에 서 있을 때, 멀리 하늘과 땅 사이에 두세 사람의 작은 모습이 나타났다. 나그네임이 분명했고, 아마 순례자거나 자기에게 고해를 하기 위해 찾아오는 사람인지도 몰랐다. 그러자 문득 그 자리, 그러한 생활에서 당장 빠져 달아나고 싶은 억제하기 힘든 욕망이 치밀어 올랐다. 이 욕망이 너무도 강하게 충격적으로 그를 사로잡는 바람에, 다른 생각이나 반대나 사려는 짓밟히고 쓸려 내려가 버리고 말았다. 물론 다음과 같은 반대 감정이 없었던 것은 아니다. 경건한 참회자라면 어떻게 양심의 가책 없이 충동에 따를 수 있겠는가? 그러나 이미 그는 달리고 있었다. 그는 지난 몇 해 동안 투쟁으로 얼룩졌던 거처, 그 많은 자긍심과 패배감이 고스란히 담겨 있는 자신의 동굴로 돌아갔다. 그러곤 생각할 틈도 없이 서둘러서 몇 줌의 대추야자 열매와 물을 담은 호리병 하나를 챙겨 자신의 낡은 바랑에 담아 어깨에 메고, 지팡이를 짚고 푸르른 평화에 감싸인 이 조그만 고향을 떠났다. 그는 신과 인간을 피하고, 한때 가장 귀중하고 자신의 직분이자 임무라고 여겼던 것을 피해 달아나는 안식 없는 도망자였다. 처음엔 마치 벼랑 위에서 보았던 그 멀리 나타난 사람들이 정말 자기를 쫓아오는 박해자나 적이라도 되는 양 정신없이 달아났다. 그러나 달리기 시작한 지 한 시간가량 지나자 불안에 사로잡혀 서둘렀던 마음이 사라지고, 걷는 일 자체가 기분 좋을 만큼 피로를 가져다주었다. 첫 번째 휴식 때 그는 가벼운 음식조차 들지 않았는데 ─ 해가 지기 전에는 어떠한 음식도 먹지 않는 것이 그에겐 신성한 습관이 되어 있었다 ─ 그때 벌써 고독한 사색에 단련된 그의 이성이 다시금 눈을 뜨고 자신의 충동적인 행동을 실펴보고 검토해 보기 시작했다. 이성은 이러한 행동이 비이성적으로 보일 수 있었음에도 그것을 비난하는 대신, 오히려 호의로 대해 주었다. 왜냐하면 참으로 오랜만에 이성은 그의 행위를 무해하고 순수하다고 보았기 때문이다. 그가 한 일은 도망이었다. 사실 갑작스럽고 분별없는 도망이긴 했지만, 그러나 부끄러운 도망은 아니었다. 더 이상 감당할 수 없는 그 지위를 버린 것에 불과했다. 이러한 도주로써 그는 자기 자신과 자신을 주시하고 있을 사람들에게 스스로의 무력을 고백하고, 자신이 매일매일 되풀이되는 이 무익한 싸움을 포기한 낙오자이며 패배자임을 자인했던 것이다. 그의 이성이 보기에, 이 행동은 훌륭하거나 영웅적이거나 신성한 것은 아니었지만, 그래도 정직한 것이며, 피할 수 없는 일이었다. 그는 자신이 이토록 늦게야 비로소 도망쳤다는 것, 자신이 그토록 오랫동안 너무도 오랫동안 참아 냈다는 것이 놀랍게 느껴졌다. 그토록 오랫동안 최전선에서 치렀던 싸움과 저항은 이제 그저 하나의 오류, 아니 그보다는 옛날 아담이 치렀던 것 같은 이기심을 위한 싸움이요 발작이었던 것처럼 여겨졌다. 그리고 이러한 반항이 어째서 그토록 나쁜 실로 악마적인 결과를 가져왔는지, 분열이나 허탈감뿐 아니라 죽음과 자살에 대한 마치 악마의 광란과도 같은 욕망에 이르게 되었는지를 이제야 알 수 있을 것 같았다. 물론 기독교를 믿는 자로서 죽음을 적으로 삼아서는 안 되고, 참회자나 성자는 자기 목숨을 철저히 희생으로 여기지 않으면 안 될 것이다. 그러나 자살을 생각한다는 것은 전적으로 악마적인 생각이며, 천사 대신 사악한 마귀가 영혼의 주인이요 수호자가 되어 있는 영혼에서나 일어날 수 있는 일이었다. 얼마 동안 그는 완전히 망연자실하여 앉아 있었다. 그러다 이윽고 뼈저린 회한과 마음의 동요를 느꼈으니, 방금 얼마간 방랑하며 생겨난 거리를 통해 얼마 전까지의 자신의 삶이 또렷해지고 의식되었던 것이다. 그것은 목표를 잃은, 마치 구세주를 배신한 자가 끊임없이 나무에 목매어 죽고 싶은 무시무시한 유혹에 시달리고 있는 듯한, 절망스럽고 쫓기는 듯한 노인의 삶이었다. 그가 자살을 그토록 끔찍스럽게 여겼다면, 그 몸서리 속에는 분명 예수가 탄생하기 이전 시대의 옛날 이교도적 지식의 잔재가 남아 있었음에 틀림없다. 옛날에는 왕이나 성자나 종족 가운데 뛰어난 자가 산 제물로 바쳐졌고, 그 일을 제 손으로 집행한 일도 드물지 않았다는 것을 알고 있었던 것이다. 이 금지된 풍습이 옛날 이교도 시대로부터 건너왔을 뿐만 아니라, 구세주가 십자가에서 받은 죽음도 결국 스스로를 제물로 바친 일 이외의 다른 것일 수 없다는 생각이 요제프에게 소름 끼치는 전율을 안겨 주었다. 사실 정확히 말하자면, 어렴풋하게나마 이러한 의식이 자살에 대한 마음의 욕구 가운데 이미 들어 있었던 것이다. 자기 자신을 희생시킨다는, 그럼으로써 용서하지 못할 방법으로 구세주를 흉내 낸다는, 혹은 용서하지 못할 방법으로 구세주는 세상을 구원하는 자신의 임무를 성공시키지 못했다는 사실을 암시한다는 그런 반항적이고도 사악하고 거친 충동이었다. 그는 이러한 생각에 마음속 깊이 놀랐으나, 자신은 이제 그와 같은 위험에서 빠져나온 것이라고 여기기도 했다.

오랫동안 그는 한때 자신의 모습이었던 이 참회자 요제프라는 인물을 관찰해 보았다. 그는 지금, 유다나 십자가에 못 박힌 사람을 따르는 대신 도망쳐 나와 새로이 신이 손길에 자기 몸을 맡긴 것이었다. 자신이 빠져나와 달아난 그곳이 지옥이라는 사실을 뚜렷이 깨달을수록 그의 마음속에는 수치와 슬픔이 더해 갔다. 결국 자신의 가련한 상태가 마치 목에 걸린 음식물처럼 목구멍을 틀어막으며 참을 수 없는 절박함으로 치밀어 오르더니 왈칵 쏟아지는 눈물에서 출구와 구원을 찾아냈다. 놀랍게도 눈물이 쏟아지자 그는 마음이 편안해졌다. 아, 얼마나 오랫동안 눈물을 흘리지 못했던가! 눈물이 흘러 앞이 보이지 않았지만, 죽을 것처럼 숨 막히던 느낌은 사라졌다. 정신을 되찾게 되고 입술에 눈물의 짠맛을 느끼며 자신이 울었다는 것을 깨달았을 때, 그 한순간 자신은 어린애로 되돌아가 아무런 근심 걱정도 없는 것처럼 느껴졌다. 그는 미소를 지었다. 자신이 운 것에 대해 조금 부끄러움을 느꼈지만 마침내 자리에서 일어나 여행을 계속했다. 그는 불안하고 어디로 가야 할지, 무엇을 해야 할지 몰라 마치 자기가 다시 어린애가 된 것 같았지만, 마음속에는 더 이상 싸움도 의욕도 일어나지 않아 가벼운 마음이 되었으며, 인도를 받는 것 같은, 누군가가 먼 곳에서 부드러운 목소리로 자신을 부르며 유혹하는 것 같은 기분이 들었다. 마치 자신의 여행이 도망길이 아니라 고향에 돌아가는 길이기라도 한 것 같았다. 그는 지쳤고, 이성도 지쳐서 침묵을 지켰다. 아니면 이성은 휴식을 취하고 있거나 자기가 없어도 된다고 여겼는지도 모른다.

요제프가 밤을 지낼 우물가에 낙타 몇 마리가 휴식을 취하고 있었다. 이 작은 여행자 무리 가운데에는 여자도 두 명 끼어 있었다. 요제프는 인사로 가볍게 고개를 숙여 보였을 뿐 말을 나누는 일은 피했다. 날이 어두워지자 그는 대추야자 열매 몇 알을 먹고 기도를 드린 다음 자리에 누웠다. 그러자 노인과 젊은이 두 사람이 서로 나지막한 음성으로 주고받는 이야기

소리가 들려왔다. 이 두 사람은 요제프 바로 곁에 누워 있었던 것이다. 그가 들을 수 있었던 것은 대화의 한 토막에 불과했으며, 나머지는 그저 속삭이는 소리밖에는 들리지 않았다. 그러나 이 짤막한 이야기 토막이 그의 주의와 관심을 끌어, 그를 밤늦도록 생각하게 만들었다.

요제프는 노인이 이렇게 말하는 소리를 들었다. "좋은 일이지. 자네가 경건한 사람을 찾아가 고해하겠다는 건 좋은 일이야. 그런 사람은 온갖 일들을 이해해 준다네. 그이들은 단순히 먹고사는 문제 이상의 일들을 할 수 있는 거라네. 그 가운데 많은 이들은 마술도 부릴 줄 알고 있지. 덤벼드는 사자에게 그저 한마디만 해도, 그 도둑놈 같은 사자는 고개를 숙이고는 꼬리를 말고 슬슬 달아난단 말일세. 그 사람들은 사자를 길들일 줄도 알고 있다네. 그중 한 분은 특별한 성인이었는데, 그분이 세상을 떠나자 그분이 길들였던 사자들이 무덤을 파고는 그분 머리 위로 다시 공손하게 흙을 덮는 일까지도 있었다네. 그러곤 밤낮으로 두 마리의 사자가 그분의 무덤을 지켰지. 그런데 이 사람들이 길들일 줄 아는 건 비단 사자들뿐이 아니라네. 그중 한 분이 언젠가 로마의 백인대장이자 군인 가운데 가장 잔인한 짐승 같은 녀석이며 아스칼론을 통틀어 가장 유명한 바람둥이를 불러다가 꾸짖으며 그 못된 심보를 손봐 주었더니, 글쎄 이 녀석이 코가 팍 죽어서 생쥐처럼 도망칠 구멍만 찾더란 말일세! 그랬고말고. 그리고 이게 중요한 건데 말이야. 얼마 안 가서 그 사람은 죽고 말았기."

"그 성자가 말인가요?"

"아니, 그 백인대장이 말이야. 그자의 이름은 바로였다네. 그

자는 참회승에게 혼이 나고 양심이 눈을 뜨게 된 뒤로 갑자기 몸이 야위더니, 두 차례인가 고열에 시달리고는 석 달 뒤에 죽고 말았네. 그래, 사실 가여울 건 없어. 하지만 어쨌든 이런 생각이 자꾸 떠오른단 말일세. 그 참회승이 그 녀석에게서 그저 마귀만 몰아낸 것이 아니라, 그자를 살려두지 않을 무슨 주문 같은 걸 외지 않았을까 하고 말이야."

"그런 경건한 분이 그랬겠어요? 믿을 수 없는 일인데요."

"믿든 안 믿든 그건 자네 마음대로 하게. 그러나 그 사람은 그날부터 완전히 다른 사람으로 변했단 말일세. 뭐에 홀렸다고 할 수 있는지는 모르겠지만, 어쨌든 석 달 뒤에……."

얼마 동안 말소리가 들리지 않았다. 이윽고 젊은이의 목소리가 다시 들렸다. "어떤 참회승이 있는데 말입니다, 그분은 이 근방 어디서 살고 있다고 해요. 가자로 가는 길가에 있는 어느 조그만 샘물 곁에서 혼자 살고 있는 분이라고 합니다. 이름이 요제푸스래요. 요제푸스 파물루스. 그분에 대해서 저는 여러 가지 소문을 들었지요."

"그래? 그게 어떤 것인데?"

"그분은 굉장히 경건한 분으로, 특히 절대로 여자를 보지 않는다고 해요. 어쩌다 그분이 살고 있는 곳을 낙타를 탄 사람들이 지나가는 일이 있고 그 가운데 여자가 끼어 있으면, 그 여자가 아무리 베일로 몸을 두껍게 감싸고 있더라도, 그분은 등을 돌리고는 이내 바위 절벽 속으로 사라져 버린다고 합니다. 그분께 아주 많은 사람들이 고해를 하러 갔다고 해요."

"그렇게 대단하지는 않은 모양이군. 그렇지 않다면 나도 벌써 그런 소문을 들었을 텐데. 그런데 자네가 말하는 그 파물루스라는 사람은 무슨 재주를 갖고 있나?"

"바로 고해를 듣는 재주지요. 만일 그분이 훌륭한 사람이 아니고 아는 게 없다면, 사람들이 그분께 갈 리가 없잖아요. 그런데다 그분은 거의 한마디도 말하지 않고, 꾸짖는다거나 화를 낸다거나 벌을 주는 것 같은 일은 절대로 하지 않는다는 거예요. 부드러운 성품에 내성적인 분이라고들 합니다."

"그럼, 대체 그 사람은 뭘 하는 거지? 꾸짖지도 않고 벌을 주지도 않고 입도 뻥긋하지 않는다면 뭘 한다는 거야?"

"그분은 그저 귀를 기울여 듣고 이상한 한숨을 쉬고 손으로 십자를 긋는답니다."

"정말 굉장한 괴짜 성인이시군 그래! 그런데 자네도 그런 벙어리 양반을 쫓아다니는 어리석은 짓을 하는 건 아닐 테지."

"아뇨, 그렇게 하려고요. 저는 곧 그분을 찾게 될 거예요. 여기서 그다지 멀리 떨어져 있지 않거든요. 게다가 아까 저녁에 우물가에 어떤 가난한 수도자가 한 사람 있는 걸 보았어요. 그 사람에게 내일 아침 물어볼 작정입니다. 그분도 참회승처럼 보이더군요."

노인이 벌컥 화를 냈다. "자네의 그 참회승 양반은 동굴에 웅크리고 있게 내버려 두게! 그저 귀나 기울이고 한숨이나 내쉬고 여자들이나 겁내며 아무 일도 못하고 아는 것도 없는 그런 친구는 말이야! 그래, 자네가 누구를 찾아가야 할지 말해 주지. 이곳에서 아스칼론 저편까지 넘어가자면 제법 멀긴 하지만, 그 대신 세상에 둘도 없는 참회승이나 고해신부라네. 그 사람 이름은 디온이야. 사람들은 디온 푸길이라고 부르는데, 권투 선수란 뜻이지. 온갖 마귀들과 치고받고 싸우거든. 누가 부끄러운 행동을 고해하면, 여보게, 그 푸길이란 분은 한숨을 내쉰다든지 입을 봉하고 있는 대신, 곧장 그 사람의 녹슨 껍데기를 벗겨 낸단 말일세. 그것도 훌륭하게 말이야. 그분에게 얻어맞은 사람들도 많다네. 어떤 사람은 밤새도록 돌 위에 맨 무릎으로 앉혀 놓고는, 다시 가난한 사람에게 40그로셴을 주라고 벌을 내렸지. 그야말로 인물 아닌가. 만나 보면 자네도 놀라고 말거야. 그분이 자네를 똑바로 바라보기만 해도 자네는 뼈가 덜덜 떨릴걸. 자네를 속속들이 꿰뚫어 보니까. 한숨 따위는 쉬지 않는다네. 그분은 한숨을 속에 품지. 제대로 잠을 못 잔다거나 악몽이나 환각 따위에 시달린다면, 푸길한테 가면 말끔히 고쳐 놓는단 말일세. 여자들이 지껄이는 소리나 듣고 자네에게 이런 말을 하는 게 아니야. 나 자신이 그분에게 간 적이 있었기 때문에 하는 소릴세. 나 같은 사람이야 그야말로 보잘 것 없는 존재에 불과하지만, 아무튼 참회승 디온을, 하느님의 종인 그 권투 선수를 직접 찾아가 본 일이 있단 말이야. 갈 때엔 정말 비참했고 수치뿐이며 쓰레기 같은 양심을 들고 갔는데, 나올 때에는 샛별처럼 밝고 깨끗해졌다네. 정말이야. 잘 들어 두게. 이름은 디온이고, 별명이 푸길이야. 가능한 한 빨리 찾아가 보게. 기적을 경험할 거야. 장관이나 장로나 주교 같은 이들도 그분에게 조언을 얻으러 간다네."

"그렇게 하지요. 언제든 그 지방에 가게 되면 생각해 보겠어요. 하지만 지금은 지금이고 또 여기는 여기예요. 저는 지금 여기 있는 거예요. 이 근방에 그 요제푸스라는 분이 있는 게 틀림없고요. 그분에 대해서 훌륭한 소문을 많이 들었다고요……"

"훌륭한 소문이라고! 대체 어떻게 해서 그 파물루스라는 자에게 그렇게 홀딱 빠지게 되었지?"

"그분이 욕을 하거나 거친 행동을 하지 않는 것이 마음에 들었어요. 그래요. 그 점이 마음에 들었다고 해야겠네요. 저는 백인대장도 아니고 주교도 아닙니다. 저는 하찮은 인간이고, 실은 겁이 많은 사람이지요. 불이나 유황 같은 것에 견딜 수 없을 것입니다. 그런데 오히려 부드럽게 대해 주면, 거역할 수가 없답니다. 그렇게 타고난걸요."

"그런 것을 좋아하는 사람도 많은 모양이군. 부드럽게 대한 단 말이지! 만일 자네가 참회를 하고 속죄도 하고서 벌을 받고 마음을 깨끗하게 한 다음이라면, 부드럽게 자네를 대한다 하더라도 상관없을 테지만, 만일 자네가 무슨 이리처럼 더러운 몸으로 악취를 풍기며 고해신부나 심판관 앞에 선다면 안 될 일이지!"

"자, 그만하세요. 그렇게 큰 소리로 말하면 안 돼요. 다른 사람들도 자야 하니까요."

그런데 갑자기 젊은이가 즐겁다는 듯이 킥킥대며 웃었다.

"그런데 그분에 대한 재미있는 소문도 있답니다."

"누구 말인가?"

"그분 말입니다. 참회승 요제푸스 말이에요. 그분은 고해가 끝나고 나면 고해자에게 작별 인사와 축복을 내려 주고 나서 이마나 뺨에 입맞춤을 해 주는 버릇이 있다고 합니다."

"그런 짓을 한다고? 정말 우스운 버릇을 가졌군."

"그리고 그분이 여자 앞에서 몹시 낯을 가리는 것은 알고 계시지요. 그런데 한번은 그 지방에 살고 있는 창녀 하나가 남장을 하고 그분께 갔답니다. 그분은 아무 눈치도 채지 못하고 그 여자의 거짓 이야기를 듣고 나서는, 고해가 끝나자 그녀 쪽으로 머리를 숙여 엄숙하게 입맞춤을 해 주었다는 거예요."

노인은 큰 소리로 웃음을 터뜨렸다. 그러자 젊은이가 곧 "쉿!" 하며 그를 말렸다. 그런 다음 얼마 동안 소리 죽여 웃는 웃음소리 말고는 아무 소리도 요제프의 귀에 들려오지 않았다.

그는 하늘을 쳐다보았다. 초승달이 야자나무 꼭대기에 날카롭게 걸려 있었다. 요제프는 밤의 냉기로 몸을 떨었다. 낙타 몰이꾼들이 밤에 나눈 대화는 마치 요술 거울을 보는 것처럼 이상하게 들렸으나, 그 자신과 그가 버리고 온 역할을 눈앞에 보는 듯 선명하게 그려 주어 유익하기도 했다. 그렇다면 그 창녀는 자신을 조롱했던 것인가. 그건 나쁜 짓이긴 했지만 최악의 것은 아니었다. 이 두 낯선 사내의 대화를 요제프는 오랫동안 곰곰이 생각해 보았다. 그는 상당히 늦은 시간이 되어서야 잠들 수 있었는데, 곰곰이 생각해 본 일이 헛되지 않았기에 가능했던 것이다. 하나의 답, 한 가지 결심에 도달했기 때문이다. 이 새로운 결심을 가슴속에 품은 채, 그는 날이 샐 때까지 깊이 잤다.

그의 결심은 바로, 두 낙타 몰이꾼 가운데 젊은 쪽이 할 수 없었던 바로 그것이었다. 그의 결심은 노인이 권한 대로 푸길이라는 별명을 가진 디온을 찾아가는 것이었다. 이 인물에 관해서는 벌써 오래전부터 알고 있었지만, 지난밤 그에 대한 칭찬이 아주 인상 깊게 들렸던 것이다. 이 유명한 고해신부이며 영혼의 심판관이자 조언가는 어쩌면 자기에게도 충고와 판결과 벌을 내리고 갈 길을 알려 줄지도 모르는 일이었다. 하느님의 대리자라도 만나듯 그의 앞에 서서, 그가 지시하는 바를 기꺼이 받아들이고 싶었다.

이튿날 그는 두 남자가 아직 잠자고 있을 때 이미 휴식을 취했던 곳을 떠났으며, 길을 서둘러 그날 중에 경건한 형제들이 살고 있는 한 장소에 이르렀다. 그는 이곳에서부터는 평상적인 여행길로 아스칼론에 다다를 예정이었다.

저녁 무렵 도착하자 초록에 에워싸인 작은 오아시스 풍경이 다정하게 그를 맞아 주었다. 나무들이 우뚝 서 있었고 염소의 울음소리가 들려왔다. 푸른 그늘 사이로 오두막집 지붕의 윤곽이 보이고 인기척이 있었다. 머뭇거리며 가까이 다가갔을 때, 그는 누군가의 눈길이 자기를 향하고 있는 것을 느꼈다. 걸음을 멈추고 사방을 둘러보니 숲 가장자리의 첫 번째 나무 아래 줄기에 등을 기대고 앉아 있는 사람의 모습이 눈에 보였다. 똑바른 자세로 앉아 있는 노인이었는데, 흰 수염에 위엄이 있으면서도 어딘지 엄격하고 딱딱한 얼굴로 그를 바라보고 있었다. 벌써 오랫동안 바라보고 있었던 것 같았다. 노인의 눈초리는 단호하고 날카로웠지만, 관찰하는 데 익숙하나 아무 호기심이나 관심도 없는 사람처럼 무표정했다. 사람이든 물건이든 다가와도 내버려 두고 그것이 무엇인지 알아보려고는 하나 손짓하여 부르지는 않는 그런 눈초리였다.

"주 예수 그리스도께 영광이 있기를." 요제프가 말했다. 그러자 노인도 웅얼거리며 이에 응답했다.

"실례합니다만." 하고 요제프가 말을 이었다. "노인께서는 저처럼 다른 지방에서 오신 분인가요, 아니면 이 아름다운 고장에서 사시는 분인가요?"

"나그네라오." 흰 수염의 노인이 말했다.

"그러면 노인께서는 여기서 아스칼론으로 가는 길이 있는지 말씀해 주실 수 있는지요?"

"갈 수 있을 것이오." 하고 말하면서 노인은 천천히 몸을 일으켰다. 팔다리가 좀 뻣뻣해 보였는데 말랐지만 체격이 큰 사람이었다. 그는 일어서더니 텅 빈 황야를 건너다보았다. 이 커다란 노인은 말을 주고받는 일을 싫어하는 모양이라고 요제프는 생각했다. 그래도 한 가지만 더 물어보고 싶었다.

"한 가지만 더 여쭈어 보겠습니다." 요제프는 공손하게 말했다. 그러자 노인의 눈은 멀리에서 다시 돌아왔다. 차갑고도 주의 깊은 두 눈이 요제프를 바라보았다.

"노인께서는 혹시 디온 신부를 어디 가면 만나뵐 수 있을지 알고 계시는지요? 디온 푸길이라고도 합니다만."

낯선 노인은 그 말에 이맛살을 약간 찌푸렸으며, 눈빛은 더한층 싸늘해졌다.

"그를 알고 있소." 노인은 짤막하게 말했다.

"알고 계시다고요?" 요제프가 외쳤다. "그럼 제게 좀 말씀해 주십시오. 저는 지금 디온 신부를 찾아가는 길입니다."

이 커다란 노인은 그를 살피듯이 아래로 쭉 훑어보았다. 그는 한참 동안 아무 대답도 않고 있었다. 그러더니 좀 전에 나무에 기댔던 곳으로 돌아가 천천히 다시 그 자리에 앉아, 좀 전과 마찬가지로 줄기에 몸을 기댔다. 그는 눈에 보일락 말락 할 정도로 손을 움직여 요제프를 부르더니 자기와 마찬가지로 앉으라는 시늉을 해 보였다. 요제프는 순순히 그 몸짓에 따랐다. 땅에 앉는 순간 그는 팔다리에 심한 피로감을 느꼈으나 이내 잊어버리고 노인에게 주의를 모았다. 노인은 생각에 잠겨 있는 것 같았다. 그 엄숙한 얼굴에 거부하는 듯한 표정이 나타났으나, 거기에는 또 다른 표정, 마치 투명한 탈을 쓰기라도 한 것처럼 또 하나의 다른 얼굴도 있었다. 그것은 노년의 고독한 고뇌의 표정이었는데, 긍지와 위엄이 그것을 밖으로 나타나지 못하게 억누르고 있었다.

오랜 시간이 흘렀다. 이윽고 이 존경스러운 사람의 시선이 다시 요제프를 향했다. 그 눈길은 훨씬 더 날카롭게 요제프를 살펴보았다. 그러더니 노인은 갑자기 명령하는 듯한 말투로 물었다. "대체 당신은 누구요?"

"저는 참회승입니다. 오랫동안 세상을 등진 채 살아왔지요."

"그건 보면 알 수 있는 일이지. 내가 묻는 건 당신이 누군가 하는 것이오."

"저는 요제프라고 합니다. 성은 파물루스입니다."

요제프가 자신의 이름을 말했을 때, 노인은 여전히 꼼짝도 하지 않았지만 눈썹을 힘껏 찌푸렸기 때문에 한순간 그의 눈이 거의 보이지 않을 지경이었다. 요제프의 말에 그는 당황하고 놀라며 한편으로는 실망한 것처럼 보였다. 아니면 그저 눈에 피로가 왔기 때문인지도 몰랐다. 노인에게서 흔히 볼 수 있는 집중력의 감소나 노쇠에 의한 어떤 경미한 발작 때문일 수도 있었다. 어쨌든 노인은 한동안 눈을 가늘게 뜬 채 손끝 하나 움직이지 않고 가만히 있었다. 그가 다시 눈을 떴을 때는 눈빛이 변한 것 같았다. 그런 일이 있을 수 있다면, 그 눈빛은 더 나이 들고 더 외로우며 놀처럼 굳어서 방관석이 된 것 같았다. 노인은 서서히 입을 열고 이렇게 질문을 던졌다.

"당신에 대해 들은 적이 있소. 사람들이 고해하러 가곤 하던 그 사람 아니오?"

요제프는 당황하면서 그렇다고 했다. 자신이 누군지 알려지자 마치 강제로 벌거벗겨지기라도 한 것 같은 기분이 들었고, 자신의 평판에 관한 부분과 마주치게 되자 두 번째로 부끄러움을 느꼈다.

노인은 다시 간결하게 물었다. "그런데 당신이 지금 그 디온 푸길이라는 사람을 찾아간다는 것이오? 그 사람에게서 무얼 바라는 거요?"

"저는 그분께 고해를 드리고 싶습니다."

"그래서 무엇을 기대하는 것이오?"

"그건 저도 모릅니다. 저는 그분을 믿고 있습니다. 하늘의 계시처럼 무엇인가가 저를 그분께 인도하는 것이라고 여기고 있습니다."

"고해를 한 다음엔?"

"그다음엔 그분이 명령하시는 대로 따를 작정입니다."

"그 사람이 뭔가 잘못된 일을 충고하거나 명령한다면?"

"그것이 잘못된 것인지 아닌지 알아볼 생각은 없습니다. 복종할 뿐이지요."

노인은 더 이상 아무 말도 하지 않았다. 해는 완전히 기울었고 새들은 나뭇잎 사이에서 지저귀고 있었다. 노인이 여전히 말을 않고 있자, 요제프는 자리에서 일어났다. 그는 망설이며 노인에게 다시 한번 자신의 일을 물었다.

"노인께서는 디온 신부를 만날 수 있는 곳이 어딘지 알고 있다고 말씀하셨습니다. 저에게 그곳이 어딘지, 어느 길로 가야 하는지 말씀해 주실 수 있는지요?"

그러자 노인의 입가에 희미한 미소가 떠올랐다. 노인이 부드러운 음성으로 물었다. "그런데 그 사람이 당신을 반갑게 맞아 주리라고 생각하오?"

요제프는 이상하게도 이 질문에 깜짝 놀라 아무 대답도 하지 못했다. 그는 당황한 채 서 있었다.

이윽고 요제프가 말했다. "어쨌든 당신이라도 다시 뵈올 수 있을까요?"

노인은 작별의 몸짓을 취하며 이렇게 대답했다. "나는 이곳에서 잘 것이며, 해가 뜨고 나서도 잠깐 동안은 이곳에 머물 것이오. 이제 가 보시오. 당신은 지치고, 허기도 졌을 것이오."

요제프는 공손히 절을 한 다음 길을 계속 갔다. 땅거미가질 무렵 그는 조그만 마을에 들어섰다. 수도원처럼 이곳에도 이른바 세상을 등진 사람들이 살고 있었다. 그들은 여러 도시와 촌락에서 모여든 기독교인들로서, 이곳 외딴 곳에 숙소를 만들고는 아무런 방해도 받지 않고 고요한 명상으로 소박하며 순결한 삶을 영위하고 있었다. 사람들은 그에게 물과 음식과 잠자리를 마련해 주었으며, 그가 피로해 보였기 때문인지 질문을 하거나 말을 걸지 않았다. 누군가 밤 기도를 올리자, 다른 이들도 무릎을 꿇고 다 함께 아멘을 외웠다. 다른 때였더라면 이처럼 경건한 사람들의 모임은 그에게 하나의 체험이며 기쁨을 안겨 주었겠지만, 지금 그는 오직 한 가지만을 생각에 담고 있었다. 다음 날 아침 일찍 그는 서둘러서 어제 노인과 헤어신 상소로 가보았다. 노인은 얇은 모포 한 깅을 몸에 김은 채 땅바닥에 누워 자고 있었다. 그는 좀 떨어져 있는 나무 아래 앉아서 노인이 깰 때까지 기다렸다. 얼마 후 자고 있던 노인이 몸을 움직이더니 잠에서 깨어났다. 그러곤 모포에서 빠져나와 느릿느릿 일어나면서 굳어진 팔다리를 쭉 뻗어 본 다음, 땅바닥에 무릎을 꿇고 기도를 드리기 시작했다. 노인이 다시 몸을 일으켰을 때, 요제프는 가까이 다가가서 말없이 허리를 숙였다.

"벌써 식사를 마쳤소?" 노인이 물었다.

"아니요. 저는 하루에 단 한 번, 해가 지고 나서 음식을 들고 있습니다. 노인께서는 시장하시지요?"

"우리는 여행 중이오. 우리 두 사람 다 이제는 젊지 않소. 그러니 길을 떠나기 전에 뭐든 먹는 편이 좋을 것이오." 노인이 말했다.

요제프는 자기 자루를 열고는 노인에게 대추야자 열매 몇 개를 주었다. 그에게는 지난밤 잠자리를 내준 친절한 사람들에게서 얻은 수수빵도 있었으므로, 노인에게 나누어 주었다.

"떠나지." 노인은 식사를 마치자 말했다.

"그럼, 우리가 함께 갑니까?" 요제프가 기뻐서 외쳤다.

"그렇소. 디온이 있는 곳에 데려다 달라고 부탁하지 않았소? 자, 갑시다."

요제프는 놀라서 기쁜 얼굴로 노인을 쳐다보았다. "정말 친절하십니다." 하고 외치며 막 고맙다는 말을 하려고 했다. 그러나 노인은 단호하게 손을 저어 요제프가 말을 못하도록 막았다.

"친절한 것은 하느님뿐이오. 이젠 갑시다. 그리고 나도 자네라고 부를 테니, 자네도 나를 편하게 부르게. 늙은 참회승끼리 형식과 예절을 따져서 뭐 하겠는가?"

커다란 노인은 발걸음을 떼어 놓았고, 요제프가 따라갔다. 동이 트고 있었다. 안내자는 방향과 길을 잘 알고 있는 것 같았다. 정오가 되면 그늘이 있는 곳에 도착할 테니 뜨거운 햇볕을 몇 시간 피해 쉬고 가자고 했다. 길을 가는 도중에는 더 이상 말을 나누지 않았다.

뜨거운 볕을 받으며 몇 시간 걸은 후 쉴 곳에 이르러 바위틈의 그늘에서 쉬게 되었을 때에야 비로소 요제프는 안내자에게 다시 말을 건넸다. 디온 푸길이 있는 곳에 이르려면 며칠이나 더 걸릴 것인지 물었던 것이다.

"그건 자네에게 달렸지." 노인이 말했다.

"제게 달렸다고요? 아, 정말 제게 달린 거라면, 오늘이라도 그 사람을 만나면 좋겠군요." 요제프가 외쳤다.

노인은 지금도 그다지 말을 나눌 기분이 내키지 않는 모양이었다.

"알게 될 거야." 그는 짤막하게 말하고는, 옆으로 눕더니 눈을 감았다. 졸고 있는 사람을 보고 있기도 민망해서 요제프는 살며시 좀 떨어져 나와 누웠는데, 어느 결엔가 잠들고 말았다. 간밤에 오래도록 잠을 이루지 못했던 탓이었다. 떠날 시간이 되었을 때 안내자가 그를 깨웠다.

두 사람은 오후 늦게 냇물과 숲과 풀밭이 있는 야영지에 이르게 되었다. 그들은 이곳에서 물을 마시고 몸을 씻었다. 노인이 이곳에 묵어가자고 하자, 요제프는 동의하지 않으며 머뭇머뭇 이의를 제기했다.

"아까 디온 신부를 언제 만날 것인지는 제게 달린 문제라고 하지 않았나요. 아직 몇 시간은 더 걸어갈 각오가 되어 있습니다. 정말로 그분을 오늘 중이나 내일까지 만나 볼 수 있다면."

"아닐세. 오늘 우리는 충분히 걸었어." 상대방이 말했다.

"용서하세요. 제 조급해하는 심정을 이해 못하시겠어요?" 요제프가 말했다.

"알고 있어. 그러나 서두른다고 되는 일이 아니야."

"그럼 어째서 제게 달린 일이라고 했습니까?"

"그건 내가 말한 그대로일세. 자네가 고해할 의사만 확실하다면, 그럴 각오가 되어 있고 준비가 돼 있다면, 당장에라도 고해를 할 수 있네."

"오늘 중에라도요?"

"오늘 중에라도 좋아."

깜짝 놀란 요제프는 노인의 고요한 얼굴을 쳐다보았다.

"아니 이럴 수가?" 요제프는 아연해서 외쳤다.

"그럼 당신이 바로 디온 신부란 말입니까?"

노인이 고개를 끄덕였다.

"자, 이 나무 아래에서 쉬게나." 노인이 다정하게 말했다. "그러나 자지는 말고 마음을 가라앉히게. 나도 휴식을 취하며 마음을 가라앉히겠네. 그런 다음 자네가 하고 싶은 말을 내게 해 보게나."

그래서 요제프는 문득 자신이 목표에 도달했다는 것을 알게 되었다. 자신이 그 곁에서 하루 온종일 함께 걸었으면서도 이 존경할 만한 인물을 진작 알아보지 못했다는 사실을 이해할 수가 없었다. 그는 그 자리에서 물러나 무릎을 꿇고 기도한 다음, 고해신부에게 고해할 것을 생각하는 데 정신을 집중했다. 한 시간 뒤 요제프는 디온에게 돌아가, 준비가 되었는지 물어보았다.

고해가 허락되었다. 여러 해 동안의 삶, 오래전부터 갈수록 가치와 의의가 사라져 가는 듯이 여겨졌던 일들이 그의 입에서 이야기와 한탄과 의문과 자책으로 모두 흘러나왔다. 마음을 정결하게 할 의도로 시작되었건만 결국에는 그토록 큰 혼란과 우매함과 절망이 되어 버리고 만 기독교인이요 참회자로서의 삶에 대한 자신의 이야기 전부였다. 그는 최근에 겪었던 일들에 대해서도 털어놓았다. 도망쳤던 일과 이러한 도망이 그에게 가져다준 해방감과 희망, 그리고 디온 신부를 찾아가겠다는 결심을 하게 된 일, 그와의 만남, 또한 연장자인 그에게 이내 신뢰와 사랑을 느꼈지만 오늘 하루 동안에도 얼마나 여러 차례 그를 냉정하고 괴상할 뿐 아니라 변덕스럽다고 여겼던가에 대해서도 고해를 했다.

요제프가 고해를 끝냈을 때에는 해가 이미 많이 기울어져 있었다. 늙은 디온은 지칠 줄 모르고 주의를 다해 귀를 기울였고, 말을 가로막거나 질문하는 일을 삼가고 있었다. 고해가 끝난 지금도 그의 입에서는 한마디도 나오지 않았다. 그는 천천히 일어나 아주 다정한 눈으로 요제프를 바라보더니, 그에게 몸을 굽히고 이마에 입맞춤을 한 다음 그의 머리 위로 십자를 그어 주었다. 나중에야 비로소 요제프는, 그것은 바로 자기가 그 많은 고해자들이 떠날 때 했던, 말없이 형제로서 판결을 단념한다는 몸짓으로 했던 것과 똑같은 몸짓이라는 생각이 떠올랐다.

그런 다음 곧 두 사람은 식사를 하고 밤 기도를 올린 뒤 나란히 자리에 누웠다. 요제프는 얼마 동안 골똘히 생각에 잠겼

다. 사실 그는 단죄와 견책이 있으리라고 기대했다. 그래도 그
는 실망하지도 초조하지도 않았다. 디온의 눈빛과 형제로서의
입맞춤만으로도 충분했다. 요제프의 마음은 평온했다. 그는
곧 흡족한 마음으로 잠들었다.

아침이 되자 노인은 아무 말 없이 요제프를 데리고 떠나 하
루 종일 여행을 했다. 그렇게 사오 일을 더 여행하고서야 두 사
람은 디온의 암자에 도착했다. 그곳에서 두 사람은 함께 살았
다. 요제프는 자잘한 일거리를 도와주었으며, 디온의 일상생활
을 알게 되고 함께 나누었다. 이것은 요제프 자신이 오랜 세월
동안 해 온 생활과 별로 다르지 않은 생활이었다. 단지 그는 이
제 혼자가 아니라 다른 사람의 보호와 그늘 아래 살고 있었고,
그렇게 보면 그것은 역시 전혀 다른 생활이었다. 인근 마을로
부터, 아스칼론이나 훨씬 더 먼 곳으로부터 조언을 듣고 고해
를 하기 위하여 끊임없이 사람들이 찾아왔다. 처음에 요제프는
이런 손님이 찾아올 때마다 황급히 자리를 피했다가 그 사람
이 가고 나서야 나타나곤 했다. 그러나 마치 하인을 부르는 것
처럼 디온이 그를 부르는 일이 갈수록 잦아졌다. 디온은 그에
게 물을 떠오게 하거나 그렇지 않으면 다른 일들을 돕도록 했
다. 이런 일이 얼마 동안 계속되고 나서, 고해자가 반대하지 않
으면 종종 그를 방청인으로 고해에 입회시키고는 했다. 그러나
많은 사람들, 아니 거의 대부분의 사람들은, 이 무서운 푸길과
홀로 마주 대하여 섰거나 앉았거나 무릎을 꿇는 대신, 이 조용
하고 다정한 눈빛을 한 조수가 곁에 함께 있어 주는 일을 싫어
하지 않았다. 요제프는 이렇게 하여 점차 디온이 고해를 듣는
방식을 알게 되었다. 그가 위로의 말을 하는 방법, 간섭하고 처

리하는 방법, 벌 주고 충고하는 방법 등을 알게 되었던 것이다. 디온이 질문을 허락하는 일은 드물었는데, 그 무렵 어떤 학자 인지 문필가인지 알 수 없는 사람이 여행 중에 잠깐 들렀을 때 에는 어느 정도 예외로서 허락해 준 일이 있었다.

　하는 이야기로 미루어 보건대 그는 마술사나 점성가 가운 데 친구가 있는 모양이었다. 예의가 바르면서도 말하기 좋아하 는 이 손님은 한두 시간가량 이 두 늙은 참회승 곁에 앉아 휴 식을 취했는데, 그동안 별이라든가, 인간이 신들과 함께 더불 어 한 시대의 처음부터 끝까지 황도 십이궁을 모두 거치면서 하게 되는 방랑 같은 일에 대해 장시간 박식하게 멋진 이야기 를 펼쳤다. 그는 또한 최초의 인간 아담이 십자가에 못 박힌 예수와 동일 인물이라고 했고, 예수의 구세 행위는 아담이 인 식의 나무에서 생명의 나무로 옮아가는 일이라고 했다. 천국의 뱀은 신성한 원천이자 가장 어두운 심연의 문지기이고 그 심연 의 어두운 샘에서 온갖 형상들, 모든 인간과 신이 비롯하는 것 이라고도 했다. 디온은 시리아어에 그리스어가 잔뜩 뒤섞인 이 사람의 말을 주의 깊게 듣고 있었다. 그런데 요제프는 이 이교 적인 오류를 디온이 화를 내며 물리치거나 논박하거나 내쫓기 는커녕, 박식한 순례자의 재치 있는 혼자 이야기에 흥미를 느 끼고 관심까지 나타내는 것이 이상하게 생각되었고 감정이 상 했다. 왜냐하면 디온은 열중해서 이야기를 들을 뿐 아니라 미 소를 띠고 이따금 마음에 든다는 듯이 상대편의 말에 고개를 끄덕이기도 했기 때문이었다.

　그 사람이 가고 나자 요제프는 흥분하여 거의 비난하는 것 같은 말투로 물어보았다. "그런 신앙도 없는 이교도의 헛된 이야기를 어째서 그토록 참을성 있게 듣고 계셨던 겁니까? 아니, 그 이야기를 참을성 있는 정도가 아니라 정말 관심을 가지고 즐거워하며 듣고 계시더군요. 어째서 그런 말에 맞서지 않았습니까? 왜 그 사람을 반박하고 벌하여 주님을 믿도록 개종시켜 보려고도 하지 않으셨습니까?"

디온은 주름진 가는 목 위의 머리를 설레설레 흔들며, 대답했다. "그를 논박하지 않았던 건, 쓸데없는 일이었기 때문이라네. 아니, 아마 내게 그럴 만한 힘이 없었기 때문이었는지도 모르지. 종합적인 말솜씨나 신화 및 점성에 대한 지식에 있어서 그가 나보다 월등히 낫다는 것은 의심할 여지가 없네. 그 점에서는 내가 그에게 맞서지 못할 것이야. 게다가 여보게, 어떤 사람의 신앙이 거짓이고 잘못이라고 주장하며 그가 가지고 있는 신앙과 맞서는 건 내가 할 일도, 또 자네가 할 일도 아니라네. 고백하건대, 나는 그 현명한 사람의 말을 어느 정도 즐거운 마음으로 들었다네. 그건 자네가 본 그대로일세. 그것이 즐겁게 여겨졌던 것은, 주로 그의 말솜씨와 박식함 때문이었지만, 무엇보다 그가 내 젊은 시절을 연상시켜 주었기 때문이라네. 젊었을 때는 나도 그런 것을 연구하고 알아내는 데 열심이었거든. 신화에 관한 것들에 있어서는, 그 나그네가 실로 재미있게 말하기도 했지만, 결코 틀린 것은 아니라네. 신화는 신앙의 표상이고 비유일세. 유일한 구세주 예수에 대한 신앙에서 그러한 것들을 얻고 있기 때문에 우리에겐 그것이 필요 없게 되었지. 그러나 우리의 신앙을 아직 찾지 못한 사람들, 어쩌면 결코 찾지 못할 사람들에게 옛 선조의 지혜에서 나온 그러한 신앙은 존중할 만한 것이라네. 분명히 우리의 신앙은 이와는 다른, 전혀 다른 것이지. 그러나 우리의 신앙이 별이나 영겁, 태초의 물이라든가 우주의 어머니나 그런 모든 비유의 가르침을 필요로 하지 않는다고 해서 그 가르침 자체가 잘못이고 거짓이고 기만이라고 할 수는 없다네."

"그러나 우리의 신앙이 월등한 것은 사실이지요. 예수는 모든 사람을 위해 돌아가신 것입니다. 그러니 예수를 알고 있는 사람이라면 마땅히 저 낡아 빠진 가르침과 싸워 그 자리에 새롭고 올바른 가르침을 세워야 하지 않겠습니까!" 요제프가 외쳤다.

"그 일이 바로 우리가 오래전부터 해 온 일일세. 자네와 내가 그리고 수많은 사람들이 말일세." 디온은 침착하게 말했다. "우리가 신자인 이유는 구세주와 그의 죽음의 신앙과 힘에 사로잡혀 있기 때문이지. 그러나 황도 십이궁이라든가 다른 낡은 가르침을 믿는 저 신화학자나 신학자들은 이 힘에 사로잡힌 적이 없고, 아직도 그러하네. 그들이 사로잡히도록 강요하는 것은 우리의 일이 아니야. 요제프, 그런데 이 신화학자가 얼마나 훌륭하고 교묘하게 이야기를 하고 비유의 유희를 구성해 내는지, 그것이 그에게 얼마나 행복한 일인지, 그가 얼마나 평화롭고 조화롭게 이러한 상징과 비유의 지혜 속에서 살아가고 있는지 자네는 눈치채지 못했나? 그것은 그가 무엇에도 짓눌리지 않고 있다는 것, 만족하고 있으며 만사형통하다는 증거일세. 이처럼 잘 지내는 사람들에겐 우리로서도 할 말이 없지. 인간이 구원이나 구원해 줄 신앙을 필요로 하고, 그가 자기 생각의 지혜와 조화에 대한 기쁨을 잃어버리고 구원의 기적을 만든 일대 모험을 감행하려면, 우선 불행에, 대단한 불행에 빠져야 하고, 고통받고 환멸을 느껴야 하며, 쓰라림과 절망을 겪지 않으면 안 된다네. 극도의 궁지에 몰려 있지 않으면 안 돼. 그러니 요제프, 이 박식한 이교도를 그 지혜와 사상과 화술 속에, 그 나름의 편안함 속에서 행복하게 지내도록 내버려 두세! 어쩌면 내일이 될지도 모르고 또 어쩌면 일 년이나 십 년이 될지도 모르지만 그는 자신의 화술과 지혜가 산산이 부서지는 고통을 맛보게 될 것일세. 혹은 사랑하는 아내나 외아들이 살해되거나, 아니면 병에 걸리거나 가난에 빠지게 될지도 모르지. 그때 그를 다시 만나게 되면, 돌봐 주고 우리가 고통을 이겨내는 데 썼던 방법을 알려 주도록 하세. 그리고 그가 '어째서 당신들은 그것을 어제 혹은 십 년 전에 말해 주지 않았습니까?' 하고 묻는다면 이렇게 대답하기로 하세. '당신은 그때 충분할 정도로 불행하지 않았기 때문이오.'라고 말이야."

디온은 심각한 표정으로 얼마 동안 침묵을 지켰다. 이윽고 그는 마치 회상의 꿈결에 잠겨 있다가 말하듯 이렇게 덧붙였다. "나도 한때는 선조의 지혜를 논하며 즐거워한 적이 많았다네. 그리고 십자가의 길에 들어선 뒤에도 여전히 신학적인 문제들에 기쁨을 느끼곤 했네. 물론 괴롭기도 했지. 내가 제일 많이 생각했던 문제는 천지창조에 관한 것이었네. 또 창조 작업이 끝났을 때는 본래 모든 것이 선해야 하지 않겠느냐는 문제였어. 왜냐하면 이르기를 '하느님께서 당신이 만드신 세상을 보셨더니, 모든 것이 아주 선하였더라.'라고 했거든. 그러나 사실 선했던 것은 한순간, 완전했던 것은 낙원의 그 한순간 뿐이었지. 다음 순간에는 벌써 이 완전함 속으로 죄악과 저주가 침투하는 거야. 아담이 금단의 나무 열매를 따 먹었기 때

문이지. 그런데 이렇게 말하는 교사들도 있다네. 피조물과 아
담과 인식의 나무를 만든 신은 유일하며 최상이신 하느님이
아니라, 단지 그분의 한 부분이거나 그분보다 낮은 신인 데미
우르고스라고 말이야. 요컨대 피조물은 선하지 않았고 데미우
르고스는 창조에 실패했다. 그래서 피조물은 아주 오랜 시간
동안 저주를 받아 악의 구렁텅이에 빠져 있었으며, 마침내 그
분 자신 즉 유일한 정신인 하느님께서 그분 아드님을 통하여
이 저주받은 세계를 끝내려는 각오를 하시기에 이르렀다는 것
이지. 그때부터 데미우르고스와 그가 만들어 놓았던 피조물
이 사멸하기 시작한 것이라고 그 교사들은 가르쳤으며, 나 또
한 그렇게 생각했네. 세계는 서서히 죽어 가고, 그 결과 새로
운 세상에서는 피조물도 세계도 육체도 탐욕이나 죄악도 생
식이나 출산이나 죽음도 더 이상 존재하지 않게 되며, 아담의
저주에서 해방되고 욕망과 생식과 출산과 죽음이라는 영원
한 저주받은 충동에서도 해방되어 하나의 완전하고 정신적이
며 속죄받은 세계가 부활할 것이라고 했다네. 우리는 그때 세
상에서 일어난 재앙에 대한 죄를 최초의 인간보다는 데미우
르고스 탓으로 돌렸네. 만일 데미우르고스가 하느님 자신이
었다면 아담을 다르게 창조하거나 유혹에 빠지지 않게 하는
일은 그에겐 손쉬운 일이었을 것이라고 생각했지. 결국 우리
는 창조주인 하느님과 아버지인 하느님, 이 두 하느님을 갖게
된 셈이었는데, 그 가운데 전자를 혹평하는 데 두려움을 느끼
지 않았네. 심지어는 거기서 한 걸음 더 나가서, 피조물은 하
느님의 손이 아니라 악마의 손으로 만들어진 것이라고 주장
하는 사람도 있었어. 우리는 우리의 지혜가 구세주와 앞으로

다가올 시대에 정신의 도움이 되리라고 믿었기 때문에 신들의 세계와 세계에 대한 계획을 정리하고 토론하고 신학을 연구했던 것이라네. 그러다 어느 날 나는 열병에 걸려 죽을 정도로 앓게 되었지. 열에 들뜬 꿈속에서 나는 데미우르고스를 상대로 끊임없이 싸우고 피를 흘렸네. 환각과 불안이 갈수록 심해져서 가장 열이 높았던 밤에는 내 육신의 탄생을 다시 없애기 위해서는 내 어머니를 죽여야만 하리라고까지 생각할 정도였어. 마귀는 열에 들뜬 꿈속에 나타나 온갖 짓을 하며 나를 괴롭혔네. 하지만 나는 회복되었어. 멍청하고 말을 잃은 얼빠진 인간으로 살아남은 나는 옛 친구들에게 실망을 안겨 주었지. 사실 이내 체력을 되찾게 되었지만, 철학 같은 것에 기쁨을 느끼지 못하게 되었다네. 왜냐하면 회복되고 있던 몇 날 낮과 밤 동안 거의 내내 잠자고 있다가 저 소름 끼치는 고열의 꿈에서 깨어나면, 눈을 뜬 그 순간마다 나는 구세주가 내 곁에 있는 것을 느꼈으며, 구세주로부터 힘이 흘러나와 내 몸속으로 흘러드는 것을 느꼈고, 다시 완전히 회복되었을 때에는 그분이 곁에 함께하시는 이러한 힘을 더 이상 느낄 수 없게 된데 대해 슬픔을 느끼게 되었기 때문이라네. 그러다 대신 그분 곁으로 가까이 가려는 심한 갈망을 느끼게 되었지. 그러자 다음과 같은 사실이 분명해졌네. 내가 다시 철학 논쟁에 귀를 기울이자, 즉시 이 갈망이 — 그것은 그 당시 나의 가장 소중한 보물이었네 — 물이 모래 속으로 스며들듯 사념이나 말 속으로 스며들어 사라져 버릴 위험에 처한다는 것을 느낀 것이지. 여보게, 그것으로 충분했네. 내 지혜라든가 신학 같은 건 끝났던 거야. 그 후 나는 단순하고 소박한 사람들의 무리에

끼게 되었지. 그러나 철학을 하고 신화학을 할 줄 아는 사람, 한때는 나도 했던 그러한 유희들을 할 줄 아는 사람을 방해하거나 업신여길 생각은 없네. 한때 내가 데미우르고스와 정신의 신, 피조물과 구원이 이해할 수 없이 얽히고 풀 수 없는 수수께끼로 남겨 두는 데 만족해야 했다면, 지금은 내가 철학자들을 신자로 만들 수 없다는 사실에 만족하지 않으면 안 되네. 그건 내가 할 일이 아니야."

어떤 사람이 살인과 간음한 죄를 고해하고 난 후, 언젠가 디온은 조수에게 이렇게 말했다. "살인과 간음, 대단히 흉악무도한 일처럼 들리지. 사실 지독한 짓이야, 그렇고말고. 그러나, 요제프, 실제로 이런 세상 사람들은 결코 진정한 의미의 죄인이 아니야. 그들 중 한 사람의 처지에서 생각을 해 볼 때마다, 내게는 이들이 마치 어린애처럼 여겨진다네. 그들은 정직하지도 선하지도 고결하지도 않지. 그들은 이기적이고 음란하고 거만하며 화를 잘 낸다네. 분명 그렇지. 그러나 본래 그 근본은 순진해. 아이들이 순진한 것처럼 그렇게 순진하단 말일세."

"하지만 종종 그 사람들을 엄하게 꾸짖고 그들의 눈앞에 지옥을 선명하게 그려 보여 주시지 않습니까?"

"그건 바로 이렇다네. 그들은 어린애나 마찬가지야. 양심의 가책을 느끼고 고해하러 올 때, 그들은 진지하게 받아들여 주기를 바라는 한편 심하게 꾸지람을 듣고 싶어 한다네. 적어도 내 생각에는 그래. 자네는 다르게 했지. 그때 자네는 꾸짖지도 벌하지도 않고 죄를 사해 주지도 않았으며 다정하게 대해 주고 그저 형제로서 입맞춤을 해서 사람들을 돌려보냈어. 그것을 비난하려는 게 아니야. 정말이라네. 하지만 나라면 그렇게 할 수 없을 것일세."

"그렇겠지요." 요제프가 머뭇거리며 말했다. "그렇다면 지난 번에 제가 고해했을 때, 왜 저를 다른 고해자들처럼 대하지 않고, 말없이 입맞춤을 해 주고 벌에 관해서는 한마디도 하지 않았는지, 말해 주시겠습니까?"

디온 푸길은 그의 꿰뚫어 보는 듯한 눈길을 요제프에게 돌렸다. "내가 한 일이 옳지 않았나?" 디온이 물었다.

"옳지 않았다는 게 아닙니다. 틀림없이 옳았어요. 그렇지 않았다면 그때의 고해가 마음을 그토록 평온하게 해 주지 못했을 테니까요."

"그렇다면 그 일은 그것으로 끝내세. 나는 그때 자네에게, 한마디도 하지 않았지만, 엄격하고 오랜 속죄를 부과했던 것일세. 자네를 데려와서 하인처럼 부리고 자네가 피해 달아나려고 한 역할에 강제로 다시 돌아오게 만들었어."

디온은 고개를 돌렸다. 그는 이처럼 긴 대화를 싫어했다. 하지만 요제프도 이번만큼은 고집스럽게 달라붙었다.

"당신은 그때, 제가 당신에게 복종하리라는 사실을 미리 알고 있었지요. 저는 고해도 하기 전에, 아니 당신이 누구인지 알아보기도 전에 그것을 이미 약속했어요. 그러니 말해 주세요. 제게 그렇게 대했던 것이 정말 그런 이유뿐이었습니까?"

상대방은 몇 걸음 왔다 갔다 하다가 요제프 앞에 서더니 그의 어깨에 손을 얹고 이렇게 말했다. "여보게, 세상 사람들은 어린애라네. 그리고 성자들은 — 그들은 우리에게 고해하러 오지도 않아. 그러나 우리, 자네나 나 같은 동료, 우리 같은 참회승이나 구도자나 세상을 등진 사람들은 아이들이 아니고 순진하지도 않고 벌을 준다고 해서 마음을 바로잡을 수도 없는 거야. 지식이 있으며 사색도 하는 우리야말로, 사실상 인식의 나무 열매를 따 먹은 죄인이라네. 따라서 우리는 아이들을 매질하여 다시 달리게 하듯 서로를 다룰 수도 없지. 우리는 고해를 하고 속죄를 했다 해서 다시 어린애의 세계로 돌아가지 않네. 보통 사람들은 그 세계로 돌아가 잔치도 벌이고 돈도 벌며 때로는 서로 죽이기도 하지. 우리가 체험하는 죄는 고해나 희생으로 떨어낼 수 있는 짧은 악몽 같은 것이 아닐세. 우리는 죄 가운데 머물고 있어. 결코 순진할 수 없고, 언제나 죄인인 채 죄와 양심의 불구덩이 속에 머물고 있는 것일세. 그리고 우리는 자신의 커다란 죄를 결코 보상할 수 없음을 알고 있네. 우리가 죽은 뒤 하느님께서 우리를 불쌍하게 보시고 자비로써 받아들여 주신다면 모르지만 말이야. 요제프, 이것이 바로 내가 자네나 나 자신에게 설교를 하고 속죄를 명할 수 없는 이유라네. 우리에게 문제가 되는 것은 이러저러한 탈선이나 악행이 아니라, 언제나 원죄 그 자체야. 그 때문에 우리는 서로에 대해 속속들이 알며 형제로서의 사랑을 보증할 수 있을 뿐, 상대방을 벌하여 치유할 수는 없는 거야. 자네는 이것을 몰랐단 말인가?"

요제프가 나지막한 음성으로 대답했다. "맞는 말씀입니다. 알고 있었어요."

"그럼 이런 쓸데없는 이야기는 그만두세." 노인은 짤막하게 말하고 나서 오두막 앞에 있는 바위로 향했다. 그는 그 위에서 기도하는 습관이 있었던 것이다.

몇 해가 흘렀다. 디온 신부에게는 이따금씩 노쇠 현상이 나타나곤 했기 때문에, 요제프가 아침마다 그를 도와주어야 했다. 디온이 혼자서 일어날 기력이 없었기 때문이다. 그런 다음엔 기도를 하러 갔는데, 기도가 끝났을 때에도 혼자 일어날 수 없었다. 요제프가 노인을 도와야 했다. 그런 다음 노인은 하루 종일 앉아서 시선을 먼 곳에 두고 있었다. 이런 일이 자주 일어났으며, 어떤 때에는 노인 혼자서 일어서기도 했다. 매일같이 고해를 들을 수도 없게 되었다. 요제프가 대신 고해를 들은 날이면, 디온은 나중에 그 참회자를 곁으로 불러 이렇게 말했다. "여보게, 나는 이제 마지막이야. 마지막이란 말일세. 그러니 사람들에게 이렇게 말하게. 이 요제프가 나의 후계자라고." 요제프가 그 말을 막고 뭐라고 말하려 하면, 노인은 무서운 눈으로 그를 쳐다보곤 했다. 그것은 얼음처럼 싸늘한 빛이 꿰뚫는 것 같은 그런 눈빛이었다.

어느 날 노인은 도움을 받지 않고 일어났다. 여느 때보다 훨씬 원기가 있어 보였다. 노인은 요제프를 부르더니, 조그만 뜰 한구석으로 데려갔다.

"여기가 내가 묻힐 장소야. 함께 무덤을 파기로 하세. 아직은 어느 정도 시간이 있으니. 가서 삽을 가져와."

그래서 두 사람은 매일 아침마다 조금씩 땅을 팠다. 기운이 있을 때면 디온은 손수 몇 삽을 파내곤 했다. 몹시 힘들어하면서도 일이 그에게 즐거움을 주는 듯 명랑했다. 그러면 그날 하루종일 이러한 명랑한 기분이 그를 떠나지 않았다. 무덤을 파기 시작한 뒤로 그는 언제나 기분이 좋았다.

"내 무덤에 야자나무 한 그루를 심어 주게." 디온은 언젠가 무덤 파는 일을 하면서 말했다. "어쩌면 자네가 그 열매를 먹을 수 있을지도 모르지. 그렇지 않더라도 누군가 다른 사람이 먹겠지. 나는 종종 나무를 심곤 했지만, 몇 그루 되지 않는다네. 정말 보잘것없을 정도야. 나무도 심지 않고 자손도 남기지 않고 죽으면 안 된다는 속담이 있지. 자, 나는 나무 한 그루와 자네를 남기는 거야. 자네는 내 아들이야."

노인은 요제프가 알고 있는 어느 때보다도 침착하고 명랑해 보였다. 그리고 이러한 명랑성은 갈수록 도를 더했다. 어느 날 밤 이미 어두워졌을 때, 두 사람이 식사와 기도를 마치고 나자 디온은 잠자리에 누운 채 요제프를 부르더니, 잠깐 동안 자기 곁에 앉아 있어 달라고 부탁했다.

"자네에게 말하고 싶은 게 있어." 디온은 다정하게 말했다. 그는 피곤하지도 졸리지도 않아 보였다. "요제프, 한때 가자 저 편에 있는 자네의 은신처에서 자네가 얼마나 불행한 세월을 보냈으며 또 자네의 삶에 싫증을 느끼고 있었던가를 아직 기억하고 있나? 그리고 그때 자네가 어떻게 도망했으며, 디온 노인을 찾아가 자네의 이야기를 털어놓으려고 결심했는지 기억하고 있나? 그런 다음 저 형제들의 마을에서 노인을 만나 그에게 디온 푸길의 거처를 물어보았던 일도? 그래, 그런 일이 있었지. 그리고 그 노인이 디온 자신이었다는 게 기적같이 생각되지 않나? 그런데, 어떻게 해서 그 기적이 일어났는지 이제 자네에게 말해 주겠네. 그것은 나에게 있어서도 역시 이상한 기적 같은 일이었다네.

참회승이고 고해신부인 가가 나이가 들고, 신은 그가 더 큰 죄인인 줄 모르고 죄 없는 성인이라고만 믿고 있는 죄인들로 부터 그토록 많은 고해를 듣는다는 게 어떤 것인지 자네는 알고 있을 걸세. 자신의 모든 행동이 아무짝에도 쓸모가 없는 공허한 것이라는 생각이 들지. 한때는 신성하고 중요하게 여겨졌던 일, 즉 하느님이 자기를 이 자리에 앉히고 사람들의 영혼에 들어 있는 더러움과 쓰레기 같은 일들을 들어 주며 그들의 짐을 가볍게 해 줄 자격을 준 것이 이제 커다란, 너무도 커다란 짐으로, 아니 저주로 여겨지게 된다네. 그리하여 마침내 순진한 죄를 짓고 자기를 찾아오는 저 가련한 자들 하나하나가 무서워지고, 그자가 가 버렸으면, 자기 자신이 사라져 버렸으면 하고 바라게 된단 말일세. 그러곤 나뭇가지에 목이라도 매고 싶어지지. 자네가 그랬던 것처럼 말이야. 이제 내게도 고해의 시간이 되었네. 나에게도 자네와 똑같은 일이 있었다고 고해하네. 나 역시 자신이 쓸모없고 정신적으로 무가치한 존재라고 여겨져 더 이상 견딜 수 없었다네. 사람들은 나를 믿고 끊임없이 찾아와, 인간사의 온갖 쓰레기를 털어놓지만, 그것은 그들로서도 어쩔 수 없는 문제이고 나 역시 더 이상 어쩔 도리가 없는 문제였지.

그런데 나는 그때 종종 요제푸스 파물루스라는 참회승에 관한 소문을 듣곤 했네. 사람들은 그 사람에게도 고해하러 많이들 찾아간다고 들었지. 그리고 많은 이들이 나보다 그에게 가기를 더 좋아한다는 것도 알게 되었네. 왜냐하면 그는 부드럽고 다정한 사람이며, 사람들에게 아무것도 원하지 않고, 꾸짖는 일도 없으며, 사람들을 형제로서 대해 주고, 그저 듣기만 한 다음 입맞춤을 해 줘서 돌려보낸다는 거야. 자네도 알다시피 그런 건 내 방식이 아니라네. 그리고 내가 처음으로 이 요제푸스라는 인물의 소문을 들었을 때에는, 그의 방식이 내게는 실로 어리석고 너무 유치하게만 여겨졌지. 그러나 이제 내 방식은 대체 무슨 쓸모가 있는지 몹시 의심스러워졌다네. 이 요제프라는 인물이 쓰고 있는 방식에 대해 내가 비판을 가하거나 아는 체하기를 삼갔던 데에는 충분한 이유가 있었지. 도대체 이 사람에게는 무슨 능력이 있는 것일까? 나는 그 사람이 나보다 나이가 아래라는 것을 알고 있었지만, 그 역시 노년에 가까운 사람이라는 걸 알게 되자 흡족해했네. 만일 젊은 사람이었다면 내가 그토록 간단히 신뢰하지는 않았을 거야. 나는 그에게 마음이 끌리는 것을 느꼈네. 그래서 요제푸스 파물루스를 찾아가서 내 고통을 고백하고 조언을 구하자, 혹 아무 충고도 얻지 못한다 하더라도 위로나 격려라도 얻어 오자고 결심했지. 그렇게 결심을 했더니 벌써 마음이 편하고 가벼워졌네.

　나는 여행을 떠나 그가 은신하고 있다는 곳을 향해 갔지. 그러나 바로 그때 형제인 요제프 역시 나와 똑같은 고통을 겪고 나와 똑같은 일을 했던 거야. 각자가 상대방의 조언을 얻기 위해서 도망길에 올랐던 거라네. 나는 그의 오두막을 찾기도 전에 그의 얼굴을 보고는 첫 마디에 벌써 알아보았네. 그는 내가 기대했던 것과 같은 모습이었지. 그러나 그는 도망길에 올랐고 불행한 처지에 놓여 있었네. 나만큼 불행했거나 나보다 더 심했는지도 몰라. 그는 고해를 들을 생각은 조금도 없었고, 그 자신이 고해하고 싶어 했으며 자신의 고통을 낯선 사람의 손에 넘기려고 했지. 이 사실이 그때 나를 대단히 실망시켰네. 나는 몹시 슬펐어. 왜냐하면 나를 알아보지 못한 이 요제프라는 인물 역시 자기 일에 지치고 삶의 의미에 절망한 것이라면 — 우리 두 사람 다 끝장이며, 우리 둘 다 헛되게 산 것이고 실패했음을 의미하는 것 아니겠는가?

자네도 이미 알고 있는 일이니 간단히 말하겠네. 나는 그날 밤 자네가 수도자 형제들의 집에서 잠자리를 얻는 동안 부락에 홀로 남아서 깊이 생각에 잠겼고 이 요제프라는 인물의 입장이 되어 생각해 보았지. 만일 그가 이튿날 자신이 달아났던 일이 헛된 것이고, 자기가 푸길을 믿었던 일도 헛되다는 사실을 알게 된다면, 그 푸길이라는 자도 도망자이며 유혹에 빠진 자라는 사실을 알게 된다면, 대체 그는 어떻게 할까? 이렇게 입장을 바꿔놓고 생각할수록, 내게는 마치 그가 하느님께서 내게 보내 준 사람, 그 자신과 나 자신을 깨닫게 하고 치유하기 위해 온 사람처럼 여겨지기만 했다네. 그제야 나는 잠들 수 있었네. 벌써 밤은 많이 지나갔지. 다음 날 자네는 나와 함께 순례의 길에 올랐고, 내 아들이 된 것일세.

나는 이런 이야기를 자네에게 해 주고 싶었네. 자넨 울고 있는 모양이군. 실컷 울게나. 그러면 마음이 편해질 거야. 그런데 내가 너무 지나치게 떠들고 있군. 그래도 여보게, 좀 더 참고 이것 한 가지만 더 듣게. 그것을 명심해 주기 바라네. 인간이란 이상한 존재여서 믿기가 어렵다네. 앞으로 언제 다시 그러한 고뇌와 유혹이 자네를 엄습하고 정복하려 할지 알 수 없는 일이야. 그러면 주님께서 내게 자네를 보내 주셨듯이, 그처럼 다정하고 참을성 있고 믿음직스러운 아들이자 피보호자를 보내 주시면 좋으련만! 그러나 그 무렵 사탄이 자네로 하여금 꿈꾸도록 했던 그 나뭇가지에 관해서, 또한 저 가련한 가롯 유다의 죽음에 관해서 자네에게 할 말이 있네. 그러한 죽음을 준비한다는 것이 단순히 죄나 어리석은 일이기만 한 것은 아니라는 것일세. 우리 구세주에게는 이러한 죄를 용서해 주시는 것도 사소한 일이시겠지만 말이야. 하지만 그렇지 않다고 하더라도 한 인간이 절망해서 죽는다면 그것은 애석한 일이지. 하느님이 우리에게 절망을 보내는 것은 우리를 죽이기 위함이 아니라, 새로운 생명을 일깨우기 위함이야. 그러나 하느님께서 우리에게 죽음을 보내시어 현세와 육체에서 우리를 해방시키고 그분에게로 불러 가는 것이라면, 그것은 커다란 기쁨일세. 피곤해지면 잠을 잘 수 있고. 오랫동안 무거운 짐을 졌으면 내려놓는 일이 허락된다는 것은 값지고도 놀라운 일이야. 우리가 무덤을 파기 시작한 뒤로─그 위에 야자나무를 심어야 하는 것을 잊지 말게─그 일을 시작한 뒤로, 나는 여러 해 동안 맛본 그 어떤 것보다도 큰 즐거움과 만족감을 느꼈다네.

너무 오랫동안 떠들었군. 자네 피곤할 거야. 오두막에 가서 잠을 자도록 하게. 하느님께서 함께하시기를!"

이튿날 디온은 아침 예배에 나오지 않았다. 요제프를 부르지도 않았다. 요제프는 마음이 불안해져서 소리를 죽이고 디온의 오두막에 들어가 침대로 가 보았다. 노인은 영원히 잠들어 있었다. 그의 얼굴에서는 천진하면서도 부드럽게 빛나는 미소가 밝게 떠올라 있었다.

요제프는 그를 묻고 무덤 위에 야자나무를 심었다. 그리고 그 나무에 첫 열매가 열릴 때까지 살아 있었다.

3. 인도의 이력서

마법의 정령들 사이에 벌어지는 무서운 전쟁이 있었다. 그중의 어느 과격한 전투에서 비슈누가 쏜 화살에, 아니 라마로서 인간이 된 비슈누의 한 분신이 쏜, 초승달 모양의 촉이 날카로운 화살에 맞아 죽은 정령의 왕들 중의 하나가 윤회하여 인간의 모습으로 다시 태어났다. 그 이름은 라바나이며, 거대한 갠지스 강가에서 호전적인 왕으로 살고 있었다. 그가 다자의 아버지였다. 다자의 어머니는 일찍 세상을 떠났다. 그 후에 들어온 부인은 얼굴이 예쁘고 공명심이 강한 여자로서 왕과의 사이에 아들이 태어나자마자 어린 다자를 성가신 존재로 여겼다. 그녀는 어느 때고 장남인 다자 대신에 자기가 낳은 아들 날라를 지배자의 자리에 앉힐 생각을 하고 있었다. 그래서 다자를 아버지와 멀어지게 만들었고, 좋은 기회가 오기만 하면 그를 제거해 버리겠다고 벼르고 있었다. 브라만 승려의 한 사람으로 라바나 왕의 궁내관이며 제사 업무를 맡고 있는 바주데바가 그녀의 의도를 간파하고 있었다. 이 영리한 남자는 그 계획을 실패로 돌아가게 할 방도를 알고 있었다. 그는 소년을 불쌍히 여겼다. 또한 어린 왕자는 어머니로부터 경건한 성정과 정의감을 이어받고 있다는 생각도 들었다. 그는 다자에게 아무런 일도 일어나지 않도록 늘 감시를 했고, 계모에게서 그를 떼어 낼 기회만 엿보고 있었다.

한편 라바나 왕은 브라마 신에게 바쳐진 암소들의 무리를 소유하고 있었다. 이 소들을 신성하게 여겨 자주 그 우유와 버터를 신에게 제물로 바쳤다. 그래서 나라에서 가장 좋은 목초지를 이 소들에게 주고 있었다. 어느 날 이 브라마 신에게 바쳐진 암소들을 돌보는 목자 한 사람이 버터를 배달하러 왔다. 그는 짐을 내리고서 지금까지 소들을 방목하던 지방에 가뭄이 올 징조가 있어서, 목자들은 가장 메마른 절기에도 샘물과 신선한 목초가 부족하지 않을 먼 산간 지방으로 가축들을 몰고 가자는 데 의견이 일치했다고 보고했다. 브라만승은 오래전부터 잘 알고 있던 이 목자에게 비밀을 털어놓았다. 그는 다정하고 성실한 사람이었다. 다음 날 라바나 왕의 아들인 어린 다자가 사라지고 다시 찾아낼 수가 없었을 때, 이 행방불명의 비밀을 아는 사람은 바주데바와 그 목자 둘뿐이었다. 목자들은 어린 소년 다자를 산속으로 데리고 갔으며, 거기서 그들은 느리게 걷고 있는 암소 무리와 만났다. 다자는 소들과 목자들과 기꺼이 다정하게 어울렸다. 목동으로 자라면서 소를 돌보고 몰아가는 일을 도왔고 젖을 짜는 법도 배웠다. 송아지들과 함께 놀고 나무 밑에 누워 쉬고, 달콤한 우유를 마시고 맨발에 소똥을 묻히고 지냈다. 그런 생활이 그의 마음에 들었다. 그는 목자와 소들과 그들의 생활을 알게 되었고, 숲과 나무들과 그 열매를 알게 되었다. 망고 열매와 야생 무화과와 바링가 나무를 좋아했고 숲 속에 있는 초록빛 연못에서 달콤한 연뿌리를 낚아 올리기도 했다. 축제일에는 숲 속의 불꽃이라는 빨간 꽃들로 만든 화관을 쓰고 다녔고, 황야의 짐승들을 조심하고 호랑이를 피하며, 영리한 몽구스와 명랑한 고슴도치와 사귀는 법, 장마철에 어두컴컴한 오두막 대피소에서 참고 견디는 법도 배웠다. 거기서 소년들은 놀고 노래를 부르고, 바구니나 갈대 자리를 짜기도 했다. 다자는 옛 고향과 예전의 생활을 완전히 잊지는 않았지만, 그것은 곧 꿈처럼 아득해졌다.

그러던 어느 날 소 떼가 다른 곳으로 옮겨 갈 때, 다자는 꿀을 찾으러 숲 속으로 들어갔다. 그는 숲을 알게 된 이후 경이로울 정도로 숲을 좋아했다. 더구나 여기 이 숲은 특별히 아름다운 숲 같아 보였다. 대낮의 밝은 빛이 황금색 뱀처럼 나뭇잎과 나뭇가지를 휘감고 있었다. 수목에 밝은 빛이 뒤얽혀 있는 것처럼 새들의 노랫소리, 나뭇가지들의 속삭임, 원숭이들의 외침 소리 등 여러 가지 음향이 부드럽게 반짝이는 우아한 짜임으로 뒤엉키며 교차하고 있었다. 그와 마찬가지로 여러 가지 냄새들, 즉 꽃과 나무, 잎들과 물, 이끼와 동물, 과일과 흙과 진흙의 향기가 진동하며 서로 결합하기도 하고 다시 분리되기도 하였다. 그것은 떫고도 달콤한 냄새, 거칠고도 은근한 냄새, 잠을 깨우면서도 졸리게 하는 냄새, 명랑하면서도 가슴을 조이게 하는 냄새들이었다. 때로는 보이지 않는 숲 속 개울로부터 물소리가 살랑거렸고, 때로는 우산 모양의 하얀 꽃들 위에 검고 노란 반점이 있는 초록색 벨벳 같은 나비가 춤을 추었다. 때로는 푸르게 그늘진 우거진 숲 깊은 곳에서 나뭇가지가 우지직 부러졌고, 쌓인 나뭇잎에 나뭇잎들이 무겁게 떨어져 내렸다. 어둠 속에서 맹수가 요란하게 울어 대기도 하고, 잔소리하기 좋아하는 암원숭이가 새끼들을 꾸짖어 대기도 하였다. 다자는 꿀을 찾는 것도 잊어버렸다. 화려하게 반짝이는 몇 마리 작은 새들의 노랫소리에 귀를 기울이다가 그는 거대한 숲 속에 하나의 작은 밀림을 이루고 있는 커다란 양치식물 사이에서 사람이 걸어 다닌 발자취 같은 것을 발견했다. 그것은 길이라기보다는 가느다랗고 미세한 오솔길 같았다. 그는 소리를 죽이고 조심스럽게 발걸음을 옮기며 그 오솔길을 따라 들어갔다. 둥치가 여러 줄기로 뻗은 나무 아래에 양치식물로 짓고 엮어 만든 뾰족한 천막처럼 생긴 조그만 움막이 발견되었다. 그 움 막 옆에는 한 남자가 땅바닥에 똑바른 자세로 꼼짝도 하지 않 고 앉아 있었다. 두 손은 가부좌한 무릎 위에 올려놓고 있었으 며, 백발인 머리와 넓은 이마 아래에 있는 고요하고 시선이 없 는 눈길을 땅으로 내리깔고 있었다. 눈을 뜨기는 떴으나 내면 을 바라보고 있었다. 다자는 그가 성자이며 요가 수도자라는 것을 알았다. 그러나 그가 만난 첫 번째 수도자는 아니었다. 그 들은 모두 신성하고 신들의 은총을 받은 분들로서, 그들에게 시주하고 그들을 공경한다는 것은 훌륭한 일이었다. 그러나 이 렇게 아름답고 잘 숨겨진 양치식물로 지은 오두막집 앞에서 양팔을 고요히 늘어뜨린 채 곧은 자세로 앉아 있는 여기 이 사람은 한층 더 소년의 마음에 들었고, 그가 이전에 만나 보았 던 수도자들보다 더 진귀하고 공경할 만해 보였다. 허공에 떠 있는 듯 앉아 있으며 무아경인 듯한 눈길로도 일체를 꿰뚫어 보고 또 알고 있는 것 같은 이 사람을 성스러운 영기와 위엄의 마력, 집중된 열기와 요가의 힘에서 나오는 큰 파도와 화염이 에워싸고 있었다. 소년은 감히 그 안으로 걸어 들어가거나 인 사를 하고 말을 건네어 이를 깨뜨릴 수가 없었다. 그의 모습에 서 풍기는 위엄과 위대함, 얼굴에 광채를 일게 하는 내면으로 부터 나오는 빛, 그의 표정에 깃들어 있는 집중과 철석같은 확 고함은 수많은 파도와 광선을 발산하고 있었으며, 그 한가운데 에 그가 달과 같이 군림하고 있었다. 그의 모습에 축적된 정신 력과 고요히 집중된 의지력은 그의 주위에 마술의 원을 둘러

쳐 놓고 있었다. 그래서 이 사람은 그저 소망하고 생각하는 것만으로 눈길 한 번 올려뜨는 일 없이도 사람을 죽이거나 다시 소생시킬 수 있으리라고 느낄 정도였다.

그 요가 수도자는, 잎이나 가지로 숨을 쉬면서 움직이는 나무보다도 더 움직임 없이, 돌로 만든 신들의 석상처럼 미동도 하지 않은 채 그 자리에 앉아 있었다. 그를 본 순간부터 소년도 마찬가지로 꼼짝도 하지 않고 기다리며, 마술로 땅바닥에 못 박히고 사슬에 꽁꽁 묶인 듯 요술에 걸린 것처럼 그 모습에 이끌려 있었다. 그는 그 자리에 서서 수도자를 뚫어져라 바라보며, 햇빛 한 점이 그의 어깨 위에 그리고 또 한 점의 햇빛이 고요히 놓여 있는 한쪽 손 위에 비치는 것을 보았다. 그리고 그 점들이 천천히 움직이고 또 새로운 점들이 생겨나는 것도 보았다. 그렇게 선 채로 놀라움에 젖어 소년은 그 햇빛들이 이 사람에게는 아무 상관이 없다는 것을 이해하기 시작했다. 주변의 숲 속에서 들려오는 새소리나 원숭이 울음소리도, 명상에 잠긴 수도자의 얼굴에 내려앉아 피부 냄새를 맡고는 뺨 위를 얼마간 기어 다니다가 다시 날아올라 저 멀리 날아가 버리는 갈색 꿀벌도, 다양하게 펼쳐지는 일체의 숲 속 생활도 그에게는 아무 상관이 없었다. 이 모든 것, 눈에 보이고 귀에 들리는 것, 아름답거나 추악한 것, 사랑스럽거나 두려움을 일으키는 것 등 이 모든 것이 이 성자와는 아무런 관계가 없다는 것을 다자는 이해하기 시작했다. 비는 그를 춥게도 불쾌하게도 할 수 없을 것이고, 불은 그를 태울 수 없을 것이다. 그를 에워싸고 있는 세상 전체가 그에게는 껍질일 뿐 아무런 의미가 없어진 것이었다. 아마 실제로 온갖 세상사가 그저 하나의 유희이고 껍질일 따름이며, 미지의 심연 위를 지나가는 바람의 입김이고 잔물결일 따름일지도 모른다는 예감이 그것을 바라보는 목동 왕자에게 밀려왔다. 그것은 생각이 아니라 육체적인 전율과 가벼운 현기증으로, 두려움과 위험의 감정이자 동시에 그리움에 찬 욕망에 이끌리는 감정으로 그에게 밀려왔다. 왜냐하면 그는 그 요가 수도자가 이 세상의 껍질과 그 껍질 세계를 뚫고 지나 존재의 밑바닥으로, 모든 사물의 비밀 속으로 가라앉았으며, 감각이라는 마법의 그물인 빛과 소리와 색깔과 느낌의 유희를 깨부수어 떨쳐 버리고는 변화하지 않는 본질적인 것 속에 단단히 뿌리박고 있다는 것을 느꼈기 때문이다. 소년은 예전에 브라만들로부터 교육받으며 여러 가지 정신적 광채를 수여받기는 했을지라도, 그것을 지성으로 이해한 것이 아니었기 때문에 이에 관해 말로는 아무런 표현도 할 수가 없었을 것이다. 그러나 사람들이 축복받은 순간에 신적인 요소가 몸 가까이 있음을 느끼듯이 그것을 느꼈다. 이 성자에 대한 경외심과 경탄에 젖은 전율로서 그것을 느꼈다. 이분에 대한 사랑으로, 그리고 명상에 침잠하여 앉아 있는 이분이 살아가고 있는 듯이 보이는 삶에 대한 그리움으로 그것을 느꼈다. 다자는 이렇게 그 노인을 통해 이상하게 자신의 출신과 왕후의 신분을 기억해 내고, 마음의 감동을 받은 채 양치식물이 울창한 숲 가장자리에 서 있었다. 새들이 날아가면 날아가는 대로, 나무들이 부드럽게 대화를 속삭이면 속삭이는 대로 내버려 두었고, 숲은 숲 그대로, 멀리 떨어진 소 떼는 소 떼 그대로 내버려 두었다. 그리고 그는 마법에 자신을 맡긴 채 명상에 잠긴 은둔자를 바라보고 있었다. 그의 모습에서 나오는 이해할 수 없는 평온과 초연함, 그의 얼굴에 깃들인 밝은 고요함, 그의 태도에서 풍기는 기운과 집중력, 그리고 헌신하는 일에 대한 그의 완전한 탐닉에 사로잡혀 있었다.

그가 움막 곁에서 보낸 시간이 두 시간 혹은 세 시간이었는지, 아니면 며칠 동안이었는지를 그는 훗날에도 말할 수 없었을 것이다. 마법에서 풀려나서 그는 소리 없이 양치식물들 사이의 오솔길을 다시 살그머니 걸어 나왔다. 숲 속에서 빠져나오는 길을 찾아 마침내 넓은 목초지와 소 떼가 있는 곳에 당도했을 때에도 그는 자신이 무엇을 하고 있는지 의식하지 못하고 행동했다. 그의 영혼은 아직도 마법에 사로잡혀 있었던 것이다. 그리고 목자 한 사람이 그를 소리쳐 불렀을 때에야 비로소 그는 정신을 차렸다. 그가 오랫동안 떠나 있었기 때문에 목자는 크게 꾸짖으며 그를 맞았다. 그러나 다자는 그의 말을 알아듣지 못하는 것처럼 눈을 크게 뜨고 놀라서 그를 바라보았다. 목자는 소년의 여느 때와 다른 낯선 눈길과 엄숙한 태도에 놀라서 곧 입을 다물었다. 그러나 잠시 후에 그가 다시 물었다. "이보게, 자네 대체 어디에 갔었나? 신이라도 보았나? 아니면 마귀라도 만났나?"

"숲 속에 갔어요. 숲 속으로 이끌려 가서는 벌꿀을 찾아보려 했어요. 그러곤 그걸 잊어버렸어요. 거기서 어떤 사람을 보았거든요. 은둔자를요. 그는 거기 앉아서 명상인지 아니면 기도인지에 빠져 있었어요. 그를 바라보니 그의 얼굴에 광채가 빛나고 있었어요. 저는 그 자리에 서서 오랫동안 그를 바라보지 않을 수 없었어요. 저녁에 그리로 가서 그분에게 시주를 하고 싶어요. 그분은 성자예요." 다자가 말했다.

"그렇게 하게. 우유와 달콤한 버터를 가지고 가게. 그런 분들은 공경해야 돼. 그런 성자들에겐 시주를 해야 해." 목자가 말했다.

"그런데 어떻게 말을 해야 하나요?"

"말을 할 필요는 없지. 다자, 그저 그분 앞에 꿇어앉아 시주를 앞에다 놓아 드리면 돼. 그 이상은 필요 없어."

그래서 그는 그렇게 했다. 그 장소를 다시 찾기까지는 시간이 좀 걸렸다. 움막 앞자리가 텅 비어 있었다. 그는 감히 움막 안으로 들어가지 못하고, 시주를 움막 입구 땅바닥에 놓고서는 다시 물러 나왔다.

목자들이 소 떼를 몰며 그 장소 가까이에 머물고 있는 동안, 그는 매일 저녁 그리로 시주를 가지고 갔다. 한번은 낮에 갔다가 존경하는 그분이 명상에 잠겨 있는 것을 발견했다. 이번에도 그는 축복받은 목격자로서 이 성자의 기와 행복의 빛을 받고 싶은 유혹을 물리칠 수 없었다. 그리고 사람들이 이 지방을 떠나고, 다자가 새로운 목초지로 소 떼를 몰아가는 일을 돕고 난 후에도 그는 숲 속에서의 이 체험을 오랫동안 잊을 수가 없었다. 소년들의 버릇이 그러하듯이 그도 때때로 혼자 있을 때면, 자기 자신이 은둔자가 되고 요가에 정통한 자가 된 듯한 꿈에 빠지곤 하였다. 그러는 동안 세월이 감에 따라 이런 추억도 꿈속 모습도 퇴색하기 시작했다. 다자가 이제 빠르게 건장한 청년으로 성장하고, 같은 또래들과 장난질이나 싸움에 열성적으로 몰두하면 할수록 더욱 그리했다. 그러나 지금은 그에게서 사라져 버린 왕자나 왕후의 신분이 언젠가는 요가의 품위와 위력에 의하여 보상될 수 있으리라는 희미한 빛과 어렴풋한 예감이 그의 영혼 속에 남아 있었다.

그들이 도시 근처에 머물고 있던 어느 날, 목자들 중 한 사람이 도시에서는 성대한 축제를 목전에 두고 있다는 소식을 전해 듣고 왔다. 즉 노왕 라바나가 옛날의 힘을 잃고 쇠약해져서 자기 아들 날라를 후계자로 삼아 왕으로 선포하는 날을 정했다는 것이다. 다자는 이 축제를 구경하고 싶었다. 그의 머릿속에 어린 시절에 대한 추억의 자취가 희미하게라도 거의 남아 있지 않은 도시를 구경하고 음악 소리도 듣고 싶었다. 귀족들의 축제 행렬이나 경기도 보고, 한번은 도시 사람들이나 고귀한 사람들의 미지의 세계도 접해 보고 싶었다. 그런 세계는 전설이나 동화 속에 자주 서술되고 있으며, 옛날 언젠가 그 자신의 세계이기도 했다는 점을 알고 있었지만, 그것도 지금은 한낱 전설이나 동화에 불과했고 아니면 그보다도 못했다. 축제 날의 제물을 위하여 버터를 한 짐 궁정에 봉납하라는 명령이 목자들에게 전달되었다. 그리고 다자는 기쁘게도 목자 대장이 이 일을 위해 뽑은 세 사람 가운데 하나가 되었다.

버터를 봉납하기 위하여 그들은 축제 전날 밤에 궁정에 도착했다. 브라만승 바주데바가 봉납 업무를 담당하는 우두머리였기 때문에 목자들에게서 버터를 수령했다. 그러나 그는 청년이 된 다자를 알아보지 못했다. 그런 다음 세 사람의 목자는 대단한 열망을 느끼며 축제에 참석했고, 아침 일찍부터 브라만승의 지휘하에 봉납 제전이 시작되어 황금색으로 반짝이는 버터가 대량으로 화염에 휩싸여 하늘을 찌를 듯한 불꽃으로 변하는 것을 구경했다. 훨훨 타오르는 불꽃과 기름에 젖은 연기가 무한한 하늘로 높이 솟아오르며 삼 곱하기 열의 신들에게

헌납되었다. 행렬 속에서는 코끼리들을 보았는데, 코끼리를 모는 사람이 앉은 대 위에는 도금한 지붕이 달려 있었다. 꽃으로 장식한 왕의 마차와 젊은 날라 왕도 보았고, 힘차게 울려 퍼지는 북소리도 들었다. 모든 것이 성대하고 화려했지만, 약간 우스꽝스럽기도 했다. 최소한 젊은 다자에게는 그렇게 생각되었다. 그러나 그는 소란스러운 소리와 마차와 치장된 말 등 이 모든 화려함과 사치스러운 낭비에 먹먹해지고 황홀해지고 열광하기도 했다. 왕의 마차 앞에서 춤을 추는, 사지가 연꽃 줄기처럼 날씬하고 차진 무희들에게 매혹되었고, 거대하고 아름다운 도시에 경탄하기도 했지만, 그는 열광과 환희를 느끼는 중에도 약간은 근본적으로 도시인을 경멸하는 목자의 냉엄한 마음으로 이 모든 것을 관찰하고 있었다. 그는 그 자신이 장남이었다는 사실, 여기 그의 눈앞에서 전혀 기억도 나지 않는 이복동생인 날라가 몸에 향유를 바르고 왕위에 임명되어 축하받고 있다는 사실, 실은 그 자신 다자가 날라 대신에 꽃으로 장식된 마차를 타고 가야 할 것이라는 사실은 전혀 생각하지 않았다. 그런 생각보다는 그 젊은 날라가 도대체 그의 마음에 들지 않았다. 제 멋대로여서 멍청하고 사악해 보였고, 쓸데없이 잘난 체를 하여 참을 수 없을 정도로 교만해 보였다. 그는 이 왕 행세를 하는 청년에게 한바탕 장난을 걸어서 교훈을 주고 싶기도 했지만 그럴 만한 기회가 없었다. 또한 보고 듣고 웃고 즐길 것들이 너무 많아 그런 것은 곧 잊어버리고 말았다. 도시 처녀들은 예뻤다. 그들의 눈빛과 동작과 말투는 내남하고 사늑석이었다. 세 목자들은 오랫동안 귓가에 쟁쟁거릴 만한 말들을 많이 들었다. 그러나 그 말에는 조롱의 여운이 깃들어 있었으니,

목자가 도시 사람들을 대하듯 도시 사람도 목자들을 대했기 때문이다. 이를테면 서로는 서로를 경멸했던 것이다. 그러나 이 모든 것에도 불구하고 도시 처녀들은 이 아름답고 건장하며, 우유와 치즈를 양식으로 일 년 내내 거의 언제나 자유로운 하늘 아래서 살아가는 청년들이 아주 마음에 들었다.

이 축제를 구경하고 돌아온 다자는 이제 어른이 되었다. 처녀들 뒤를 쫓아다니기도 하고, 여러 번 다른 젊은이들과 심한 권투나 격투를 벌여 이기기도 했다. 그러다가 그들은 다시 또 다른 지방으로 옮겨 갔다. 평평한 목초지가 있고 등심초와 대나무 사이에 여러 군데 물이 고여 있는 지방이었다. 여기에서 그는 프라바티라고 하는 이름의 처녀를 만났고, 이 아름다운 여인에 대한 미친 듯한 사랑에 빠졌다. 그녀는 소작인의 딸이었다. 다자의 사랑은 너무도 지극해서 그는 그녀를 얻기 위해 다른 모든 것은 잊어버리고 포기하였다. 얼마 후 목자들이 다시 그 지방을 떠나게 되었을 때, 그는 어떠한 경고나 충고에도 귀를 기울이지 않았고, 오히려 그가 그렇게도 좋아했던 목자들과 목동 생활에 작별을 고했다. 그리고 거기에 정착하여 프라바티를 아내로 맞이하였다. 그는 장인의 수수밭과 벼 논을 경작하고, 물방앗간 일과 나무하는 일을 도왔다. 아내를 위해 대나무와 점토로 오두막집을 짓고, 그 안에 아내를 가두어 놓았다. 젊은 남자로 하여금 이제까지의 기쁨이나 친구들이나 습관을 단념케 하고, 삶의 방식을 바꾸어 낯선 사람들 사이에서 그리 부럽지도 않은 사위의 역할을 맡도록 한다는 것은 대단한 힘이었다. 프라바티의 아름다움은 그만큼 대단했다. 그녀의 얼굴과 자태에서 흘러나오는 은밀한 사랑의 쾌락에 대한 약속은 다자로 하여금 다른 모든 것에 눈멀게 하고 오로지 이 여인에게 몰두하게 할 만큼 대단하고 유혹적이었다. 그리고 실제로 그는 그녀의 품 안에서 크나큰 행복을 느꼈다. 수많은 신들이나 성자들에 대해서도, 그들이 매혹적인 여자의 마법에 걸려 몇 날이고 몇 달이고 몇 년이고 그녀를 품에 안고 함께 녹아 떨어져 다른 일은 모두 잊은 채 완전히 쾌락에 빠져 버렸다는 이야기들이 전해지고 있다. 다자도 그의 운명과 사랑이 그러하기를 소망했을 것이다. 그러나 그에게는 다른 운명이 주어졌고, 그의 행복은 오래가지 않았다. 약 일 년쯤 지속되긴 했지만 이 시간도 행복으로만 가득 차진 않았다. 장인의 까다로운 요구들, 처남들의 빈정거림, 젊은 아내의 변덕 등 여러 가지 일들이 생겼다. 그러나 침상에서 아내에게로 다가갈 때면 그 모든 것은 잊히고 아무것도 아닌 것이 되어 버렸다. 그녀의 미소는 그만큼 매혹적으로 그를 끌어당겼고, 그녀의 날씬한 사지를 어루만지는 것은 그만큼 달콤했다. 그녀의 젊은 육체를 맛보는 쾌락의 정원은 그렇게 다양한 수천 가지의 꽃과 향기와 그림자들로 꽃피어났다.

　이런 행복이 채 일 년도 되지 않은 어느 날, 이 지방은 불안과 소란에 휩싸이게 되었다. 말을 탄 사자들이 나타나 젊은 왕이 출도할 것이라고 예고했다. 그리고 젊은 왕 자신, 즉 날라가 병사들과 말과 수행원을 데리고 이 지방에서 사냥을 하기 위해 나타났다. 여기저기에 천막이 쳐졌고, 말들이 힝힝 울어 대고 뿔피리를 불어 내는 소리가 들렸다. 나사는 그런 것들에 신경 쓰지 않고 들판에서 일도 하고 물방앗간 일도 돌보면서 사냥꾼들이나 궁중 사람들을 피했다. 그러던 어느 날 집으로 돌아와 보니 아내가 집에 없었다. 이 기간에 절대 바깥출입을 하지 말라고 엄하게 금지했기 때문에 그는 가슴이 철렁했고, 머리 위로 불행이 몰려오고 있음을 예감했다. 급히 장인 집으로 달려가 보았지만 프라바티는 거기에도 없었다. 그리고 그녀를 보았다는 사람이 아무도 없었다. 가슴을 조이는 불안은 점점 더해 갔다. 그는 채소밭과 들판을 샅샅이 찾아보았다. 하루 이틀 자기 오두막집과 장인의 집 사이를 오가며, 경작지에서 기다리기도 하고 우물 속으로 내려가 보기도 했다. 기도를 드리기도 하고, 아내의 이름을 불러보기도 하고, 유혹의 말도 하고 저주하기도 했으며 그녀의 발자취를 찾아보았다. 마침내 아직 어린 소년이었던 그의 막내처남이 프라바티는 왕과 함께 있고, 그의 천막 안에서 지내고 있으며, 그녀가 왕의 말을 타고 가는 것을 본 사람이 있다고 했다. 다자는 날라의 천막 주위에 보이지 않게 매복했다. 옛날 목동 생활을 할 때 사용하던 투석기도 지니고 있었다. 낮이나 밤이나 왕의 천막에 잠시라도 보초가 없는 것처럼 보이면, 그는 살금살금 다가갔다. 그러나 그때마다 보초가 곧 다시 나타나서 그는 달아나지 않으면 안 되었다. 나무로 기어 올라가 그 가지에 숨어서 야영지를 내려다보니 왕의 모습이 보였다. 다자는 도시에서 벌어졌던 축제 때부터 혐오감이 드는 그의 얼굴을 알고 있었다. 왕은 말을 타고 나갔다가 몇 시간 후에 돌아왔다. 그가 말에서 내려 천막의 포장을 걷었을 때, 천막의 그늘 속에서 몸을 일으키며 돌아온 왕에게 인사를 하는 젊은 여인이 다자의 눈에 띄었다. 이 젊은 여인이 그의 아내 프라바티라는 것을 알았을 때, 그는 거의 나무에서 떨어질 뻔했다. 이제는 확실했다. 그리고 가슴을 조이는 압박은 더욱 심해졌다. 프라바티와의 사랑의 행복이 컸던 만큼, 이제 고통과 분노, 상실감과 모욕감도 그에 못지않게 컸다. 아니 그보다 더 컸다. 인간이 사랑의 능력을 단 하나의 대상에 집중시키면 이렇게 되는 것이었다. 그 대상을 잃어버리면 모든 것이 허물어지고, 그는 비참하게 그 폐허 속에 서 있게 되는 것이었다.

하루 낮과 하루 밤을 다자는 그 지방의 숲 속을 헤매고 다녔다. 잠시라도 휴식을 취하면 비참한 마음이 지친 사나이를 다시 휘몰아 댔다. 그는 달리며 헤매고 다니지 않을 수 없었다. 이 세상 끝까지, 그리고 이젠 그 가치와 빛을 상실해 버린 삶의 끝까지 달려가고 헤매야만 할 것 같은 기분이었다. 그러나 그는 멀리 또 미지의 곳으로 달려가지 않고 계속 불행의 가까이에 머물면서 자기의 오두막집과 물방앗간, 경작지와 왕의 사냥용 천막 주변을 맴돌았다. 마지막에는 다시 천막 위에 있는 나무 속에 몸을 숨겼고, 잎이 무성한 은신처에 쭈그리고 앉아 굶주린 맹수처럼 쓰라리게 분노하며 매복하고 있었다. 드디어 그가 온 힘을 다해 긴장하며 기다린 순간이 왔다. 왕이 천막 앞으로 나왔던 것이다. 그때 다자는 살며시 나뭇가지에서 미끄러져 내려와 투석기를 꺼내 들고 빙빙 돌려 돌을 가증스러운 인간의 이마에 명중시켰다. 왕은 그 자리에 쓰러지고 뒤로 나자빠져 꼼짝도 하지 못했다. 거기에는 아무도 없는 것 같았다. 다자의 오관에 용솟음치는 폭풍우와도 같은 쾌감과 복수의 만족감 속에서도 한순간 놀랍고도 이상하게 깊은 적막감이 밀려왔다. 돌에 맞아 죽은 자의 주변이 소란해지고 시종들이 몰려들기 전에, 다자는 빽빽한 숲 속으로 들어가서 계곡으로 연결되는 대나무 숲으로 사라져 버렸다.

그가 나무에서 뛰어 내려왔을 때에는, 그리고 열광적인 행동으로 투석기를 빙빙 돌려 죽음의 돌을 던졌을 때에는, 그 증오스러운 적이 한순간에 자기 앞에 쓰러져 죽기만 한다면, 그 자신의 생명도 그와 더불어 꺼져 버리고, 마지막 힘까지 다 써 버리고는 자신도 살인적인 돌과 함께 날아가 이 몰락에 동의하며, 스스로 파멸의 나락 속으로 몸을 던질 것만 같았다. 그러나 이제 이 살인 행위에 대해서 예기치 못했던 저 적막감의 순간이 대답을 하니, 이제까지 전혀 알지 못했던 생명욕이 입을 딱 벌리고 있는 죽음의 나락에서부터 그를 다시 끌어당겼다. 그리고 근원적 본능이 그의 감각과 사지를 사로잡으며 삼림과 빽빽한 대나무 숲을 찾아가라고 하고, 도망쳐서 자취를 감추라고 명령했다. 은신처에 도착하여 가장 위험한 고비를 벗어났을 때에야 비로소 그는 자신에게 일어났던 일들을 의식하게 되었다. 몹시 지쳐서 그 자리에 쓰러져 숨을 헐떡이는 동안에, 그리고 기력이 쇠진해지면서 살인 행위에 대한 흥분도 사라지고 냉정한 정신이 차츰 자리 잡는 동안에, 그는 자신이 아직 살아 있고 죽음으로부터 달아난 것을 보고 처음에는 자신에 대해 실망과 거부감을 느꼈다. 그러나 호흡이 진정되고 지친 다음에 오는 현기증이 가라앉으면서 곧 반항심과 생존 의지가 생겨나며 이 메스껍고 불쾌한 감정은 사라져 버렸다. 그리고 자기가 한 행위에 대한 거친 기쁨이 마음속으로 다시 돌아왔다.

곧 가까운 주변이 어수선해졌다. 살인자에 대한 탐색과 추적이 시작되었고, 이는 온 종일 계속되었다. 그는 호랑이가 무서워 아무도 깊이 들어오지 못하는 은신처에서 숨을 죽이고 기다리면서 위기를 모면했다. 잠시 눈을 붙이고는 다시 매복하였고, 계속 기어가다가 다시 쉬기도 했다. 살인 행위가 있은 후 사흘째 되던 날에 그는 산맥 저편에 와 있었으며, 계속해서 더 높은 산으로 쉬지 않고 기어 올라갔다.

그는 이리저리 고향을 잃은 생활을 계속했다. 그로 인해 더 냉혹하고 무정해지기도 했지만, 더 영리해지고 체념이 빨라지기도 했다. 그렇지만 밤이면 언제나 프라바티와 옛날의 행복에 대한, 아니면 그가 지금 그렇게 부르고 있는 것에 대한 꿈을 꾸었다. 그가 추적당하고 도망치는 꿈도 여러 번 꾸었다. 가슴을 죄는 그 무시무시한 꿈은 대충 이러했다. 그가 숲 속으로 도망을 치는데, 추격병이 뒤에서 북을 울리고 사냥용 뿔피리를 불며 쫓아온다. 숲과 늪지대를 지나고, 가시나무 덤불을 헤치고 나가 썩어서 부서지려는 다리를 건너가면서 그는 무엇인가 짐을 안고 간다. 무엇인가를 둘둘 말아 싼 꾸러미인데, 거기에 감추어진 것이 무엇인지는 알 수가 없고, 그것이 값진 것이며 어떤 상황에서도 손에서 놓쳐서는 안 된다는 것만 알고 있다. 값지지만 위험한 것으로 어쩌면 도둑질한 보물일는지도 모른다. 그것은 프라바티가 축제일에 입었던 옷처럼 적갈색과 파란색 무늬가 있는 화려한 보자기에 싸여 있다. 그러니까 그는 도둑질한 물건이든 보물이든 이 꾸러미를 가지고 여러 가지 위험에 빠지고 고난을 겪으며 도망을 하고 있다. 낮게 드리워진 나뭇가지 아래로 그리고 머리 위에 솟아 있는 암벽 밑으로 해서 살금살금 뱀들 옆을 지나가기도 하고, 악어들이 득실거리는 강물 위에 놓인 현기증이 날 정도로 좁다란 외나무다리 위를 건너기도 한다. 결국은 추격을 당하고 기진맥진한 채 그 자리에 멈춰 서서 꾸러미를 묶어 놓은 매듭을 만지작거린다. 하나하나 매듭을 풀고는 보자기를 펼친다. 이제 그 보물을 꺼내어 떨리는 손에 받쳐 보니, 그것은 자기 자신의 머리였다.

그는 숨어서 방랑 생활을 계속했다. 사람들로부터 도망치지는 않았지만, 그래도 사람들을 피하고 있었다. 그러던 어느 날 풀이 많은 구릉지를 지나가게 되었다. 그곳은 아름답고 명랑한 기분을 불러일으켰고, 그가 이 지방을 알고 있다는 듯 그에게 인사하는 것 같았다. 이쪽에는 부드럽게 나부끼는 풀꽃들이 피어 있는 목초지가 있고, 저쪽에는 그도 알고 있는 냇버들 숲이 있었다. 이 숲은 그가 아직 사랑과 질투, 증오와 복수가 무엇인지 알지 못했던 명랑하고도 천진스러운 시절을 상기시켜 주었다. 그곳은 그가 예전에 동료들과 소 떼를 돌보던 그 목초지였다. 가장 명랑했던 그의 어린 시절이 다시 돌아올 수 없는 머나먼 심연으로부터 그를 바라보고 있었다. 마음속의 달콤한 슬픔이 여기서 그에게 인사하는 목소리들에게 대답을 했다. 은빛으로 나부끼는 버드나무 가지에 부는 바람에게, 즐겁고도 빠르게 흘러가는 조그만 시냇물의 행진곡 소리에, 새들의 노랫소리와 황금색 벌의 낮게 붕붕거리는 소리에 대답했다. 여기서는 도피처요 고향과도 같은 소리가 울리고 향내가 났다. 떠돌아다니는 목동 생활에 익숙한 그에게 어떤 지방도 이곳처럼 제 집 같고 고향같이 느껴진 적이 없었다.

마음속에 이러한 목소리들을 담고 그에 이끌려서, 그는 귀향한 자의 기분과도 흡사한 감정을 느끼며 이 다정한 곳을 돌아다녔다. 무섭게 지낸 몇 달 만에 처음으로 그는 낯선 이방인으로서, 추격당하는 사람으로서, 도망치는 자로서, 죽음의 선고를 받은 자로서가 아니라, 준비가 되어 있는 마음으로 아무것도 생각하지 않고, 아무것도 갈망하지 않으며, 고요하고 명랑한 현재와 주변에 몰두하고, 그것을 맞아들이면서 감사하고, 약간은 자기 자신과 이 익숙지 않고 새로우며 처음으로 황홀하게 경험하는 마음 상태를 이상히 여기면서 거닐었다. 아무런 소망도 없는 열린 마음이, 아무런 긴장도 없는 이런 명랑함이, 주의 깊고 감사하게 관찰하는 즐거움이 약간 이상하긴 했다. 그는 푸른 목초지를 지나 숲 속으로 갔고, 나무들 아래 조그만 햇빛의 반점들이 뿌려진 어스름한 곳으로 들어갔고, 거기에서는 귀향과 고향의 느낌이 더욱 강해졌다. 그의 발길이 저절로 찾아가는 듯한 길을 따라가다 우거진 양치식물 숲을 통해 거대한 숲 한가운데 있는 빽빽한 작은 숲을 지나 조그마한 움막에 당도하게 되었다. 그 움막 앞 땅바닥에는 그가 한때 몰래 지켜보기도 하고 우유를 시주하기도 했던 그 요가 수도자가 꼼짝도 하지 않고 앉아 있었다.

잠에서 깨어나는 듯 다자는 그 자리에 멈춰 섰다. 이곳에는 모든 것이 옛날 그대로였다. 이곳에는 시간도 흐르지 않았고, 살인도 없고 괴로움도 없었다. 이곳에서는 시간과 삶이 수정처럼 단단히 굳어지고, 고요히 정지하여 영원불변인 것 같았다. 그는 노인을 바라보았다. 옛날 그를 처음 보았을 때 느꼈던 경탄과 사랑과 그리움이 마음속으로 다시 돌아왔다. 그는 움막을 둘러보고 다음 장마철이 시작되기 전에 야간 수리할 필요가 있겠다고 혼자 생각했다. 그는 용기를 내어 조심스럽게 몇 발자국 다가갔고, 움막 안으로 들어가 무엇이 있는가를 살펴

보았다. 많이는 없었다. 거의 아무것도 없는 것과 같았다. 나뭇잎으로 만든 침상, 물이 조금 들어 있는 표주박 하나, 그리고 나무껍질로 만든 텅 빈 자루 하나뿐이었다. 그는 자루를 집어 들고 밖으로 나와 숲 속에서 먹을 것을 찾아내어 과일이나 달콤한 나무속껍질 같은 것을 따 가지고 왔다. 그러고는 표주박을 가지고 가서 신선한 물을 가득 채워다 놓았다. 이로써 여기서 할 수 있는 일은 다한 것이었다. 한 인간이 살기 위하여 필요한 것은 너무나도 적었다. 다자는 땅바닥에 웅크리고 앉아 몽상에 잠겼다. 그는 숲 속에서의 이 고요한 안정과 몽상에 만족했다. 자기 자신에 만족했고, 그 옛날 청년 시절에 평화와 행복과 고향 같은 것을 느껴 보았던 이곳으로 그를 이끌어 온 자기 내면의 목소리에 만족했다.

이렇게 그는 그 침묵을 지키는 수도자 곁에 머무르게 되었다. 그분 침상의 나뭇잎을 새로 갈아 넣고, 두 사람이 먹을 음식을 찾아왔으며, 낡은 움막을 수리하였다. 그러고는 자신이 사용할 두 번째 움막을 약간 떨어진 곳에 짓기 시작했다. 노인은 그가 거기 있는 것을 허용한 것 같았지만, 도대체 그를 인지하고 있기나 한 것인지 알 수가 없었다. 그가 명상에서 깨어 일어나는 것은 그저 움막으로 잠을 자러가거나, 약간의 음식을 먹거나 숲 속을 잠시 거닐 때뿐이었다. 다자는 위대한 사람을 가까이에서 모시는 하인처럼 그 고귀한 분 곁에서 살았다. 아니 그보다는 사람들 곁에서 살아가는 조그만 애완동물이나 길들인 새나 몽구스처럼 시중을 들어 가며 거의 눈에 띄지 않고 살았다. 오랫동안 도망 다니며 숨어서 살았고, 불안하게 양심의 가책을 받으며 항상 추격당할 각오를 하고 있었기에, 이

고요한 삶과 힘도 안 드는 일 그리고 자기에겐 주의도 기울이지 않는 것 같은 사람과 함께 사는 것은 한동안 아주 마음에 들었다. 잘 때 악몽도 꾸지 않았고, 일어났던 일을 반나절이나 하루 종일 잊어버리기도 했다. 미래에 대한 생각은 전혀 하지 않았다. 동경이나 소망에 사로잡힐 때가 있다면, 그것은 이곳에 머물면서 요가 수도자로부터 은둔자 생활의 비밀을 전수받아 그에 정통하고, 스스로 요가 수도자가 되어 요가 정신과 그 기품 있는 무심에 참여하고 싶다는 것뿐이었다. 그는 종종 그 존경하는 수도자의 자세를 흉내 내며 다리를 가부좌한 채 꼼짝하지 않고 앉아 있었고, 그분처럼 초현실적인 미지의 세계를 바라보며 자신을 에워싸고 있는 주변의 일에 무관심하려고 노력했다. 그럴 때 대개는 이내 지쳐 버리고, 사지가 뻣뻣해지며 등에 통증이 왔다. 모기의 시달림을 받기도 하고 피부에 이상스러운 느낌이 오기도 하였으며, 가렵거나 여러 가지 자극을 받기도 하여, 몸을 움직이고 긁기도 하다가 결국은 다시 일어서고 말았다. 그러나 몇 번은 다른 느낌을 받은 적도 있었다. 이를테면 텅 비게 되거나 가벼워지거나 부동하는 느낌이었다. 꿈속에서 종종 그러하듯이 우리가 대지를 그저 살며시 건드리면, 부드럽게 대지로부터 튀어 올라 양털 송이처럼 다시 붕붕 떠다니는 기분이었다. 이런 순간에는 지속적으로 부동하는 상태가 어떠할 것이라는 예감이 어렴풋이 떠올랐다. 그것은 자신의 육체와 자신의 영혼이 그 무게를 벗어 버리고, 보다 더 크고 더 순수한 태양빛괴도 같은 생명의 숨결 속에 공명하며, 지 시간도 없고 변화도 없는 피안의 세계로 높이 올라가 흡수되는 예감이었다. 그러나 그것은 순간일 뿐이고 예감으로 머물렀다. 이러한 순간에서 깨어나 실망을 느끼며 이제까지의 습관적 생활로 되돌아올 때면, 그는 이 수도자를 자기 스승으로 모시고, 그의 요가 행공법과 비술(秘術)을 전수받고, 자신도 요가 수도자가 되도록 해 달래야겠다고 생각했다. 그런데 어떻게 하면 될까? 노인은 한번이라도 그를 눈으로 알아본 적이 없는 것 같았고, 그들 두 사람 사이에 언제고 말이 오갈 것 같지도 않았다. 그 노인은 날짜나 시간, 숲이나 움막 저편 피안에 있는 듯이, 또한 말의 피안에 존재하는 것처럼 보였다.

그렇지만 어느 날 다자가 한마디 말을 하였다. 그 즈음 다자는 또다시 혼란스러울 정도로 달콤하기도 하고 또 때로는 혼란스러울 정도로 처참하기도 한 꿈을 꾸었다. 아내 프라바티에 대한 꿈이거나 무시무시한 도망자 생활에 대한 꿈이었다. 낮에 아무런 진전이 없었으니, 앉아서 수련하는 것도 오래 견디지 못했고, 여자와 사랑에 대한 생각도 떨쳐 버릴 수가 없었으며, 숲 속을 계속 이리저리 헤매고 다녔다. 그것은 날씨 탓일 수도 있었다. 뜨거운 열풍이 부는 무더운 날들이 계속되었다. 다시 또 그렇게 짜증스러운 어느 날 모기들이 윙윙거렸고, 전날 밤 다자는 또 지독한 꿈을 꾸어 불안하고 답답한 마음에 휩싸여 있었다. 꿈 내용이 무엇이었는지는 기억나지 않았지만, 깨어 생각해 보니 그것은 옛날의 상태와 삶의 단계로의 비참한 전락으로 보였다. 도대체 허용될 수 없는 대단히 수치스러운 전락이었다. 온 종일 그는 음울하고 불안한 마음으로 움막 주위를 슬금슬금 돌아다니거나 웅크리고 앉아 있었다. 이런저런 일도 해 보고, 명상 수련을 해 보려고 몇 번이나 앉아 있기도 했지만, 그때마다 뜨거운 불안이 곧 그를 엄습해 왔다. 사지에 경련이 일고, 발은 개미가 간질이듯 근질거리며, 목덜미가 타는 것 같았다. 그는 잠시도 참지 못해, 머뭇거리고 부끄러워하며 노인을 건너다 보았다. 노인은 완벽한 자세로 앉아 있었으며, 눈을 내면으로 향한 얼굴은 범접할 수 없을 정도로 고요한 명랑함에 잠겨 꽃송이처럼 부유하고 있었다.

그날 요가 수도자가 자리에서 일어나 움막 쪽으로 향했을 때, 오랫동안 그 순간을 기다렸던 다자는 앞으로 나가 불안에 쫓기는 자의 용기로 그에게 말을 걸었다. "고귀한 분이여, 당신의 고요함을 범접하여 죄송합니다. 저는 평화를 구하고 고요함을 갈구하고 있습니다. 당신처럼 살고 싶고 당신처럼 되고 싶습니다. 보십시오. 저는 아직 젊지만, 벌써 수많은 고통을 맛보았습니다. 운명이 저를 가지고 참혹하게 장난을 했어요. 저는 왕후로 태어났으면서도 목자들에게 던져졌습니다. 목동이 되어 성장한 저는 어린 소와도 같이 즐겁고 힘세고 천진난만했습니다. 그러다가 여자에 눈을 뜨게 되었지요. 가장 아름다운 여자를 만나자 그녀에게 제 목숨을 걸었습니다. 그녀를 얻지 못했다면 저는 아마 죽어 버렸을 것입니다. 동료인 목자들을 버리고 저는 프라바티에게 청혼했습니다. 그녀를 얻었고, 사위가 되어 섬기며 죽도록 열심히 일했습니다. 그래도 프라바티가 제 것이고 저를 사랑했지요. 아니 그녀가 저를 사랑한다고 믿었습니다. 매일 저녁 저는 그녀의 품으로 돌아와 그 품에 안겨 누웠습니다. 글쎄 그때 왕이 그 지방으로 왔습니다. 바로 그자 때문에 제가 어릴 때 추방되었지요. 그런데 그자가 와서 프라바티를 빼앗아갔어요. 그녀가 그의 품에 안겨 있는 것을 보아야 했습니다. 그것은 제가 겪었던 가장 큰 고통이었으며, 저와 제 인생을 완전히 바꿔 놓았습니다. 저는 돌을 던져 왕을 죽였지요. 살인을 한 것입니다. 그러고는 범죄자로서 쫓기는 죄인의 삶을 살았습니다. 모든 것이 제 뒤를 추격해 왔어요. 이곳으로 올 때까지 제 생명은 한순간도 안전하지 못했습니다. 저는 어리석은 인간입니다. 고귀한 분이여, 저는 살인자입니다. 지금이라도 체포되어 사지를 찢길지 모릅니다. 이 무시무시한 삶을 더 이상 견딜 수가 없습니다. 이런 삶에서 벗어나고 싶습니다."

요가 수도자는 조용히 눈을 내리깔고 이 폭발적인 말을 경청했다. 이제 눈을 올려 뜨고는 다자의 얼굴로 시선을 주었다. 그것은 밝고도 꿰뚫어 보는 듯하며, 거의 참을 수 없을 정도로 확고하고, 집중된 빛나는 시선이었다. 그가 다자의 얼굴을 관찰하며 그의 성급한 이야기를 가만히 되새기는 동안 그의 입은 서서히 미소로 변하고 또 웃음으로 변해 갔다. 소리 없는 웃음을 웃으면서 그는 머리를 흔들더니, 다시 웃으며 "마야로다! 마야로다!" 하고 말했다.

다자는 완전히 마음이 혼란해지고 부끄러워서 그대로 서 있었다. 수도자는 약간의 식사를 하기 전에 잠시 양치식물 사이로 난 좁다란 오솔길로 나갔다. 자로 잰 듯이 박자를 맞추어 그는 이리저리 산보했다. 몇백 발자국 정도를 거닐다가 다시 돌아와 움막 안으로 들어갔다. 그의 얼굴은 다시 여느 때와 같아졌고, 현상 세계와는 다른 어떤 곳으로 돌아가 있었다. 이 언제나 똑같이 흔들림 없는 얼굴에서 가련한 다자에게 대답으로 주어졌던 웃음은 대체 무슨 웃음이었을까! 그는 오랫동안 그 생각을 하지 않을 수 없었다. 다자가 절망적으로 고백하고 탄원하는 순간에 터져 나온 이 비상한 웃음은 호의적이었던가 아니면 조롱이었던가? 위안을 주는 것이었던가 아니면 비난을 하는 것이었던가? 신적인 것이었던가 아니면 악마적인 것이었던가? 아무것도 더 이상 진지하게 받아들일 수 없는 노인의 비꼬는 웃음이었던가, 아니면 다른 사람의 어리석음을 보고 재미있어하는 현인의 웃음이었던가? 그것은 거절하면서 작별을 고하고 떠나가라는 뜻이었을까? 혹은 충고를 하면서 다자에게 그를 따라 행하고 그와 함께 웃으라고 요구하는 것이었을까? 그는 그 수수께끼를 풀 수가 없었다. 밤늦게까지 이 웃음에 대해 곰곰이 생각해 보았다. 그의 인생, 그의 행복과 불행이 이 노인에게는 웃음이 되어 버린 것 같았다. 그 어떤 맛이 나고 향내가 나는 딱딱한 뿌리를 씹듯이 그의 생각은 이 웃음을 되씹고 있었다. 그러고는 그 노인이 밝은 소리로 외친 그 말을 되씹고 생각하며 고뇌했다. 노인은 너무나도 명랑하고 이해할 수 없을 정도로 쾌활하게 "마야로다, 마야로다!"하고 웃으면서 말했다. 이 말이 대개 무엇을 의미하는지를 그는 반쯤 이해하고 반쯤 어렴풋이 짐작했다. 웃는 사람이 그 말을 하는 태도에도 의미를 추측하게 하는 무엇인가가 깃들어 있는 듯했다. 다자의 삶, 다자의 청춘, 다자의 달콤한 행복과 쓰디쓴 불행, 그것이 마야였다. 아름다운 프라바티도 마야였고, 사랑도 그녀와의 쾌락도 마야였고, 인생 전체가 마야였다. 다자의 인생과 다른 모든 사람들의 인생, 이 모든 것이 이 늙은 요가 수도자의 눈에는 마야였다. 이 모든 것은 어린아이들 놀이, 하나의 구경거리, 연극, 공상, 오색찬란한 껍질에 싸인 무, 비눗방울과 같은 것이었다. 어느 정도 매혹된 마음으로 웃을 수 있고 동시에 경멸할 수 있는, 그러나 결코 진지하게 받아들일 수 없는 그 무엇이었다.

늙은 요가 수도자에게는 다자의 인생이 웃음과 마야라는 말로써 처리되고 떨쳐 버릴 수 있는 것이었다 해도, 다자 자신에게 있어서는 그렇지 못했다. 그 스스로 웃음을 웃는 요가 수도자가 되어 자기 인생을 그저 하나의 마야로 인식할 수 있기를 간절히 소망하고 있었다고는 해도, 그렇게 며칠 동안의 밤낮을 불안하게 보낸 이후로, 지칠 대로 지친 도망의 시절을 뒤로 하고 여기 이 도피처에서 지내며 한동안 거의 잊어버린 듯했던 모든 것들이 그의 마음속에 다시 깨어나 되살아왔다. 그가 언젠가 정말로 요가술을 습득하여 그 노인과 똑같이 행할 수 있을 것이라는 희망은 극도로 희박해 보였다. 그렇다면 ─ 그렇다면 그가 이 숲 속에 머물러 있다는 것이 대체 무슨 의미가 있을까? 그건 도피처일 뿐이었다. 여기서 그는 약간 안도의 숨을 쉬고 힘을 다시 모았으며 어느 정도 정신을 차리게 되었다. 그것도 가치 있는 일이고 대단한 것이었다. 그러는 동안에 바깥세상에서는 왕의 살인자에 대한 추격이 포기되었을지도 모른다. 그렇다면 그는 큰 위험이 없이 계속 방랑할 수 있을 것이다. 그는 그렇게 하기로 결심했다. 그리고 다음 날 떠나려고 했다. 세상은 넓었으며, 이런 은신처에서 영원히 머물러 있을 수는 없는 일이었다. 이렇게 결심하자 그는 어느 정도 마음이 안정되었다.

그는 이른 새벽에 출발할 생각이었다. 그러나 늦잠을 자고 깨어 보니 해는 벌써 중천에 떠 있었고, 요가 수도자는 이미 명상을 시작한 후였다. 다자는 작별 인사도 없이 떠나고 싶진 않았으며, 수도자에게 한 가지 볼 일도 있었다. 그래서 그는 이제나 저제나 하며 기다렸다. 마침내 수도자가 자리에서 일어나 사지를 뻗어 기지개를 켜고는 이리저리 걷기 시작했다. 그때 다자는 그 앞으로 나가 절을 하고는 요가 수도자가 눈을 들어 의아하게 그를 쳐다볼 때까지 물러서지 않았다. "스승님." 그는 겸손하게 말했다. "저는 계속 제 길을 가고자 합니다. 스승님의 고요한 삶을 더 이상 방해하지 않겠습니다. 그러나 고귀한 분이여, 이번 한 번만 제 간청을 들어 주십시오. 제 생애를 말씀드렸을 때 웃으시며 '마야로다.' 하고 말씀하셨습니다. 간청드리오니 마야에 관해 좀 더 알려 주십시오."

요가 수도자는 움막 쪽으로 몸을 돌렸고, 그의 눈길은 다자에게 그를 따라오라고 명령했다. 노인은 물그릇을 집어 들더니 다자에게 내주며 손을 씻으라고 했다. 다자는 시키는 대로 순종했다. 그런 다음 요가 수도자는 표주박 속에 남은 물을 양치식물에 쏟아 버리고, 빈 그릇을 젊은이에게 내밀며 물을 새로 떠오라고 명했다. 다자는 그 명에 따라 달려갔다. 그의 마음속에는 이별의 감정이 꿈틀거렸다. 이 조그만 오솔길을 따라 샘물가로 가는 것도 마지막이었다. 가장자리가 반들반들하게 닳아버린 이 가벼운 바가지를 거울 같은 작은 수면에 띄워 보는 것도 마지막이었다. 거기에는 잎이 혀처럼 긴 양치식물, 둥근 모양의 수관 그리고 빛이 점점이 뿌려진 달콤하게 푸른 하늘이 비치고 있었다. 그 수면 위로 몸을 구부리자 그 자신의 얼굴도 갈색빛이 도는 어스름 속에 마지막으로 비쳐 보였다. 그는 생각에 잠기며 천천히 바가지를 샘물 속에 넣었다. 불안한 기분이 들었다. 그리고 무엇 때문에 이런 이상스러운 기분을 느끼는지, 떠나기로 결심한 이때에도 노인이 그에게 거기에 있으라고, 어쩌면 영원히 남아 있으라고 하지 않는 것이 왜 마음을 아프게 하는지 분명히 알 수가 없었다.

그는 샘물가에 쭈그리고 앉아서 물을 한 모금 마셨다. 그리고 물을 쏟지 않으려고 조심하면서 바가지를 가지고 일어나서 멀지 않은 길을 돌아가려고 하였다. 그때 어떤 소리가 그의 귓가에 들려오며, 그를 황홀케 하고 놀라게 하였다. 그것은 그가 수많은 꿈속에서 들었고, 깨어 있는 시간에는 가혹한 그리움에 젖어 수없이 생각하곤 했던 목소리였다. 그 소리는 달콤하게 울렸다. 그 소리는 어스름한 숲을 통해 달콤하고 천진스럽게 유혹적으로 울려왔다. 그의 마음은 놀라고 즐거움에 젖어 떨고 있었다. 그것은 프라바티의 소리, 그의 아내의 목소리였다. "여보." 하고 그녀는 유혹했다. 믿어지지 않는 눈길로 그는 물그릇을 손에 든 채 주위를 둘러보았다. 그런데 보라. 나무줄기 사이에 그녀가 나타났다. 긴 다리에 날씬하고 탄력 있는 모습으로 프라바티가, 그 사랑하는 여인, 잊을 수 없는 여인, 성실치 못한 아내가 나타난 것이다. 그는 바가지를 던져 버리고 그녀에게로 달려갔다. 그녀는 미소를 짓고 약간 부끄러워하면서 그의 앞에 서서, 사슴 같이 커다란 눈으로 그를 올려다보았다. 가까이 다가가 보니 그녀는 빨간 가죽으로 만든 샌들을 신고 있었고, 몸에는 아주 아름답고 값비싼 옷을 걸치고 있었다. 팔에는 황금 팔찌를 끼었고, 검은 머리에는 반짝반짝 빛나는 오색찬란하고 값진 보석들을 달고 있었다. 그는 움찔하며 뒤로 물러섰다. 그렇다면 그녀는 아직도 왕의 정부란 말인가? 자기는 날라를 죽이지 못했단 말인가? 그녀는 아직도 그자가 준 이런 선물을 달고 돌아다닌단 말인가? 이런 팔찌와 보석으로 치장하고서 어떻게 자기 앞에 나타나 자기 이름을 부를 수 있단 말인가?

그러나 그녀는 예전보다도 더 아름다웠다. 그녀가 말을 꺼내기도 전에 그는 그녀를 끌어안고 그녀 머리에 이마를 묻으며, 그녀의 얼굴을 자기에게로 끌어올려 입에 키스를 하지 않을 수가 없었다. 그러는 동안에 예전에 소유하고 있던 모든 것들이 돌아와 다시 자기 것이 되는 것을 느꼈다. 행복, 사랑, 쾌락, 삶의 기쁨, 열정 등 모두 다 그러했다. 그의 생각은 이미 이 숲과 늙은 은둔자로부터 멀리 떠났고, 숲과 은둔, 명상과 요가는 아무것도 아닌 것이 되어 잊혔다. 물을 길어 가야 했던 노인의 표주박도 더 이상 생각하지 않았다. 그가 프라바티와 함께 숲의 가장자리를 향해 달려갈 때, 물그릇은 샘물가에 던져진 채 남아 있었다. 그리고 그녀는 서둘러 자기가 어떻게 그곳으로 오게 되었는지, 모든 일들이 어떻게 진행되었는지를 이야기하기 시작했다.

그녀의 이야기는 놀라웠다. 놀랍고 황홀하며 동화 같았다. 다자는 동화 속으로 들어가듯 새로운 삶으로 달려 들어갔다. 프라바티가 다시 자기 아내가 되고, 저 증오스러운 날라가 살해되고 그 살인자에 대한 추격이 오래전에 중단된 것이 다가 아니었다. 목동이 된 예전의 왕자 다자가 도시에서 적법한 상속자로서 왕으로 선포되었던 것이다. 한 늙은 목자와 늙은 브라만이 그를 몰래 빼돌렸던 거의 잊힌 이야기를 다시 기억해 내게 하고 사람들 입으로 전해지게 했다. 그래서 한때 날라이 살인자로 고문하고 사형시키려고 사방으로 수색했던 바로 그 사람을 지금은 온 나라를 뒤져 더욱 열심히 찾게 되었다. 그로 하여금 왕위를 승계토록 하고, 장엄하게 그를 도시와 아버지의 궁전으로 모셔가기 위해서였다. 그것은 꿈만 같았다. 그리고 놀라움에 젖은 그에게 그 무엇보다 마음에 들었던 일은 그리로 몰려온 모든 파견 병사들보다 우연히도 프라바티가 그를 제일 먼저 발견하고 인사를 했다는 사실이었다. 숲 가장자리에는 천막이 쳐져 있었고, 연기와 고기 굽는 냄새가 났다. 프라바티는 시종들로부터 큰 소리로 환영을 받았다. 그리고 그녀의 남편인 다자를 발견한 것을 알리자 곧 거대한 축제가 시작되었다. 거기에 한 남자가 있었다. 그는 목자들과 함께 살던 시절의 다자 친구였다. 프라바티와 시종들을 예전에 그가 살았던 이곳으로 데리고 온 것이 바로 그였다. 그 남자는 다자를 알아보고서는 기쁜 나머지 웃으면서 그쪽으로 달려왔다. 친구로서 어깨를 툭툭 치거나 그를 얼싸안고 싶었다. 하지만 그의 친구는 지금 왕이 되어 있었다. 그는 달려오다가 마비된 듯 멈춰 섰고, 다시 천천히 공손하게 걸어와서는 깊이 숙여 절을 하며 인사했다. 다자는 그를 일으켜 세워 얼싸안았고, 다정하게 이름을 부르며 어떤 선물을 주면 좋겠느냐고 물었다. 그 목자는 암송아지를 받길 원했고, 왕은 사육되고 있는 가축들 중에서 제일 좋은 놈 세 마리를 보내 주었다. 그리고 새로운 왕에게는 계속 새로운 사람들, 즉 관리들과 수렵장, 궁정 브라만들이 소개되었다. 그는 그들의 인사를 받았다. 식사가 시작되었고, 북과 기타와 피리로 연주하는 음악이 울려 퍼졌다. 이 모든 화려한 축제가 다자에게는 꿈처럼 여겨졌다. 그러한 것을 정말이라고 믿을 수가 없었다. 그에게는 무엇보다도 자기 품에 안고 있는 젊은 아내 프라바티만이 현실이었다.

매일 낮에만 조금씩 여행을 하여 행렬은 도시에 가까이 왔다. 전령을 먼저 보내어 젊은 왕이 발견되었고 지금 도시에 가까이 왔다는 즐거운 소식을 퍼뜨렸다. 도시가 보였을 때, 시내는 온통 징소리와 북소리로 가득했다. 엄숙하게 흰옷을 입은 브라만들의 행렬이 그를 마중 나왔다. 옛날 약 이십 년 전 다자를 목자들에게로 내보냈고 얼마 전에 세상을 떠난 바주데바의 후계자가 맨 앞에 서 있었다. 그들은 다자에게 인사를 올리고 찬가를 불렀으며, 그를 궁전으로 안내하여 그 앞에서 몇 개의 거대한 제물의 불꽃을 점화했다. 다자는 자기 집으로 안내되었다. 거기에서도 새로운 인사와 충성의 맹세, 축복의 말과 환영 인사가 그를 맞이하였다. 바깥에서는 온 도시가 밤늦게까지 기쁨의 축제를 벌였다.

매일 두 사람의 브라만에게 교육을 받으며 그는 짧은 시일 내에 학문적으로 꼭 알아야만 하는 것들을 배웠다. 제전 의식에도 참석하고 판결도 하며, 기사의 기술과 전쟁 기술도 연마하였다. 브라만승 고팔라는 그에게 정치를 가르쳤고, 그의 일신과 일가, 가문의 권리와 미래 아들들의 권한이 어떠한가, 또 어떠한 적들이 있는가에 관해 이야기해 주었다. 적이라고 하면 누구보다도 날라의 어머니를 꼽을 수 있었다. 그녀는 한때 왕자인 다자의 권리를 탈취하고 그의 생명까지 빼앗으려고 하였지만, 지금은 다자를 자기 아들의 살인자로 증오하고 있음에 틀림없었다. 그녀는 도망쳐서 이웃 나라의 왕 고빈다의 보호를 받으며 그의 궁전에 살고 있었다. 이 고빈다 왕과 그의 가문은 옛날부터 원수지간으로 위험한 관계였다. 그들은 다자의 조상 때에 벌써 서로 전쟁을 했고, 영토 일부분을 내놓으라고 요구하고 있었다. 그에 반하여 남쪽에 있는 이웃 나라의 가이팔리 왕은 다자의 아버지와 친분이 있었고, 피살된 날라를 몹시 싫어했다. 그를 방문하여 선물을 전하고 다음 사냥에 초대하는 것이 중요한 의무였다.

아내인 프라바티는 귀족의 생활에 완전히 익숙해 있었으며, 왕비로 처신하는 법도 알고 있었다. 아름다운 옷을 입고 보석으로 치장한 모습이 너무나 훌륭해서 그녀의 주인이자 남편에 못지않은 고귀한 가문의 출신인 것 같았다. 그들은 행복한 사랑에 젖어 한 해 한 해를 살아갔다. 그들의 행복이 신들의 축복을 받은 사람들에게 주어지는 윤택함과 광채를 그들에게 부여해 주었기에 온 국민이 그들을 존경하고 사랑했다. 오랫동안 결실 없이 기다리다가 마침내 프라바티가 예쁜 아들을 낳자 그는 아버지의 이름을 따라 라바나라 이름 지었고, 이제 그의 행복은 완전해졌다. 그가 소유하고 있는 나라와 권력, 집들과 마구간, 우유 짜는 방과 소와 말 들은 이제 그에게 그 의미와 중요성이 배가되고, 광채와 가치가 한층 드높아진 것 같았다. 이 모든 소유물은 프라바티를 에워싸고 그녀를 옷 입히며, 치장해 주고 잘해 주는 데 좋고 즐거운 것이었지만, 이제는 아들 라바나에게 물려줄 상속이며 미래를 보장해 주는 행복으로서 훨씬 더 좋고 즐거우며 중요한 것이 되었다.

프라바티가 주로 축제와 치장, 화려하고 풍성한 옷차림과 보석, 수많은 하인을 거느리는 데서 즐거움을 느꼈다면, 다자가 기쁨을 얻는 곳은 정원이었다. 그는 진귀하고 값진 나무와 꽃을 정원에 심도록 하고, 앵무새와 다른 화려한 새들을 기르고 있었는데, 이들에게 모이를 주고 이야기를 나누는 것이 매일

매일의 습관이 되었다. 그뿐만 아니라 학문도 그의 관심을 끌었다. 브라만들의 학습 능력이 좋은 학생으로서 그는 많은 시와 격언, 독서술과 필법을 배웠다. 독자적인 서기를 한 명 두고 있었는데, 그는 야자나무 잎으로 필기용 두루마리를 만들 줄 알았으며, 그의 섬세한 필치로 쓴 조그마한 도서관이 생겨나기 시작했다. 귀한 재목으로 지은 벽에는 신들의 삶을 묘사하며 수많은 인물들이 등장하고 일부는 도금까지 된 부조들이 새겨져 있었다. 이 작긴 하지만 귀중한 도서관에서 그는 때때로 브라만들, 즉 승려들 중에서 가려 뽑은 학자나 사상가 들을 초대하여 신성한 일들에 관해 서로 논쟁을 벌이도록 하였다. 세계의 창조와 위대한 비슈누의 마야, 성스러운 베다경과 희생의 위력, 그리고 유한한 인간이 신들까지 두려움에 떨도록 했던 더 위대한 속죄의 힘 등에 관해 토론하도록 했다. 말과 토론과 논증을 가장 잘하는 브라만들에게는 푸짐한 선물도 주었다. 어떤 브라만들은 논쟁에 승리를 거둔 상품으로 훌륭한 암소를 끌고 가기도 했다. 그러나 때로는 우스꽝스럽고 마음을 흔들어 놓는 일도 일어났다. 방금 베다경의 격언들을 이야기하고 설명하면서 하늘과 바다의 일을 모두 알고 있는 듯하던 위대한 학자들이 영광의 선물을 받고 오만하게 뽐내면서 물러간다거나, 그런 선물 따위 때문에 시기하고 싸움질을 할 때 그러했다.

재물과 행복, 정원과 책 들을 누리며 살아가는 중에도 다자 왕에게는 때로 인간 생활과 인간 존재에 속하는 하나하나의 모든 섯이 냐하고 물화실해 보였다. 저 처염에 처 있으면서도 현명한 브라만승들처럼 감동적인 동시에 우스꽝스럽고, 밝은 동시에 음산하며, 갈망할 만한 가치가 있는 동시에 경멸스러워 보였다. 정원 연못에 핀 연꽃들, 공작새와 꿩과 무소새의 깃털에 반짝이는 색채의 유희, 그리고 궁전에 새겨진 도금한 조각품들을 바라보노라면, 이것들이 때로는 신적으로 보이고, 영원한 생명으로 작렬하는 것처럼 보였다. 그런데 다음번에는 이 모든 것들에서 동시에 무언가 비현실적인 것, 믿을 수 없는 것, 의심스러운 것, 무상함과 해체로 기울어지는 경향, 형상도 없는 혼돈 속으로 되돌아가려는 준비 상태 같은 것을 느꼈다. 다자 왕 그 자신이 한때는 왕자였다가 목동이 되고, 살인자로서 추격당하는 몸으로 추락했다가, 결국 내일과 모레 일을 모르고, 어떤 힘에 이끌리고 무슨 연유인지도 모르는 채 다시 왕위에 오른 것처럼, 인생살이의 마야 유희는 어디에서나 지고한 것과 천한 것, 영원함과 죽음, 위대함과 가소로움을 동시에 품고 있었다. 심지어는 사랑하는 여인, 그 아름다운 프라바티까지도 때로 잠시 매력을 잃고 우스꽝스럽게 보인 적이 있었다. 팔에 너무나 많은 팔지를 끼고, 눈에는 지나친 오만과 승리감이 가득 차 있으며, 걸음걸이에 품위를 갖추려고 너무나 애를 쓰고 있었던 것이다.

정원이나 책보다 더 사랑스러운 것은 어린 아들 라바나였다. 그는 자기 사랑과 존재의 실현이며, 애정과 근심의 종착지였다. 이 섬세하고 잘생긴 아들은 정통의 왕자로서 어머니를 닮아 사슴과 같은 눈매를 하고, 아버지를 닮아 사색적이고 몽상에 젖는 경향이 있었다. 이 아이가 때때로 정원에서 관상식물 앞에 오래 서 있거나 양탄자 위에 쭈그리고 앉아 얼마간 눈썹을 모으고 약간 넋이 나간 듯한 고요한 눈길로 돌이나 깎아 만든 장난감이나 새의 깃털을 관찰하며 깊이 몰두한 모습을 볼 때면, 왕은 이 아들이 그를 꼭 닮았다는 생각이 들었다. 자신이 이 아들을 얼마나 사랑하는가를 다자는 처음으로 불확실한 기간 동안 집을 떠나야 했을 때 깨닫게 되었다.

이를테면 어느 날 그의 나라가 이웃 고빈다 왕의 나라와 인접해 있는 지방에서 급히 파견된 전령이 도착했다. 그는 고빈다의 부하들이 그 지방을 습격하여 가축을 약탈하고, 많은 사람들을 잡아 끌어갔다고 보고했다. 다자는 지체 없이 출정 준비를 갖추었고, 친위대 대장과 수십 필의 말과 부하들을 이끌고 약탈자들을 추적하러 나섰다. 말을 타고 떠나기 직전 그가 어린 아들을 품에 안고 입을 맞출 때, 그의 마음속에 사랑이 치솟는 불길처럼 고통스럽게 타올랐다. 이 화염 같은 고통의 힘이 그를 깜짝 놀라게 하고, 미지의 세계에서 오는 경고처럼 그에게 엄습해 왔지만, 오랫동안 말을 타고 가는 동안에 이는 하나의 인식과 이해로 변해 갔다. 그는 말을 타고 가면서 곰곰이 생각해 보았다. 어떤 이유에서 그는 말을 타고 이렇게 단호하게 서둘러서 지방으로 달려가고 있는 것일까. 도대체 어떠한 힘이 그로 하여금 이러한 행위와 수고를 하도록 이끌고 있는 것일까. 그는 곰곰이 생각해 보고 이러한·점을 알게 되었다. 국경선 어디에선가 가축과 인간이 탈취되었다 할지라도 그것은 근본적으로 그의 마음에 중요하지도 않고 괴로운 것도 아니었다. 도둑질이나 왕권에 대한 침해도 그를 분노와 행동으로 불타오르게 할 정도는 아니었다. 가축 약탈에 대한 소식을 그서 동성 어린 미소로 처리해 버리는 것이 힐빈 디 이울겠을 깃이라는 점이다. 그러나 그는 다음과 같은 점도 알았다. 만일 그렇게 처리했다면 이는 그 소식을 가지고 지쳐 쓰러질 지경으로 달려온 전령에게 매우 부당한 태도를 취하는 것이었다. 그리고 약탈당한 사람들과 심지어 포로가 되어 잡혀가며, 고향의 평화로운 생활에서 낯선 나라로 끌려가 노예 생활을 하게된 사람들에게는 더욱 그러할 것이다. 그랬다. 털끝 하나 다치지 않은 다른 모든 신하들에 대해서도 그는 전투적인 복수를 포기함으로써 부당한 태도를 취하는 것이다. 그들은 왕이 나라를 좀 더 잘 지키지 못한다는 사실, 또 그들 중 어느 한 사람이 폭력을 당했을 경우에도 어떤 복수나 도움을 기대할 수없다는 사실을 참지도 못하고 이해하지도 못할 것이다. 이렇게 복수를 하기 위해 말을 달리는 것이 자기 의무라는 사실을 그는 깨달았다. 그러나 의무란 대체 무엇이란 말인가? 우리는 얼마나 많은 의무들을 종종 마음의 동요도 없이 소홀히 취급해버리고 있는가! 그런데 이번 복수의 의무는 별 관심 없는 의무가 아니고, 이 의무를 소홀히 할 수 없다는 것, 또 아무렇게나별 마음도 쓰지 않고서가 아니라 열심히 열정을 가지고 이 의무를 수행하고 있는 것은 대체 무슨 연유에서일까? 이런 의문이 머릿속에 떠오르자마자 곧 그의 마음이 해답을 주었다. 그러면서 그의 마음은 왕자인 라바나와 작별할 때처럼 다시 한번 불길이 타오르는 듯한 고통을 느꼈다. 그리고 이제 그는 이러한 사실을 깨달았다. 만일 왕이 저항도 하지 않은 채 가축이나 백성을 약탈당하도록 내버려 둔다면, 이런 약탈과 폭력 행위는 그 나라의 국경 지대로부터 점점 가까이 다가올 것이고, 마침내 적군이 바로 그 자신의 눈앞에 나타날 것이며, 그가 가장 크고 가혹한 고통을 느끼게 될 아들에게 불어 닥칠 것이다! 적들은 그에게서 후계자인 아들을 앗아갈 것이다. 그를 약탈해 가서 고통스럽게 죽일 것이다. 이는 그가 겪을 수 있는 가장 극단적인 고통이 될 것이며, 프라바티의 죽음보다도 훨씬 더 가혹하고 쓰라릴 것이다. 바로 이런 연유에서 그는 이렇게 열심히 달려가는 것이고, 의무에 충실한 왕이 되었던 것이다. 그것은 가축이나 국토를 상실한 데 대한 감상에서가 아니고, 신하들에 대한 자비심에서도 아니며, 선왕인 자기 아버지의 명성을 위한 명예심에서도 아니었다. 오로지 이 자식에 대한 격렬하고 고통스러우며 맹목적인 사랑 때문이며, 이 아들을 잃을 경우 그가 겪게 될 고통에 대한 격렬하고 맹목적인 두려움 때문이었다.

말을 타고 가면서 그는 이 정도까지의 인식에 도달하였다. 그 이외에 고빈다의 부하들을 추격하여 처벌하는 일에는 성공을 거두지 못했다. 놈들은 약탈물을 가지고 이미 도망쳐 버렸다. 그러나 자신의 확고한 의지를 보여 주고 용기를 증명해 보이기 위해, 그는 국경을 침범하여 이웃 나라의 농촌 마을을 습격하고 가축 몇 마리와 몇 명의 노예를 끌고 오지 않을 수 없었다. 여러 날 동안 그는 집을 비웠다. 승리를 거두고 돌아오는 귀향길에 그는 다시 깊은 생각에 잠겼다. 그리고 아주 조용히 슬픈 기분에 젖어 집으로 돌아왔다. 왜냐하면 깊은 사색 속에서 그는 자신의 모든 존재와 행위가 전혀 빠져나갈 가망도 없이 음흉한 그물에 단단히 걸려 졸라매져 있다는 사실을 깨달았기 때문이다. 사색하는 경향, 고요한 관찰, 행위가 없는 천진스러운 생활에 대한 욕구가 계속 자라고 있는 동안, 다른 한편에서는 라바나에 대한 사랑과 이 아들의 삶과 미래에 대한 근심과 걱정에서 억지로라도 행동하고 사건에 얽혀 들려는 욕구도 똑같이 커 가고 있었다. 애정에서 투쟁이 자라났고, 사랑에서 전쟁이 자라났다. 정의를 실천하고 벌을 주기 위한 것이라 할지라도, 벌써 그는 가축을 약탈하고 농촌 마을을 죽음의 공포 속으로 몰아넣었으며, 불쌍하고 죄 없는 사람들을 강제로 납치해 왔다. 이로 인해 물론 또다시 새로운 복수와 폭력 행위가 일어날 것이고, 이렇게 계속되다가 결국에는 전체의 생활과 온 나라가 전쟁과 폭력과 병기의 소음으로 뒤덮이게 될 것이다. 이러한 통찰 혹은 이러한 전망으로 인하여 그는 고향으로 돌아올 때 그렇게 조용하고 슬픈 표정을 지었던 것이다.

그리고 실제로 적의에 찬 이웃 나라는 가만히 있지 않았다. 침입과 약탈을 계속해 왔다. 다자는 응징하고 방어하기 위해 출정해야만 했고, 적군이 달아나면 그의 병사와 저격병 들이 이웃 나라에 새로운 해를 끼치는 것을 보고도 참아야만 했다. 수도에서도 말 탄 병사와 무장한 사람들이 점점 더 많이 눈에 띄었다. 국경선 가까이에 있는 농촌 마을에는 이제 지속적으로 병사들이 보초를 섰다. 전쟁을 위한 회의나 준비로 인해 불안한 나날이었다. 다자는 이 소규모 전쟁에 대체 무슨 의미와 이득이 있는지 이해할 수가 없었다. 피해를 당한 사람들의 고통과 죽은 사람들의 생명이 그의 마음을 아프게 했다. 그가 점점 더 소홀해야만 하는 정원과 책들이 마음 아프고, 자신의 나날과 마음의 평화가 깨지는 것이 슬펐다. 그는 브라만 승인 고팔라와 자주 그에 관한 이야기를 했고, 자기 아내 프라바티와도 몇 번 상의했다. 그는, 명망이 높은 이웃 나라 왕 중 한 사람을 조정자로 초빙하여 평화를 수립하도록 노력해야만 한다, 그의 편에서는 어느 정도 양보를 하여 몇 개의 목초지와 마을을 떼어 주고라도 평화를 수립하는 데 기꺼이 동의하겠노라고 말했다. 그런데 브라만승도 프라바티도 그런 이야기는 들으려고도 하지 않는 것을 보고 그는 실망도 하고 약간 불쾌하기도 했다.

이에 관한 의견을 교환하다가 프라바티와는 아주 격한 논쟁을 벌였고, 심지어는 불화까지 생기게 되었다. 그는 강렬하고 간곡하게 자신의 이유와 생각을 설명했다. 그러나 그녀는 그 한마디 한마디를 전쟁이나 무모한 살인 행위에 대한 반대가 아니라, 오로지 그녀 개인에 대한 반대라고 느꼈다. 그리고 그녀는 타오르는 듯이 장황한 말로 이렇게 가르쳤다. 다자의 착한 기질과 평화를 사랑하는 마음(전쟁에 대한 공포심이라고 말하지 않기 위해)을 자기 편에 유리하게 이용하려는 것이 적의 의도이다. 적은 그로 하여금 계속적으로 평화조약을 체결하도록 하며 그때마다 영토와 백성을 조금씩 떼어 지불하도록 할 것이다. 그리고 마지막으로 다자의 힘이 아주 약해지면, 더 이상 그에 만족하지 않고 공공연하게 전쟁을 일으켜 마지막 하나까지 탈취해 갈 것이다. 여기에서는 가축이나 농촌 마을, 이득이냐 손해냐의 문제가 아니라, 살아남느냐 멸망하느냐가 문제되는 것이다. 그리고 다자가 자신의 품위와 아들과 아내를 위해 해야 할 일을 알지 못한다면, 그녀가 가르쳐 주어야만 할 것이라고 했다. 그녀의 눈은 활활 불타오르고 목소리는 떨렸다. 그는 오래전부터 이렇게 아름답고 정열적인 그녀의 모습을 본 적이 없었다. 그러니 그의 기분은 슬픔뿐이었다.

그러는 동안에도 국경을 침범하고 평화를 파괴하는 짓은 계속되었고, 큰 장마철이 와서야 잠시 중단되었다. 그러나 다자의 궁중에는 이제 두 당파가 생겨났다. 하나는 평화당으로 극소수였다. 다자 자신 이외에 나이 많은 브라만 몇 명이 이 당에 속했는데, 그들은 학식이 많고 명상에 몰두하는 사람들이었다. 반면 전쟁당은 프라바티와 고팔라의 당이라고 할 수 있는데, 대부분의 승려와 장교 전체가 그들 편이었다. 그들은 열성적으로 군비를 갖추었고, 저편 이웃 나라 적들도 그렇게 하고 있음을 알고 있었다. 소년 라바나는 저격병 대장으로부터 활 쏘는 법을 배웠고, 어머니는 열병식을 할 때마다 그를 데리고 나갔다.

그즈음 다자는 자신이 한때 가련한 도망자로 얼마 동안 살았던 숲 속과 거기에서 은둔자로 명상에 몰두해 있던 백발 노인을 자주 생각했다. 종종 이 은둔자를 생각하며, 그를 찾아가 만나보고 조언을 듣고 싶은 욕구를 느꼈다. 그러나 그 노인이 아직 살아 있는지, 그의 말에 귀를 기울이고 조언을 해 줄지 알 수 없었다. 그가 아직 실제로 살아 있고 그에게 조언을 해 준다 할지라도, 세상만사는 제 길을 갈 것이고 변할 것이라고는 하나도 없을 것이다. 명상과 지혜란 훌륭하고 고귀한 것이었지만, 그것은 저 멀리 동떨어져 인생의 가장자리에서만 자라나는 것 같았다. 삶의 강물 속에서 헤엄치며 그 파도와 싸우는 사람, 그의 행위와 고통은 지혜와는 아무런 상관도 없었다. 그것은 인과적으로 생기는 일이요 운명이었으며, 숙명적으로 행하고 괴로워하는 것이었다. 모든 신들까지도 영원한 평화와 영원한 지혜 속에 살아가는 것이 아니며, 그들도 위험과 공포, 투쟁과 전투를 겪고 있었다. 다자는 이러한 것을 많은 이야기들을 통해 알고 있었다. 그래서 그는 운명에 순종하며 프라바티와도 더 이상 다투지 않았고, 말을 타고 열병식에도 참석했다. 전쟁이 닥쳐오는 것을 보았고, 밤마다 그를 녹초로 만들어 버리는 꿈속에서 전쟁을 미리 맛보았다. 모습이 점점 여위어 가고 얼굴이 점점 어두워지면서, 그는 자기 인생의 행복과 즐거움이 차츰 시들고 퇴색해 가는 것을 보았다. 남은 것은 아들에 대한 사랑뿐이었다. 이 사랑은 근심과 함께 커 갔고, 군수장비와 군사훈련과 함께 자라났으며, 점점 황폐해져 가는 그의 정원에서 빨갛게 불타오르는 꽃이었다. 그는 인간이 얼마나 많은 공허와 기쁨도 없는 삶을 견디어 낼 수 있는지, 또 근심과 불쾌감에 얼마나 익숙해질 수 있는지에 놀랐다. 그리고 열정이 모두 다 사라져 버린 듯한 마음속에 어떻게 그러한 근심하고 걱정하는 사랑이 압도하듯이 불타오르며 꽃필 수 있는지에 대해서도 놀랐다. 그의 인생은 무의미했을는지 모르지만, 핵심과 중심이 없지는 않았다. 그것은 아들에 대한 사랑 주위를 맴돌고 있었다. 아들을 위해 그는 매일 아침 침상에서 일어났으며, 그의 마음에는 거슬렸지만 전쟁에 그 목적을 둔 일을 하고 힘든 노력을 기울이며 하루를 보냈다. 아들을 위해 그는 인내심을 갖고 참모 회의를 주재했으며, 최소한 때를 기다리면서 무모하게 모험에 뛰어들지 않도록 하는 선에서만 다수의 결정에 맞섰다.

그의 생활의 기쁨이었던 정원과 책이 그에게서 점점 낯설어지고 멀어졌던 것처럼, 아니면 그가 이런 것들을 낯설게 여기고 멀리했던 것처럼, 여러 해 동안 그의 삶에 행복과 즐거움을 주던 것들도 그에게 낯설어지고 밀어져 졌다. 이는 정치와 함께 시작되었다. 그 당시 프라바티가 열정적인 연설을 하며 그가 죄악을 꺼려하고 평화를 사랑하는 것을 거의 공공연하게 비겁한 일이라고 조롱하고, 얼굴을 붉히며 불타오르는 듯한 말로 왕의 명예와 영웅 정신과 당한 굴욕에 관한 이야기를 했을 때, 그때 그는 몹시 당황해 갑자기 현기증을 느꼈고, 자기 아내가 그에게서 얼마나 멀어져 있는지를, 아니면 그가 아내로부터 얼마나 멀어져 있는지를 알아챘다. 그 이후로 두 사람 간의 간격은 점점 더 커지고 더욱더 벌어졌다. 둘 중 어느 한 사람 그것을 막아 보려고 하지도 않았다. 그러한 일을 해야 할 의무가 있는 사람은 아마도 다자였을 것이다. 왜냐하면 그 간격이 다자에게만 보였기 때문이다. 그리고 이 간격은 그의 생각 속에서 모든 간격들 중 가장 심한 간격으로 벌어졌고, 남자와 여자, 긍정과 부정, 영혼과 육체 사이에 놓인 나락으로 변해 갔다. 곰곰이 돌이켜 생각해 보면, 모든 것이 아주 명확해 보였다. 즉 옛날에 매혹적으로 아름다운 여인 프라바티가 그를 사랑에 빠지게 하여 함께 놀았다. 그는 결국 자기 동료이며 친구인 목자들을 버리고, 그때까지 그렇게도 즐거웠던 목자 생활과도 작별했다. 그녀 때문에 낯선 곳에서 선하지 못한 사람들의 사위로 죽도록 일을 하며 살았다. 그들은 그가 사랑에 빠진 것을 그들을 위해 일을 하도록 부려 먹는 데 이용했다. 그러다가 저 날라가 나타났고, 그의 불행은 시작되었다. 날라가 그의 아내를 빼앗아 갔다. 그 부유하고 말쑥한 왕이 화려한 옷을 입고 천막을 치고 말과 하인을 거느리고서 사치를 모르던 가난한 아내를 유혹했다. 그것은 별로 힘도 들지 않았을 것이다. 그러나 그녀가 내면적으로 성실하고 정숙했다면, 그가 정말 그렇게 빨리 그리고 그렇게 쉽게 그녀를 유혹할 수 있었을까? 아무튼 그 왕이 그녀를 유혹해 갔거나 아니면 낚아채 갔다. 그리고 다자가 그때까지 겪은 고통 중 가장 가혹한 고통을 안겨 주었다. 그러나 다자는 복수를 했다. 자기 행복을 앗아 간 도둑놈을 돌로 때려죽였다. 그것은 지고한 승리의 순간이었다. 그렇지만 그 일을 하자마자 그는 도망쳐야만 했다. 몇 날이고 몇 주일이고 몇 달 동안을 숲 속이나 등심초 속에 추방된 채 사람을 믿지 못하고 살았다. 그런데 이 기간 동안에 프라바티는 대체 무엇을 했단 말인가? 두 사람 사이에는 이에 관한 이야기가 거의 없었다. 여하튼 간에 그녀는 그를 따라 도망하지는 않았다. 그녀가 그를 찾고 발견한 것은 비로소 그가 출생 때문에 왕으로 선포되고, 그녀가 옥좌에 앉아 궁궐로 입성하기 위해 그를 필요로 했던 바로 그때였다. 그때에 그녀는 나타났고, 그를 숲 속으로부터 그리고 존경하는 은둔자와의 친밀한 관계로부터 끌어내었다. 사람들은 그를 화려한 차림으로 치장하여 왕으로 추대하였다.

그 모든 것은 공허한 광채요 행복이었다. 그러나 실제로 그때 그는 무엇을 버렸고, 대신 무엇을 얻었던가? 그는 광채와 왕의 의무를 얻었다. 처음에는 쉬웠지만, 그 이후로는 점점 더 어려워지기만 하는 의무였다. 아름다운 아내와 그녀와 나눈 달콤한 사랑의 시간을 다시 찾았다. 그다음에는 아들과 그 아들에 대한 사랑을 얻었고, 삶과 행복을 위협하는 것들에 대한 자꾸 커져 가는 근심을 얻었으며, 이제는 전쟁이 문전에 박두해 있었다. 그 당시 프라바티가 숲 속 샘물가에서 그를 발견했을 때, 그녀가 가서온 것은 바로 이것이었다. 그러나 그 대신 그는 무엇을 버리고 희생시켰던가? 그는 숲 속의 평화와 경건한 고독의 평화를 버렸고, 성스러운 요가 수도자 곁에 머물며 그를 모범으로 삼는 일을 버렸다. 그의 제자가 되고 후계자가 되겠다는 희망을 버렸고, 현자의 깊고 빛나고 흔들리지 않는 영혼의 평화를 얻고 흔들리지 않는 희망, 그리고 인생의 온갖 투쟁과 열정으로부터 해방되겠다는 희망을 포기했다. 프라바티의 아름다움에 유혹되고, 아내에게 매료되고, 명예욕에 감염되어 그는 자유와 평화를 얻을 수 있는 유일한 길을 버리고 말았던 것이다. 오늘은 그의 인생사가 이렇게 보였다. 실제로 그것은 아주 쉽게 그렇게 해석할 수 있다. 그러기 위해서는 약간만 둘러대고 생략해 버리면 된다. 특히 그가 생략해 버린 부분은 그가 아직 저 은둔자의 제자가 되지 못했다는 점, 그리고 그가 자발적으로 이미 그곳을 떠나려고 했다는 점이었다. 뒤를 돌아볼 경우 사실은 이렇게 쉽게 달라지는 법이다.

프라바티는 남편에 비해 그런 사색에 몰두하는 일이 훨씬 적었지만, 이 사실들을 완전히 다르게 보았다. 저 날라에 대해서는 아무 생각도 하지 않았다. 그에 반해 자신의 기억이 틀리지 않았다면, 다자의 행운을 마련하고 끌어왔으며, 그를 다시 왕으로 만들어 주고 아들까지 낳아 준 것은 바로 그녀였다. 그에게 사랑과 행복을 듬뿍 안겨 주었건만, 결국 그는 그녀의 위대함을 따라오지 못하고, 그녀의 원대한 계획에 걸맞지 않는다는 것을 알게 되었다. 왜냐하면 다가올 전쟁은 고빈다를 파멸시키고, 그녀의 권력과 재산을 배가시킬 것이 분명했기 때문이다. 그런데 다자는 그런 일에 기뻐하며 열심히 협조하기는커녕, 그녀가 보기엔 제왕답지 못하게 전쟁과 정복에 반대하고 있었다. 그는 아마 아무런 활동도 하지 않고 꽃과 나무, 앵무새와 책을 보며 늙어 가는 것을 제일 좋아할 것이다. 그런데 기병대 사령관인 비슈바미트라는 완전히 다른 남자였다. 그녀 다음으로 열렬한 당원으로서 당장 전쟁을 하여 승리를 거두자 는 주창자였다. 이 두 남자를 비교해 볼 때 결과는 언제나 그 에게 유리하게 나왔다.

다자는 그의 아내가 이 비슈바미트라와 얼마나 친하게 지내 고 있는지, 그녀가 그를 얼마나 경탄스러워하고 있으며 또 그로 부터 얼마나 찬탄의 대상이 되고 있는지 잘 알고 있었다. 어쩌 면 좀 깊이가 없고 또 별로 영리하지 않을지는 모르지만, 이 장 교는 명랑하고 용감한 데다 웃음이 우렁차고, 아름답고 튼튼 한 치아와 잘 손질한 수염을 가지고 있었다. 다자는 이 관계를 쓰디쓰게 동시에 경멸하며, 스스로를 속이는 조소적인 무관심 으로 바라보았다. 그는 이 두 사람의 친분이 허락된 예의 바른 한계를 지키고 있는지 아닌지를 염탐하지 않았고 알려고도 하 지 않았다. 프라바티가 이 멋진 기마병에게 반해 버린 모습, 그 리고 너무나 영웅적이지 못한 남편보다 이 남자를 언제나 높이 평가하는 태도를 다자는 겉으로는 무관심한 듯하지만, 속으로 는 쓰디쓴 태연함을 유지한 채 지켜보았다. 그는 일체의 일들 을 이러한 마음으로 바라보는 습관이 들어 있었다. 아내가 그 에게 마음먹고 저지르는 것처럼 보이는 그런 태도가 부정이며 배반이든, 아니면 다자의 생각들을 깔아뭉개겠다는 표현이든 그것은 마찬가지였다. 그 일은 목전의 현실이었고 계속 진행되 었으며 점점 커졌다. 전쟁과도 같이, 운명과도 같이 그를 향해 자라났다. 거기에 대항할 방법은 없었다. 그저 그것을 받아들 이고 침착하게 참아 내는 일 이외에는 어떻게 달리 취할 방도 가 없었다. 공격을 하고 정복하는 대신에, 지금은 그렇게 하는 것이 다자의 사나이다운 그리고 영웅다운 태도였다.

　기병대장에 대한 프라바티의 경탄이나 그녀에 대한 기병대장의 경탄이 허락된 미풍양속의 범위를 지키고 있는 것이든 아니든, 어쨌든 프라바티가 자기 자신보다는 잘못이 적다는 사실을 다자는 이해하고 있었다. 사색가이며 회의하는 인간 다자, 그의 마음은 자기 행복이 사라진 것에 대한 잘못을 그녀에게서 찾으려 하고 있었다. 그가 사랑과 명예욕, 복수와 약탈 등 그 모든 일에 빠지고 얽혀 들었던 것에 대한 책임을 그녀에게 함께 지우려 하고 있었다. 그렇다. 그는 생각 속에서 여자와 사랑과 쾌락이라고 하는 것, 이 지상에서의 일체의 것, 즉 열정과 욕망, 간통과 죽음, 살인과 전쟁 등 일체의 춤과 일체의 사냥질에 대한 책임을 그녀에게 돌리고 있었다. 그러나 동시에 그는 프라바티는 아무런 잘못도 없고 원인도 아니며, 오히려 그녀 자신도 희생자라는 것을 잘 알고 있었다. 그녀가 자신의 아름다움과 그녀에 대한 그의 사랑을 만든 것도 아니고 책임질 일도 아니며, 그녀는 단지 태양광선 속에 있는 하나의 작은 먼지, 강물 속에 있는 하나의 물결에 불과할 따름이었다. 여자와 사랑, 행복에 대한 갈망과 명예욕을 벗어나 아무 불만 없는 목동으로 목자들 사이에 머물거나, 신비한 요가의 길을 가며 내면의 부족한 점을 극복하는 것은 전적으로 자신의 일이었다는 점을 그는 잘 알고 있었다. 그런데 그가 그것을 게을리했고 거부했다. 그가 위대한 일을 하라는 소명을 받지 못했거나, 그가 자신의 소명에 충실치 못했던 것이다. 아내가 그를 비겁자로 여겼다면, 결국 그녀의 말이 옳았다. 그 대신 그는 그녀로부터 이 아들을, 이 아름답고 귀여운 소년을 얻었다. 그를 위해 그렇게도 많은 걱정을 했지만, 그의 존재가 언제나 자기 인생에 의미와 가치를 부여해 주었다. 그렇다. 그것은 커다란 행복이었다. 고통스럽고 두려운 행복이긴 했지만, 그래도 그것은 하나의 행복이었다. 자신의 행복이었다. 이런 행복에 대한 대가로서 이제 그는 마음속에 고통과 쓰라림을 느끼고, 전쟁과 죽음의 준비를 하며 운명을 맞이할 자각을 하고 있었다. 저편에는 고빈다 왕이 자기 나라에 앉아서, 유혹자로서 돌에 맞아 죽은 날라의 어머니로부터 자문을 받으며 계속 부추김당하고 있었다. 고빈다의 침범과 도전은 점점 빈번해지고 대담해졌다. 가이팔리의 막강한 왕과 동맹을 맺는 것만이 다자를 강력하게 만들어, 이웃 나라와의 평화조약을 이끌어낼 수 있는 유일한 길이었다. 그러나 이 왕이 다자를 호의적으로 생각한다 할지라도 고빈다와 친척 관계에 있었으며, 그는 그러한 동맹을 맺으려고 하는 시도를 매번 정중히 피하고 있었다. 방도가 없었다. 이성이나 인류애에 의지할 희망도 없었다. 숙명적인 일은 점점 다가왔고, 그것을 감수할 수밖에 없었다. 이제는 다자 자신도 거의 전쟁을 바랐고, 결집된 번개가 폭발하기를, 더 이상 예방할 수 없는 사건이 촉진되기를 갈망했다. 다시 한 번 그는 가이팔리의 왕을 방문하여 점잖은 외교를 교환했으나 아무런 효과가 없었다. 조언과 자중과 인내를 요청했으나 이미 아무런 희망도 없는 짓이었다. 다른 한편으로 그는 군비를 갖추고 있었다. 이제 회의 석상에서 유일하게 논쟁의 대상이 되었던 것은 적군이 다음번 침범해 올 때에 적국으로 진군하여 전쟁으로 응대해 줄 것이냐, 아니면 적군이 총공격을 해 올 때까지 기다려서 적국을 온 백성이나 전 세계 앞에 전쟁 책임자요 평화 파괴자로 남게 할 것이냐 하는 것뿐이었다.

적군은 그런 문제에는 전혀 신경 쓰지 않은 채, 숙고하고 토의하고 주저하기를 끝내고는 어느 날 공격을 개시했다. 적은 대규모 약탈 습격을 하는 체하여 다자가 기병대장과 정예 병사들을 이끌고 신속히 국경 지대로 달려가도록 유인하였다. 그들이 전선으로 향하는 동안에 적군은 주력부대를 국내로 진군케 하여 직접 다자의 수도를 쳤고, 성문을 탈취하고 궁궐을 포위하였다. 다자가 이 보고를 듣고 즉시 돌아와 보니 그의 아내와 아들은 위협받는 궁궐에 갇혀 있었고, 거리에서는 피비린내 나는 전투가 벌어지고 있었다. 처자와 그들이 빠져 있는 위험을 생각하니, 통한에 가슴이 조여들었다. 그는 이제 더 이상 마지못해 싸우고 신중을 기하는 전사가 아니었다. 고통과 분노로 타올라 부하들을 이끌고 급히 서둘러 고향으로 달려왔다. 거리마다 온통 전투가 벌어지고 있는 것을 보며 궁궐로 쳐들어가, 적들에 대항하여 미친 사람처럼 싸웠다. 그러나 피에 젖은 하루가 저물어 갈 무렵 그는 완전히 지치고 여러 군데 상처를 입은 채 쓰러지고 말았다.

다시 의식을 찾아 깨어났을 때에 그는 자신이 포로가 되어 있음을 알았다. 전투에는 패하고 도시와 궁궐은 적군의 수중에 들어가 있었다. 그는 포박된 채로 고빈다 앞에 끌려갔다. 고빈다는 조롱하듯 그를 맞이한 후 어느 방으로 데리고 갔다. 벽에 도금한 조각들이 새겨져 있고 두루마리 책들이 놓여 있는 그 방이었다. 이곳 양탄자 위에 그의 아내 프라바티가 돌같이 굳은 표정으로 꼿꼿이 앉아 있었다. 그녀의 뒤에는 무장한 경비병들이 있었고, 무릎에는 아들이 누워 있었다. 그 귀여운 모습은 꺾어진 꽃처럼 죽어 있었고, 얼굴은 잿빛으로 변하고 옷은 피에 흠뻑 젖어 있었다. 남편이 끌려 들어올 때, 그 여인은 몸을 돌리지도 않고 그를 쳐다보지도 않았다. 아무런 표정도 없이 죽은 어린 아들만 뚫어져라 내려다보았다. 다자에게는 그녀가 이상하게 달라진 것처럼 보였다. 잠시 후에야 그는 며칠 전까지만 해도 아주 까맣던 그녀의 머리가 여기저기 회색빛으로 반짝인다는 것을 알아차렸다. 벌써 오랫동안 그녀는 그렇게 아이를 무릎에 안고 굳어진 채, 가면과 같은 표정으로 앉아 있는 것 같았다.

"라바나!" 다자는 소리쳤다. "라바나, 내 아들아, 내 꽃송이야!" 그는 무릎을 꿇고 앉아 얼굴을 죽은 아들의 머리 위로 떨구었다. 그 기도하는 사람처럼 그는 말없는 아내와 아들 앞에 무릎을 꿇었다. 온 마음을 다 바쳐 아들의 머리에 바른 꽃기름 냄새와 뒤섞인 꽃 냄새와 죽음의 냄새를 맡았다. 프라바티는 얼어붙은 눈길로 그들 두 사람을 뚫어져라 내려다보고 있었다.

누군가가 그의 어깨를 흔들었다. 고빈다의 장군들 중 한 사람이었다. 그에게 일어나라고 명령하고는 그를 밖으로 데리고 나갔다. 그는 프라바티에게 말 한마디 건네지 못했고, 그녀도 그에게 말 한마디 하지 않았다.

그는 포박된 채로 마차에 태워져 고빈다의 수도로 인도된 후 감옥에 갇혔다. 포박이 일부분 풀렸고, 한 병사가 물 항아리를 가져다 들마디 위에 놓았다. 그는 혼자 남겨지고, 문이 닫혔고 빗장이 쳐졌다. 어깨의 상처가 타는 듯이 아팠다. 그는 물 항아리를 더듬어서 두 손과 얼굴을 적셨다. 물을 마시고도 싶었지만 그만두었다. 그래야 더 빨리 죽을 것이라고 그는 생각했다. 얼마나 오랫동안 이런 상태가 계속될 것인가, 얼마나 오랫동안! 바싹 마른 목구멍이 물을 그리듯이 그는 죽음을 그리워했다. 죽음이 와야만 비로소 마음속의 고문도 끝날 것이고, 죽은 아들을 안고 있는 어머니의 모습도 그의 마음속에서 스러질 것이었다. 그러나 이 모든 고통을 겪고 있는 가운데 지치고 쇠약해진 몸이 그에게 자비를 베풀어 주었다. 쓰러져 잠이 들었던 것이다.

이 짧은 잠에서 조금씩 다시 깨어나면서, 그는 멍한 채 눈을 비비려고 하였지만 그렇게 할 수가 없었다. 두 손이 무엇인가를 꽉 붙잡고 있었다. 정신을 가다듬고 눈을 떠 보니, 그의 주변에 감옥의 벽이 있는 게 아니라, 초록 햇빛이 밝고도 힘차게 나뭇잎과 이끼 위를 흘러내리고 있었다. 그는 한참 동안 눈을 깜박였다. 햇빛이 소리 없이 격렬하게 그를 매질했다. 목덜미와 등골이 오싹하고 경련을 일으키며 소름이 끼쳐 왔다. 그는 다시 한 번 눈을 깜박이고는, 흐느껴 울 듯 얼굴을 찡그렸다가 두 눈을 크게 떴다. 그는 숲 속에 서서 물을 가득 채운 바가지를 두 손에 받쳐 들고 있었다. 발치에는 샘바닥이 갈색과 초록빛으로 반사되고 있었다. 저편 양치식물 수풀 뒤에는 움막이 서 있고, 그에게 물을 떠 오라고 심부름 보냈던 요가 수도자가 기다리고 있다는 것을 그는 알고 있었다. 그렇게도 경이로운 웃음을 웃던 그분에게 그가 마야에 대해 가르쳐 달라고 간청했던 것이다. 그는 전쟁에 패하지도 아들을 잃지도 않았다. 왕도 아니었고 아버지가 된 적도 없었다. 그러나 그 요가 수도자가 그의 소원을 들어주었고, 마야에 대해 가르침을 주었던 것이다. 궁전과 정원, 책들과 새 기르기, 제왕의 근심과 아버지의 사랑, 전쟁과 질투, 프라바티에 대한 사랑과 격한 불신, 그 모든 것이 무(無)였다. 아니, 무가 아니라 그것이 마야였다! 다자는 감동한 채 서 있었다. 그의 뺨에는 눈물이 흘러내렸다. 손이 떨리고 방금 은둔자를 위해 가득 채운 물바가지가 흔들렸다. 물이 가장자리를 넘어 그의 발 위로 흘렀다. 그는 누군가가 그의 사지를 하나 잘라내고, 머릿속에서 무엇인가를 제거해 버린 듯한 기분이 들었다. 그의 마음이 텅 비었다. 살아온 긴 세월, 지켜 온 보물, 누렸던 기쁨, 괴로워했던 고통, 참아낸 공포, 죽을 지경까지 맛본 절망, 이 모든 것이 갑자기 다시 제거되고 사라지며 무가 되었다. 그러나 완전히 무가 된 것은 아니었다! 왜냐하면 추억이 남아 있고, 여러 모습이 마음속에 남아 있었기 때문이다. 아직도 프라바티가 갑자기 잿빛이 된 머리칼을 하고, 우뚝하게 굳어진 표정으로 앉아 있는 모습이 보이는 듯했다. 그녀 스스로 목을 졸라 죽이기라도 한 것처럼 노획물처럼 아들이 그녀의 무릎에 누워 있었다. 사지를 그녀의 무릎 위에 축 늘어뜨리고 있었다. 아, 얼마나 빨리, 얼마나 빠르고 무섭게, 얼마나 잔인하고 얼마나 철저하게 그는 마야에 대해 가르침을 받았던가! 모든 것이 그에게서 물러났다. 체험으로 가득한 많은 세월이 몇 순간으로 축소되었다. 조금 전까지도 고난으로 가득 찬 현실로 여겨지던 것이 모두 꿈이 되었다. 옛날에 일어났던 다른 모든 일들, 즉 왕자 다자와 그의 목동 생활, /의 결혼과 나라에 대한 부수, 은둔자 곁에서의 피난 등의 이야기도 아마 모두 꿈이었을지 모른다. 우리가 궁정 벽에 새겨 놓은 우거진 나뭇잎 사이의 꽃들과 별들, 새와 원숭이와 신들을 보고 경탄하는 것처럼 이 모든 것은 그림이었다. 그리고 지금 막 그가 체험하고 눈으로 보았던 것, 즉 왕위와 전쟁과 감옥에서 깨어난 것, 샘물 곁에 서 있는 것, 방금 물을 약간 엎질렀던 바가지, 그때 그가 했던 생각들, 이 모든 것이 결국은 같은 재료로 되어 있지 않았던가? 이 모든 것이 꿈이고, 환영이고, 마야가 아니었던가? 그리고 앞으로 죽을 때까지 그가 체험하고 눈으로 보고 손으로 만지게 될 것, 그것들은 다른 재료로 되어 있고, 다른 성질로 되어 있을까? 그것은 유희이고 환상이었다. 거품이며 꿈이었다. 그것은 마야였다. 타오르는 환희와 타오르는 고통이 함께하는 인생의 아주 아름답고 잔혹하며, 황홀케 하고 절망케 하는 그림 놀이였다.

다자는 여전히 정신이 나간 사람처럼 마비된 채 서 있었다. 손에 든 바가지가 다시 흔들거렸다. 물이 쏟아져 그의 발가락에 차갑게 찰싹대며 흘러내렸다. 어찌하면 좋을까? 바가지에 다시 물을 채워 요가 수도자에게 가지고 가서, 지금까지 꿈에서 겪었던 모든 일에 대해 비웃음을 살 것인가? 그것은 마음을 끌지 못했다. 그는 바가지를 기울여 물을 쏟아 버린 후 이끼 속으로 던져 버렸다. 그러고는 푸른 숲 속에 앉아 진지하게 생각하기 시작했다. 이런 꿈 따위에는 싫증이 났다. 사람의 마음을 짓누르고 피를 멎게 하고, 그다음에는 갑자기 마야가 되어 버리고, 사람을 바보로 만들어 버리는 체험이나 기쁨이나 고통으로 엮어 짠 이런 악마적인 일에는 너무 지쳤다. 그는 이 모든 것에 싫증이 났다. 더 이상 아내도 자식도 원치 않았다. 왕좌도 승리도 복수도 원치 않고, 행복도 지혜도 원치 않고, 권력도 덕망도 원치 않았다. 그가 갈망하는 것은 오로지 평온함이요, 종말이었다. 그는 이 영원히 돌아가는 바퀴를, 이 끝없는 그림 전시를 정지시키고 소멸시키는 것 이외에 다른 아무것도 바라지 않았다. 그는 자기 자신을 정지시키고 소멸시키기를 원했다. 그가 마지막 전투에서 적진으로 돌진하여 사방을 무찌르고 무찌름을 받으며, 또 상처를 입히고 상처를 당하다가 결국 쓰러지고 말았을 때에도 그와 같이 원했다. 그러나 그다음에는 어떻게 되었던가? 그다음에는 기절 혹은 수면의, 아니면 죽음의 휴식이 찾아왔다. 그런 다음 곧 다시 깨어났으며, 삶의 물결이 자신의 가슴속으로 다시 들어오도록 하였고, 무시무시하고도 아름다우며 소름 끼치는 그림들의 흐름을 끝도 없고 피할 수도 없이 다음번의 기절에, 다음번의 죽음에 다다를 때까지 자신의 두 눈에 다시 받아들여야만 했다. 죽음이란 아마도 휴식일 것이다. 짤막하고도 보잘것없는 하나의 휴식이며, 한 번 잠시 숨을 돌리는 것이리라. 그러나 그다음에는 또다시 계속되었다. 우리는 다시 거칠고 도취적이며 절망적인 인생의 춤 속에 깃들어 있는 무수한 형상들 중의 하나가 되었다. 아, 소멸하는 일이란 있지도 않았으며, 종말이란 결코 존재하지도 않았다.

불안한 마음으로 그는 다시 벌떡 일어섰다. 이 저주받은 생의 윤무 속에 휴식이란 존재치 않으며, 단 하나의 간절한 소망조차 실현될 수 없는 것이라면, 그가 바가지에 다시 물을 채워 가지고, 실은 시킬 일도 없으면서 그에게 물을 떠 오라고 명했던 노인에게 가져간다 해도 아무 상관없는 일이었다. 그것은 그에게 비린 봉사였고, 부탁이었다. 그의 말을 따르고 그 일을 실행할 수도 있었다. 그렇게 하는 것이 자리에 앉아 자살의 방법을 생각하는 것보다 나았다. 아무튼 복종하고 봉사하는 것이 지배하고 책임지는 것보다 훨씬 더 쉽고 편했으며, 훨씬 더 순수하고 건강에도 좋았다. 그도 그 정도는 알았다. 좋다, 다자여, 그럼 어서 바가지를 들고, 물을 가득 채워서, 너의 주인에게 가져가도록 해라!

그가 움막으로 갔을 때, 스승은 묘한 눈길로 그를 맞이하였다. 그것은 가볍게 질문하며 반쯤은 동정하고 반쯤은 즐거워하는 동의(同意)의 눈길이었으며, 보다 어린 소년이 힘들고도 약간은 면목 없는 모험, 그에게 부과된 담력 시험 같은 것을 마치고 돌아오는 모습을 더 나이 많은 소년이 바라보고 있는 것 같은 눈길이었다. 목동이 된 이 왕자, 그에게로 도망쳐 온 이 가련한 사나이는 그저 샘물에 가서 물을 떠 왔을 뿐이며, 시간적으로는 채 십오 분도 떠나 있지 않았었다. 그러나 아무튼 그는 감옥에서 돌아온 것이었다. 아내와 자식을 잃고 왕위를 상실했으며, 인생을 졸업하고 굴러가는 수레바퀴를 통찰한 것이었다. 추측하건대 이 젊은이는 예전에도 한 번 아니면 여러 번 깨우침을 받았고, 한 입 가득히 현실이란 것을 호흡했을 것이다. 그렇지 않다면 그가 이곳으로 와서 이렇게 오랜 세월 머물러 있지도 않았을 것이다. 그러나 이제 그는 올바른 깨우침을 받고, 기나긴 길을 떠날 만큼 성숙해진 것처럼 보였다. 이 젊은이에게 올바른 자세와 호흡을 가르치는 데만도 여러 해가 걸릴 것이다.

이러한 눈길만으로, 호의적인 관심의 흔적과 그들 사이에 생겨난 관계, 즉 스승과 제자라는 관계의 암시를 포함하고 있는 — 이러한 눈길만으로 요가 수도자는 제자의 입문을 수행하였다. 이 눈길은 제자의 머릿속에서 쓸데없는 생각들을 쫓아

버리고, 교육과 봉사 속으로 그를 맞아들였다. 다자의 인생에 관하여 더 이상은 이야기할 것이 없다. 나머지 삶은 여러 그림과 이야기들 저편에서 이루어졌기 때문이다. 그는 그 이후 이 숲을 떠나지 않았다.

작품 해설

작가 헤르만 헤세

 헤르만 헤세(1877~1962)가 한국인들에게 가장 사랑받는 외국 작가로 자리를 굳힌 이유를 들라면* 답은 의외로 단순한 데서 나온다. 수수께끼 같은 삶의 은밀한 체험을 '자연스럽게' 그만의 독특한 시적 향취로 녹여 펼쳐 보여 주고, 존재의 실상을 가식 없이 드러내기 때문에 독자들은 그의 작품을 읽을 때 마치 자신의 이야기를 읽고 있는 듯한 느낌을 받기 때문이다. 헤세는 아주 심오한 내용을 다룰 때조차도 평이하고도 아름다우며 리듬감 있는 언어와 눈앞에 선히 떠오르는 명징한 이미지들을 사용하기 때문에 독자들은 쉽게 그 서정성에 빠져들

---

* 인터넷 서점 예스24가 네티즌들을 대상으로 한 설문조사에서 헤세는 한국인들이 가장 좋아하는 외국 작가로 뽑혔다.

게 된다. 헤세가 선대의 내력으로 동양의 종교와 정신문화에
조예가 깊고, 그런 요소들이 이미 작품의 바탕에 깔려 있다는
점도 우리가 그를 외국 작가라고 느끼지 못할 만큼 가깝게 받
아들이도록 만드는 이유 가운데 하나이다. 경건주의 선교사 집
안, 유명한 인도학 학자였던 외할아버지 헤르만 군더르트, 한
때 선교사로 인도에서 활동했던 부모, 일본학자였던 사촌 빌
헬름 군더르트, 리하르트 빌헬름의 중국 고전 번역을 집안 서
재에서 쉽게 접할 수 있었던 국제적인 지적 환경, 우파니샤드
를 비롯한 인도 베다 경전과의 만남, 불교에 대한 관심과 이해,
동서양의 경계를 넘어 존재의 핵심을 보다 근본적인 시각으로
통찰하고자 했던 태도 역시 그가 독일인이라는 사실을 잠시
잊게 한다.

　헤세는 독실한 경건주의 기독교의 집안 내력으로 목사의 길
을 가도록 정해져 있었고, 실제로 마울브론 신학교에 매우 우
수한 성적으로 입학하지만 중도에 뛰쳐나오고 만다. 열네 살
의 어린 나이에 시인이 아니면 아무것도 되지 않겠노라며 학
교를 뛰쳐나오는 이 행위는 이미 그의 일생을 관통하는 원형
적 상징성을 띠고 있다. 그는 기질적으로 자신의 '내면의 소리'
에 충실한 사람이었다. 그에게 외부 세계와의 충돌과 갈등은
어쩌면 필연적인 결과였는지도 모른다. 그는 스스로를 내던져
부모, 학교, 사회, 국가, 1차 2차 세계대전, 동양과 서양, 정신과
자연, 요컨대 전통문화 전체를 새로이 검증하는 일에 뛰어들었
고, 이 모험은 그에게 엄청난 시련과 고통을 안겨 주었다. 우리
가 읽는 헤세의 작품들은 모두 이 모험과 고통의 산물이다. 하
지만 그 시련의 결과물들이 그토록 서정적이고 아름다울 수

있다는 사실이 놀라울 따름이다. 그의 작품을 읽으며 감동받고 영혼의 위안을 얻으며 삶과 우주를 다른 눈으로 바라보게 된 전 세계의 독자들을 생각하면, 그리고 앞으로 깨달음과 위안을 얻을 미래의 독자들을 생각하면 헤세는 그의 부모가 바랐던 종교 지도자의 길을 결국 예술의 영역에서 훨씬 크고 광범위하게 걸었다고 보아도 좋을 것이라는 생각이 든다.

헤세는 시인 횔덜린을 비롯해 내로라하는 독일의 천재와 수재가 거쳐 간 뷔르템베르크 주정부 장학생 시험에 차석으로 합격한 머리 좋은 학생이었지만, 마울브론 신학교에서 도망친 후의 공식 학력은 오늘날 중학교 졸업에 해당하는 김나지움 중등학교 자격시험을 치르는 것으로 끝난다. 그 후 탑시계 공장의 견습공으로 십오 개월 동안 일하지만 그만두고, 튀빙겐의 헤켄하우어 서점에서 판매원 및 서적 분류 조수로 근무하며 낮에는 일하고 밤에는 독학으로 공부하는 삼 년의 시간을 보낸 뒤 스물한 살의 나이에 처녀 시집 『낭만적인 노래들』(1898)을 발표한다. 다음 해 스위스 바젤로 이주해 라이히 서점에서 서적 분류 조수로 일하며 산문집 『자정 이후의 한 시간』을 내놓았고, 1900년부터 《스위스 일반신문》에 다양한 기사와 서평을 쓰기 시작했으며 『헤르만 라우셔의 유작과 시』(1901), 『시집』(1902)을 발표했다. 그러나 정작 그를 전업 작가로 만들어 준 것은 소설 『페터 카멘친트』(1904)의 성공이었다.

작가로서 헤세의 작품 세계는 초기, 중기, 후기의 세 단계로 나뉜다. 데뷔에서 1차 세계대전이 발발한 다음 해인 1915년까지의 초기에는 신낭만주의 경향의 시와 산문, 단편소설, 장편소설이 주를 이루며, 그중 우리에게 많이 알려진 작품으로는 『수레바퀴 아래서』(1906), 『로스할데』(1914), 『크눌프』(1915), 『청춘은 아름다워라』(1915) 등이 있다. 헤세 작품에 결정적 변화가 일어나는 중기는 1차 세계대전에서 히틀러의 집권까지에 걸쳐 있다. 헤세는 전쟁 초기부터 독일, 스위스, 오스트리아의 신문, 잡지에 반전 메시지가 담긴 수많은 글을 발표해 공적으로는 전쟁에 열광하던 당시 독일인들로부터 공공연하게 배척당했고, 사적으로는 1916년 부친의 사망, 부인의 정신분열증세, 막내아들의 병으로 인해 큰 정신적 타격을 받아 C. G. 융의 제자 J. B. 랑 박사에게 정신분석학적 치료를 받게 된다. 이 치료는 헤세를 자신의 내면세계와 치열하게 대면하게 만들고, 이후 그의 작품에 뚜렷한 흔적을 남긴다. 예를 들면 『데미안』(1919)을 에밀 싱클레어라는 가명으로 발표했을 때 그 저자가 헤세라고는 누구도 생각 못했을 만큼 이 소설은 헤세의 이전 작품들과는 전혀 다른 상징적, 원형적인 표현 방식과, 의식과 무의식의 경계를 넘나드는 신비주의적 분위기를 띠고 있어 전 세계의 젊은이들을 매혹시켰다. 『데미안』 발표 후 헤세는 부인을 요양원에 보내고, 아들 셋은 가까운 친지들에게 나누어 맡긴 후 혼자서 스위스 테신의 산간 마을 몬타뇰라로 들어가 버렸다. 『클링조어의 마지막 여름』(1920), 『싯다르타』(1922), 『요양객』(1925), 『황야의 이리』(1927), 『나르치스와 골드문트』(1930)는 이 중기에 나온 작품들이다. 그리고 이 중기 작품들은 1960년대 중반부터 1970년대 초까지 미국의 히피 세대에 불어닥친 헤세 열풍이 근원을 이룬다. 그사이 헤세는 여덟 살 연상이었던 첫 부인과 이혼하고, 스무 살 연하의 두 번째 부인과 결혼했으나 곧 별거 후 이혼, 세 번째 부인 니논과 만나 다시 결혼하는 개인적 변화를 겪는다. 마지막으로 헤세 작품 활동의 후기에 속하는 작품으로는 『동방순례』(1932)와 『유리알 유희』(1943)가 꼽히는데, 이 작품들에서 오늘날 화두가 되고 있는 지식 정보 사회, 공감각적 멀티미디어, 판타지, 가상현실, 정신 건강과 명상 등의 중요한 문제들이 핵심 개념으로 다루어지고 있는 것은 흥미로운 일이 아닐 수 없다.

『유리알 유희』에 대하여

『유리알 유희』(1943)는 소설로서는 헤세의 마지막 작품으로 그의 문학 인생을 총결산하는 걸작이며, 2차 세계대전이 끝난 다음 해인 1946년 그에게 노벨 문학상을 안겨 주었다. 내용이 상당히 어렵지만, 이야기의 맥락을 알게 되면 이 소설은 아주 매혹적인 흡인력을 발휘한다. 서기 2400년경 한 익명의 전기 작가가 자기보다 200년 전에 살았던 어느 전설적인 유리알 유희 명인의 자료를 모아 그의 일대기를 쓰는 내용으로 미래 소설의 형식을 취하고 있지만, 이 작품의 의도는 헤세가 20세기 중반까지의 서양 정신사 내지 문화의 핵심적인 문제가 무엇인지 짚어 내고 해결 방안을 찾으려 했던 데 있다. 이 점을 알고 읽으면 이 작품의 시대 소설로서의 의미가 두드러지게 된다. 불과 이십여 년 간격으로 강대국들이 패를 지어 전대미문의 세계 전쟁을 벌인 정신적 배경이 대체 무엇이고, 그러한 시대를 살아가는 사람들의 심리 상태는 어떤 것이었는지, 인간의 삶이 어떻게 그 지경에 이를 수 있었는지를 파헤치는 헤세의 시대 비판은 20세기를 미래 시점에서 거리를 두고 "전쟁의 시대", "잡문 시대"라고 부르며 정신의 자기 방기와 타락을 조목조목 해부하는 대목에 이르러 절정을 이룬다. 헤세는 엄청난 시대적 불행과 위기를 초래하는 중요한 원인 중 하나로 지식을 소유하고 다루는 지적 엘리트들의 무책임함을 고발한다. 지식이 그것을 소유한 자의 주체적 자의식과 결합하여 실천적 지성이 되고, 다시 진리 및 역사적 통찰과 결합하여 지혜로 나아가는 것이 이상적 발전 양상이라면, 이 소설에서 비판의 대상이 되고 있는 "잡문 시대"의 지식인들은 개인적 욕망, 즉 돈과 명예와 권력을 위해서 언제라도 자신의 지식을 팔아먹을 수 있는 사람들이다. 이런 사람들이 정치가, 교수, 과학자, 언론인 등 사회 지도층이 되어 중요한 자리를 차지하고 사적인 욕망을 충족시키기 위해 자신의 지식을 도구로 삼을 때 사회가 어떤 혼란과 절망에 빠져드는지 이야기하고 있다. 헤세는 20세기 중반 이 혼돈과 절망의 한가운데서 뜻 있는 몇몇 사람들이 중심이 되어 스위스 산간 지방에 카스탈리엔이라는 정신의 이상향을 세우고, 그곳에 모인 사람들은 엄격한 절제와 자기 수양으로 정신의 의무를 수행하며, 욕망에 휘둘려 돌아가는 세상에 대해 긍정적이고 모범적인 대극을 형성했던 것으로 묘사하고 있다. 인류의 정신문화 유산을 보존하고 엄격한 정신교육을 시키는 카스탈리엔은 실제 종교를 믿지는 않지만 수도회와 같은 체제로 일종의 교육주를 형성하여, 국가로부터 기본적인 생활과 연구에 필요한 물질적 지원을 받는 대신 세속 학교에 엄격한 정신교육을 받은 인재들을 교사로 파견해 사회가 바르게 돌아가도록 돕는 기관이다. 그리고 카스탈리엔 내부에서 금욕적인 정신의 엘리트들에게 정신 수양의 도구가 되었던 것이 바로 '유리알 유희'였다.

헤세가 『유리알 유희』를 쓰기 시작한 것은 독일에서 나치 세력이 급속히 힘을 키워 가던 1932년 무렵이었다. 헤세는 유대인 학살과 2차 세계대전이라는 인류사의 참혹한 상황을 직시하며 십여 년에 걸쳐 그의 일생을 총결산하는 이 대작을 1942년에 완성하지만, 당시 나치 정권은 헤세 작품의 독일 출판을 금지시켰다. 그래서 이 작품은 1943년 11월 스위스 취리히에서 초판이 나오고, 정작 독일에서는 2차 세계대전이 끝난 다음 해인 1946년 12월에야 출간되었다. 따라서 이 소설은 당시 시대 상황에 대한 헤세의 문학적 대응이었다.

이 작품을 즐겁게 읽으려면 우선 '유리알 유희'가 무엇인가를 이해해야 하는데, '유리알 유희'에 대한 온갖 장황한 설명과 비유, 발전사를 생략하고 가장 단순한 형태로 그 본질을 탐색해 보면, 그것은 궁극적으로 헤세 스스로 일상에서 행하던 사색과 성찰, 즉 "생각의 유희(Gedankenspiel)"라는 사실을 알 수 있다. 1935년에 쓴 시 「정원에서의 시간들」을 읽어 보면 몬타뇰라의 정원에서 낙엽을 태우고 화단에 쓸 거름흙을 만들고 하는 시간들이 노시인에게는 자연 속에서의 명상과 사색의 시간들이었고, 흙을 만지는 그 소박한 작업이 진행되는 동안 시인의 마음속에서는 현실에서 일어나고 있는 개인적, 시대적 문제들과 함께 인류 문화가 이루어 놓은 정신세계 전체를 대상으로 한 사유의 유희가 이루어지고 있었음을 알 수 있다.

이 유희의 핵심적인 내용은 헤세의 삶과 작품에 일관되게 드러나는 양극의 단일성 문제, 즉 존재의 양극 사이에서 인간이 어떻게 균형을 잃지 않고 조화로움을 지켜 갈 수 있는가를 끈질기게 탐구하는 것이다. 원초적 욕망과 금욕적 정신, 혼돈과 질서, 삶과 죽음, 어둠과 밝음, 남성적인 것과 여성적인 것, 젊음과 늙음, 강한 것과 부드러운 것, 동양과 서양, 선과 악, 신과 악마라는 양극의 문제를 어떻게 풀어 가야 하는가를 평생의 과제로 삼아 온 그에게 '유리알 유희'는 한마디로 그 답을 찾아가는 과정이요 방법론인 셈이다. 삶과 우주 삼라만상을 이루는 양극에 대해 어느 쪽으로도 치우치지 않는 공평한 태도로 최적의 균형과 조화를 찾아가는 이 생각과 행동의 방법론이자 자기 수양의 근저에는 동서양의 학문과 지혜를 통틀어 헤세가 진리로 믿어 의심치 않았던 양극의 단일성에 대한 통찰이 깔려 있다. 양극을 절묘하게 조절하고 결합시켜 제3의 더 높은 단계, "신적인 것"에 이르는 과정이 바로 진정한 유리알 유희이다. 그 과정에서 유희자들이 형식적인 완성도에 집착해 심리적, 정신적인 완성을 그르치지 않도록 '명상'이 도입되었고 유희 또한 "정신의 연금술"이라는 이름을 얻게 되었다.

이 모두를 보여 주는 주인공 요제프 크네히트의 삶은 그 자체로 하나의 완벽한 유리알 유희가 된다. 그의 삶에 드러나는 모든 양극적 요소들은 이 전설적인 유희 명인에 의해 최고 수준으로 통합되며 더 높은 제3의 단계로 도약하기 때문이다. 전임 음악 명인과 크네히트의 관계는 노인과 젊은이, 스승과 제자, 아버지와 아들의 관계를 완벽한 순환 구조로 완성하고, 크네히트와 네시뇨리의 양극성은 미래의 지배자가 될 어린 티토를 통해 더 높은 단계로 상승한다. 이러한 구조는 야코부스 신부와 크네히트의 관계에서도, 노형과 크네히트의 관계에서도 통합과 상승으로 발전하며, 크네히트의 유고로 남겨진 세 편의 이력서에서도 스승과 제자의 양극적 통합과 상승으로 나타난다. 「기우사」에서 기우사 투루와 그의 제자이자 사위가 된 크네히트, 그리고 크네히트의 아들로 다시 태어나는 투루 사이에는 스승과 제자, 아버지와 아들의 관계를 통해 신비로운 순환의 고리가 완성되는 것을 볼 수 있다. 이는 "고해 신부" 이야기에서도 마찬가지인데, 시간과 장소의 배경은 초기 기독교 시대로 옮겨 가지만 성격도 기질도 반대인 디온 푸길과 요제푸스 파물루스는 스승과 제자이면서도 서로 보완적인 관계로 맺어짐으로써 더 높고 완전한 순환의 고리를 이루게 된다. 이는 「인도의 이력서」에서도 요가 수도자와 그의 주위를 맴돌다 결국 제자가 되는 다자 사이에 변형되어 반복되고 있다.

3중 구조로 된 이 소설은 엄격한 논문 형식의 「유리알 유희 서문」이 먼저 있고, 그 뒤에 전설적인 유희의 명인 요제프 크네히트의 일생을 다루는 소설이 배치된 다음, 맨 뒤에 환상성 짙은 크네히트의 유고가 붙어 있다. 그래서 서문의 논문 형식은 본문을 사이에 두고 유고의 판타지 형식과 대비되면서 나머지 두 부분의 각기·다른 문체와 균형 및 조화를 보여 준다. 많은 독자들이 어렵고 딱딱한 유리알 유희의 서문에 질려 소설 읽기를 포기하는 경우가 있는데, 이때는 맨 뒤의 크네히트 유고를 먼저 읽고, 가운데 크네히트의 전기를 읽은 다음, 맨 나중에 유리알 유희·서문을 읽는 것도 이 소설을 즐기는 하나의 방법이 될 듯하다. 또한 크네히트가 학생 시절에 쓴 세 편의 창작 이력서는 원래 이야기인 크네히트의 생애와 한편으론 대비를 이루고, 다른 한편으론 보완의 역할을 하며 그 자체로 훌륭한 유리알 유희의 모범을 보인다. 왜냐하면 크네히트가 주인공인 전체 네 개의 이야기 속에 개인과 사회, 자유와 구속, 스승과 제자, 늙음과 젊음, 전통과 혁신의 대비와 조화가 완벽한 대칭을 이루고 있기 때문이다. 유고 형식의 가상의 이력서들은 주인공의 사적인 내면세계를 드러내면서 시적이고 환상성이 짙어서 서문과 본 이야기의 사상적, 철학적 딱딱함을 보완해 주는 역할을 하고 있다. 또한 본 이야기는 가상의 세 이력서와 더불어 네 번째 진짜 이력서가 되는 셈으로 네 편의 이력서를 일렬로 세워 볼 수 있을 때라야 요제프 크네히트의 꿈과 희망, 개인적 욕망과 그 극복, 공인으로서 그리고 유희 명인으로서의 선택과 결단의 의미를 제대로 이해할 수 있다. 본 이야기에서 유희의 명인 크네히트의 삶은 수도회의 위계질서 속으로 점점 더 깊이 들어가 최고위직에 도달하지만 거기서 끝나는 것이 아니라 그 정신의 정점에서 밖으로, 속세를 향해 뛰어내림으로써 이미 정점을 넘어 심각한 위기 증세를 보이기 시작한 카스탈리엔을 건강한 쪽으로 되돌려 놓고, 그 자신은 정신과 자연, 수도회와 세속을 하나로 잇는 다리가 되며 신비로운 제3의 영역으로 넘어간다.

여기에서 우리가 눈여겨볼 점은 주인공의 단호한 선택과 결단, 실천의 필연성에 대한 인식과 그 태도의 담담함, 미지의 것에 대한 두려움을 이겨내는 정신의 용감하고 명랑한 발걸음이다. 또한 이 소설에 나타난 동양과 서양, 가상과 현실, 인류 문화유산 전체를 유희의 대상으로 삼는 문화적 개방성 및 학문과 예술, 종교의 통합적 성격에서 우리는 『유리알 유희』가 지닌 시의성을 읽을 수 있다. 이 소설이 보여 주는 상상력 중심의 사유 방식은 지금 우리에게 닥친 다문화, 다매체 시대에 절실히 요구되는 덕목이기 때문이다. 또한 유리알 유희는 이 시대의 인재들에게 더 없이 중요한 정신 훈련의 도구가 되며, 그 자체로 이미 명상의 성격을 띠고 있기 때문에 현실을 객관화하고 초개인적, 총체적 관점에서 주체적 결단과 선택을 하게 만드는 힘이 있으며, 미지의 것을 의식화하는 방법이라는 점에서 그 용도를 제대로 이해한 사람들에게 더 없이 유용한 삶의 도구가 될 수 있다.

2011년 9월
이영임

작가 연보

1877년 7월 2일 독일 남부 뷔르템베르크 주의 칼브에서 선
교사의 아들로 태어남. 외조부는 유명한 인도학자이
자 선교사인 헤르만 군더르트.

1881~1886년 부모와 함께 스위스 바젤에 거주. 1883년에는
스위스 국적 취득.(그전에는 러시아 국적이었음.)

1886~1889년 칼브로 되돌아와 학교에 들어감.

1890~1891년 괴핑겐에 있는 라틴어 학교에 다님. 뷔르템베
르크 국적 취득.

1891~1892년 마울브론 수도원 학교에 입학하나, 시인 말고
는 아무것도 되려 하지 않았기 때문에 칠 개월 뒤
도망침.

1892년 6월에 자살을 기도하고, 8월까지 슈테텐 신성과 병
원에 입원. 칸슈타트 김나지움 입학.

1894~1895년 칼브의 시계 공장에서 견습생으로 일함.

1895~1989년　　튀빙겐의 헤켄하우어 서점에서 견습생으로
　　　　　　　일함. 『낭만적인 노래들(Romantische Lieder)』출간.

1899년　　　소설 『고슴도치(Schweinigel)』쓰기 시작(원고 미
　　　　　　발견). 『자정 이후의 한 시간(Eine Stunde hinter
　　　　　　Mitternacht)』출간.

1901년　　　첫 이탈리아 여행.(피렌체, 제노바, 라베나, 피사, 베네
　　　　　　치아.)

1902년　　　『시집(Gedichte)』출간.

1903년　　　두 번째 이탈리아 여행.(피렌체, 베네치아.)

1904년　　　『페터 카멘친트(Peter Camenzind)』출간. 마리아 베
　　　　　　르누이와 결혼. 6월 보덴 호수 근처의 가이엔호펜으
　　　　　　로 이사. 연구서 『보카치오(Boccaccio)』와 『프란츠 폰
　　　　　　아시시(Franz von Assisi)』출간.

1905년　　　첫아들 브루노 태어남.

1906년　　　『수레바퀴 아래서(Unterm Rad)』출간. 잡지 《3월
　　　　　　(Marz)》창간.

1907년　　　중단편집 『이 세상에(Diesseits)』출간.

1908년　　　중단편집 『이웃들(Nachbarn)』출간.

1909년　　　둘째 아들 하이너 태어남.

1910년　　　장편 『게르트루트(Gertrud)』출간.

1911년　　　시집 『도중에(Unterwegs)』출간. 셋째 아들 마르틴
　　　　　　태어남. 인도 여행.

1912년　　　단편집 『우회로들(Umwege)』출간. 스위스 베른으로
　　　　　　이주.

1913년　　　인도 여행 경험을 바탕으로 『인도에서 ─ 인도 여

행의 기록(Aus Indien. Aufzeichnungen einer indischen Reise)』 출간.

1914년   장편『로스할데(Roßhalde)』 출간. 전쟁 초에 군 입대를 자원하나, 부적격 판정을 받고 베른에 있는 독일 전쟁 포로 구호소에 복무하며 전쟁 포로들과 억류자들을 위한 잡지 발행. 자신의 출판사를 만들어 1918년에서 1919년까지 스물두 권의 소책자를 펴냄.

1914~1919년   전쟁에 반대하는 수많은 정치적 논문, 경고 호소문, 공개서한 등을 독일, 스위스, 오스트리아 신문과 잡지들에 발표.

1915년   『크눌프 — 크눌프 삶의 세 가지 이야기(Knulp. Drei Geschichten aus dem Leben Knulps)』 출간. 단편집 『길가(Am Weg)』, 신작 시집 『고독한 사람의 음악 (Musik des Einsamen)』, 단편집 『청춘은 아름다워라 (Schon ist die Jugend)』 출간.

1916년   부친 사망, 아내와 막내아들의 병으로 신경 쇠약 발병. 첫 심리 치료를 받음.

1919년   정치적 유인물 『차라투스트라의 귀환 — 어느 독일인이 독일 젊은이들에게 보내는 한마디(Zarathustras Wiederkehr. Ein Wort an die deutsche Jugend von einem Deutschen)』 익명 출간, 이듬해 베를린에서 실명 출간. 스위스 몬타뇰라의 '카사 카무치'로 이사하여 1931년까지 거주. 『데미안 — 한 젊음의 이야기(Demian. Die Geschichte einer Jugend)』를 에밀 싱클레어라는 가명으로 출간. 『동화(Marchen)』 출간.

잡지 《비보스 보코(Vivos voco)》 창간 발행.

1920년 열 편의 시에 색채 소묘를 곁들인 사화집 『화가
의 시들(Gedichte des Malers)』과 『방랑(Wanderung)』
출간. 단편집 『클링조어의 마지막 여름(Klingsors
letzter Sommer)』 출간. '혼돈을 들여다보기(Blick ins
Chaos)'라는 제목으로 도스토옙스키에 대한 에세이
출간.

1921년 『시선집(Ausgewahlte Gedichte)』 출간. 창작 위기. 융
의 정신 분석 받음. 『테신에서 그린 수채화 열한 점
(Elf Aquarelle aus dem Tessin)』 출간.

1922년 『싯다르타(Siddhartha)』 출간.

1923년 『싱클레어의 수첩(Sinclairs Notizbuch)』 출간. 마리아
베르누이와 이혼.

1924년 스위스 국적 재취득. 루트 벵거와 재혼.

1925년 『요양객(Kurgast)』 출간.

1962년 『그림책(Bilderbuch)』 출간. 프로이센 예술원 문학 분
과의 국제위원으로 선출됨.

1927년 『뉘른베르크 여행(Die Nurnberger Reise)』, 『황야의
이리(Der Steppenwolf)』 출간. 50세 생일을 기해 후고
발이 쓴 헤세 전기 출간. 루트 벵거와 이혼.

1928년 『관찰(Betrachtungen)』과 『위기 ― 일기 한 토막
(Krisis. Ein Stuck Tagebuch)』 출간.

1929년 신작 시집 『밤의 위로(Trost der Nacht)』 출간.

1930년 『나르치스와 골드문트(Narziß und Goldmund)』 출간.

1931년 니논 돌빈과 재혼하면서 몬타뇰라 변두리의 '카사

로사(카사 헤세)'로 이사. 『내면으로의 길(Weg nach innen)』 출간.

1932년   『동방순례(Die Morgenlandfahrt)』 출간. 1943년까지 『유리알 유희(Das Glasperlenspiel)』 집필.

1933년   『작은 세계(Kleine Welt)』 출간.

1934년   시선집 『생명의 나무에서(Vom Baum des Lebens)』 출간.

1935년   『우화집(Fabulierbuch)』 출간.

1936년   『정원에서 보낸 시간(Stunden im Garten)』 출간.

1937년   『기념첩(Gedenkblatter)』, 『신 시집(Neue Gedichte)』, 『마비된 소년(Der lahme Knabe)』 출간.

1939~1945년   독일에서 헤세의 작품이 불온하다고 간주되어 『수레바퀴 아래서』, 『황야의 이리』, 『관찰』, 『나르치스와 골드문트』가 더 이상 인쇄되지 못함. 히틀러 집권 기간인 1933년부터 1945년까지 독일에는 총 스무 권의 헤세 저서가 나와 있었는데, 십이 년 동안 총 481권의 문고본밖에 팔리지 않음. 그래서 전집은 스위스 프레츠 앤 바스무트 출판사에서 펴냄.

1942년   『시집(Gedichte)』이 취리히에서 헤세의 첫 시선집으로 나옴.

1943년   『유리알 유희』 출간.

1945년   시선집 『꽃 핀 가지(Der Blütenzweig)』, 미완성 소설 『베르톨트(Berthold)』, 『꿈의 여행(Traumfahrte)』 출간.

1946년   『전쟁과 평화(Krieg und Frieden)』 출간. 독일에서 헤

세의 작품이 다시 나오기 시작함. 프랑크푸르트 괴테 상 수상. 노벨 문학상 수상.

1951년　『후기 산문(Späte Prosa)』과 『서간집(Briefe)』 출간.

1952년　75세 생일을 기념해 선집 발간.

1954년　동화 『빅토르의 변신(Piktors Verwandlungen)』 출간. 롤랑과 주고받은 편지를 모은 『헤르만 헤세－로맹 롤랑 서한집(Briefwechsel : Hermann Hesse-Romain Rolland)』 출간.

1955년　후기 산문 『마법(Beschwörungen)』 출간. 독일 서적 상협회로부터 평화상 수상.

1956년　바덴뷔르템베르크의 독일 예술 후원회가 헤르만 헤세 문학상을 위한 재단 설립.

1962년　바이블러가 쓴 헤세의 전기 『헤르만 헤세. 한 편의 전기』 출간. 8월 9일 몬타뇰라에서 사망.

세계문학전집 **274**

유리알 유희 2

1판 1쇄 펴냄 2011년 9월 25일
1판 27쇄 펴냄 2024년 7월 11일

지은이 헤르만 헤세
옮긴이 이영임
발행인 박근섭, 박상준
펴낸곳 (주)민음사

출판등록 1966. 5. 19. (제 16-490호)
서울특별시 강남구 도산대로1길 62(신사동) 강남출판문화센터 5층 (우편번호 06027)
대표전화 02-515-2000 **팩시밀리** 02-515-2007
www.minumsa.com

© 이영임, 2011. Printed in Seoul, Korea

ISBN 978-89-374-6274-0 04800
ISBN 978-89-374-6000-5 (세트)

세계문학전집 목록

세계문학전집은 계속 간행됩니다.